El impostor

JAVIER CERCAS

El impostor

DEBOLS!LLO

Papel certificado por el Forest Stewardship Council®

Penguin
Random House
Grupo Editorial

Primera edición con esta presentación: noviembre de 2025

© 2014, Javier Cercas
© 2014, 2025, Penguin Random House Grupo Editorial, S. A. U.
Travessera de Gràcia, 47-49. 08021 Barcelona
Diseño de la cubierta: adaptación de la cubierta original de
© Andrew Smith / Penguin Random House Grupo Editorial
Imagen de la cubierta: Jose A. Bernat Bacete / Getty

Printed in Spain – Impreso en España

ISBN: 978-84-663-8860-3
Depósito legal: B-16.323-2025

Compuesto en La Nueva Edimac, S. L

Impreso en Novoprint
Sant Andreu de la Barca (Barcelona)

P 3 8 8 6 0 3

Para Raül Cercas y Mercè Mas

ÍNDICE

No.		Nom	Prénom	Lieu/Date naiss.	Date	
21	Franz	Heuillard	Georges	Magny en Mais 18.1.44	18.1.44	
2	Sch. Slo.	Hauptman	Josef	Laibach 20.9.21	8.10.43	21
3	Frz.	Delhonelle	Georges	Romilly 26.5.94	23.2.44	†
4	Sch. Fr.	Allemand	Gustave	Wartesie 7.9.02	23.2.44	3
5	Frz.	Delfosse	André	4.6.05	23.2.44	†
6	Sch. Slo.	Potrebujes	Josef	Florjul 6.11.05.	8.10.43	3
7	Frz.	de la Rochefoucauld	Lucien			†
8	Franz.	Ben-Haim		Mascara 22.1.21	23.2.44	zum
9	Franz	Ferrier	Marc	26.12.09 La Motte 11 Mars	23.2.44	Ba
30	Frz.	Wal	André	Gray 8.2.96	23.2.44	†
1	Franz.	Dufour	Francois	17.2.05 Boege	23.2.44	Hu
2	Slow.	Muhic	Johann	Dremle 6.6.17	8.10.43	Lo
3	Franz	Oudin	Pierre	24.12.06 Laiptaville	23.2.44	3.3
4	Slow.	Kerstnik	Max	24.6.30 Sailtad	8.11.43	Sol
5	Schweizer	Mortier	Henri	13.1.20 Ypres	23.2.44	3.3.4
6	Sch. Fr.	Lefevre	Georges	Meuse 27.11.92	23.2.44	
7	Franz	Anthune	Francis	4.6.12 Harnaty	23.2.44	26.2 Joli
8						
9	Jug.	Drasler	Valentin	Laibach 6.3.20	8.11.43	
40	Slov.	Jaksa	Pierre	20.5.08 Selo 1.11.06	8.11.43	
1	Franz	Ben-Salen	Alfred	Toung 23.2.44	23.2.44	Ben
2	Franz	Rique		St. Germain 2.3.94	23.2.44	†
3	Frz	Bach	Constant	St. Singolph 31.11.16	23.2.44	†
4	Span.	Fernandez	Albano	20.11.09 Strovo 23.7.00		3.3
5	Franz	Benod	Vincent	Ham-Dagny 11.8.04	11.8.04	26
6	Sch. Fr.	Stradefaux	Pierre	Pontailler 9.1.99	23.2.44	
7	Franz	Rohrbar	Rene	Duisburg 8.4.07		zim
8	Span.	Moné		15.8.00 Figueras	23.2.44	3.3
9						
50		Kreman	Davorin	Laibach 1.10.13	8.10.43	

No.	Nat.	Surname	First name		Date	
21	Franz	Heuillard	Josef	Zeilbach	20.9.21	8.10.43	21
2	Sch. Slo.	Hauptman		Vemilly			†
3	Frz.	Delhonelle	Georges Gustave	Lille	21.5.94	23.2.44	
4	Sch. Fr.	Allemand		Verdun	= 3.02	23.2.44	3
5	Frz.	Delfosse	André Josef	Marseil		23.2.44	†
6	Sch. Slo.	Sobrebujes			6.11.05	8.10.43	5
7	Frz.	de la Rochefoucauld	Lucien	Mascara			†
8	Franz	Ben-Haim	Mari		22.1.21	23.2.44	
9	Franz	Ferrier		La Roche sur Marie		23.2.44	
30	Frz.	Wal	André Francois		12.2.05	23.2.44	
1	Franz	Dufour		Forge		23.2.44	
2	Slow.	Muhic	Johann			8.10.43	
3	Franz	Oudin	Max		24.6.30	23.2.44	
4	Feur.	Kapelinck				1.11.43	
5	Schweiz	Mortier				23.2.44	
6	Sch. Fr.	Lefevre			2.1.98	23.2.44	
7	Franz	Anthime				23.2.44	
8	✗						
9	Jug.	Drasler	Valentin Peter			8.10.43	
40	Slov.	Vaksa		Selo			
1	Franz	Ben-Salen	Alfred			23.2.44	
2	Franz	Fique			2.3.94	23.2.44	†
3	Frz.	Bach	Constant	St. Georges	14.16	23.2.44	
4	Span.	Fernandez					
5	Franz	Benoit				13.1.43	
6	Sch. Fr.	Shadefuux	Marcel	Fontainier	8.1.99	23.2.44	
7	Franz	Rohrher	Pierre	Duisburg	3.4.07		
8	Span.	Rose		Aguina		13.1.44	334
9		Kremzar	Davorin	Suibach	4.12.13	8.10.43	9

Si se non nouerit.

OVIDIO, *Las metamorfosis*,
libro III, 348

LA PIEL DE LA CEBOLLA

1

Yo no quería escribir este libro. No sabía exactamente por qué no quería escribirlo, o sí lo sabía pero no quería reconocerlo o no me atrevía a reconocerlo; o no del todo. El caso es que a lo largo de más de siete años me resistí a escribir este libro. Durante ese tiempo escribí otros dos, aunque éste no se me olvidó; al revés: a mi modo, mientras escribía esos dos libros, también escribía éste. O quizás era este libro el que a su modo me escribía a mí.

Los primeros párrafos de un libro son siempre los últimos que escribo. Este libro está acabado. Este párrafo es lo último que escribo. Y, como es lo último, ya sé por qué no quería escribir este libro. No quería escribirlo porque tenía miedo. Eso es lo que yo sabía desde el principio pero no quería reconocer o no me atrevía a reconocer; o no del todo. Lo que sólo ahora sé es que mi miedo estaba justificado.

Conocí a Enric Marco en junio de 2009, cuatro años después de que se convirtiera en el gran impostor y el gran maldito. Muchos recordarán todavía su historia. Marco era un octogenario barcelonés que a lo largo de casi tres décadas se había hecho pasar por deportado en la Alemania de Hitler y superviviente de los campos nazis, había presidido durante tres años la gran asociación española de los supervivientes, la Amical de Mauthausen, había pronunciado centenares de conferencias y concedido decenas de entrevistas, había recibido importantes distinciones oficiales y había hablado en el Parlamento español en nombre de todos sus supuestos compañeros de desdicha, hasta que a principios de mayo de 2005 se descubrió que no era un deportado y que jamás había sido prisionero en un campo nazi. El descubrimiento lo hizo un oscuro historiador llamado Benito Bermejo, justo antes de que se celebrase, en el antiguo campo de Mauthausen, el sesenta aniversario de la liberación de los campos nazis, una ceremonia a la que por vez primera asistía un presidente del gobierno español y en la que Marco iba a tener un papel importante, al que en el último momento le obligó a renunciar la revelación de su impostura.

Cuando conocí a Marco acababa de publicar mi décimo libro, *Anatomía de un instante*, aunque no estaba en un buen momento. Ni yo mismo entendía por qué. Mi familia parecía feliz, el libro era un éxito; es verdad que mi padre había muerto, pero había muerto hacía casi un año, tiempo suficiente para haber digerido su muerte. El caso es que, no sé cómo, un día llegué a la conclusión de que la culpa de mi tristeza la tenía mi libro recién publicado: no porque me hubiera dejado exhausto física y mentalmente (o no sólo); también (o sobre todo) porque era un libro raro, una extraña novela sin ficción, un relato rigurosamente real, desprovisto del más mínimo alivio de invención o fantasía. Pensaba que eso era lo que me había matado. A todas horas me repetía, como una consigna: «La realidad mata, la ficción salva». Mientras tanto combatía a duras penas la angustia y los ataques de pánico, me acostaba llorando, me despertaba llorando y me pasaba el día escondiéndome de la gente, para poder llorar.

Decidí que la solución era escribir otro libro. Aunque no me faltaban ideas, el problema era que la mayoría eran ideas para relatos sin ficción. Pero también tenía ideas para ficcio-

nes; sobre todo tres: la primera era una novela sobre un cate-
drático de metafísica de la Universidad Pontificia de Comillas
que se enamoraba como un verraco de una actriz porno y
acababa viajando hasta Budapest para conocerla personalmente, declararle su amor y proponerle matrimonio; la segunda se
titulaba *Tanga* y era la entrega fundacional de una serie de
novelas policíacas protagonizadas por un detective llamado
Juan Luis Manguerazo; la tercera trataba sobre mi padre y
empezaba con una escena en la que yo le resucitaba y nos
zampábamos unos huevos fritos con chorizo y unas ancas de
rana en El Figón, un restaurante del Cáceres de su juventud
donde más de una vez habíamos comido mano a mano.

Traté de escribir esas tres ficciones; con las tres fracasé. Un
día mi mujer me puso un ultimátum: o yo pedía hora con un
psicoanalista o ella pedía el divorcio. Me faltó tiempo para
visitar al psicoanalista que ella misma me recomendó. Era un
hombre calvo, distante y sinuoso, con un acento inidentifica-
ble (a veces parecía chileno o mexicano, a veces catalán, o
quizá ruso), que en los primeros días no paró de reñirme por
haberme presentado en su consulta in articulo mortis. Me he
pasado la vida burlándome de los psicoanalistas y sus fantas-
magorías pseudocientíficas, pero mentiría si dijera que aquellas sesiones no sirvieron para nada: al menos me proporcio-
naron un sitio donde llorar a moco tendido; también mentiría
si no confesara que más de una vez estuve a punto de levan-
tarme del diván y liarme a puñetazos con el psicoanalista.
Éste, por lo demás, intentó guiarme en seguida hasta dos conclusiones. La primera era que la culpa de todas mis desdichas
no la tenía mi novela sin ficción o relato real, sino mi madre,
lo que explica que yo saliera a menudo de la consulta con
ganas de estrangularla en cuanto volviese a verla; la segunda
conclusión era que mi vida era una farsa y yo un farsante, que
había elegido la literatura para llevar una existencia libre, feliz
y auténtica y llevaba una existencia falsa, esclava e infeliz, que

yo era un tipo que iba de novelista y daba el pego y engañaba al personal, pero en realidad no era más que un impostor.

Esta última conclusión acabó pareciéndome más verosímil (y menos socorrida) que la primera. Fue ella la que hizo que me acordara de Marco; de Marco y de una lejana conversación sobre Marco en la que me habían llamado impostor.

Aquí debo retroceder unos años, justo hasta el momento en que estalló el caso Marco. Éste desató un escándalo cuyo eco alcanzó el último confín del planeta, pero en Cataluña, donde Marco había nacido y vivido casi siempre, y donde había sido una persona muy popular, el descubrimiento de su impostura provocó una impresión más fuerte que en ningún otro sitio. Así que es lógico que, aunque sólo fuera por eso, a mí también me interesara. Pero no fue sólo por eso; además, el verbo «interesar» es insuficiente: más que interesarme por el caso Marco, lo que ocurrió fue que concebí de inmediato la idea de escribir sobre él, como si sintiese que en Marco había algo que me atañía profundamente. Esto último me inquietaba; también me producía una especie de vértigo, una aprensión inconcreta. Lo cierto es que durante el tiempo que duró el escándalo en los medios devoré todo lo que se escribió sobre Marco y que, cuando supe que algunas personas cercanas a mí conocían o habían conocido a Marco o habían prestado atención al personaje, los invité a comer a mi casa para hablar de él.

La comida tuvo lugar a mediados de mayo de 2005, poco después de que estallara el caso. Por entonces daba clase en la Universidad de Gerona y vivía en un barrio de las afueras de la ciudad, en una casita pareada con jardín. Que yo recuerde, a la reunión asistieron, además de mi hijo, mi mujer y mi hermana Blanca, dos de mis compañeros en la Facultad de Letras: Anna Maria Garcia y Xavier Pla. Mi hermana Blanca era la única de nosotros que conocía bien a Marco, porque años atrás había coincidido con él en la junta directiva de

FAPAC, una asociación de padres de alumnos de la que durante mucho tiempo ambos habían sido vicepresidentes: ella, de la demarcación de Gerona; Marco, de la de Barcelona. Para sorpresa de todos, durante la comida Blanca pintó a un viejecito encantador, hiperactivo, coqueto y dicharachero, que se moría por salir en las fotos, y, sin molestarse en esconder la simpatía que en su momento le había inspirado el gran impostor y el gran maldito, habló de los proyectos, las reuniones, las anécdotas y los viajes que había compartido con él. Anna Maria y Xavier no conocían personalmente a Marco (o sólo lo conocían de una forma superficial), pero ambos habían estudiado el Holocausto y la Deportación y parecían tan apasionados por el caso como yo: Xavier, un joven profesor de literatura catalana, me prestó varios textos relacionados con Marco, entre ellos los dos relatos biográficos más completos publicados sobre él; por su parte Anna Maria, una veterana historiadora que no había perdido el elevado concepto de responsabilidad cívica en que se educaron los intelectuales de su generación, tenía amigos y conocidos en la Amical de Mauthausen, la asociación de deportados que había presidido Marco, y acababa de asistir en Mauthausen, un par de días antes del estallido del caso Marco, a las celebraciones del sesenta aniversario de la liberación de los campos nazis, donde había recibido la primicia del descubrimiento de la impostura de Marco y donde, además, había cenado con Benito Bermejo, el historiador que acababa de desenmascararlo. En mi recuerdo, aquella tarde, mientras hablábamos sobre Marco en el jardín de mi casa, Xavier y yo estábamos sobre todo perplejos; Blanca, entre perpleja y divertida (aunque a ratos intentaba disimular la diversión, quizá para no escandalizarnos); Anna Maria, sólo indignada: una y otra vez repetía que Marco era un sinvergüenza, un mentiroso compulsivo y sin escrúpulos que se había burlado de todo el mundo, pero sobre todo de las víctimas del crimen más espantoso de la historia. En algún momento, como si de golpe cayera en la cuenta de una evidencia dramática, Anna Maria me dijo, taladrándome con la mirada:

—Oye, dime una cosa: ¿por qué has organizado esta comida? ¿Por qué te interesas por Marco? ¿No estarás pensando en escribir sobre él?

Los tres bruscos interrogantes me pillaron desprevenido, y no supe qué contestar; la propia Anna Maria me rescató del silencio.

—Mira, Javier —me advirtió, muy seria—. Lo que hay que hacer con Marco es olvidarlo. Es el peor castigo para ese monstruo de vanidad. —En seguida sonrió y añadió—: Así que se acabó el hablar de él: cambiemos de tema.

No recuerdo si cambiamos de tema (creo que sí, aunque sólo un rato: en seguida Marco volvió a imponerse), pero recuerdo que no me atreví a reconocer en público que la intuición de Anna Maria era correcta y que estaba pensando en escribir sobre Marco; ni siquiera me atreví a explicarle a la historiadora que, si al final escribía sobre Marco, no lo haría para hablar de él sino para intentar entenderle, para intentar entender por qué había hecho lo que había hecho. Días más tarde (o quizá fue aquel mismo día) leí en el diario *El País* algo que me recordó el consejo o la advertencia de Anna Maria. Era una carta al director firmada por una tal Teresa Sala, hija de un deportado en Mauthausen y miembro ella misma de la Amical de Mauthausen. No era la carta de una mujer indignada, sino más bien abrumada y avergonzada; decía: «No creo que tengamos que entender las razones de la impostura del señor Marco»; también decía: «Detenernos a buscar justificaciones a su comportamiento es no entender y menospreciar el legado de los deportados»; y también: «El señor Marco habrá de convivir a partir de ahora con su deshonor».

Eso decía Teresa Sala en su carta. Era exactamente lo contrario de lo que yo pensaba. Yo pensaba que nuestra primera obligación es entender. Entender, por supuesto, no significa disculpar o, como decía Teresa Sala, justificar; mejor dicho: significa lo contrario. El pensamiento y el arte, pensaba yo, intentan explorar lo que somos, revelando nuestra infinita, ambigua y contradictoria variedad, cartografiando así nuestra naturaleza: Shakespeare o Dostoievski, pensaba yo, iluminan los laberintos morales hasta sus últimos recovecos, demuestran que el amor es capaz de conducir al asesinato o al suicidio y logran que sintamos compasión por psicópatas y desalmados; es su deber, pensaba yo, porque el deber del arte (o del pensamiento) consiste en mostrarnos la complejidad de la existencia, a fin de volvernos más complejos, en analizar cómo funciona el mal, para poder evitarlo, e incluso el bien, quizá para poder aprenderlo. Todo eso pensaba yo, pero la carta de Teresa Sala delataba una pesadumbre que me conmovió; también me recordó que, en *Si esto es un hombre*, Primo Levi había escrito refiriéndose a Auschwitz o a su experiencia de Auschwitz: «Tal vez lo que ocurrió no deba ser comprendido, en la medida en que comprender es casi justificar». ¿Entender es justificar?, me había preguntado años atrás, cuando leí la frase de Levi, y me pregunté ahora, cuando leí la carta de Teresa Sala. ¿No es más bien nuestra obligación? ¿No es indispensable tratar de entender toda la confusa diversidad de lo real, desde lo más noble hasta lo más abyecto? ¿O es que ese imperativo genérico no rige para el Holocausto? ¿Me equivocaba yo y no hay que tratar de entender el mal extremo, y mucho menos a alguien que, como Marco, engaña con el mal extremo?

Estas preguntas me rondaban todavía una semana después, en una cena de amigos en la que, según recordaría años más tarde, cuando mi psicoanalista me llevó a la conclusión de que yo era un impostor, me llamaron impostor. La cena se celebró en casa de Mario Vargas Llosa, en Madrid. A diferencia de la comida de mi casa, aquella reunión no se había organizado para hablar de Marco, pero inevitablemente acabamos hablando de él. Digo inevitablemente no sólo porque todos los que asistimos a ella —apenas cuatro personas, además de Vargas Llosa y su mujer, Patricia— habíamos seguido con más o menos atención el caso, sino también porque nuestro anfitrión acababa de publicar un artículo en el que saludaba con ironía el genial talento de impostor de Marco y le daba la bienvenida al gremio de los fabuladores. Como la ironía no es el fuerte de los fariseos (o como el fariseo aprovecha cualquier oportunidad de escandalizarse exhibiendo su falsa virtud y atribuyéndoles falsos pecados a los demás), algunos fariseos habían contestado con irritación al artículo de Vargas Llosa, igual que si éste hubiese celebrado en su texto las mentiras del gran impostor, y es probable que la conversación de la sobremesa desembocase en Marco por la vía de esa polémica artificial. Sea como sea, durante un buen rato estuvimos hablando de Marco, de las mentiras de Marco, de su increíble talento para el embuste y la representación, de Benito Bermejo y de la Amical de Mauthausen; también recuerdo que hablamos de un artículo de Claudio Magris, publicado por el *Corriere della Sera* y titulado «El mentiroso que dice la verdad», en el que se citaban y discutían algunas observaciones de Vargas Llosa sobre Marco. Naturalmente, yo aproveché para contar lo que había averiguado sobre el asunto gracias a Xavier, Anna Maria y mi hermana Blanca, y en algún momento Vargas Llosa interrumpió mi exposición.

—¡Pero Javier! —exclamó, bruscamente agitado, despeinándose de golpe y señalándome con dos brazos perentorios—. ¿No te das cuenta? ¡Marco es un personaje tuyo! ¡Tienes que escribir sobre él!

El fogoso comentario de Vargas Llosa me halagó, pero, por algún motivo que entonces no entendí, también me incomodó; para ocultar mi embarazosa satisfacción seguí hablando, opiné que Marco no sólo era fascinante por sí mismo, sino por lo que revelaba de los demás.

—Es como si todos tuviésemos algo de Marco —me oí decir, embalado—. Como si todos fuésemos un poco impostores.

Me callé y, quizá porque nadie supo cómo interpretar mi afirmación, se hizo un silencio raro, demasiado largo. Fue entonces cuando ocurrió. Entre los comensales de aquella cena estaba Ignacio Martínez de Pisón, amigo mío y escritor conocido entre sus conocidos por su temible franqueza aragonesa, quien rompió el hechizo con un comentario demoledor:

—Sí: sobre todo tú.

Todos se rieron. Yo también, pero menos: era la primera vez en mi vida que me llamaban impostor; aunque no era la primera vez que me relacionaban con Marco. Pocos días después de que estallara su caso yo había leído en el diario *El Punt* (o en un servicio de noticias por Internet creado por el diario *El Punt*) un artículo donde también lo hacían. Se titulaba «Mentiras», lo firmaba Sílvia Barroso y en él decía la autora que el caso Marco la había sorprendido leyendo el final de una novela mía en el que el narrador anuncia su decisión de «mentir en todo, sólo para contar mejor la verdad». Añadía que yo solía explorar en mis libros los límites entre la verdad y la mentira y que en alguna ocasión me había oído decir que, a veces, «para llegar a la verdad, hay que mentir». ¿Me identificaba Barroso con Marco? ¿Insinuaba que yo también era un embustero, un impostor? No, por fortuna, porque a continuación añadía: «La diferencia entre Cercas y Marco es que el novelista tiene licencia para mentir». Pero, me pregunté en silencio aquella noche, en casa de Vargas Llosa, ¿y Pisón? ¿Hablaba en broma y su propósito era sólo hacernos reír y sacar la conversación de un atasco, o su broma delataba su incapacidad para esconder la verdad detrás de esa pantalla que llamamos buena educación? ¿Y Vargas Llosa? ¿Qué había querido decir él cuando había dicho que Marco era un personaje mío? ¿También Vargas Llosa pensaba que yo era un impostor? ¿Por qué había dicho que yo tenía que escribir sobre Marco? ¿Porque pensaba que nadie puede escribir mejor sobre un impostor que otro impostor?

Al terminar aquella cena pasé horas y horas dando vueltas en la cama de mi hotel en Madrid. Pensaba en Pisón y en Sílvia Barroso. Pensaba en Anna Maria Garcia y en Teresa Sala y en Primo Levi y me preguntaba si, dado que entender es casi justificar, alguien tenía derecho a intentar entender a Enric Marco y justificar así su mentira y alimentar su vanidad. Me dije que Marco había contado ya suficientes mentiras y que por lo tanto ya no podía llegarse a su verdad a través de la ficción sino sólo a través de la verdad, a través de una novela sin ficción o un relato real, exento de invención y de fantasía, y que intentar construir un relato así con la historia de Marco era una tarea abocada al fracaso: primero porque, como recordé que había escrito Vargas Llosa, «la verdadera historia de Marco probablemente no se conocerá nunca» («nunca sabremos la íntima verdad de Enric Marco, su necesidad de inventarse una vida», había escrito asimismo Claudio Magris); y segundo por lo que decía Fernando Arrabal en una paradoja que también recordé: «Historia del mentiroso. El mentiroso no tiene historia. Nadie se atrevería a contar la crónica de la mentira ni a proponerla como una historia verdadera. ¿Cómo contarla sin mentir?». Así que era imposible contar la historia de Marco; o, por lo menos, era imposible contarla sin mentir. Entonces, ¿para qué contarla? ¿Para qué intentar escribir un libro que no se podía escribir? ¿Por qué proponerse una empresa imposible?

Aquella noche decidí no escribir este libro. Y al decidirlo noté que me quitaba un peso de encima.

2

Su madre estaba loca. Se llamaba Enriqueta Batlle Molins y, aunque Marco siempre creyó que había nacido en Breda, un silencioso pueblito de la sierra del Montseny, en realidad era de Sabadell, una ciudad industrial cercana a Barcelona. Ingresó en el manicomio de mujeres de Sant Boi de Llobregat el 29 de enero de 1921. Según el expediente que se conserva allí, tres meses atrás se había separado de su marido, que la maltrataba; según el expediente, durante ese intervalo se ganó la vida realizando labores domésticas de casa en casa.

Tenía treinta y dos años y estaba embarazada de siete meses. Cuando los médicos la examinaron, se sentía confusa, se contradecía, la acosaban ideas persecutorias; su primer diagnóstico rezaba: «Delirio de persecución con área degenerada»; en 1930 lo cambiaron por «demencia precoz»: lo que ahora conocemos como esquizofrenia. En la primera página del expediente hay una foto de ella, quizá tomada el día de su ingreso. Muestra a una mujer de pelo negro y liso, de facciones muy marcadas, boca generosa y pómulos salientes; sus ojos oscuros no miran a la cámara, pero toda ella irradia una belleza melancólica y sombría de heroína trágica; viste un jersey negro, de punto, y se cubre la espalda, los hombros y el regazo con un chal que sostiene con sus manos a la altura del vientre, como si quisiera ocultar su inocultable embarazo o como si estuviera protegiendo a su hijo inminente. Esta mujer no sabe que no volverá a ver la calle y que el mundo acaba de abandonarla a su suerte, encerrándola para que se extravíe del todo en su locura.

Manicomio de Señoras de San Baudilio de Llobregat

HOJA CLÍNICA CORRESPONDIENTE AL EXPEDIENTE NÚM. *4271-A*

Registrada en el libro clínico al núm.

ENTRADA   SALIDA

Día *22* de *Enero*   Día *2* de *Febrero*
de 19 *21*   de 19 *56*
A petición de *la Ayunto*   Por *Defunción*
de Barcelona en con-   *a consecuencia*
cepto de observación   *de angor pectoris*
remitida a este es-
tablecimiento.

DATOS INDIVIDUALES

Doña *Enriqueta Batlle Molins* de *32* años,
natural de *Sabadell* provincia de *Barcelona* vecina
de _____ provincia de _____ de profesión _____ estado civil *casada*

No hay forma menos dramática de decirlo. Durante los treinta y cinco años que la madre de Marco pasó en el manicomio, los médicos la examinaron apenas veinticinco veces (lo normal era una visita al año, pero justo después de ingresarla transcurrieron ocho años sin visitas), y el único tratamiento que le prescribieron consistió en obligarla a trabajar en la lavandería, «con buenos resultados», precisa uno de los médicos que la atendió. Hay muchas anotaciones como ésa; aunque no todas son tan cínicas, todas son breves, distraídas y desoladoras. Al principio constatan el buen estado físico de la enferma, pero también su egocentrismo, sus alucinaciones (sobre todo sus alucinaciones auditivas), sus ocasionales exabruptos violentos; luego, poco a poco, el deterioro se vuelve también físico, y hacia finales de los años cuarenta las anotaciones ya sólo describen a una mujer postrada, que ha perdido por completo el sentido de la orientación, la memoria y cualquier signo de su propia identidad, reducida a un estado catatónico. Murió el 23 de febrero de 1956, según el expediente a consecuencia de un «angor pectoris». Hasta el diagnóstico estaba equivocado: nadie se muere de una angina de pecho; lo más probable es que muriera de un infarto agudo de miocardio.

Su madre dio a luz a Marco en el manicomio, según él el 14 de abril; ésa es también la fecha que figura en su carnet de identidad y su pasaporte. Pero es una fecha falsa: ahí empieza la ficción de Marco, el mismo día de su llegada a este mundo. En realidad, de acuerdo con el expediente de su madre y con su propia partida de nacimiento, Marco nació el 12 de abril, dos días antes de lo que sostuvo a partir de determinado momento de su vida. ¿Por qué mintió entonces, por qué cambió las fechas? La respuesta es sencilla: porque eso le permitió, a partir de determinado momento de su vida, empezar sus charlas, discursos y clases de historia vivida diciendo «Me llamo Enric Marco y nací el 14 de abril de 1921, justo diez años antes de la proclamación de la Segunda República española»; lo cual le permitía a su vez presentarse, de manera implícita o explícita, como el hombre providencial que había conocido de primera mano los grandes acontecimientos del siglo y se había cruzado con sus principales protagonistas, como el compendio o el símbolo o la personificación misma de la historia de su país: al fin y al cabo, su biografía individual era un reflejo exacto de la biografía colectiva de España. Marco sostiene que el propósito de su mentira era meramente didáctico; es muy difícil no considerarlo, sin embargo, como una suerte de guiño al mundo, como una forma transparente de insinuar que, colocando su nacimiento en un día decisivo para la historia de su país, los cielos o el azar anunciaban que aquel hombre estaba destinado a ser decisivo en la historia de su país.

Por el expediente del manicomio de Sant Boi sabemos todavía otra cosa: que, al día siguiente de dar a luz, la madre de Marco vio cómo le arrebataban a su hijo y se lo entregaban a su esposo, el hombre de quien había huido porque la maltrataba o porque ella decía que la maltrataba. ¿Volvió Marco a ver a su madre? Dice que sí. Dice que una hermana de su padre, la tía Caterina —que fue quien le dio el pecho, porque había perdido un hijo pocas semanas antes de que él naciera—, le llevaba a verla cuando era niño, una o dos veces al año. Dice que se acuerda muy bien de esas visitas. Dice que él y la tía Caterina esperaban, en una gran sala de paredes desnudas y blancas, junto a los familiares de otras enfermas, a que saliera su madre. Dice que al cabo de un rato su madre salía de los lavaderos y que vestía una bata de listas azules y blancas y que tenía la mirada perdida. Dice que él le daba un beso, pero que ella nunca se lo devolvía, y que por lo general no le dirigía la palabra, ni a él ni a su tía Caterina ni a nadie. Dice que con frecuencia hablaba sola y que casi siempre hablaba de él como si no le tuviese delante, como si le hubiese perdido. Dice que recuerda a su tía Caterina, cuando él ya tenía diez u once años, diciéndole a su madre mientras le señalaba: «Mira qué hijo tan guapo tienes, Enriqueta: se llama Enrique, como tú». Y dice que recuerda a su madre estrujándose con fuerza las manos y contestando: «Sí, sí, este niño es muy guapo, pero no es mi hijo»; y dice que añadía, señalando a un niño de dos o tres años que correteaba por la sala: «Mi hijo debe de ser como aquél». Y dice también que entonces no lo entendía, pero que con los años entendió que su madre decía aquello porque sólo se acordaba de él cuando no tenía más de dos o tres años y ella conservaba todavía un rastro de lucidez. Dice que él a veces le llevaba comida en una tartera y que en alguna ocasión consiguió intercambiar alguna frase con ella. Dice que un día, después de comerse lo que le había llevado en la tartera, su madre le dijo que trabajaba mucho en la lavandería y que era un trabajo desagradable pero que no le importaba, porque le habían dicho que, si trabajaba mucho, le devolverían a su hijo. Dice que no recuerda cuándo dejó de ir a ver a su madre. Dice que probablemente cuando dejaron de llevarle sus tíos, quizás al llegar a la adolescencia, ya durante la guerra, quizás incluso antes. Dice que, sea como sea, no volvió a estar con ella, no volvió a sentir el menor deseo de verla, no le preocupó en absoluto, la olvidó por completo. (Esto no es del todo cierto: muchos años después, la primera mujer de Marco le contó a su hija Ana María que ella convenció a Marco para que fuesen a ver a su madre al sanatorio cuando ya estaban casados; también le contó que la vieron un par de veces, y que de esas visitas sólo recordaba que la mujer despedía un penetrante olor a lejía, y que no reconoció a su hijo.) Dice que sabe que murió a mediados de los años cincuenta, pero que ni siquiera se acuerda de haber asistido a su entierro. Dice que ahora no entiende cómo pudo abandonarla en un manicomio durante más de treinta años y cómo pudo dejarla morir sola, aunque añade que, de aquella época, hay muchas cosas que no entiende. Dice que ahora piensa mucho en su madre, que a veces sueña con ella.

3

No volví a plantearme escribir sobre Enric Marco hasta cuatro años después de que estallara su caso, cuando acababa de publicar *Anatomía de un instante*, un relato real o una novela sin ficción que nada tenía que ver con Marco y, con la ayuda de mi psicoanalista, había llegado a la conclusión de que yo era un impostor y había recordado a mi amigo Pisón, en la casa madrileña de Vargas Llosa, llamándome impostor. Por entonces me hallaba en un estado deplorable y sentía que lo que necesitaba para salir de él era una novela con ficción, un relato ficticio y no un relato real —la ficción salva, la realidad mata, me repetía—, y que mi relato de la historia de Marco sólo podía ser un relato real, porque Marco ya había contado suficientes ficciones sobre su vida y añadir ficción a esas ficciones era redundante, literariamente irrelevante; recordaba asimismo los argumentos que, cuatro años atrás, durante una noche de insomnio en un hotel de Madrid, me habían decidido a abandonar el libro sobre Marco antes de empezar a escribirlo. Pero también recordaba el entusiasmo halagador de Vargas Llosa en su casa de Madrid, y me dije que quizás era cierto que Marco era un personaje mío, me dije que quizá sólo un impostor podía contar la historia de otro impostor y que, si yo era de verdad un impostor, quizá nadie podía contar mejor que yo la historia de Marco. Además, durante los cuatro años que había empleado en escribir el libro que acababa de publicar nunca había olvidado del todo a Marco, nunca había dejado de saber que estaba allí, en la recámara, inquietante, seductor y peligroso, como una granada que tarde o temprano tendría que lanzar para que no me estallase en las manos, como una historia que tarde o temprano tendría que contar para librarme de ella. Resolví que había llegado el momento de intentarlo; o que por lo menos era mejor intentarlo que seguir chapoteando en el lodazal del abatimiento.

La resolución duró apenas una semana, el tiempo que tardé en volver a sumergirme en la historia y en descubrir gracias a Internet, con sorpresa, que nadie había escrito un libro sobre Marco, pero también, con decepción (y con íntimo alivio), que acababa de estrenarse una película sobre él. Se titulaba *Ich bin Enric Marco*, era obra de dos jóvenes directores argentinos, Santiago Fillol y Lucas Vermal, y había sido estrenada en un festival de cine. La decepción era fruto de una certeza súbita: si alguien había contado con imágenes la historia de Marco, no tenía sentido que yo la contase con palabras (de ahí el alivio). De todos modos, sentía curiosidad por ver la película, y me enteré de que uno de sus directores, Santiago Fillol, vivía como yo en Barcelona. Conseguí su teléfono, le llamé, quedamos.

La cita fue en un restaurante de la plaza de la Virreina, en el barrio de Gracia. Fillol resultó ser un treintañero bajito, moreno y escuálido, con una barba y un bigote despoblados y gafas de intelectual; también, uno de esos argentinos que parecen haber leído todos los libros y visto todas las películas y que, antes que resignarse a usar un cliché, prefieren que les corten una mano. Me traía una copia en deuvedé de su película. Mientras comíamos, hablamos de ella, del rodaje, de la convivencia durante varias semanas con Marco, sobre todo hablamos de Marco. No fue hasta la hora del postre cuando Santi me preguntó si pensaba escribir sobre él. Le dije que no.

—Vosotros ya habéis contado la historia —razoné, saboreando un flan y señalando su película–. ¿Para qué voy a volver a contarla yo?

—No, no —se apresuró a contradecirme Santi, que se había saltado el postre y había pedido un café–. Nosotros sólo filmamos un documental, pero no contamos la historia entera de Enric. Eso todavía hay que hacerlo.

A punto estuve de contestarle que quizá la historia entera de Marco no podía contarse, y de citar a Vargas Llosa, a Magris y a Arrabal. Contesté:

—Sí, la verdad es que pensé que a estas alturas por lo menos una docena de escritores españoles habrían escrito ya sobre Marco. Pero no hay ninguno, me parece.

—No que yo sepa —confirmó Santi–. Bueno, creo que alguno lo intentó, pero se asustó en seguida. ¿Te extraña? A mí no. En la historia de Enric todo el mundo queda como el culo, empezando por el propio Enric, siguiendo por los periodistas y los historiadores y acabando por los políticos; en fin: el país al completo. Para contar la historia de Enric hay que meter el dedo en el ojo, y a nadie le gusta eso. A nadie le gusta ser un aguafiestas, ¿no es cierto? Y menos a los escritores españoles.

Santi debió de temer que yo tuviese una reacción gremialista o patriótica, porque en seguida se disculpó, vagamente. Le dije que no tenía por qué disculparse.

—No, ya lo sé, es sólo que… En fin. —Una sonrisa traviesa alargó sus labios por debajo de su bigote ralo, que se había manchado de café–. ¿Sabes? Me gusta mucho la literatura, leo bastante, también la española; pero, para serte sincero, los escritores españoles de ahora me parecen un poquito insustanciales, por no decir cobardones: no escriben lo que les sale de las tripas sino lo que les parece que toca escribir o que va a gustar a los críticos, y el resultado es que no pasan de la ornamentación o el esnobismo.

No le dije que yo no era mejor que mis colegas, porque

justo a tiempo comprendí que, si lo hacía, él podría sentirse obligado a mentir, a decir que sí lo era. Santi me urgió a que viese su película, para que comprobase que mi libro no tenía por qué ser incompatible con ella, y me ofreció la documentación que habían acumulado para su rodaje y la ayuda que necesitase.

—No sé —le dije, después de agradecer su generosidad; luego le hablé del libro que acababa de publicar, de mi relato real, y me excusé—: La verdad es que estoy harto de realidad. He llegado a la conclusión de que la realidad mata y la ficción salva. Ahora necesito un poco de ficción.

Santi soltó una carcajada.

—¡Pues con Enric te vas a hartar de ella! —explicó—. Enric es pura ficción. ¿No te das cuenta? Todo él es una ficción enorme, una ficción, además, incrustada en la realidad, encarnada en ella. Enric es igual que don Quijote: no se conformó con vivir una vida mediocre y quiso vivir una vida a lo grande; y, como no la tenía a su alcance, se la inventó.

—Hablas de Marco como si fuera un héroe —le hice notar.

—Es que lo es: un héroe y un villano, todo a la vez; o un héroe y un villano y además un pícaro. Así de complicada es la cosa; y así de interesante. No sé si tus otras ficciones pueden esperar, pero ésta no: Enric tiene ochenta y ocho años. Cualquier día se morirá, y su historia se quedará sin contarse. En fin —concluyó—, haz lo que quieras. Espero que te guste la película.

La película no sólo me gustó: me gustó mucho. Además, comprobé que Santi tenía razón y que él y Lucas Vermal no habían querido contar la historia completa de Marco; quizás ésa era, de entrada, la principal virtud de la cinta. Ésta se limitaba a contrastar la historia inventada de Marco —según la cual había escapado clandestinamente a Francia al final de la guerra civil, había sido detenido en Marsella por la policía de Pétain y luego entregado a la Gestapo, había sido deportado a Alemania y confinado en el campo de Flossenbürg, cerca de Munich— con la historia verdadera —según la cual había ido a Alemania, sí, aunque como trabajador voluntario en el marco de un convenio entre Hitler y Franco, y había pasado varios meses encarcelado, sí, aunque en un penal común y corriente de Kiel, al norte del país—. Pero quedaban multitud de historias que contar y multitud de interrogantes en el aire: ¿de dónde había salido Enric Marco? ¿Cómo había sido su vida antes y después del escándalo que el descubrimiento de su impostura había provocado? ¿Por qué había hecho lo que había hecho? ¿Había mentido sólo una vez, en relación con su estancia en el campo de Flossenbürg, o se había pasado la vida mintiendo? En definitiva: ¿quién era de verdad Enric Marco? A pesar de su excelencia, o precisamente por ella, la película de Santi y Lucas Vermal no contestaba esas preguntas, no agotaba ni pretendía agotar el personaje de Marco, de modo que, después de verla, llamé por teléfono a Santi, le felicité por su trabajo y le pedí que intercediera para que Marco aceptase entrevistarse conmigo.

—Entonces, ¿vas a escribir el libro? —me preguntó Santi.

—Puede ser —contesté—. Por lo menos voy a intentarlo.

—¡El gallego no se arruga, che! —le oí exclamar, como si hablara con otra persona; continuó—: Pierde cuidado. Hoy mismo organizo el encuentro con Enric. Te acompañaré a verle.

La entrevista tuvo lugar unos días después en Sant Cugat, una pequeña ciudad cercana a Barcelona. Santi y yo hicimos el viaje en tren, y al bajar en la estación caminamos hasta la casa de Marco, un sobreático de la rambla del Celler, en la parte nueva de la ciudad, donde, según me contó Santi, nuestro hombre había vivido hasta unos años atrás con su mujer y sus dos hijas, y donde ahora vivía sólo con su mujer. No sé si fue ella o Marco quien nos abrió la puerta de su casa, pero sí que la primera impresión que me produjo Marco fue desagradable, un poco monstruosa: me pareció una especie de gnomo. Un gnomo medio calvo, moreno, macizo, fortachón y bigotudo, que se sentaba y en seguida se levantaba, que llevaba y traía papeles y libros y documentos y que, mientras iba y venía sin sosiego del comedor a una galería de grandes ventanales que daban a una terraza abierta al cielo soleado de aquel mediodía veraniego, no paraba ni un momento de hablar de sí mismo, de mi hermana Blanca, de la película que había hecho con Santi y de mis libros y artículos, tratando de halagarme o de congraciarse conmigo.

Me pareció increíble que aquella turbina ambulante tuviera ochenta y ocho años. A pesar de su cuerpo minúsculo y de las manchas de vejez que moteaban su piel, saltaba a la vista su energía feroz y la vitalidad juvenil que irradiaban sus ojos y sus gestos; no conservaba demasiado pelo en la cabeza, pero lucía un mostacho denso y completamente negro; a la altura de los pectorales llevaba prendida en el jersey una minúscula banderita de la Segunda República. Su mujer, que se llamaba Dani, nos estrechó la mano a Santi y a mí y conversó un momento con nosotros, aunque no recuerdo de qué habló porque, oyéndola y mirándola, no pude evitar preguntarme qué habría sentido aquella señora mínima, dulce, sonriente y mucho más joven que Marco cuando estalló el escándalo y su marido se convirtió en el gran impostor y el gran maldito, qué habría pensado cuando supo que durante varias décadas él la había engañado igual que había engañado a todo el mundo. La mujer de Marco se marchó en seguida. Para entonces Santi llevaba ya un rato caminando arriba y abajo detrás de Marco y tratando de parar su imparable chorro verbal con el fin de explicarle el motivo de nuestra visita. Mientras lo observaba, sentí por él una mezcla de gratitud, admiración y piedad: gratitud por su empeño en ayudarme; admiración porque parecía un domador intentando en vano reducir a una fiera; piedad porque, para hacer su película, había tenido que soportar a Marco día y noche durante semanas de rodaje. En cuanto a mí, la primera impresión de fuerte desagrado físico que experimenté ante Marco se prolongó en una fuerte impresión de desagrado moral: plantado de pie en el comedor de su casa, viéndole ir y venir perseguido por Santi, me pregunté qué demonios estaba haciendo yo allí, y me odié con toda mi alma por haber ido a ver a aquel perfecto farsante, mentiroso redomado y sinvergüenza integral, y por estar dispuesto a pasarme semanas escuchando su historia para escribir mi maldito libro, en vez de emplear ese tiempo haciendo compañía a mi madre, una mujer que, dijera lo que dijera mi psicoanalista, no había matado una mosca en su vida, que a pesar de eso se confesaba y comulgaba todas las semanas y que, si algo necesitaba ahora que se había quedado viuda, era que su hijo la escuchase. Pensé que Santi y Lucas Vermal no eran dos valientes: eran dos héroes. Pensé que yo no estaba en condiciones de imitar su hazaña. Pensé que en realidad yo era tan sinvergüenza como Marco, y en ese preciso instante, con renovado alivio, decidí que por nada del mundo escribiría un libro sobre él.

Del resto de aquella reunión en Sant Cugat sólo recuerdo dos cosas, aunque las recuerdo muy bien. La primera es que, para justificar el viaje, Santi, Marco y yo comimos en La Tagliatella, un restaurante italiano situado frente a la casa de Marco, y que, para compensarlos por el tiempo que les había hecho perder, pagué la cuenta. La segunda es que durante la comida, mientras yo engullía pasta picante y vaciaba grandes vasos de vino tinto, Marco descargó sobre Santi y sobre mí una tormenta de autobombo sin pudor y de justificaciones imposibles (en la que, según advertí con asombro, de vez en cuando Marco pasaba de la primera a la tercera persona, igual que si no hablase de sí mismo): él era un gran hombre, una persona generosa y solidaria y muy humana, un luchador incansable por las buenas causas, y por eso tanta gente decía maravillas de él. «Tenga cuidado —me advirtió para empezar—. Si habla mal de Enric Marco se va a encontrar con mucha gente que le diga: "Usted no conoce a Enric Marco: verdaderamente, es una persona extraordinaria, sensacional, de grandes virtudes".» «Verdaderamente —me advirtió después—, si un día se diese la noticia de que Enric Marco ha muerto, la plaza de Cataluña se quedaría pequeña para acoger a la gente que iría a llorarlo.» Era así: todo el mundo lo quería y lo admiraba, su familia sentía adoración por él, tenía decenas, cientos de amigos que a pesar de todo no le habían vuelto la espalda, gentes dispuestas a hacer cualquier cosa por él. Había dado muestras de coraje y dignidad sin cuento, había sido un líder en todas partes, en el barrio de su infancia, en el ejército de su juventud y en sus años de Alemania; y luego en su madurez: en los años de lucha clandestina contra el franquismo, en la universidad, en la CNT —el sindicato anarquista del que había sido secretario general en los años setenta— y en FAPAC —la asociación de padres de alumnos de la que había sido vicepresidente en los años ochenta y noventa—, también en la Amical de Mauthausen. Y no era que él hubiese buscado ser protagonista de nada; todo lo contrario: él no necesitaba ningún protagonismo, no era una persona egocéntrica ni pagada de sí misma, eso había que dejarlo claro desde el principio. Eran los otros quienes le habían empujado al liderazgo y al protagonismo, eran los otros quienes le pedían a todas horas: «Hazlo tú, que nosotros no nos atrevemos»; «Habla tú, que eres un pico de oro y tienes energía y eres tan inteligente y sabes seducir y conmover y convencer a todo el mundo». Y él se sacrificaba y lo hacía. La notoriedad y la fama y la admiración de los demás le habían perseguido toda su vida, pero él no había hecho otra cosa que huir de ellas, es verdad que con escaso éxito. Cuando se era como él no era fácil ser humilde, pero él lo había conseguido. La gente por ejemplo se empeñaba en considerarlo un héroe, siempre había sido así, era una verdadera manía; él sin embargo lo odiaba, intentaba evitarlo por todos los medios, no le gustaba que lo enalteciesen, que magnificasen su figura, siempre fue un hombre modesto, sin pretensiones. Pero los alumnos y los profesores de las escuelas en las que daba charlas cuando era presidente de la Amical de Mauthausen le decían un día sí y otro también: «A pesar de que usted diga que no es un héroe, usted es un héroe; es un héroe precisamente porque dice que no es un héroe». Y él se enfadaba y les replicaba: «Enric Marco no es un héroe, de ninguna manera. Es una persona distinta, eso sí, lo admito, pero no excepcional. Verdaderamente, lo único que ha hecho a lo largo de toda su vida es luchar, sin descanso y con todas sus fuerzas y con total desprecio del peligro y de sus intereses personales, por la paz, por la solidaridad, por la libertad, por la justicia social, por los derechos humanos, por la difusión de la cultura y la memoria. Eso es todo». Así les replicaba. Y era verdad. Siempre había estado donde más falta hacía, nunca había dejado de ayudar a nadie, ni de hacer el bien y propagarlo, siempre había sido un luchador ejemplar, un trabajador ejemplar, un compañero, un marido y un padre ejemplar, un hombre que lo había dado todo por los demás. ¿Y cómo se lo habían pagado? Con aquel desprecio, con aquel silencio y aquel ostracismo ignominioso en el que le habían confinado desde que estalló el escándalo. ¿Que había cometido un error? ¿Que había dicho que había estado preso en un campo nazi cuando en realidad no lo había estado? ¿Y quién no comete un error? ¿Quién puede tirar la primera piedra? Muchos, al parecer, porque a él no le habían tirado una piedra sino miles, lo habían lapidado, lo habían masacrado y humillado sin piedad, había sido víctima de un linchamiento atroz. Y era cierto, lo reconocía, había cometido una equivocación, pero la había cometido por una buena causa. No había engañado, no era un farsante ni un impostor, como decían de él; simplemente había alterado un poco los hechos: todo lo que contó sobre el horror de los nazis estaba documentado y no era falso, aunque él fuera un embustero; todo lo que contó sobre sí mismo era verdad, aunque hubiese cambiado el escenario. Había cometido un fallo estúpido, porque él no necesitaba inventarse un currículum de resistente y víctima de los nazis, él era de verdad un resistente y una víctima de los nazis, él había sido detenido de verdad por la Gestapo y de verdad había sido prisionero en la Alemania nazi, no en un campo de concentración sino en una cárcel, es cierto, pero ¿qué diferencia había entre las dos cosas? Todo eso también estaba documentado, ¿acaso no había visto yo la película de Santi? Y entonces, ¿cómo se habían atrevido a decirle las víctimas que él no era de los suyos, sólo porque no estuvo en un campo nazi sino en una cárcel nazi? Había dicho cosas que no eran, sí, había adornado o maquillado o modificado un poco la verdad, sí, pero no lo había hecho por egoísmo sino por generosidad, no por vanidad sino por altruismo, para educar a las nuevas generaciones en el recuerdo del horror, para recuperar la memoria histórica de aquel país amnésico, él había sido un gran impulsor, si no el principal impulsor, de la recuperación de la memoria histórica en España, de la memoria de las víctimas de la guerra y la posguerra, del franquismo y el fascismo y el nazismo, cuando llegó a la Amical de Mauthausen los antiguos deportados y supervivientes de los campos nazis habían muerto o estaban viejos y acabados, ¿cómo iban ya a transmitir su mensaje? ¿Y quién podía hacerlo mejor que él, que aún estaba joven y tenía fuerzas, y que además era historiador? ¿Sabía yo que él había estudiado la carrera de historia en la universidad? ¿Quién mejor que él podía dar voz a los que ya no tenían voz? ¿Hubiera debido permitir que los últimos testigos españoles de la barbarie nazi se quedaran mudos y que todo lo que padecieron cayese en el olvido y su lección se perdiese para siempre? Era verdad que él también hubiera podido ser un gran historiador, en la universidad los profesores se lo habían dicho a menudo, pero no quiso serlo. ¿Y sabía yo por qué? Porque la historia es una materia árida, fría y sin vida, una abstracción desprovista de interés para los jóvenes; él les despertó el amor por ella, él se la acercó: en la infinidad de charlas que ofrecía, él les presentaba la historia a los chicos en primera persona, palpitante y concreta, sin ahorrarles sangre, sudor y vísceras, él les hizo llegar la historia con todo su colorido, su sentimiento, su emoción, su aventura y su heroísmo, él la encarnaba y la revivía ante ellos, y gracias a aquella estratagema los chicos habían adquirido conocimiento y conciencia del pasado. ¿Era eso malo? ¿Qué había hecho mal? ¿Por qué le habían condenado sin juicio y sin apelación? Había sido determinante para la Amical de Mauthausen, había impulsado la recuperación de la memoria histórica, había difundido el conocimiento de la historia entre los adolescentes, había peleado por los derechos de los trabajadores, por la mejora de la educación pública, por la libertad de su país, jugándose el pellejo y soportando torturas durante los años terribles del franquismo, había combatido primero por la victoria de la Segunda República y luego contra Franco durante la guerra y la posguerra, ¿y por eso le habían castigado? ¿Acaso no había hecho nada bueno? ¿Merecía aquella pena? ¿Era justo que lo hubieran convertido en un criminal? ¿No había verdaderos criminales a quienes condenar? ¿Y Kissinger? ¿Y Bush? ¿Y Blair? ¿Y Aznar? De todos modos, él no pensaba pedir perdón, no había hecho nada malo, no había cometido ningún delito, no buscaba rehabilitarse. Eso también tenía que quedar claro. Nada de rehabilitaciones públicas, no las necesitaba, a él le bastaba con el cariño de su mujer, de sus hijas y de sus amigos. No pretendía que le devolvieran el reconocimiento general que le habían hurtado tras habérselo ganado a pulso, el respeto y el afecto y la admiración que todos le tenían, su fama de hombre excepcional que había contribuido excepcionalmente a difundir el conocimiento del pasado y a mejorar la humanidad. No. Sabía muy bien que el mundo estaba en deuda con él, pero no pensaba cobrar esa deuda. Lo único que quería era recuperar la voz, quitarse la mordaza, poder defenderse y contar la verdad o por lo menos su versión de la verdad, podérsela contar a los jóvenes y a los no tan jóvenes, a todos aquellos que habían confiado en él y lo habían ensalzado y querido. Y dejarle un nombre limpio a su familia y poder morir tranquilo. Eso era lo único que quería. Y en eso yo, que era un gran escritor, que escribía libros y artículos tan admirables y a quien conocía y quería antes incluso de haberme conocido, porque conocía y quería a mi hermana Blanca, podía serle muy útil. Ojo: no sólo podía serle muy útil a él, cosa que sería lo de menos; podía serles muy útil a todos, contando en un libro su vida verdadera.

–Bueno –dijo Santi en cuanto nos despedimos de Marco a la puerta de La Tagliatella y echamos a andar hacia la estación de tren–, ¿qué te pareció el viejito?

Esperé a que nos hubiésemos alejado lo suficiente de Marco para decir, o casi gritar:

–¡Un horror! ¡Un auténtico horror!

Durante el trayecto de vuelta a Barcelona me desahogué: le dije a Santi lo que opinaba de Marco. Le dije que no sólo era un mentiroso consumado; también era un manipulador, un sinvergüenza y un pelota sin escrúpulos que quería utilizarme para blanquear sus embustes y sus fechorías. Le dije que no pensaba ni por asomo escribir la historia de Marco, porque me parecía un hombre horrible y porque Marco no era una ficción sino una realidad espantosa, y lo que yo necesitaba era una ficción. Le dije que, además, era imposible escribir la historia de Marco y, ahora sí, cité a Vargas Llosa y a Magris y hasta a Arrabal y su teoría de que el mentiroso no tiene historia o de que es imposible contarla sin mentir. Le dije incluso que, aunque hubiera sido posible contar la historia de Marco, no había que contarla, era una inmoralidad, porque contarla —aquí cité a Primo Levi y a Teresa Sala— significaba intentar entender a Marco, e intentar entender a Marco era casi justificarlo, y después concluí —no sé si citando a Anna Maria García— que lo mejor que se podía hacer con aquel monstruo de vanidad y de egotismo era no escribir sobre él, dejarlo pudrirse en su soledad sin honor. Santi me escuchó con paciencia, riéndose a ratos, sin molestarse en discutir mis argumentos, tratando en vano de suavizar mi furia con dosis inalterables de ironía porteña y, cuando nos bajamos del tren en Barcelona, me propuso tomar un café.

—¡Ni hablar! —le respondí, casi volviendo a gritar—. ¡Ahora mismo me voy a ver a mi madre!

A finales de aquel mismo año se estrenó en los cines *Ich bin Enric Marco*, la película de Santi Fillol y Lucas Vermal, y el día 27 de diciembre publiqué en el diario *El País* un artículo sobre ella. Se titulaba «Yo soy Enric Marco». Decía así:

«El 11 de mayo de 2005 se descubrió la verdad: Enric Marco era un impostor. Durante los veintisiete años anteriores Marco había fingido ser el prisionero n.º 6448 del campo de concentración alemán de Flossenbürg; había vivido esa mentira y la había hecho vivir: en esas casi tres décadas Marco pronunció centenares de charlas sobre su experiencia del nazismo, presidió la Amical de Mauthausen, la asociación que reúne a los antiguos deportados españoles en los campos nazis, recibió importantes honores y condecoraciones y el 27 de enero de 2005 conmovió en algún caso hasta las lágrimas a los parlamentarios españoles reunidos en el Congreso de los Diputados para rendir homenaje por vez primera a los casi nueve mil republicanos españoles deportados por el III Reich;

por lo demás, sólo el descubrimiento in extremis de la super-chería impidió que, tres meses y medio después de esa inter-pretación estelar, Marco se superara a sí mismo pronunciando un discurso en el campo de Mauthausen, ante el presidente del gobierno, José Luis Rodríguez Zapatero, y otros altos dig-natarios, durante la conmemoración de los sesenta años del fin del delirio nazi. Muchos de ustedes recordarán el caso, que dio la vuelta al mundo y llenó los periódicos de artículos cargados de improperios contra Marco; una excepción fue el que le dedicó Mario Vargas Llosa: su título era "Espantoso y genial". El primer adjetivo es obviamente exacto; el segundo también: hay que ser un genio para engañar durante casi trein-ta años a todo el mundo, incluidos familia, amigos, compañeros de la Amical de Mauthausen y hasta algún recluso de Flos-senbürg, que llegó a reconocerlo como camarada de desdicha.

»Un genio o casi un genio. Porque lo cierto es que es di-fícil resistirse a pensar que determinadas flaquezas colectivas habilitaron el triunfo de la farsa de Marco. Éste, de entrada, fue el fruto de dos prestigios paralelos e imbatibles: el pres-tigio de la víctima y el prestigio del testigo; nadie se atreve a poner en duda la autoridad de la víctima, nadie se atreve a poner en duda la autoridad del testigo: la cesión pusilánime a ese doble soborno —el primero de orden moral y el segundo de orden intelectual— engrasó el embeleco de Marco. Lo hi-cieron también, al menos, otras dos cosas. Una es nuestra re-lativa ignorancia del pasado reciente en general y del nazismo en particular: aunque Marco se vendía como un remedio contra esa tara nacional, en realidad era la mejor prueba de su existencia. La segunda cosa no es quizá tan evidente. No hay duda de que, ahora mismo, el peor enemigo de la izquierda es la propia izquierda; es decir: el kitsch de izquierda; es decir: la conversión del discurso de la izquierda en una cáscara hueca, en el sentimentalismo hipócrita y ornamental que la derecha ha dado en llamar buenismo. Pues bien, en sus intervenciones públicas Marco supo encarnar con maestría esa prostitución o esa derrota de la izquierda; o dicho de otro modo: las mentiras de Marco vinieron a satisfacer una masiva demanda vacuamente izquierdista de venenoso forraje sentimental aderezado de buena conciencia histórica. Las implicaciones del caso Marco, sin embargo, no son sólo políticas o históricas; también son morales. De un tiempo a esta parte la psicología insiste en que apenas podemos vivir sin mentir, en que el hombre es un animal que miente: la vida en sociedad suele exigir esa dosis de mentira que llamamos educación (y que sólo los hipócritas confunden con la hipocresía); Marco exageró y pervirtió monstruosamente esa necesidad humana. En este sentido se parece a don Quijote o a Emma Bovary, otros dos grandes mentirosos que, como Marco, no se conformaron con la grisura de su vida real y se inventaron y vivieron una heroica vida ficticia; en este sentido hay algo en el destino de Marco, como en el del Quijote o la Bovary, que profundamente nos atañe a todos: todos representamos un papel; todos somos quienes no somos; todos, de algún modo, somos Enric Marco.

»Tal vez por ello Santiago Fillol y Lucas Vermal han titulado más o menos así un documental sobre Marco que se estrena estos días: *Ich bin Enric Marco*. La película tiene muchas virtudes, pero sólo me queda espacio para destacar dos. La primera es su modestia: Fillol y Vermal no pretenden agotar las complejidades del personaje; de esa limitación extrae la película toda su fuerza. La segunda virtud no es menos esencial. Como sabe cualquier buen mentiroso, una mentira sólo triunfa si está amasada con verdades; la mentira de Marco no fue ninguna excepción: era verdad que durante la guerra había estado en la Alemania nazi, pero no era verdad que había estado allí como prisionero republicano, sino como trabajador voluntario de Franco; era verdad que los nazis le habían encerrado, pero no era verdad que le habían encerrado en el campo de Flossenbürg, sino en la ciudad de Kiel, y no por su militancia antifascista sino, quizá, por mero derrotismo. Fillol y Vermal tienen el acierto de llevar a Marco a la mentira a través de la verdad, y no al revés, y de ese modo no sólo lo muestran peleando a brazo partido con su mentira sino peleando por vindicar la verdad de su mentira, peleando todavía por vindicarse a sí mismo como víctima, peleando todavía por imponer la mentira a la verdad, peleando por sí mismo. Peleando. Es un personaje fascinante. Es una película fascinante. Vayan a verla».

4

Como su madre estaba ingresada en un manicomio, de niño la vida de Marco consistió en un peregrinaje permanente de familia en familia y de hogar en hogar, lo que significa que no tuvo ni familia ni hogar. Su padre se llamaba Tomás Marco y había emigrado a Barcelona desde Alfaro, en La Rioja, «pueblo de cigüeñas y de librepensadores», añade Marco sin falta cuando habla de él. Era libertario, masón e impresor y, aunque pertenecía por tanto a la élite cultural de la clase obrera (o precisamente por ello), estaba afiliado al sindicato de artes gráficas de la CNT, la organización anarquista. No era un hombre afectuoso, o al menos Marco no lo recuerda así: no recuerda que alguna vez le cogiese la mano, que alguna vez le hiciese un gesto de cariño, que alguna vez le comprase un juguete (de hecho, sólo recuerda haber tenido un juguete, y encima fugaz: un caballo de cartón que en seguida le regalaron a una prima). Lo único que su padre llevaba a casa eran libros y periódicos, y eso explica que Marco se convirtiera en un lector tan precoz como omnívoro.

Pero sólo lo explica en parte. El padre de Marco vivía con una mujer; se llamaba Teodosia, aunque el nombre no debía de gustarle y se hacía llamar Felisa. Marco la recuerda como una hembra áspera y violenta, que no dudaba en pegarle ni en pelearse con su padre o en sacar las tijeras en medio de una discusión de vecinos; asimismo recuerda que era alcohólica.

Marco la odiaba con toda su alma, porque, dice, convirtió su infancia en una pesadilla. Dice que a veces se pasaba el día tumbada en la cama y que le mandaba a buscar a la taberna de la esquina el vino o el aguardiente que consumía en cantidades desorbitadas. Dice que era analfabeta y que, como no tenía otro entretenimiento, le pedía a él que le leyese los libros que había en la casa, y que así leyó muy pronto libros de Cervantes, de Rojas, de Vargas Vila, de Hugo, de Balzac, de Sue, libros que a menudo no entendía por completo o no entendía en absoluto. A veces le leía a su madrastra en el dormitorio que compartía con su padre, mientras ella, desde la cama, escuchaba o se reía o comentaba la lectura; otras veces le leía en el comedor, una pieza pequeña y oscura alumbrada por una Petromax, entre el olor de la parafina quemada. Pero dice que siempre estaba borracha, y que él le tenía miedo. Con frecuencia le pegaba, lo humillaba, abusaba de él, y más de una vez, harto de que lo maltratase, se marchó de su casa dando un portazo, se dirigió al edificio de la editorial Sopena, donde trabajaba su padre, y se sentó a esperarlo a la puerta. Cuando su padre salía por fin, al cabo de minutos u horas, Marco le contaba lo que había pasado, y a partir de aquel momento se repetía una secuencia idéntica: los dos volvían a casa y él se quedaba fuera, en el umbral, esperando mientras oía a su padre y a su madrastra pelearse a gritos, con la esperanza de que aquella discusión terminara en una ruptura feliz.

No llegó la ruptura, o como mínimo él no la presenció. Su padre y su madrastra permanecieron juntos muchos años. A su modo, quizá se querían: él al menos recuerda oírlos reírse y follar por las noches; o quizás es que, como tiende a pensar ahora, tanto tiempo después, aquella mujer malvada simplemente convenía a su padre: le preparaba la comida, le lavaba y le cosía la ropa, le llevaba la intendencia familiar. A pesar de ello, en la casa reinaba un abandono flagrante, y en una ocasión los vecinos denunciaron los maltratos a que le sometía su madrastra y obligaron a intervenir a un juez. Fue en ese momento cuando empezó su peregrinaje de huérfano dickensiano de casa en casa y de familia en familia. Las familias eran las familias de sus tías, la mayor parte hermanas de su padre. Asegura que todas lo trataban mucho mejor que su madrastra, pero añade que durante la mayor parte de su infancia no consiguió eludir la sensación mortificante de que sobraba en todas partes y de que todo el mundo quería quitárselo de encima. Residió en varios barrios de Barcelona: con su padre y su madrastra, en Les Corts; con su tío Francesc y su tía Caterina, en La Trinidad, donde tenían un colmado y donde él se sintió más en casa que en ningún otro sitio, porque allí pasaba también los veranos; con su tío Ricardo, que era hermano de su padre y militante del sindicato socialista UGT, en el barrio antiguo (en la calle del Tigre y la de la Luna) y también en el Ensanche (en la calle Diputación, entre Aribau y Muntaner). Fue aquí donde le sorprendieron los llamados hechos de octubre de 1934, cuando, en medio de una insurrección general de la izquierda española contra el gobierno derechista de la Segunda República, la Generalitat, el gobierno autónomo catalán, proclamó el Estado Catalán dentro de la República Federal Española. La rebelión, inmediatamente reprimida por el ejército, fracasó de inmediato, pero no sin antes provocar cuarenta y seis muertos, un número indeterminado de heridos y el encarcelamiento y posterior procesamiento de más de tres mil personas, entre ellas el presidente de la Generalitat y su gabinete en pleno.

Marco conserva de esos días dos recuerdos tremendos. El primero es bastante confuso. La algarada catalanista le había sorprendido en casa del tío Ricardo, quien por entonces trabajaba en *La Humanitat*, una publicación que tenía su sede en la calle Tallers, cerca de la Rambla; *La Humanitat* era el periódico de Esquerra Republicana de Catalunya, el partido del gobierno rebelde, de manera que sus oficinas fueron clausuradas y su personal confinado en el barco-prisión *Uruguay*.

Marco no vivía lejos de la redacción del periódico y, al oír rumores de lo que estaba ocurriendo con él, espoleado por su inquietud congénita y por la temeridad de sus trece años se echó a la calle en busca de su tío. A partir de este momento los recuerdos de Marco, además de confusos, son parciales: dice que en algunas calles vio barricadas o restos de barricadas; dice que consiguió llegar hasta la plaza Universidad y que se topó con varias ametralladoras emplazadas allí y con varios soldados a su cargo, que no le dejaron pasar; dice que volvió sobre sus pasos y que intentó dar la vuelta y bajar hacia la plaza de Cataluña y la Rambla por la rambla de Cataluña, y que vio a gente de Estat Català, el partido independentista, detenida a las puertas del Oro del Rhin, una cafetería situada en la esquina de Gran Vía y rambla de Cataluña; dice que no recuerda cuánto tiempo vagó por los alrededores, pero que, por mucho que lo intentó, no consiguió llegar a la calle Tallers, y que tuvo que volver a casa sin noticias de su tío.

El segundo recuerdo es más brutal y menos impreciso. Se refiere a un episodio que debió de ocurrir días u horas después, todavía en medio de la atmósfera de guerra que se apoderó de la ciudad en aquellas jornadas sangrientas. Con el tío Ricardo encerrado en el barco-prisión *Uruguay*, sus familiares enviaron al niño a casa del tío Francesc, en La Trinidad, quizá con la esperanza de que la violencia no alcanzase aquel barrio periférico; los hechos demostraron que era una esperanza sin fundamento. Una madrugada despertó a la familia un estrépito de gritos y disparos. El escándalo procedía de la casa de al lado, donde vivía con su padre la maestra que cada noche le daba clases particulares a Marco, quien no podía asistir a la escuela cuando estaba en La Trinidad porque debía ayudar a sus tíos en el colmado. Marco saltó de la cama, salió corriendo hacia la casa de su maestra y se la encontró en el patio, a oscuras, llorando a lágrima viva con su padre muerto en brazos. Marco asegura que el padre de la maestra había sido abatido por disparos de la guardia civil, supone que porque era un militante catalanista; también dice que él adoraba a su maestra y que se recuerda a sí mismo allí, en el patio de su casa, a la luz de la luna otoñal, aterrado, inmóvil e indiferente a la multitud que se arremolinaba en torno a ellos, mirando las lágrimas y el dolor sin consuelo de aquella mujer bondadosa. Y dice que fueron hechos como aquél los que provocaron su temprana militancia anarcosindicalista.

Es imposible determinar si los aparatosos recuerdos de Marco que acabo de consignar son veraces o son fruto de su fantasía —no queda un solo testigo que pueda dar fe de ellos, no he localizado un solo documento que los avale, y dudo mucho que exista—; lo único que se puede decir con certeza es que, aunque la fantasía de Marco tienda a lo aparatoso, esos hechos particulares encajan con los hechos de la historia general. Por lo demás, no es preciso evocar episodios tan brutales como la muerte del padre de su maestra para entender la adscripción política de Marco. Éste pertenecía a una familia obrera, creció en barrios obreros, empezó a trabajar muy pronto —primero, como ya he dicho, en el colmado de su tío Francesc, luego en el taller de un sastre a quien recuerda rubio e imponente, y más tarde en la Tintorería Guasch, donde hacía de chico del reparto—; además, su padre y algunos de sus familiares eran militantes de la CNT, recibió una intermitente pero asidua educación libertaria en escuelas, ateneos y cooperativas anarquistas, y Barcelona era la ciudad de España con más afiliados a la CNT, un sindicato abrumadoramente mayoritario en los ambientes en que creció. Pero lo que lo convirtió del todo a la causa del anarquismo no fue, según Marco, nada de eso: fue la influencia de un hermano de su odiada madrastra.

Se llamaba Anastasio García y es lo más parecido que Marco tuvo en su vida a un padre, y tal vez a un ídolo o a un modelo. Siempre de acuerdo con el relato de Marco, en los años veinte el tío Anastasio había sido un hombre de acción:

había pertenecido o había tenido vínculos con Los Solidarios, el legendario grupo de afinidad anarquista capitaneado por Buenaventura Durruti, Francisco Ascaso y Juan García Oliver —«los mejores terroristas de la clase trabajadora», como los llamó en alguna ocasión el mismo García Oliver—, y había operado con ellos en España, Francia y Sudamérica. Así que el tío Anastasio era sin duda un tipo duro, aunque cuando Marco empezó a tratarlo estaba domesticado, además de disminuido y posiblemente alcoholizado: vivía con una mujer, la tía Ramona, trabajaba como pintor en la Transmediterránea, una compañía naviera barcelonesa dedicada al transporte de pasajeros y mercancías, y se había afiliado al sindicato del transporte marítimo de la CNT. No tenía hijos y, cuando conoció a Marco, no sólo se encariñó con él sino que lo acogió durante largas temporadas en su casa, quizá para protegerlo de las vejaciones de su hermana.

El tío Anastasio y la tía Ramona vivían en la calle Conde del Asalto, junto al palacio Güell y casi enfrente del Edén Concert, un music hall donde actuaban las estrellas más rutilantes del firmamento artístico de la época y donde Marco dice a veces que alcanzó a ver a Josephine Baker y a Maurice Chevalier, aunque otras veces dice que no los vio en aquella célebre sala de fiestas donde quizá nunca puso los pies (después de todo, muy pronto, justo antes de la guerra, se convirtió en un cine: el Edén Cinema), sino entrando y saliendo de un local cercano, el Edén Hotel, donde la tía Ramona trabajaba y donde él se pasaba el día zascandileando, atraído por el olor del lujo y el brillo de las celebridades. El hecho es que el tío Anastasio adoptó a Marco; también lo instruyó: hasta entonces Marco había completado su educación autodidacta de lector indiscriminado recibiendo clases de francés, solfeo, teatro y esperanto en las escuelas, ateneos y cooperativas libertarias y en casa de la desdichada maestra de La Trinidad; ahora su tío Anastasio le obligó a aprender también caligrafía, mecanografía y taquigrafía. Quería hacer de él un hombre de provecho, pero sobre todo quería hacer de él un buen libertario: por eso le inculcó el idealismo racionalista, antipolítico, violento, justiciero, igualitario, redentorista, anacrónico, puritano, solidario y sentimental de un cierto anarquismo español; y por eso le llevaba a todas partes con él. Y también por eso, cuando el 18 de julio de 1936, según venía sospechándose desde hacía meses, algunas unidades militares se sublevaron contra el gobierno de la Segunda República, y al día siguiente, para hacerles frente, estalló la revolución libertaria en Barcelona, el tío Anastasio y él se sumaron a ella; y, pocas semanas más tarde, a la guerra que durante los tres años siguientes arrasó el país.

5

A principios de 2013, cuatro años después de conocer a Marco y haber abandonado por segunda vez la idea de escribir sobre él, todo había cambiado para mí. Durante el otoño anterior había publicado una novela con ficción, titulada *Las leyes de la frontera*, y desde entonces apenas había hecho otra cosa que viajar por España y por Estados Unidos. Me sentía razonablemente a gusto en mi piel. Hacía unos meses que había mandado a la mierda a mi psicoanalista y tenía la impresión de que la ficción me había curado; o quizás era sólo que me había acostumbrado a vivir sin padre. Por su parte, mi madre se había resignado a vivir sin marido. Mi mujer y mi hijo, en fin, parecían contentos, sobre todo mi hijo.

Raül tenía diez años cuando estalló el caso Marco; ahora iba a cumplir dieciocho y se había convertido en un milhombres. En los últimos catorce meses había perdido veinte kilos. Estaba fuerte y saludable y no paraba de hacer deporte. El curso siguiente entraba en la universidad, aunque todavía dudaba si matricularse en cine o en otra cosa. Lo que más le gustaba, sin embargo, eran los coches, y lo que más nos gustaba a los dos era montarnos en uno, propio o alquilado, y hacer kilómetros escuchando música y hablando de todo, pero sobre todo de nuestros ídolos máximos: Bruce Willis y Rafa Nadal.

Un día de principios de enero, mientras Raül y yo zigzagueábamos sin rumbo por las carreteras del Ampurdán, me preguntó si ya había empezado a escribir mi próximo libro. No era una pregunta habitual, porque ni Raül leía mis libros ni era habitual que hablásemos de ellos, y en aquel momento caí en la cuenta de que llevaba casi seis meses sin escribir y de que, contra toda lógica, no estaba en absoluto angustiado. Contesté la verdad.

—Últimamente estás un poco vago, ¿no? —preguntó Raül.

Me volví un segundo a mirarlo: tenía la vista clavada en el parabrisas y los labios curvados en una sonrisita sardónica.

—Tú ocúpate de tu trabajo —le aconsejé, volviendo a mirar la carretera—. Que del mío me ocupo yo.

—Vale, tío, no te cabrees —dijo, satisfecho de haber conseguido colocarme a la defensiva—. Yo sólo preguntaba por curiosidad, ¿eh?

Ya digo que mi hijo estaba un poco crecido, por usar una expresión suave. El caso es que, quizá porque teníamos una relación irónicamente competitiva y quería demostrarle que si no había empezado a escribir no era por falta de inspiración sino porque no había querido o porque no había encontrado el momento de hacerlo, me puse a enumerar temas posibles para mi próximo libro y, en cuanto mencioné el caso Marco, sacándolo del limbo de mis proyectos abortados, Raül me interrumpió.

—Ése es un buen tema —dijo.

—¿Te acuerdas de Marco? —pregunté, sorprendido.

—Claro —contestó—. Aquel viejo que decía que había estado en un campo de concentración y luego resultó que era mentira, ¿no?

—Exacto.

—Un tipo interesante —sentenció—. No se puede ser tan mentiroso sin ser interesante.

Pensé que, aunque estuviera otra vez haciéndose el milhombres, tenía razón. Pensé que la historia de Marco era extraordinaria, y de pronto sentí que, si por dos veces había renunciado a meterme en ella, había sido por falta de valor, porque intuía que en aquel anciano se escondía alguna cosa que me interpelaba o me concernía profundamente y me daba miedo averiguar lo que era. Raül dijo algo, que no entendí; le pedí que lo repitiera.

–Decía que puedo ayudarte.

–¿A escribir el libro sobre Marco?

–Claro. Tendrás que hablar con Marco, ¿no? Digo, para que te cuente su vida. Pues yo os filmo mientras habláis. Así sólo tendrás que preocuparte de lo que él diga, y encima tendrás archivada su historia y podrás revisarla cada vez que quieras. Y así yo veo si lo del cine mola o no.

Fingí que valoraba su propuesta, pero en realidad estaba pensando que no sólo había abandonado dos veces la historia de Marco porque intuía que había involucradas en ella cosas muy personales, que me asustaba investigar; además la había abandonado por un miedo todavía menos confesable: el miedo a que me acusasen de estar haciéndole el juego a Marco, de estar intentando entenderle y por tanto disculparle, de ser cómplice de un hombre que se había burlado de las víctimas del peor crimen de la humanidad. Recordaba las palabras admonitorias de Teresa Sala: «No creo que tengamos que entender las razones de la impostura del señor Marco»; también recordaba las palabras equivalentes de Primo Levi: «Tal vez lo que ocurrió no deba ser comprendido, en la medida en que comprender es casi justificar». Durante los cuatro años anteriores, mientras escribía mi novela con ficción, yo había pensado más de una vez en ambas frases, sobre todo en la de Levi y en la incoherencia manifiesta de que hubiera escrito aquello y, al mismo tiempo, se hubiese pasado la vida intentando entender el Holocausto en sus libros (por no hablar del hecho de que también hubiera escrito cosas como ésta: «Para un hombre laico como yo, lo esencial es comprender y hacer comprender»). ¿Entender es justificar?, volvía a preguntarme cada vez que recordaba aquella frase. ¿Tenemos que prohibir-nos entender o más bien estamos obligados a hacerlo? Hasta que un día, apenas semanas o meses antes de mi conversación con Raül, volví a toparme por casualidad con la frase de Levi y encontré la solución.

La encontré en un libro de Tzvetan Todorov. Allí Todorov razonaba que lo que decía Levi en su frase (y, añadí yo, lo que decía Teresa Sala en la suya) sólo era válido para el propio Levi y los demás supervivientes de los campos nazis (incluida, aña-dí yo, Teresa Sala, que no era una superviviente pero sí la hija de un superviviente, y por tanto una víctima de los campos nazis): ellos no tienen que intentar comprender a sus verdugos, decía Todorov, porque la comprensión implica una identifica-ción con ellos, por parcial y provisional que sea, y eso puede acarrear su propio aniquilamiento. Pero los demás no pode-mos ahorrarnos el esfuerzo de comprender el mal, sobre todo el mal extremo, porque, como concluía Todorov, «compren-der el mal no significa justificarlo, sino darse los medios para impedir su regreso». Así que, pensé mientras conducía por el Ampurdán junto a Raül y fingía meditar su propuesta, com-prender a Marco no significa justificarlo, sino, si acaso, darse los medios para impedir la aparición de otro Marco. Por lo demás, ahora me intrigaba qué es lo que había en Marco que me atañía tan profundamente como para haberlo temido, y al instante supe que me sentía lo bastante fuerte y animoso para intentar averiguarlo. ¿Era posible averiguarlo? ¿Era posible contar la historia de Marco? ¿Y era posible contarla sin men-tir? ¿Era posible proponer la crónica de la mentira de Marco como una historia verdadera? ¿O no era posible, según pen-saría Arrabal? Vargas Llosa y Magris habían imaginado que nunca llegaríamos a saber la verdad profunda de Marco, pero ¿no era ésa la mejor razón para escribir sobre él? ¿No era ese no saber o esa dificultad de saber el mejor motivo para tratar de saber? Y, aunque el libro sobre Marco fuera un libro imposible, como pensaría también Arrabal, y quizá Vargas Llosa y Magris, ¿no era ése un estímulo perfecto para escribirlo? ¿No son los libros imposibles los más necesarios, quizá los únicos que merece de veras la pena intentar escribir? ¿No era eso lo que en realidad había querido decir Vargas Llosa cuando me había dicho en su casa de Madrid que tenía que escribir sobre Marco? ¿No es una noble derrota lo máximo a lo que puede aspirar un escritor?

—Puede que esté muerto —le dije a Raül.

—¿Qué?

—Que puede que Marco esté muerto —aclaré—. Cuando lo conocí tenía casi noventa años, y desde entonces han pasado cuatro.

—¿Y no nos hemos enterado de su muerte? ¿Después de la que armó? Anda.

Aquella misma tarde llamé a Marco desde la casa de mi madre, en Gerona, donde pasábamos casi todos los fines de semana. Estaba vivo. No sólo estaba vivo; parecía poseído por la misma agitación y la misma verborrea febril que lo dominaban cuatro años atrás. Habló de nuestro único encuentro, de Santi y de mi hermana Blanca, sobre todo habló de sí mismo, de la injusticia que se había cometido con él, de su infatigable labor solidaria, de todo lo que le había dado a tanta gente y que nadie le había devuelto. Mientras escuchaba, recordé la proeza de Santi y de Lucas Vermal y me pregunté si, como ellos, yo sería capaz de aguantar mucho tiempo aquel diluvio autojustificativo, pero me dije que no podía rendirme a la primera y, armándome de valor, conseguí interrumpirlo: le conté que había decidido retomar la idea de escribir un libro sobre él.

—¿Ah, sí? —preguntó, como si yo pudiera llamarle por otra razón—. Es verdad, aquello quedó un poco en el aire, ¿no?

Antes de que tuviera tiempo de volver al ataque, le pregunté si podíamos vernos para hablar del asunto. Sin dudarlo, Marco dijo que sí. Era viernes. Nos citamos el lunes.

Convencido de que Marco aceptaría que yo escribiese un libro sobre él —porque su vanidad trituraría cualquier objeción al proyecto—, por la noche imprimí el artículo de Vargas Llosa, el mío y un reportaje publicado en *El País* por José Luis Barbería y se los entregué a mi hijo.

—He quedado con Marco el lunes —le dije—. Es sólo una primera cita, para retomar el contacto y explicarle qué quiero hacer. La semana que viene grabamos, suponiendo que acepte. Si vas a hacerlo tú, es mejor que te informes.

Raül cogió los papeles y, después de cenar, se tumbó en el sofá del comedor y se puso a leerlos. Yo me senté en un sillón, con él a un lado y mi madre al otro; escuchaba vagamente a mi madre, que me tenía cogida una mano, y miraba las noticias en el televisor mientras de reojo vigilaba a mi hijo. Cuando terminó de leer, sonreía.

—Está loco —dijo, dejando caer los papeles sobre la alfombra.

No pregunté a quién se refería; pregunté:

—¿Tú crees?

—¿De quién habláis? —terció mi madre.

—De un hombre. —Raül levantó la voz para vencer la sordera de su abuela—. Decía que había estado en un campo de concentración, pero era mentira.

Mi madre se quedó mirándole sin entender; luego me miró a mí. Le resumí el caso Marco, aunque todavía no había terminado de hacerlo cuando me preguntó:

—¿Y tú crees que será verdad tanta mentira?

Raül se rió. Yo le dije a mi madre que eso era precisamente lo que iba a tratar de averiguar. Mi madre me apretó la mano, como si aprobase mis palabras, y Raül continuó:

—Marco vive en un mundo de fantasía, más interesante y más divertido que la realidad. Eso es estar loco, ¿no?

—Supongo que sí —contesté—. Le pasa como a don Quijote.

Aunque don Quijote también está cuerdo. Quiero decir: está como una cabra, pero también es el tipo más sensato del mundo. Salvo cuando habla de libros de caballerías.

—¿Y Marco es igual?

—No lo sé. Ni siquiera sé si tiene libros de caballerías. Eso también tengo que averiguarlo. O tenemos que averiguarlo. Si todo va bien, la semana que viene empezamos. Tú estate atento mientras lo grabas, y luego me das tu opinión sobre él. ¿De acuerdo?

Raül se removió en el sofá, colocó un cojín bajo su cabeza e hizo una mueca que parecía de escepticismo, y que quizá no lo era.

—De acuerdo —dijo.

El lunes, a la hora fijada, me presenté en casa de Marco, en Sant Cugat. Fui solo; Marco me recibió con su mujer. A simple vista no aprecié ninguna diferencia entre el Marco de cuatro años atrás y el de ahora: tal vez estaba un poco más encogido y más arrugado, pero seguía pareciendo un hombre de setenta años, no uno de más de noventa. Como si me hubiera leído el pensamiento, una de las primeras cosas que me dijo fue que su salud había empeorado, que tenía problemas de corazón. «Yo pensaba llegar a los cien años —dijo, con voz ronca y sufriente—. Pero ya sé que no llegaré.» Luego empezó su sesión de autobombo, lanzando sobre mí la tromba acostumbrada de reivindicación personal y victimismo: su vida había sido apasionante, había estado en todas partes, había conocido a todo el mundo, había sido un defensor de la República y un antifascista irreductible en la guerra, un resistente clandestino durante el franquismo, una víctima asidua de los calabozos de la dictadura, un líder obrero y civil, un paladín de la justicia, la libertad y la memoria histórica; era cierto que al final de su vida había cometido un error haciéndose pasar por deportado, pero en el fondo no había sido un error, no había mentido sino que sólo había distorsionado la verdad, y además la había distorsionado por una buena causa, para dar a conocer los horrores del siglo; lo que habían hecho con él cuando estalló el escándalo no tenía perdón, lo habían insultado, afrentado, pisoteado, linchado, igual que si fuera una alimaña y no un hombre humilde pero grande que había dado su vida por los demás, igual que si fuera él quien estuviera en deuda con el mundo, y no el mundo con él... Le dejé explayarse mientras su mujer trajinaba por la casa, como si no le interesase lo que decía Marco, o como si ya lo hubiese oído muchas veces, y mientras yo me preguntaba qué opinaría ella de mi idea de escribir un libro sobre su marido. Cuando comprendí que Marco no iba a parar de hablar a menos que yo le interrumpiese, traté de interrumpirlo. Casi a gritos conseguí decir, en medio de su perorata, que había ido a verle porque quería que me contase su historia completa, pero a su debido tiempo.

—¡Si me lo cuenta todo ahora, ya no le quedará nada que contarme! —grité, abiertamente. Marco se calló; me pareció un milagro. Estábamos sentados en la galería, uno frente al otro, separados por una mesa de madera larga y rectangular; detrás de él había una estantería repleta de libros, revistas y archivadores. Su mujer acababa de aparecer a su lado, silenciosa como un gato. Recobrando mi tono de voz habitual pregunté—: ¿Quiere que le cuente mi proyecto?

Se lo conté. Volví a decirle que mi idea consistía en escribir un libro sobre él. Le aseguré que, para escribirlo, me hacía falta su ayuda. Le repetí que de entrada necesitaba que me contase su vida de pe a pa, con todos sus detalles. Le dije que, si no le importaba, mi hijo filmaría nuestras sesiones y que, si lo prefería, podíamos filmar allí mismo, en su casa.

—No, aquí no —dijo en seguida, taxativo—. Yo soy yo y mi familia es mi familia.

—Entonces podemos filmar en mi despacho —repliqué—. Allí estaremos tranquilos.

Le conté que, aunque yo era un autor de ficciones, me

proponía escribir un relato absolutamente real, una novela sin ficción y, aunque no le expliqué que entre otros motivos quería hacerlo porque él ya había incorporado suficiente ficción a su vida, añadí que, aparte de eso, no podía adelantarle cómo sería el libro, porque yo sólo sabía lo que quería escribir cuando ya lo había escrito.

—De todos modos, no espere que el resultado sea una defensa —le advertí—. No voy a engañarle: no espere de mí una rehabilitación ni una absolución; aunque tampoco una condena. Lo que quiero es saber quién es usted, por qué hizo lo que hizo. Eso es lo que quiero: no rehabilitarlo sino entenderlo.

Marco se quedó mirándome con sus ojos oscuros, hundidos e inquisitivos; le sostuve la mirada. Repito que yo no tenía ninguna duda de que iba a ayudarme con mi proyecto: bastaba saber lo que había hecho y pasar cinco minutos con él para tener la certeza de que es de los que mil veces prefieren que se hable mal de ellos a que no se hable en absoluto. Así que ya iba a decirle, con hipócrita magnanimidad, que si no aceptaba el trato lo entendería muy bien, cuando volvió a hablar.

—Verdaderamente, no necesito que nadie me rehabilite —dijo, aunque yo estaba seguro de que nada deseaba tanto como rehabilitarse—. Lo único que necesito es que me escuchen. Poder explicarme.

—Yo le escucharé. Se lo aseguro.

Marco siguió mirándome; su mujer también.

—Leí el artículo que publicó sobre mí en *El País* —dijo Marco, y al instante lamenté haber escrito aquel artículo—. No estaba bien informado.

Miré a su mujer, volví a mirarle a él y recurrí de nuevo a la hipocresía (o al sarcasmo).

—¿Contenía algún error? —pregunté.

—No —contestó Marco—. Pero ése no era yo. Verdaderamente, yo soy más complejo.

—Estoy seguro —dije, esta vez con sinceridad, y tomé la

salida que me ofrecía–. Por eso precisamente quiero escribir el libro: para retratarlo a usted como es, con toda su complejidad. Y para eso necesito que hablemos, que usted me cuente su vida. Más tarde podría ayudarme de otras formas: podría proporcionarme documentos, podría acompañarme a los sitios donde vivió, podría darme teléfonos y direcciones de personas que le han conocido… –Me volví hacia su mujer; dije–: Algún día también me gustaría hablar con usted, si no le molesta.

–No me molesta –dijo su mujer. Sonrió y se levantó, como si ya hubiese oído todo lo que necesitaba oír–. Si quiere que hablemos, hablamos. Pero con la condición de que no me filme. Yo sólo soy la mujer de Enric, y ya ha oído lo que le ha dicho mi marido: él es él y su familia es su familia.

Marco se quedó un instante absorto mirando a su mujer mientras se alejaba de la galería. Aproveché su silencio para preguntar:

–¿Qué le parece si empezamos mañana?

Empezamos tres días más tarde. Durante ese lapso de tiempo volví a empaparme del caso Marco, releí todo lo que había leído sobre él y busqué nueva información en Internet, donde descubrí infinidad de artículos, grabaciones, entrevistas y comentarios. La víspera de la reunión a punto estuve de sufrir un ataque de ansiedad.

–Mierda –le dije a Raül–. No podemos grabar en mi despacho.

–¿Por qué no? –preguntó.

–Porque no hay ascensor. ¿Cómo quieres que un anciano de noventa y dos años suba por las escaleras hasta un tercer piso?

Llamé de inmediato a Marco, pensando que, si no podíamos grabar en mi despacho ni en su casa, tendríamos que aplazar nuestra primera jornada de trabajo, lo que me parecía de mal augurio. A Marco la llamada le molestó.

—Tú atiende a lo tuyo, Javier —dijo—. Las escaleras son cosa mía.

Creo que fue la primera vez que me trató de tú, y durante un segundo muy incómodo sentí que Marco me había hablado como yo le hablaba a mi hijo.

Al día siguiente, antes de las cuatro de la tarde, Raül y yo estábamos en mi despacho del barrio de Gracia, esperando a Marco. La noche anterior mi hijo me había mostrado el funcionamiento de la cámara —tenía que marcharse a media tarde, debíamos asegurarnos de que yo sabría usarla cuando se marchase— y ahora la colocó en un trípode y colocó el trípode junto a mí y frente a la butaca donde debía sentarse Marco. Hacia las cuatro y media llamaron al timbre. Era Marco; venía con su mujer. A pesar de que ella era casi treinta años más joven que él, fue Marco quien primero asomó por las escaleras, decidido y jadeante. No recuerdo cómo iba vestida su mujer; en cuanto a Marco, las imágenes que grabamos aquella tarde muestran que vestía una gorra oscura, de visera, camisa a rayas y jersey de punto con la eterna banderita republicana prendida a él. Marco me saludó y se puso a hablar con Raül; yo me puse a hablar con Dani. Terminado el preámbulo, hice que Marco se sentara en la butaca que había frente a la cámara, Dani se sentó en un sillón, Raül en una silla detrás de la cámara y yo en mi butaca de trabajo, frente a Marco. Tenía junto a mí, en mi mesa, una libreta llena de preguntas para él, pero durante la primera media hora apenas fui capaz de formular alguna, porque Marco empleó ese tiempo en su ya clásica arenga vindicativa, saturada de autobombo y de lamentos. Lo escuchamos con paciencia, hasta que, gracias en parte a la intervención de su mujer, conseguí que arrancara a hablar de su vida desde el inicio.

Fue entonces cuando empezó de veras aquella primera entrevista. Terminó más o menos tres horas después, hacia las ocho. Para ese momento hacía ya rato que Marco y yo nos habíamos quedado solos en mi despacho; Raül y Dani se habían ido, primero Dani y luego Raül. Por la noche, durante la cena, mi mujer, mi hijo y yo hablamos de Marco. Le pregunté a Raül qué opinaba de él, qué impresión le había causado, si aún pensaba que estaba loco.

—Está loco y no está loco —respondió sin reflexionar, sin levantar la vista del plato, y adiviné que no era una respuesta improvisada—. Sólo se hace el chulo, igual que don Quijote; pero no es un chulo. Y tampoco es como don Quijote. Es mucho mejor.

Esperé a que explicara por qué, pero estaba masticando un trozo de comida, o quizás estaba redondeando su idea; fue mi mujer quien, sin poder contener la impaciencia, pidió la explicación.

—Está clarísimo —contestó Raül, terminando de tragar o de pensar, o de ambas cosas—. A don Quijote nadie se lo tomaba en serio, no engañaba a nadie; en cambio, Marco engañó a todo el mundo. —Levantó por fin la vista del plato y miró a mi mujer—. ¿Te das cuenta? ¡A todo el mundo! —Luego se volvió hacia mí con un brillo entusiasta en los ojos, me señaló con el tenedor, remató—: ¡Es el puto amo!

6

He aquí la batalla más sangrienta librada en los primeros días de la guerra civil. Fue en Barcelona, el domingo 19 de julio de 1936. El sábado había llegado a la ciudad la noticia de la sublevación del ejército en Marruecos y, durante todo el día, las calles, casas y cafés se saturaron de rumores. En el aire se respiraba una tensión prebélica. Por la tarde el presidente del gobierno autónomo catalán, Lluís Companys, se negó a entregar armas al pueblo, pero la CNT, el sindicato anarquista y mayoritario en la ciudad, no aceptó la negativa, desvalijó arsenales, armó a sus militantes y se preparó para luchar.

Al amanecer del día siguiente estalló la guerra. De acuerdo con el plan trazado por los golpistas, a esa hora varias columnas rebeldes armadas hasta los dientes empezaron a salir de los principales cuarteles de la ciudad: los de Pedralbes, el de la calle Tarragona, el de Travessera de Gracia, el de Sant Andreu; todas ellas debían converger en el centro, en la plaza de Cataluña y la Rambla, pero la operación estuvo tan mal coordinada y encontró una resistencia tan fiera por parte de grupos de obreros en armas, sobre todo obreros de la CNT, y de destacamentos de la Guardia de Asalto, que los sublevados nunca alcanzaron su meta, o la alcanzaron y en seguida tuvieron que abandonarla: fueron detenidos por barricadas de adoquines, por disparos de francotiradores, por granadas caseras lanzadas desde los tejados, por camiones suicidas que se arrojaban contra ellos. Al mediodía la ciudad entera se había convertido en un campo de combate, con gente peleando en cada esquina, muertos por doquier y la mayoría de las iglesias y conventos incendiados. Por la tarde la suerte de la contienda empezó a decantarse del lado de los antifascistas: el líder local de la asonada, general Goded –que al mediodía había llegado de Mallorca en un hidroavión–, se entregó sin condiciones y fue obligado a radiar un llamamiento a la rendición de sus hombres; sobre las dos de la tarde, después de algunas vacilaciones, la guardia civil se puso a las órdenes del gobierno legítimo; más o menos a la misma hora (o tal vez un poco antes, o un poco después), en la avenida Icaria un grupo de obreros convenció a unos soldados rebeldes del Regimiento de Artillería de Montaña n.º 1, que estaban a cargo de una batería compuesta por dos cañones de 75 mm, de que volvieran las armas contra los suyos, porque sus oficiales les habían engañado, y a partir de aquel momento sus compañeros, que desde por la mañana habían abandonado ocasionalmente las filas golpistas para unirse a las de sus enemigos, empezaron a desertar en masa. Al anochecer los sublevados sólo resistían en el cuartel de Atarazanas, cerca del puerto, y en el de Sant Andreu, a unos kilómetros del centro, donde se hallaba el mayor arsenal de Barcelona.

Era allí donde estaba Marco desde hacía horas, o era allí donde dice que estaba. Por entonces acababa de cumplir quince años, llevaba unos días en el barrio de La Trinidad, ayudando en el colmado a su tío Francesc y a su tía Caterina y, como todo el mundo, sabía que algo iba a ocurrir, quizás el estallido de la revolución, quizás un golpe militar, quizás ambas cosas a la vez. El domingo por la mañana, mientras sonaban todas las sirenas de las fábricas de la ciudad, oyó hablar de la sublevación del ejército y de los combates que se libraban desde el amanecer, y le llegaron o dice que le llegaron las consignas de los partidos y sindicatos obreros (no sólo la CNT, a la que dice que pertenecía), consignas según las cuales quienes tenían armas debían acudir al centro de Barcelona, con el fin de frenar la rebelión, y quienes no las tenían debían acudir a los cuarteles para conseguirlas, o al menos para demostrarles a los militares que el pueblo estaba contra el levantamiento.

El cuartel más cercano a La Trinidad era el de Sant Andreu, el cuartel de La Maestranza de Sant Andreu, así que hacia él se fue Marco. No recuerda a qué hora llegó, pero sí que, cuando llegó, a la entrada ya había gente dispuesta a plantar cara a los rebeldes, gente no sólo de Sant Andreu y La Trinidad, sino también de Santa Coloma, de La Prosperidad y de otros barrios de la periferia de Barcelona. Dice que entre aquella muchedumbre exaltada y variopinta conoció a quien con los años acabaría convirtiéndose en uno de sus mejores amigos: un militante anarquista llamado Enric Casañas. Dice que no recuerda cuánto tiempo estuvo allí, esperando no se sabía muy bien qué, pero que en algún momento apareció en el cielo un avión republicano y dejó caer sobre la Maestranza una lluvia de octavillas mientras algunos soldados le disparaban. Dice que acto seguido el avión desapareció pero al cabo de un rato volvió a aparecer y volvió a sobrevolar el cuartel, esta vez conminando a sus ocupantes a que se rindieran y arrojando unas bombas que, dice, levantaron más polvo e hicieron más ruido que otra cosa. Pero dice que fue entonces cuando las puertas del cuartel se abrieron y cuando, como si se tratara de un solo hombre, la multitud se lanzó al asalto, aunque lo que los asaltantes encontraron dentro no resultó ser lo que esperaban, sino sólo un montón de soldados borrachos y con miedo que vagaban como alucinados por patios y comedores llenos de restos de comida y de bebida, y que se entregaron sin oposición. En el cuartel de Sant Andreu se guardaban aquel día, entre otras armas, treinta mil fusiles, y Marco dice que la gente cogió los que quería, y que él se quedó con una tercerola. Y eso es todo lo que Marco recuerda de aquella jornada, o lo que dice que recuerda.

De las jornadas siguientes no recuerda casi nada, salvo el alborozo de la revolución triunfante en Barcelona, pero lo que sí recuerda o dice que recuerda es que tres semanas más tarde, en medio de la euforia irrepetible de aquel verano libertario, participó con su tío Anastasio en la conquista de Mallorca.

Fue una de las operaciones más insensatas de aquella guerra insensata. El historiador británico Anthony Beevor acierta a resumirla en un párrafo preciso: «En aquellos momentos la operación de más envergadura realizada en el este de España fue la invasión de las [islas] Baleares por los milicianos catalanes. Ibiza y Formentera fueron tomadas fácilmente y el 18 de agosto 8.000 hombres, apoyados por el acorazado *Jaime I* y dos destructores, desembarcaron en Mallorca bajo el mando del capitán de infantería [luego oficial de la fuerza aérea] Alberto Bayo, quien con el tiempo llegaría a ser instructor de las guerrillas de Fidel Castro. Los invasores establecieron una cabeza de puente sin hallar resistencia y luego se detuvieron. Para cuando la milicia contó con artillería y apoyo aéreo e incluso naval, ya los nacionales habían organizado un contraataque. Llegaron modernos aviones italianos que castigaron y bombardearon las fuerzas invasoras virtualmente sin oposición. La retirada y el reembarque, ordenados por el nuevo ministro de Marina, Indalecio Prieto, se convirtieron en una derrota aplastante y la isla siguió siendo una base naval y aérea de vital importancia para los nacionales durante toda la guerra».

¿Qué puede añadirse a esa síntesis? Que la expedición fue un caos total. Que en ella no sólo participaron milicianos armados, sino también mujeres, ancianos y niños. Que, aunque el ministro de Marina dio la orden de retirarse, nadie le había informado del inicio de la operación, como nadie informó al ministro de la Guerra, ni siquiera al presidente de la

República. Que los expedicionarios carecían de servicio médico, de hospitales de campaña y de suministros adecuados, y que, al huir, dejaron las playas sembradas de cadáveres y la isla en manos de un fanático italiano de gran barba roja llamado Arconovaldo Bonaccorsi, alias conde Rossi, quien durante varios meses, vestido con su uniforme negro de fascista adornado con una cruz blanca al cuello, se dedicó a ordenar fusilamientos de obreros y a recorrer la isla en un coche de carreras rojo, en compañía de un capellán de Falange armado. Y que, a pesar de la «derrota aplastante» de los milicianos catalanes, por usar la expresión de Beevor, a su vuelta a casa Radio Barcelona anunció: «Las heroicas columnas catalanas han regresado de Mallorca tras una magnífica acción. Ni un solo hombre ha sufrido los efectos del embarque, ya que el capitán Bayo, con habilidad táctica sin igual, consiguió desarrollarlo con éxito, gracias a la moral y a la disciplina de nuestros invencibles milicianos».

Marco era uno de ellos; quiero decir: uno de esos invencibles milicianos derrotados aplastantemente. O eso asegura. Sus recuerdos de aquel dislate, sin embargo, son escasos e imprecisos. Dice que se lanzó a él porque, a pesar de tener apenas quince años de edad, era un joven impetuoso e idealista, un muchacho muy distinto a los de ahora, razona, pero idéntico a tantos muchachos de su época, arrebatados por la ilusión de construir un mundo justo y dichoso, o por lo menos un mundo mejor; pero reconoce que sobre todo se lanzó a él siguiendo a su tío Anastasio, quien, como trabajador de la Transmediterránea, viajaba cada semana a las Baleares y tenía amigos, compañeros y conocidos allí y, cuando supo que el archipiélago había caído en manos de los fascistas, sintió que su deber era acudir en su ayuda. Dice que hicieron el viaje de ida en un barco llamado *Mar Negro*, tal vez propiedad de la Transmediterránea, y el de vuelta en el *Jaime I*. Dice que su recuerdo básico es un recuerdo de desorden absoluto y de improvisa-

71

ción permanente, en medio del cual todo el mundo daba órdenes y todo el mundo las desobedecía. Dice que viajó pegado a la protección real de su tío Anastasio y a la protección ilusoria de la tercerola que había cogido en el cuartel de Sant Andreu y que apenas sabía cómo usar. Dice que durante la travesía se unió a un grupo de chavales como él a quienes llamaban los Mosqueteros, porque se tocaban con gorros de ala doblada. Dice que cree recordar que, protegidos por el acorazado y los destructores, desembarcaron en Son Cervera, pero también dice que él apenas bajó a tierra porque su tío se lo prohibió, y que se pasaba las horas jugando a la guerra con los demás Mosqueteros en la cubierta del barco. Dice que allí se enteraron de que no eran los únicos que habían acudido a liberar las islas, y de que había partido de Valencia (o había llegado ya desde allí) una expedición semejante a la suya al mando de un jefe de la guardia civil llamado Uribarri. Dice que la exaltación de los primeros días se trocó en inquietud cuando empezaron a recibir noticias de que los milicianos que se habían adentrado en tierra firme no encontraban a su paso gente enfervorecida por la libertad recobrada, sino pueblos desiertos de los que sus habitantes habían huido de estampida, y que la inquietud se convirtió en decepción (pero no en pánico ni en sensación de derrota) cuando empezó el repliegue, un repliegue que a él no le pareció más desorganizado que el embarque y que, asegura, no dejó las playas sembradas de muertos, como yo he escrito siguiendo los relatos de testigos e historiadores, pero sí de material de guerra. Dice que no recuerda nada del viaje de regreso, salvo que todo el mundo en el barco atribuía el fracaso de la operación a las discrepancias entre Bayo y Uribarri.

De vuelta en la península, dice, no los desembarcaron en Barcelona sino en Valencia, y también dice que tuvieron que volver a Barcelona en tren. Dice que no recuerda cuánto tiempo pasó en Barcelona pero que, al cabo de semanas o días, su tío y él volvieron a alistarse como voluntarios, esta vez en la llamada Columna Roja y Negra, una unidad (esto no lo dice Marco: lo digo yo) formada por milicianos anarquistas que venían de participar en la expedición de Mallorca y que, comandados por el sindicalista García Prada y el capitán Jiménez Pajarero, llegaron al frente de Huesca a mitad de septiembre. Dice que fue allí donde supo lo que era la guerra. Dice que fue allí donde vio morir por vez primera a un hombre, y donde, en medio de un tiroteo o de un bombardeo, mientras él estaba tumbado bajo un camión tratando de protegerse del fuego, vio a otro hombre correr de un lado para otro con las tripas en la mano, gritando que alguien le ayudara a metérselas en la barriga, preguntando despavorido quién iba a curarle. Dice que aquel mismo día supo que el hombre había muerto, y que aquella escena le horrorizó, pero que pronto se acostumbró al horror, como, dice, le sucede a todo el mundo en la guerra. Dice que en algún momento, no recuerda cuándo, hirieron al tío Anastasio, una herida leve que sin embargo le dejó una cojera ostensible; y dice que ese percance provocó el final de la peripecia de guerra de su tío. Pero no fue lo único que lo provocó, dice: el tío Anastasio era mayor, estaba cansado; además, como tantos otros anarquistas, abominaba de la militarización de las milicias que había ordenado el gobierno y que acabó integrando la Columna Roja y Negra en la 28.ª División republicana. La consecuencia de todo esto fue que, igual que se había alistado voluntariamente en las milicias, el tío Anastasio se dio de baja voluntariamente. Lo mismo hizo su sobrino, dice.

Al volver a Barcelona, Marco empezó a trabajar, dice, como mecánico en la fábrica Ford. Ésta había sido colectivizada, así que Marco puede decir sin faltar a la verdad que contribuía al esfuerzo bélico reparando coches, camiones y furgonetas. Dice que seguía afiliado a la CNT y que tenía un cargo sindical; también dice que, de esos años de guerra en la retaguardia republicana, recuerda poco, salvo que colaboraba en la defensa civil y que un día de la primavera de 1938, después de que una bomba italiana cayera en la Gran Vía, frente al cine Coliseum, sobre un camión cargado con cuatro toneladas de trilita, ayudó a sacar de las ruinas de los edificios destruidos los cadáveres de las casi mil víctimas que provocó la explosión, entre ellas ciento dieciocho niños. En cuanto al tío Anastasio, al volver herido de Huesca le concedieron la portería de un edificio situado en la esquina de Lepanto y Travessera de Gracia, en el barrio de El Guinardó. Allí, junto a la tía Ramona, vivió el viejo anarquista casi dos años; seguía cojo, estaba acabado y bebía mucho. Murió en el otoño de 1938. Marco no asistió a su entierro, porque para entonces estaba de nuevo en el frente. O eso dice.

7

¿Es posible pillar a un mentiroso? Antes se pilla a un mentiroso que a un cojo, sostiene un dicho español; como tantos
otros (españoles o no), el dicho es falso: casi siempre se pilla
mucho antes a un cojo que a un mentiroso, no digamos si el
mentiroso es tan experto como Enric Marco. Cuando estalló
el caso Marco, mucha gente dedujo que, dado que Marco había mentido sobre su estancia en el campo de Flossenbürg,
había mentido sobre todo lo demás. Es una deducción erró-
nea, que delata una ignorancia espectacular sobre la naturaleza de las buenas mentiras y los buenos mentirosos: los buenos mentirosos no sólo trafican con mentiras, sino también
con verdades, y las grandes mentiras se fabrican con pequeñas
verdades; en «Yo soy Enric Marco» lo dije así: «Como sabe cualquier buen mentiroso, una mentira sólo triunfa si está amasada
con verdades». ¿Era la mentira de su estancia en Flossenbürg
la única que había contado Marco? ¿Cuáles eran las verdades
con que estaba amasada la mentira o las mentiras de Marco,
fueran o no triunfales?

Durante casi un año de trabajo a tiempo completo mi
única ocupación consistió en tratar de identificarlas; es decir:
en tratar de reconstruir la vida verdadera de Enric Marco. Lo
primero que hice fue escuchar a Marco con la máxima atención, en largas sesiones filmadas que yo trataba de orientar
hacia mis fines, y que al principio tuvieron lugar en mi des-

pacho del barrio de Gracia, pero luego se prolongaron en su casa, en conversaciones en bares y restaurantes y en paseos por los escenarios de su infancia, su juventud y su madurez. Santi Fillol y Lucas Vermal me prestaron la grabación de las decenas de horas de conversaciones que habían mantenido con Marco para realizar su película. Me hice con dos ayudantes, uno en Barcelona –Xavier González Torán– y otro en Berlín –Carlos Pérez Ricart–, gracias a los cuales pude leer los innumerables artículos, entrevistas y reportajes que se habían publicado sobre Marco, así como los documentos que daban fe de su vida tanto en España como en Alemania. Vi y escuché la multitud de entrevistas de radio y televisión que había concedido Marco y, a partir de determinado momento, pude consultar su archivo personal, donde había de todo, desde noticias y documentos sobre él hasta cartas y escritos autobiográficos o pseudoautobiográficos. Leí libros de psicología, de filosofía, de sociología, de historia, sobre todo de historia. Hablé con historiadores de la guerra civil, del anarquismo y de la Alemania nazi, con miembros antiguos y actuales de la CNT, de la FAPAC y de la Amical de Mauthausen, con antiguos y actuales vecinos y parientes de Marco, con propietarios de bares, compañeros y aprendices que lo habían conocido cincuenta años atrás, con amigos de toda la vida y enemigos a muerte, con obreros, con médicos, con abogados, con neurólogos, con periodistas, con policías. Normalmente llevaba a cabo las pesquisas solo, pero a veces me acompañaba mi hijo, y en alguna ocasión lo hizo también mi mujer. Esto era insólito: como Marco, por regla general yo mantenía a mi familia apartada de mi trabajo; en este caso no fue así: los tres hablábamos a menudo sobre Marco, discutíamos sobre él, bromeábamos sobre él. Soy incapaz de escribir un libro sin convertirlo en una obsesión, a veces en una obsesión enferma (que sólo se cura cuando termino el libro), pero creo que nunca hasta entonces me había obsesionado con un personaje como me obsesioné con Marco. Llegó un momento en que todo lo que me pasaba guardaba relación con Marco, o me remitía a él, o lo comparaba con él. Por aquella época soñaba a menudo con Marco, y en esos sueños, o más exactamente en esas pesadillas, yo discutía cuerpo a cuerpo con nuestro hombre, quien, para defenderse, me acusaba una y otra vez de ser un mentiroso y un farsante, de ser como él, de ser mucho peor que él, a veces incluso de ser él.

Una de las primeras personas con las que hablé al ponerme a investigar la vida de Marco fue naturalmente Benito Bermejo, el historiador que reveló su impostura. La mayor parte de las conversaciones que mantuvimos fueron telefónicas, aunque rara vez duraron menos de una hora, pero en una ocasión viajé a propósito a Madrid para verle. Aquel día Bermejo me contó muchas cosas, entre ellas que no había abandonado la idea de escribir un libro sobre Marco pero de momento la había aparcado, quizá sobre todo por escrúpulos morales: estaba harto de ser un aguafiestas, era ingrato denunciar a un mentiroso, él ya había hecho su trabajo, indagar más en la vida de Marco podía acabar haciéndole daño, a Marco y a su familia. Bermejo también me confió dos noticias importantes, o más bien una certeza y una sospecha. La certeza era que, contra lo que todo el mundo creía, incluida tal vez la familia de Marco, éste no había tenido sólo dos mujeres –Danielle Olivera, la actual, y María Belver, la anterior, con quien había vivido veinte años: desde mediados de los cincuenta hasta mediados de los setenta–, sino tres. Me contó que, algún tiempo después de que explotara el caso Marco (o de que él lo hiciera explotar), había estado husmeando en un archivo de Alcalá de Henares y que allí, entre la documentación relativa a los trabajadores españoles voluntarios que en los años cuarenta había enviado Franco a Alemania para ayudar a Hitler, había encontrado una ficha sobre Marco en la que constaba su matrimonio con una mujer llamada Ana Beltrán Ribes. Intrigado, buscó su nombre en la guía de teléfonos de Barcelona, pero no lo encontró; sí encontró, en cambio, el de una tal Ana María Marco Beltrán y, porque pensó que podía ser hija de Marco, la llamó, consiguió hablar con ella. La mujer le dijo que era verdad: era hija de Marco; también le dijo que su madre y Marco habían estado casados en los años cuarenta, pero añadió que no quería hablar del asunto, porque para ella era un caso cerrado y nada bueno iba a sacar reabriéndolo; al final le pidió que la dejara en paz. Bermejo la dejó en paz. No obstante, al día siguiente recibió una llamada de un hombre que decía ser hijo de aquella mujer y nieto de Marco; y, aunque el hombre le aseguró que él sí quería hablar del asunto, porque no entendía que su abuelo tuviera escondida a su primera familia, el historiador prefirió dejarlo correr.

Hasta ahí, la certeza de Bermejo. En cuanto a la sospecha, guardaba relación con el papel de Marco en la CNT, el sindicato anarquista del que en los años setenta, durante el cambio de la dictadura a la democracia, llegó a ser secretario general. Aquel día, en Madrid, Bermejo mencionó –primero en su casa y luego en una taberna a la que me llevó a comer, en el barrio de Chamberí– el testimonio de numerosos anarquistas que, mucho antes de que él desenmascarara a Marco, habían puesto en duda, en público y en privado, oralmente y por escrito, no sólo su militancia clandestina durante la dictadura, sino también su actuación ya en democracia, en la época en que fue dirigente del sindicato libertario. Explicó Bermejo:

–Por una fuente del todo fiable me he enterado de que Marco cobra un tipo de pensión que, fundamentalmente, cobran los funcionarios o los militares que hicieron la guerra (también las víctimas de delitos terroristas y cosas así). Se llaman pensiones de Clases Pasivas. Marco dice que hizo la guerra, pero yo lo dudo, entre otras razones porque él nació en 1921 y la última leva que llamó a filas la Segunda República, la Quinta del Biberón, es de 1920.

Estábamos a mediados de febrero de 2013 y yo llevaba apenas mes y medio empapándome de la vida de Marco, así que pregunté:

—¿Marco ha sido funcionario?

—Hasta donde yo sé, no —contestó Bermejo—. A menos que…

Bermejo no terminó la frase y me quedé mirándole, incapaz de adivinar adónde quería ir a parar. Finalmente completó la frase:

—A menos que cobre como policía.

—¿Estás diciendo que Marco fue un soplón?

—No lo digo yo —me corrigió Bermejo—. Lo dice mucha gente, incluidos algunos de sus antiguos compañeros; o por lo menos lo insinúan. Y yo no afirmo: sólo planteo una posibilidad. Una posibilidad que ayudaría a explicar, de paso, algunas de las calamidades que le ocurrieron a la CNT en los años setenta y que casi acabaron con ella, y eso después de haber sido el sindicato más poderoso del país durante la Segunda República y un elemento incómodo para el sistema durante la transición a la democracia. Imagínate el daño que hubiera podido hacerles a los anarquistas tener en aquella época un infiltrado de la policía en la cúpula de su sindicato. Pero, en fin, ya digo que esto es sólo una conjetura; a lo mejor tú puedes confirmarla.

Aquella noche me marché de Madrid angustiado, y durante las semanas siguientes me persiguió una inquietud que había mantenido a raya desde el momento mismo en que tomé la decisión de investigar en serio la vida de Marco. La angustia y la inquietud no se referían a la posibilidad de que Marco hubiera sido un confidente de la policía, cosa que me parecía extraordinaria pero no inverosímil, sino al acto mismo de escribir un libro sobre él. ¿Tenía yo derecho a escribirlo? Bermejo llevaba razón, igual que la había llevado años atrás San- ti Fillol: yo ya conocía lo suficiente sobre la historia de Mar- co para saber que, en ella, todo el mundo quedaba mal, y que contarla era convertirse en un aguafiestas, meter el dedo en el ojo no sólo de Marco y de su familia, sino del país entero. ¿Quería hacer eso? ¿Estaba dispuesto a hacerlo? ¿Era correc- to hacerlo? ¿Me autorizaba a hacerlo el simple hecho de que Marco me hubiese dado permiso para hacerlo y estuviese colaborando conmigo? ¿Iba a tener arrestos para escribir un li- bro donde la mujer y las hijas de Marco se enterasen por ejem- plo de que su marido y su padre habían tenido otra mujer y otros hijos, o de que había sido un confidente de la policía? ¿De qué más se iban a enterar, qué más acabaría contando en ese libro, qué más iba a descubrir si seguía investigando? ¿No me había empeñado en escribir un libro no sólo imposible sino también temerario? ¿No era mi propósito inmoral, y no porque fuese a hacerle el juego a Marco, avalando o enmas- carando sus mentiras (o tratando de redimirle de ellas), sino precisamente por lo contrario, porque tenía que acabar con sus mentiras y contar la verdad? ¿No era mejor abandonar, aban- donar el libro, abandonar a Marco en la ficción que a lo largo de tantos años le había salvado, sin sacar a la luz la verdad que podía matarlo?

8

Marco cuenta que volvió a alistarse en el ejército republicano en la primavera de 1938, respondiendo a un llamamiento del gobierno autónomo catalán para que los jóvenes se incorporasen a filas. La guerra estaba en su penúltimo año y los franquistas acababan de romper el frente de Aragón y amenazaban Cataluña, así que Marco fue enviado al frente del Segre, un río que, con sus casi trescientos kilómetros de extensión, constituía la línea más larga de defensa de la Cataluña republicana, y que estaba siendo el escenario de duros combates desde principios de abril.

Los recuerdos que Marco conserva de esta fase de la guerra son mucho más precisos y abundantes que los de las anteriores. Dice que fue al frente en camión junto a otros muchachos como él, como él voluntarios, y que entre ellos estaba Antonio Fernández Vallet, hijo del barbero del barrio de La Trinidad y amigo suyo de infancia. Dice que, al llegar al frente, los encuadraron en distintas unidades, y que la mala suerte hizo que a Fernández Vallet y a él no les asignaran la misma. Dice que recuerda muy bien cuál era su unidad: la tercera compañía del tercer batallón de la 121.ª Brigada de la 26.ª División, antigua Columna Durruti. Dice que la unidad tenía sus posiciones en la sierra del Montsec, en la cima o la falda de la sierra del Montsec, en los pueblos de Sant Corneli y La Campaneta. Dice que él era el soldado más joven de su unidad. Dice que recuerda a algunos compañeros de su unidad: a Francesc Armenguer, de Les Franqueses; a Jordi Jardí, de Anglès; a un tal Jorge Veí o Vehi o Pei; a un tal Thomas o Tomàs. También dice que recuerda al comisario de su unidad, Joan Sants, y por supuesto a Ricardo Sanz, jefe de su división y amigo de Buenaventura Durruti. Dice que la mayoría de sus compañeros no había ido a la escuela y no sabía ni leer ni escribir y que él les escribía las cartas que enviaban a sus familiares, novias y amigos, igual que escribía a menudo en el llamado diario moral, un panel donde se publicaban noticias de interés para los miembros de la unidad. Dice que a veces se atrevía a hacer cosas que pocos se atrevían a hacer: a veces, dice, se adentraba en tierra de nadie y desde allí, a gritos, les hacía preguntas a los fascistas, preguntas que los suyos le habían encargado que hiciese, de qué pueblo eran, si conocían a tal o cual amigo o conocido o familiar de alguno de sus compañeros. Dice que ese tipo de servicio le volvió muy popular, muy querido y admirado entre ellos. Durante años dijo otra cosa (aunque esto a mí no me lo dijo). Lo que dijo fue que allí, en el frente del Segre, conoció a Quico Sabaté, legendario guerrillero anarquista que hizo tres años de guerra en el ejército de la República y que, tras la derrota de éste, siguió combatiendo con las armas al franquismo hasta que a principios de 1960, después de veintiún años peleando por su cuenta contra la dictadura, fue abatido a tiros cerca de la frontera francesa. Marco contó más de una vez por escrito su relación con Sabaté. «Conocí personalmente a Quico —escribe por ejemplo en una carta al director enviada a *El País* a principios de siglo—. Fue en el verano de 1938, un día en que se presentó en las trincheras que ocupaba la 26 División, Columna Durruti, en la cima del Montsec, y nos propuso, a un grupo de gente joven, iniciar unas acciones guerrilleras en la retaguardia fascista. En aquel tiempo Quico estaba organizando una unidad de guerrilleros en el undécimo cuerpo del ejército. Nos decidimos unos cuantos: Pei, de Poble Sec; Jardí, de Anglès; un salmantino pequeño y seco a quien llamábamos Gandhi, Francesc Armenguer, un chaval de Les Franqueses, inteligente y responsable, que cayó muerto pocos meses después en el paso del río Segre, entre Soses y Torres de Segre, precisamente cuando acababa de ser nombrado comisario de la unidad; y yo mismo. Fue emocionante encontrarte en "el otro lado", con uniforme enemigo, recogiendo información, cortando comunicaciones y facilitando la fuga de algunos prisioneros asturianos condenados a hacer fortificaciones.»

Marco recuerda también (o dice que recuerda) que durante el tiempo que pasó en el frente del Segre asistió a la escuela de guerra de su unidad. Dice que, para asistir a ella, tenía que bajar un par de días a la semana desde Sant Corneli y La Campaneta hasta el pueblo donde se hallaba la escuela, Vilanova de Meià o Santa Maria de Meià, no lo recuerda con exactitud, o dice que no lo recuerda. Dice que allí le instruyeron en cosas que desconocía por completo, como el alfabeto morse, y que recuerda a algunos de sus instructores, como un tal capitán Martín. Dice que no recuerda con exactitud cuándo terminó su instrucción en la escuela, pero sí que salió de ella con el grado de cabo. Dice que la guerra civil dentro de la guerra civil en que estaban enzarzados comunistas y anarquistas, sobre todo desde que en mayo del año anterior se habían enfrentado a tiros durante una semana en las calles de Barcelona, envenenaba la vida en las trincheras, y que quienes como él militaban en la CNT, el sindicato anarquista, se sentían bajo la vigilancia permanente del SIM, el servicio de inteligencia dominado por los comunistas, que usaban ese organismo como policía política. Dice que un día llegó a las trincheras una circular de la CNT en la que se informaba de que, en virtud de un pacto firmado días atrás en Munich por las democracias occidentales con la Alemania nazi y la Italia fascista, quedaba sentenciada la victoria del franquismo en la

83

guerra española, y que en aquella misma circular se aconsejaba a los militantes del sindicato que, una vez terminada la guerra, pasaran a la clandestinidad con el fin de organizar la resistencia, y se les daba instrucciones para hacerlo. Dice que en adelante él y la mayoría de sus correligionarios siguieron en las trincheras más por sentimiento de compañerismo y responsabilidad que por convicción. Dice que, con convicción o sin convicción, en algún momento de aquel otoño cruzó con su unidad el Segre y que la ofensiva —sin duda la que a mediados de noviembre tomó por unos días Seròs, Aitona y Soses, en la orilla izquierda del río— pretendía descargar el frente del Ebro, donde se estaba librando una de las batallas más cruentas, dilatadas y determinantes de toda la guerra. Dice que guarda algunos recuerdos de esos días de combates más allá del Segre, entre ellos el de la muerte de Francesc Armenguer al cruzar el río y el del tiro en el culo que recibió Jordi Jardí; igualmente recuerda (o dice que recuerda) que tenía un ayudante homosexual llamado Antonio, que Antonio estaba muerto de miedo y que en el curso de una marcha nocturna lo perdió en la oscuridad y no volvió a verlo. Dice que recuerda también que durante aquel efímero avance republicano fue ascendido a sargento y, en uno de los numerosos textos autobiográficos o supuestamente autobiográficos que se encuentran en su archivo personal —Marco no es sólo un hablador compulsivo sino también un grafómano obsesivo—, escribe que el comandante de su unidad le ascendió a oficial en el campo de batalla «por el valor demostrado repetidamente en el cumplimiento del deber». Pero lo que sobre todo recuerda o dice que recuerda es que una tarde, en medio de un bombardeo de la artillería enemiga, la explosión de un obús lo levantó en vilo y le quitó el conocimiento.

A partir de este momento los recuerdos de guerra de Marco se vuelven confusos. No es capaz de precisar en qué consistía exactamente su herida, que por lo demás no dejó en su cuerpo la menor cicatriz; sólo dice que, según cree, le reventó por dentro, que afectó a sus bronquios y a sus pulmones y que le obligó a una larga recuperación durante la cual no paró de escupir sangre. Dice que en seguida fue retirado del frente y que cruzó de vuelta el río durante una noche de aguacero, en camilla y por una pasarela, muy cerca de una vaguada donde se había instalado un puesto de socorro en el que pasó la noche. Dice que a continuación estuvo en varios hospitales de sangre de la retaguardia, en Manresa, tal vez en Agramunt, sin duda en el monasterio de Montserrat, donde permaneció ingresado un mes o mes y medio, tal vez más. Dice que apenas recuerda nada de ese periplo de soldado convaleciente, salvo los esputos de sangre, la fiebre constante, los susurros de las enfermeras hablando de él y la vergüenza de quedarse desnudo ante aquellas mujeres. Dice que llegó a Barcelona en un coche abarrotado de soldados, poco antes de que la ciudad fuera tomada por los franquistas el 26 de enero, y que se quedó allí en vez de emprender el camino del exilio, como hicieron tantos de sus compañeros. Dice que, en su caso, lo lógico también hubiera sido exiliarse, porque era un suboficial de la República y había militado en la CNT y en consecuencia estaba expuesto a todo tipo de represalias por parte de los franquistas, pero que no se exilió porque aún no se había recuperado y no se sentía con fuerzas para hacerlo, y también por seguir las instrucciones de su sindicato, que recomendaba quedarse en el país y organizar la resistencia. Dice que sus compañeros lo dejaron en el centro de la ciudad, en la Diagonal, que se dirigió al barrio de El Guinardó y que, al llegar a la esquina de Lepanto y Travessera de Gracia, llamó a la portería del edificio donde vivían el tío Anastasio y la tía Ramona la última vez que volvió a Barcelona de permiso, sólo unos meses antes, justo después de obtener sus galones de cabo. Dice que fue la tía Ramona quien le abrió la puerta y quien, pasada la sorpresa inicial, le abrazó, le cubrió de besos, le hizo entrar. Y dice que a partir de entonces permaneció mucho tiempo encerrado en casa de la tía Ramona, o más que encerrado escondido, sin poner un pie en la calle, dejando que el reposo y los cuidados de la tía Ramona curasen sus heridas invisibles antes de lanzarse a la lucha armada para combatir desde la clandestinidad a los fascistas triunfantes con la misma abnegación y el mismo coraje con que los había combatido durante toda la guerra.

9

Hasta aquí, en síntesis, la peripecia bélica de Marco tal y como Marco la contó siempre, o al menos tal y como la contó a partir del momento en que, después de décadas de silencio, volvió a hablar de la guerra, hacia finales de los años sesenta, cuando el franquismo se descomponía y la vejez de Franco autorizaba a entrever o imaginar el final de la dictadura. Es, a grandes rasgos, un relato verosímil. ¿Es también un relato veraz? ¿O es sólo un fruto de la interesada fantasía de Marco, activada por los estertores del franquismo y los primeros atisbos de la libertad, que estaban poco a poco convirtiendo en un mérito el hecho remoto de haber combatido en el bando de los derrotados?

Es muy probable que, cuando empecé a investigar la vida de Marco, todo el mundo pensase que no era verdad que Marco había hecho la guerra, como lo pensaba Benito Bermejo; en cualquier caso, nadie había localizado un solo documento que probase que la había hecho. Ni siquiera el propio Marco, quien, según me contó él mismo y confirmó su mujer, a finales de los años setenta había buscado en vano su historial militar. Yo también lo busqué ahora, pero no di con su nombre en ninguno de los archivos relacionados con la guerra civil: ni en el de Salamanca, ni en el de Ávila, ni en el de Segovia, ni en el de Guadalajara. Esta ausencia no probaba nada, por supuesto; tales archivos no están completos, y hay gente que hizo la guerra y no figura en ninguno de ellos. Marco lo sabía. Lo que no sabía, o fingía no saber, es que tampoco probaba nada el hecho de que él estuviera cobrando una jubilación como antiguo suboficial republicano, según se apresuró a demostrarme para intentar demostrar que no inventaba su paso por la guerra como había inventado su paso por el campo de Flossenbürg. Y no probaba nada porque en los años setenta y ochenta, a la salida de la dictadura, las nuevas autoridades democráticas concedieron esa clase de beneficios económicos sin hacer muchas preguntas, incluso sin que los beneficiarios presentasen la documentación acreditativa; para obtenerlos, bastaban los testimonios de viejos compañeros de armas o mandos del ejército derrotado, que más de una vez se amañaron. De modo que Bermejo estaba en lo cierto: Marco cobraba una pensión de Clases Pasivas; pero no estaba en lo cierto del todo, o al menos su conjetura parecía equivocada: Marco no cobraba su pensión como policía −es decir, como confidente−, sino como suboficial de la Segunda República. ¿O la cobraba como suboficial de la Segunda República y también como confidente?, me pregunté. En todo caso, ¿de verdad había sido Marco suboficial de la Segunda República? ¿O no lo había sido y había hecho trampas para poder cobrar su pensión? ¿Se había inventado Marco su entera aventura de guerra por lo mismo que se había inventado su estancia entera en Flossenbürg, para dotar a su biografía del lustre de la épica?

Así lo pensó casi todo el mundo después de que Benito Bermejo desenmascarase a Marco; pero había gente que llevaba ya mucho tiempo pensándolo. En 1984, veintiún años antes de que estallase el caso Marco, cuando el crédito del gran impostor y el gran maldito aún estaba intacto o casi intacto, su predecesor en el cargo de secretario general de la CNT, Juan Gómez Casas, publicó un libro sobre el sindicato donde ponía en entredicho el historial de militante anarquista de Marco durante la dictadura, y donde denunciaba que, aunque nuestro hombre asegurase que había hecho la guerra, «por su edad» no había podido hacerla. Era también el argumento de Bermejo; un argumento que presentaba sin embargo una fisura: es verdad que el último reemplazo que la República llamó a filas fue, a finales de 1938, el de 1941, el de los nacidos en 1920, la llamada Quinta del Biberón, y que Marco había nacido en 1921 y por lo tanto no pertenecía a aquel reemplazo sino al siguiente (vale decir que, en rigor, la Quinta del Biberón fue el penúltimo reemplazo de la República, no el último: el último fue el de 1942, la llamada Quinta del Chupete; no obstante, el llamamiento a sus miembros se hizo en enero del 39, con la guerra ya perdida, y muy pocos de ellos obedecieron la orden de movilización); pero, a pesar de lo dicho, cabía la posibilidad de que, según él mismo afirmaba, Marco se hubiese presentado a filas como voluntario, aunque para hacerlo hubiera tenido que engañar sobre su edad, porque en principio los voluntarios debían ser mayores de dieciocho años, y él sólo tenía diecisiete. ¿Era eso lo que había ocurrido? ¿Había hecho Marco la guerra como voluntario? ¿O todo era una invención?

Pronto comprendí que iba a ser muy difícil demostrar una cosa o la otra, porque no había documentos y apenas quedaban testigos (o yo no los encontraba); todo o casi todo dependía entonces del testimonio de Marco y de las averiguaciones inciertas y más bien problemáticas que yo pudiera hacer, de manera que en esta parte de su biografía me resigné a moverme sobre todo en el terreno de las hipótesis. Algunos testigos sí encontré, no obstante. Por ejemplo: Enric Casañas. Casañas era el joven militante anarquista a quien Marco decía haber conocido el 19 de julio de 1936, en el asedio al cuartel de Sant Andreu, y de quien decía haberse hecho amigo de por vida entonces. Todavía estaba vivo, y Marco me dio su teléfono no sin antes mandarle una carta en la que le anunciaba mi visita y le recordaba su amistad y los avatares de la jornada memorable en que al parecer se conocieron. Apenas tuve el teléfono de Casañas, le llamé. Se puso su mujer, que resultó llamarse María Teresa. Le dije que quería hablar con su marido y le expliqué para qué quería hablar con él. Una vez que me hube explicado, la mujer me advirtió que no me serviría de nada hablar con Casañas, porque había perdido la memoria; con todo, no se opuso a que lo visitara.

Así lo hice, una tarde de finales de septiembre de 2013, en su piso de la calle Francolí, en Barcelona. Por aquella época Casañas tenía noventa y cuatro años, dos más que Marco, y era un hombre alto y enjuto, de pelo níveo y escaso, que físicamente se conservaba muy bien. Había hecho tres años de guerra, había vivido un exilio de décadas en Brasil y había regresado a España tras la muerte de Franco; también había pertenecido a la CNT y a la Amical de Mauthausen, donde, con su talante conciliador y su reputación de combatiente en la clandestinidad, de exiliado eterno y de libertario intachable, había defendido a Marco al descubrirse su impostura, cosa que le granjeó su gratitud eterna. Cuando entré aquella tarde en el piso de Casañas comprobé que su mujer no me había engañado. El viejo anarquista se pasó las más de dos horas que permanecí con él escrutando una foto de Marco, una foto de carnet que le di con la esperanza de ayudarle a hacer memoria con su memoria destruida; todo fue en vano: no reconocía a Marco y, aunque conservaba retazos de recuerdos del 19 de julio de 1936, en ninguno de ellos aparecía nuestro hombre. Mientras Casañas intentaba recordar con mi ayuda y la de su mujer, yo hablaba de vez en cuando con ésta. Conocía a Marco, por supuesto, pero creía que la amistad entre su marido y él se había forjado en la Amical de Mauthausen, tal vez en la CNT de los años setenta, no en la guerra; más aún: a lo largo de sus treinta años de matrimonio le había oído hablar infinidad de veces a Casañas de la guerra en general y del 19 de julio en particular, y a menudo le había oído contar cosas de sus compañeros de la época, pero, que ella recordara, en sus relatos nunca había surgido el nombre de Marco.

Eso fue todo lo que averigüé durante aquella entrevista frustrada. Días más tarde la mujer de Casañas me llamó por teléfono para decirme que le había preguntado por Marco al hermano de su marido, que se llamaba Rogeli y era dos años menor que él, pero tampoco él había escuchado el nombre de Marco en labios de su hermano a propósito de la guerra. Para entonces yo ya había leído todas o casi todas las entrevistas que le habían hecho a Casañas y había consultado con historiadores que lo entrevistaron cuando aún conservaba su memoria intacta; Marco no aparecía por ninguna parte, nadie le había oído hablar de él a Casañas, igual que Casañas no aparecía por ninguna parte en los relatos de guerra que Marco había hecho y se habían publicado cuando la memoria de Casañas hubiera podido o no confirmarlos. Por esa vía comprendí que lo más probable era que aquello fuese un ejemplo del modo en que Marco se apropiaba del pasado ajeno, o se incrustaba en él: lo más probable, en efecto, era que Marco no hubiese estado el 19 de julio en el cuartel de Sant Andreu, y que para demostrar que sí había estado buscase el aval de un testigo auténtico que, como le ocurría a su amigo Casañas, ya no estuviera en condiciones de desmentir su embuste.

El épico 19 de julio de Marco seguramente era una ficción, pero ¿había existido el tío Anastasio y había sido quien Marco decía que había sido? ¿Había estado durante la guerra en Mallorca y en Huesca, y había estado Marco con él? Imposible saberlo, o al menos yo fui incapaz de averiguarlo: durante mis pesquisas busqué el nombre del tío Anastasio en Internet, en bibliotecas, hemerotecas y archivos y, aunque no había razones para dudar de su existencia, no pude documentarlo como anarquista, ni como compañero o conocido de Durruti, ni como antiguo combatiente republicano. Esta batida infructuosa no permite de todos modos descartar que el tío Anastasio hubiese sido todas esas cosas, o alguna de ellas, ni que Marco le hubiese acompañado en la invasión de Mallorca y hubiese luchado con él en el frente de Huesca, aunque por entonces fuera poco más que un niño y sus recuerdos de ambos episodios sean vagos, confusos y genéricos, según pudieron comprobar los miembros del Estel Negre, el Ateneo Libertario de Mallorca que a finales de febrero de 2004, un año antes de que estallara el caso Marco, invitó a nuestro hombre a dar una charla sobre su experiencia del desembarco en la isla de la que algunos asistentes salieron con la impresión de que en agosto de 1936 Marco no había pisado Mallorca, porque apenas contó algo concreto de lo ocurrido allí. Lo cual tampoco demuestra que nuestro hombre no hubiese intervenido en el episodio; al fin y al cabo, estaba tratando de recordar un hecho ocurrido hacía casi setenta años, y ese largo período de tiempo puede borrarlo o difuminarlo todo. Antes aludí por lo demás al desorden y la improvisación totales que reinaron en la expedición de Mallorca, así como al hecho de que en ella participaron niños, cosa que explica que, para los historiadores más solventes, resulte menos complicado aceptar la hipótesis de que Marco viajó a Mallorca con quince años que la de que con diecisiete combatió en el frente del Segre como voluntario y alcanzó el grado de suboficial.

¿Estuvo Marco de verdad en el frente del Segre? Ya he dicho que, comparados con los detalles que da de su paso por Mallorca y Huesca, los que da de su paso por el Segre son mucho más abundantes y precisos, o ésa era al principio mi impresión. La impresión empezó a resquebrajarse cuando averigüé que, antes incluso del descubrimiento de su impostura, algunos historiadores de la zona habían hablado con Marco para recabar información sobre los combates librados allí y no sólo no consiguieron que les contase nada o casi nada, sino que, como los miembros del Estel Negre en Mallorca, o como algunos de ellos, se separaron de Marco con el sentimiento embarazoso de que no había vivido los hechos en cuestión. Por mi parte, conociendo a Marco (o la forma y los motivos de las ficciones de Marco) apostaría a que el episodio del legendario Quico Sabaté es falso de principio a fin. No hay duda desde luego de que Sabaté estuvo hacia el final de la guerra en el frente del Segre; pero ahí se acaba la verdad (o eso creo). De hecho, a mí Marco nunca me habló de sus supuestas relaciones con el guerrillero, quizá porque temía que, a aquellas alturas de nuestra relación, o de mis conocimientos sobre él, yo ya no me lo creyese. El lance entero es característico, casi sobra añadirlo, de la imaginación novelera de Marco, igual que la retórica altisonante y sentimental con que lo cuenta en la carta al director de *El País* es la retórica característica de sus ficciones («Quico vertió hasta la última gota de su sangre, y con él muchos más, para hacer a los hombres más libres y ver transformada la sociedad»); y el objetivo del texto no difiere del de otras invenciones de Marco: en él parece reivindicar la figura del indomable anarquista cuando en realidad se está reivindicando a sí mismo como compañero del indomable anarquista, y encima en un momento oportunísimo, porque la carta fue enviada al periódico en enero de 2000, cuando ya faltaba poco para que se iniciase en España la gran moda de la llamada memoria histórica y la proximidad de Marco a un héroe de la resistencia antifranquista podía contagiarle de su heroísmo y proporcionarle una inyección de capital ético y político.

¿Y qué decir en fin de la herida provocada por la explosión de un obús, que según el relato de Marco lo apartó del frente del Segre, lo obligó a una convalecencia itinerante por diversos hospitales de la retirada y lo devolvió a Barcelona, donde estuvo recuperándose durante meses? En este caso el episodio me pareció de entrada sospechoso, por no decir inverosímil (y no sólo a causa de la sospechosa vaguedad del relato de Marco). En primer lugar, no se mencionaba en ninguna de sus biografías, ni siquiera en las más pormenorizadas —la que le dictó en 1978 a Pons Prades, la que le dictó en 2002 a Jordi Bassa—; este detalle me parecía inexplicable, porque una herida de guerra es demasiado importante para omitirla, sobre todo en relatos que vindican el pasado guerrero de su protagonista. En segundo lugar, casi todas las personas que habían conocido a Marco en su juventud y que yo conseguí entrevistar —incluida la única hija de su primera mujer y la hermana y el marido de ésta— sabían o creían saber que Marco había hecho la guerra, porque él se lo había contado, pero ninguna de ellas había oído jamás que hubiera vuelto herido del frente. En tercer lugar, la herida misma: ¿era verosímil una herida de obús que no dejase la menor cicatriz y tuviese a la víctima semiconsciente y restableciéndose durante tanto tiempo? Tratando de responder a esta pregunta hablé con médicos y consulté libros de medicina contemporánea y de medicina de la época, y en seguida concluí que, si la herida era real, se había producido por estallido de órgano interno, seguramente del estómago, un tipo de lesión que no deja cicatriz y que se da al producirse un fuerte estampido cerca de la víctima. Pero también concluí que es muy improbable que alguien sobreviva a esa herida en el momento y las condiciones en que decía haberlo hecho Marco: para no morir por hemorragia interna o por peritonitis, el paciente debía haber sido operado, cosa que según el propio Marco no había ocurrido y que, si hubiera ocurrido, le hubiera dejado una cicatriz; además, la intervención hubiese sido complicadísima en medio del desorden de desbandada que reinaba en el frente durante aquellas semanas finales de la guerra en Cataluña. Haberse curado de una herida de esa naturaleza sin operarse hubiese sido casi un milagro, y yo no creo en los milagros.

Así, casi con esas mismas palabras, se lo expliqué un día

a Marco en la galería de su casa. Era el mes de septiembre de 2013, llevábamos horas discutiendo detalles de su biografía y Marco terminó aceptando, después de un áspero tira y afloja, desanimado y renuente, que quizá no había vuelto herido de la guerra. Al instante comprendí que, suponiendo que nuestro hombre hubiera estado en el frente y hubiera vuelto a casa durante el invierno del 39, en algún momento de su proceso de invención retrospectiva de una biografía gloriosa decidió que no casaba con su trayectoria de héroe el hecho de no haber partido al exilio tras la guerra y haberse quedado en Barcelona, aunque se hubiera quedado en Barcelona o dijera que se había quedado en Barcelona con la voluntad intrépida de incorporarse a la clandestinidad y la lucha armada y no con la intención prosaica, exhausta y natural que animaba a la inmensa mayoría de los soldados republicanos al volver a casa: la de pasar inadvertidos para no ser represaliados y sobrevivir a la derrota. No: el heroico personaje ficticio que Marco creó debía tener una muy buena razón para no haber elegido el exilio, y la mejor que su creador encontró fue una buena herida.

¿Había estado Marco de verdad en la guerra, entonces? ¿O era todo mentira, desde el principio hasta el final? Es lo que pensé durante bastante tiempo y, aunque no creo en los milagros, sólo un milagro me convenció de que estaba en un error.

Un milagro o algo que, cuando ocurrió, me pareció un milagro. O casi. Lo que ocurrió fue que un día cayó en mis manos una fotocopia de una noticia publicada en el diario *La Vanguardia* el 29 de septiembre de 1938, la época en que Marco decía haber estado en el frente del Segre; me la entregó en mi despacho, una tarde de abril de 2013, Xavier González Torán, mi ayudante en Barcelona. La noticia daba cuenta de dos actos de «confraternidad cívico-militar», dos fiestas celebradas en dos lugares del frente republicano que, por motivos obvios en tiempos de guerra, no se especificaban: el primer acto era un festival «organizado por la primera compañía telefónica del Batallón de Transmisiones del Ejército del Este»; el segundo tenía lugar «con motivo de la clausura de fin de curso de la Escuela de Capacitación de Cabos de la 121 Brigada». Según el anónimo periodista, este último festejo, que contó con la presencia de los niños del pueblo, se había iniciado con un partido de fútbol, había continuado con una comida trufada de discursos del jefe y el comisario de la brigada y había terminado, ya por la noche, con música y cine. Antes, tras la comida y los discursos, se había leído la clasificación definitiva de los aspirantes a cabos de la escuela. La noticia consignaba los nombres, los batallones y las calificaciones de los cinco primeros clasificados; el primero, según leí, pertenecía al tercer batallón y había obtenido una nota de 85'33. Se llamaba Enrique Marco Batlle.

Di un respingo, grité. Era verdad: Marco había hecho la guerra, y además con la unidad con la que decía haberla hecho, el tercer batallón de la 121 Brigada de la 26 División, antigua Columna Durruti. Era verdad: Marco había sido cabo en el ejército republicano (es posible incluso que terminase la guerra como sargento; en cambio, es pura fantasía que la terminase como teniente, aunque Marco así lo sostuvo en uno de los numerosos textos supuestamente autobiográficos que envió a la Amical de Mauthausen tras el descubrimiento de su impostura para demostrar que, aunque no había estado en un campo nazi, había sido un denodado luchador antifascista). Era verdad y era increíble. Al leer la noticia recordé la desconfianza que Marco les había inspirado a los historiadores del Segre y pensé en la fragilidad de la memoria y en la guerra y en Fabrizio del Dongo y en Pierre Bezujov, los protagonistas de *La cartuja de Parma* y de *Guerra y paz*, que partici

ACTOS DE CONFRATERNIDAD CIVICO-MILITAR

En una villa de Cataluña celebróse un festival, organizado por la primera compañía telefónica del Batallón de Transmisiones del Ejército del Este.

La señorita Pepita Bonet, en representación de las mujeres antifascistas de la población, hizo entrega, al jefe de la citada compañía, capitán don Mario Fusero, de un espléndido banderín. En correcta formación, y a los acordes de los himnos nacional y catalán, desfiló la primera compañía telefónica, acompañada de la población.

En el Ayuntamiento, la banda de música del XVIII C. E. ejecutó varias piezas de su escogido repertorio. Acto seguido, hubo audición de sardanas y vermut de honor.

Por la tarde, con gran asistencia de público, se celebró un lucido baile, amenizado por la orquestina de dicho cuerpo.

Por la noche actuó la banda del XVIII C. E., y también los artistas Cecilia Gubert, Rosa Llopis, Emilio Vendrell y Manuel Abad, que deleitaron a la concurrencia.

Asistieron a dichos actos, el comandante del Batallón de Transmisiones, don Santiago Herrera; jefes y comisarios del XVIII C. E. y otras autoridades militares, así como el Ayuntamiento y representaciones político-sindicales.

—Con motivo de la clausura de fin de curso de la Escuela de Capacitación de Cabos de la 121 Brigada, ha tenido efecto un simpático acto al que asistieron, especialmente invitados, los niños y niñas de la población civil. Comenzó con un partido de fútbol, a cargo de una selección de dicha escuela y el equipo de Sanidad de la 120 Brigada.

Luego se sirvió una comida, con asistencia de todos los alumnos y los niños invitados. Una nota digna de mencionar es la presentación de un periódico mural confeccionado por los colegiales.

Como invitados, asistieron a este acto de confraternización, el jefe y el comisario, los cuales hicieron uso de la palabra, realzando la alta moral de los combatientes y su abnegación por la capacitación de los soldados.

Seguidamente, se dió lectura a la clasificación obtenida, siendo los cinco primeros los siguientes: Enrique Marco Batlle, tercer batallón, 85'33 puntos. Enrique Cabrellez, segundo batallón, 77'91 puntos; Ramón Benaiges, cuarto batallón, 72'84 puntos; Jaime Prat, segundo batallón, 68'14; Pedro Riera, segundo batallón, 67'88 puntos.

Por la tarde, se efectuó una emisión de música en discos, y por la noche, sesión cinematográfica.

paron en Waterloo y Borodino y apenas entendieron lo que ocurría a su alrededor y hubieran podido contar tan poco de ambas batallas como Marco de la batalla del Segre. Y pensé, de nuevo, que toda gran mentira se fabrica con pequeñas verdades, se amasa con ellas. Pero también pensé que, a pesar de la imprevista verdad documentada que acababa de aparecer, la mayor parte de la peripecia bélica de Marco era mentira, una invención más de su egolatría y su deseo insaciable de notoriedad. Ahora, mucho tiempo después, sigo pensando lo mismo: que Marco no estuvo el 19 de julio en el cuartel de Sant Andreu ni combatió en el frente de Huesca con la Columna Roja y Negra ni fue un guerrillero de Quico Sabaté en territorio enemigo ni recibió una herida en el Segre. Eso es lo que pienso. Aunque también pienso que no puedo estar seguro de que Marco no viajara a Mallorca en el verano del 36, junto a su tío Anastasio, o que no puedo estar más seguro de lo que los historiadores del Segre lo estaban de que Marco no había pisado el frente del Segre. Pienso en eso y pienso en el momento en que, como si estuviera a punto de quitarle la última piel de cebolla a la biografía heroica de Marco, la postrera capa de ficción adherida a su personaje inventado, le expliqué, también en la galería de su casa, que no creía que hubiera viajado a Mallorca con su tío Anastasio, y le pedí que confesase la verdad. Marco estaba sentado frente a mí, con los codos clavados sobre la mesa y las manos entrelazadas; ahora que lo recuerdo, quizás esto ocurrió el mismo día en que reconoció por fin que no había vuelto herido del frente, quizá justo después de que lo reconociera. El caso es que, al oír mis palabras, Marco se cogió la cabeza con las manos en un gesto que, aunque era melodramático, no me pareció melodramático; luego imploró: «Por favor, déjame algo».

Le dejo eso.

10

¿Qué hizo Marco al terminar la guerra? ¿O qué dice que hizo?

Ya lo he contado: al llegar a Barcelona desde el frente del Segre, en el invierno de 1939, con la guerra a punto de tocar a su fin, Marco se refugió en casa de la tía Ramona, una portería que las autoridades republicanas le habían concedido a su marido, el tío Anastasio, para compensarlo por su condición de inválido de guerra. La casa se hallaba en la esquina de Lepanto y Travessera de Gracia, en el barrio de El Guinardó; aunque constaba de dos pisos, era minúscula: abajo, en la portería propiamente dicha, se abrían una cocina y un comedor diminutos, además de un cubículo destinado a controlar las entradas y salidas de los vecinos; arriba, casi en la terraza del edificio, había un par de habitaciones, también diminutas. He contado asimismo que Marco tardó todavía mucho tiempo en salir a la calle. Por una parte, debía recuperarse, dice, de su herida de guerra, estaba indocumentado y no quería regularizar su situación legal, porque su dignidad se negaba a aceptar a las autoridades franquistas y porque las represalias contra alguien como él (un suboficial del ejército perdedor que además había militado en la CNT) podían ser durísimas; por otra parte, lo abrumaba, dice, una mezcla de miedo, de asco y de vergüenza. Para él, un chaval idealista y rebelde, que había vivido la revolución libertaria y había hecho la guerra y estaba dispuesto a seguir peleando para derribar el franquismo, el asco y la vergüenza eran muy superiores al miedo.

La portería de la tía Ramona se hallaba frente a los cuarteles de Lepanto y, durante las primeras semanas o meses, Marco se limitó a espiar la realidad desde su ventana, según cuenta él mismo en uno de los textos autobiográficos o pseudoautobiográficos que envió a la Amical de Mauthausen tras el descubrimiento de su impostura. Espiaba los desfiles militares, animados por los himnos de los vencedores y presididos por los estandartes y banderas franquistas que poco tiempo atrás había visto ondear en las mañanas luminosas al otro lado de las trincheras; espiaba las procesiones, viacrucis y actos de desagravio a los símbolos religiosos abolidos durante la República, entre hileras de hombres arrodillados y mujeres con mantilla que portaban grandes cirios encendidos, y espiaba las legiones de brazos haciendo el saludo romano que la multitud levantaba en las calles; espiaba, en fin, el ir y venir de la gente en aquella ciudad hambrienta, prostituida y pisoteada por la doble tiranía de la Iglesia y los falangistas, corrompida económica y moralmente, humillada y saqueada por la rapacidad y la arrogancia de los vencedores, donde sólo tres años antes la ciudadanía en armas había aplastado una sublevación militar y donde el mismo pueblo exaltado que durante toda la guerra había luchado por la libertad, con un coraje y una grandeza que habían admirado al mundo, se había convertido en un pueblo roto, servil, cobarde y desposeído, un pueblo de cestas vacías y cabezas bajas, de pícaros, colaboracionistas, delincuentes, delatores, sobornados y campeones del estraperlo, un pueblo exiliado en su propia ciudad, en medio de la cual él sabía que iba a ahogarse porque no soportaría la forma de vida bárbara, abyecta y claustrofóbica que el nuevo régimen quería imponer, a pesar de lo cual quiso permanecer en ella para luchar por la justicia y la dignidad como siempre lo había hecho, manteniéndose fiel a los ideales libertarios de su adolescencia.

Así lo hizo, o así dijo siempre que lo hizo. Apenas se recuperó de su herida de guerra empezó a salir de casa y, para ocultar tras una fachada inofensiva sus actividades clandestinas y de paso ayudar a la tía Ramona con la economía doméstica, pronto encontró trabajo en el taller de reparaciones de un hombre llamado Felip Homs, en la calle París, casi esquina con Viladomat. Homs, un viejo republicano que necesitaba un aprendiz porque su hijo estaba cumpliendo uno de aquellos servicios militares eternos con que los vencedores castigaban de oficio a los soldados derrotados, acogió a su nuevo trabajador sin preguntarle nada ni pedirle ninguna documentación, y más tarde, cuando supo que había sido un voluntario antifascista en el ejército republicano, lo celebró. De esa forma empezó Marco a hacer una vida normal, o casi normal. Aunque se esforzaba por dominarse, era un muchacho por naturaleza impulsivo, a menudo temerario, incapaz en todo caso de soportar sin protestas las vejaciones de los vencedores, y sus enfrentamientos con ellos se volvieron constantes. Iba al cine siempre que podía, pero, para no tener que ponerse en pie y saludar brazo en alto mientras sonaba el himno nacional o el falangista al principio y al final del espectáculo, entraba cuando el pase ya había empezado y salía cuando estaba a punto de acabar. No era el único en practicar esa mínima forma de insumisión y, quizá por eso, un día se interrumpió la película en pleno pase, se encendieron las luces y empezó a sonar el «Cara al sol» por sorpresa, para obligar a todos los presentes a levantarse y saludar. La argucia sorprendió a Marco sentado en medio de la sala, junto al pasillo, pero no se movió; permaneció allí, clavado en su asiento, mientras a su alrededor, en medio del estruendo de la música, la multitud se levantaba y brotaba de ella un bosque de brazos en alto. Entonces, sin apartar la vista de la pantalla bruscamente desierta, Marco notó una presencia en el pasillo, junto a él; antes de volverse del todo, supo que era un militar. En realidad, era un sargento. Le miraba. «¿No vas a levantarte?», preguntó el sargento. Marco le sostuvo la mirada; mientras lo hacía, sintió que había cesado la música, que se había hecho el silencio, que los ojos de todos los espectadores convergían sobre ellos. Contestó: «No». El sargento se quedó mirándolo unos segundos, al cabo de los cuales dio media vuelta y se fue. En cuanto a Marco, dice que aquel día hizo lo que hizo sin pensarlo; contradictoriamente, también dice que lo hizo por sí mismo, para preservar su propia dignidad, pero sobre todo por los demás, para preservar la dignidad de todos.

Siempre según Marco, episodios como el anterior fueron por entonces frecuentes; es decir, lo fueron para él (Marco recuerda otro: una tarde de verano, en una estación de ferrocarril, mientras esperaba frente a una taquilla a comprar un billete que lo llevase a la playa de Castelldefels, un puñado de falangistas de boina roja y camisa azul quiso arrebatarle a empujones su sitio en la cola; Marco se resistió, acabó emprendiéndola a puñetazos con ellos, huyó hacia el tren, se confundió entre los viajeros y se pasó el viaje hasta la playa sacando la cabeza en cada estación para ver cómo esos malnacidos bajaban en cada parada y trataban de localizarlo entre el gentío). En aquella época Marco fue detenido por primera vez. Una tarde, un grupo de hombres entró en el taller de Felip Homs preguntando por él. Le pidieron la documentación y, como carecía de ella, lo esposaron y pusieron patas arriba el local; no encontraron nada, salvo algunos escritos suyos, un puñado de boletines informativos del consulado inglés y de la BBC, de los que él se había convertido en el principal distribuidor en Barcelona, y una pintada que había hecho en la pared del baño, detrás del váter: «¡Arriba España! ¡Viva Franco! —decía—. ¡Cuando hayas terminado, tira de la cadena y a la mierda con todo!».

Se los llevaron detenidos, a él y a Felip Homs, cogieron la caja del dinero y cerraron el taller. No cabían todos en el coche de los desconocidos, así que dos de ellos pararon un taxi, lo metieron en él y dieron una dirección de la plaza Lesseps. Hasta entonces Marco había pensado que aquellos hombres eran policías; ahora comprendió su error: días o semanas antes un grupo de falangistas había irrumpido en su domicilio, buscándolo, y, después de registrar en vano la casa, le dijeron a la tía Ramona que su sobrino debía presentarse en un local de la plaza Lesseps, sin duda el mismo al que ahora se dirigían. Marco confiesa que, cuando se dio cuenta de que sus captores eran falangistas y de que le llevaban a una sede de Falange, tuvo miedo, o que el miedo que ya tenía se multiplicó, y que decidió escapar a la primera oportunidad que se le presentase. Se le presentó en seguida, en el cruce de Travessera de Gracia y Mayor de Gracia, donde un policía municipal controlaba el tráfico. Al llegar allí, Marco se tiró del coche en marcha, abalanzándose sobre el municipal mientras gritaba que se lo llevaban secuestrado; un grupo de curiosos se arremolinó en seguida en torno a ellos, y no sirvió de nada que los falangistas exhibieran sus chapas y carnets del Movimiento: el municipal consideró que aquello era un problema de la policía y que era la policía quien debía resolverlo.

Así que el municipal condujo a Marco a la comisaría más próxima, en la calle Rosellón. Los falangistas los siguieron, y durante el camino no dejaron de amenazar a Marco con las palizas y castigos que le esperaban en cuanto estuviesen a solas. Por fortuna para él, nunca estuvieron a solas. El inspector que los atendió en comisaría les dijo a los falangistas que Marco quedaba detenido y a disposición de la justicia, que él se encargaba de todo, incluidos la denuncia y el informe, y que les agradecía su colaboración. Cuando los falangistas se marcharon, el inspector se quedó un rato en silencio, observando a Marco; al final le preguntó qué edad tenía. Marco contestó, y a continuación cayó sobre él una bronca tremenda: el inspector le recordó que era un niño y le aseguró que, si hubiera sido hijo suyo, le hubiera pegado una paliza, por inconsciente y por descerebrado. Dicho esto, se fue dejando a Marco en su despacho, y sólo volvió al cabo de un par de horas, cuando calculó que los falangistas ya se habrían cansado de esperar en la calle. «Lárgate –le dijo el inspector a Marco, señalando la puerta–. Y que no vuelva a verte.»

Aquella noche no durmió en casa de la tía Ramona, dice Marco; ni aquélla ni las siguientes. Tampoco volvió al taller de Felip Homs. Estaba seguro de que los falangistas le tenían controlado y de que, a menos que escapase de aquella vida normal o de aquel simulacro de vida normal en que estaba instalado, tarde o temprano lo cazarían. De modo que decidió escapar. Primero recurrió a un antiguo compañero de la CNT, un sindicalista del metal al que había conocido durante la guerra en la fábrica Ford, quien le ofreció un escondite en la terraza de una casita agazapada junto al puente de Vallcarca. Allí pasó varias noches, al cabo de las cuales su compañero desapareció y Marco comprendió que aquél había dejado de ser un lugar seguro. Empezó entonces a vivir a salto de mata: dormía en casas abandonadas, en parques, en huecos de escaleras; pasó muchas noches en los bancos de la plaza de Cataluña y en las sillas de alquiler de la Rambla, y muchas mañanas y muchas tardes dando vueltas sin rumbo en tranvía, de un lado a otro de la ciudad. En sus escritos y declaraciones Marco recuerda que aquélla fue para él una época penosa, pero también recuerda, con orgullo, que se sentía orgulloso de sí mismo, que le consolaba y le reconfortaba pensar que no había claudicado ante la bestialidad institucionalizada de los vencedores, que no había dado su brazo a torcer ante el terror y la estulticia y que se sentía un símbolo, porque, mientras él siguiera en pie, manteniendo la decencia, el honor y el amor propio, de algún modo todo su pueblo seguiría en pie.

En realidad, hacía aún más que eso. Quiero decir que, según cuenta, no le bastaba con esquivar las embestidas salvajes de los franquistas; a su modo, con sus medios raquíticos, él también los embestía. Marco no acierta a situar con precisión el hecho: unas veces parece sugerir que ocurrió no mucho después de su retorno del frente, quizás en la primavera de 1939; otras, que ocurrió en el verano o el otoño de 1941, poco antes de su salida de España. El caso es que una noche la tía Ramona le comunicó que había muerto su abuela Isabel, la madre de su padre, y que al día siguiente le esperaban en el entierro, que iba a celebrarse en La Trinidad, el barrio de su infancia o el barrio en el que había transcurrido la parte mayor de su infancia, donde no había puesto los pies desde los primeros días de la guerra. El velatorio tuvo lugar en el antiguo Ateneo Republicano, reconvertido tras la victoria franquista en centro parroquial. Allí, durante la ceremonia, volvió a ver a parientes, amigos y conocidos a los que había perdido de vista; entre ellos se encontraba Antonio Fernández Vallet, el muchacho con quien, en la primavera de 1938, Marco se había alistado como voluntario para pelear en el frente del Segre.

Más que amigos, Marco y Fernández Vallet eran íntimos: habían compartido en la infancia juegos, correrías y lecturas; también ideales libertarios, aunque Marco se había inscrito en la CNT y Fernández Vallet en las Juventudes Libertarias. Es natural por tanto que, pasada la alegría del reencuentro y la tristeza del entierro, Fernández Vallet llevara a Marco aparte y le mostrara una octavilla en la que una organización llamada UJA (Unión de Juventudes Antifascistas) convocaba a la lucha contra los vencedores. Marco no había oído hablar de la UJA, así que, blandiendo la octavilla, le preguntó a Fernández Vallet qué era aquello. Su amigo le contó que la UJA era una organización de jóvenes resistentes, que acababa de crearse, que él pertenecía a ella, que había nacido y estaba implantada sobre todo en Santa Coloma de Gramanet pero contaba también con gente de Sant Andreu, de La Trinidad, de La

Prosperidad, de Verdún y de otros barrios del cinturón obrero de Barcelona, que la mayoría de sus componentes tenía una edad y un pasado semejantes a los suyos, porque muchos habían sido soldados en el ejército de la República, aunque no todos eran anarquistas como ellos: también había comunistas y socialistas. Marco asegura que en este punto interrumpió a su amigo. Le dijo que no le gustaba aquella mezcolanza ideológica, ni tampoco tener que compartir organización con los comunistas, que durante la guerra habían perseguido con saña a los suyos y habían hecho fracasar la revolución; añadió que ya no vivía en el extrarradio de Barcelona sino en la misma Barcelona, muy lejos de ellos. Eran objeciones débiles, casi protocolarias, porque Marco estaba ansioso por salir de su aislamiento y convertir su rebeldía individual en lucha organizada, de manera que Fernández Vallet las derrotó sin esforzarse: sólo dijo que no era el momento de copiar las divisiones de la guerra, sino de combatir al enemigo común, y que el hecho de que no existiera una sección de la UJA en Barcelona no era un obstáculo sino un aliciente para que él la creara.

Siempre según el relato de Marco, a esa tarea consagró sus mejores energías durante las semanas o meses siguientes. Lo primero que hizo fue reclutar a unos cuantos chavales como él, tan valientes, generosos e idealistas como él, o poco menos: un tal Francesc Armenguer (de Les Franqueses), un tal Jordi Jardí (de Anglès), un tal Jorge Veí o Vehi o Pei, un tal Thomas o Tomàs, también un tal García y un tal Pueyo, quizás algún otro. Lo segundo que hizo fue buscar un local en el que reunirse con sus compañeros; lo encontró en seguida, en una cafetería situada en la calle Peligro esquina con Torrente de la Olla, en el barrio de Gracia, donde consiguió alquilar un ala recién abandonada por una peña ciclista, en cuyas vitrinas y estanterías todavía quedaban trofeos olvidados. Allí empezó a reunirse el grupo y, provisto de un equipamiento mínimo (un revólver y un par de pistolas, una caja de cartuchos, una máquina de escribir, varias resmas de papel blanco y algunas hojas de papel carbón, unas tijeras y dos grapadoras), en seguida empezó a actuar: redactaban, imprimían y distribuían por la ciudad octavillas en las que llamaban a la resistencia, hacían pintadas, de vez en cuando tiraban algún petardo, constantemente discutían sobre la forma de derribar el régimen. Todo esto duró muy poco tiempo, apenas unas cuantas semanas inciertas, porque el entusiasmo de aquellos muchachos idealistas no alcanzaba a suplir su candor, su falta absoluta de experiencia y su absoluta ignorancia de las reglas y mecanismos de la lucha clandestina. Una tarde, Marco se hallaba esperando a un enlace junto al monumento a Jacint Verdaguer, en Diagonal y paseo de San Juan; se trataba de una medida de seguridad, una cita previa que quizás (esto Marco no lo recuerda bien, o dice que no lo recuerda bien) era la antesala de una reunión con otros responsables de grupo. Lo cierto es que el enlace se retrasaba, y que sólo apareció cuando Marco ya empezaba a pensar que lo mejor era marcharse, porque algo debía de haber ocurrido. Descompuesto y agitado, el enlace le contó que, en efecto, había ocurrido algo: aquella mañana habían detenido al secretario de la organización, le habían encontrado listas de nombres y domicilios, había ya un puñado de detenidos, la operación policial seguía su curso, era urgente ponerse a salvo. Antes de que el enlace terminara de informarle, Marco echó a correr hacia el local de Peligro y Torrente de la Olla. Allí encontró a dos de sus compañeros y les dio la noticia, los ayudó a recoger sus cosas a toda prisa y a toda prisa salió con ellos del bar, sin mirar atrás.

Fue el final de la UJA. Marco no volvió a reunirse con sus compañeros de grupo; tampoco, por supuesto, con Fernández Vallet y la gente de Santa Coloma, de los que en las semanas posteriores sólo le llegaron retazos de noticias según las cuales habían sido detenidos al completo, juzgados y condenados a penas severísimas. Dos conclusiones extrajo Marco del final de la UJA (o eso dice): la primera es que era un suicidio formar parte de una organización clandestina, al menos de momento, y que en adelante se enfrentaría solo al franquismo; la segunda es que no podía enfrentarse solo al franquismo, que su situación era desesperada y que, sin casa, sin trabajo, sin amigos y con la policía pisándole los talones, lo mejor que podía hacer –quizá lo único que podía hacer– era marcharse de España.

En este punto el relato de Marco se bifurca; o más bien el descubrimiento de su impostura obligó a Marco a bifurcarlo. Antes del estallido del caso Marco, la historia que él contaba era en lo esencial como sigue:

Decidido a exiliarse en Francia y a continuar allí la lucha contra el fascismo, en otoño de 1941 Marco se puso en contacto con un primo suyo que estaba haciendo el servicio militar y tenía amigos y conocidos en el puerto (en otra versión, esto no ocurre en otoño de 1941 sino en invierno de 1942). Tras realizar algunas gestiones, Pepín, que así era como se llamaba el primo, consiguió mediante el soborno de un carabinero que Marco pudiese embarcarse en un mercante que hacía la ruta Barcelona-Marsella (en otra versión, Pepín no sobornó al carabinero sino al propio capitán del mercante). Marco hizo clandestinamente el viaje. En Marsella le aguardaba en teoría un miembro de la CNT; en la práctica no le aguardaba nadie y, mientras buscaba a su contacto frustrado por las tascas del puerto, le detuvo la policía de Pétain, el viejo mariscal francés a quien los nazis habían colocado al frente de un gobierno títere en la zona no ocupada de su país (en otra versión menciona el nombre del cenetista que debía aguardarle en Marsella, un tal García, y sostiene que no lo apresaron en el puerto sino en un control policial). Tras varios interrogatorios, Marco fue entregado por la policía de Pétain a la Gestapo, que lo retuvo un mes en Marsella antes de mandarlo a

Metz, donde lo confinaron en un convento y acto seguido lo enviaron al campo de Flossenbürg (en otra versión no menciona que fuera entregado a la Gestapo y asegura que, antes de llegar a Flossenbürg, pasó por Kiel, la capital de Schleswig-Holstein, el estado más septentrional de Alemania). Allí, en Flossenbürg (o en Kiel), se iniciaba, según este primer relato, la aventura alemana de Marco.

El segundo relato —es decir, el relato que Marco hizo tras estallar su caso en mayo de 2005— es más sencillo, carece de variantes y empieza de forma similar al primero, pero acaba de forma por completo distinta, si no opuesta; en lo esencial es como sigue:

Decidido a exiliarse en Francia y a continuar allí la lucha contra el fascismo, en otoño de 1941 Marco se puso en contacto con un primo suyo que estaba haciendo el servicio militar y tenía amigos y conocidos en el puerto. Tras realizar algunas gestiones, Pepín, que así era como se llamaba el primo, consiguió hablar con un carabinero que se ofreció a hablar con un capitán que hacía la ruta Barcelona-Marsella y que, por una suma considerable de dinero, debía permitir que Marco viajara clandestinamente en su mercante. Marco y Pepín se reunieron varias veces con el carabinero en un bar llamado Choco-Chiqui, cerca de la plaza del Pino, pero, cuando ya habían conseguido el dinero necesario para la operación —mil pesetas: una fortuna para aquella época—, el carabinero alegó que los peligros habían aumentado, que el capitán tenía muchas dudas y que, para despejárselas, necesitaba que le dieran el doble de la suma pactada. Aunque sabía que nunca conseguiría reunir ese dinero, Marco empezó a buscarlo. No veía otra solución. Estaba desesperado. Un día, leyendo el periódico, vio otra solución (o la vislumbró): una oferta de trabajo en Alemania. Era una oferta muy atractiva desde todos los puntos de vista, incluido el económico, porque prometía la posibilidad de comprarse una casa en España a cambio de apenas tres años de trabajo en Alemania, pero eso a Marco no le importaba: lo único que le importaba era poder salir de España. También es cierto que, aunque quien ofrecía el trabajo era una empresa alemana (la Deutsche Werke Werft), la oferta se enmarcaba en un acuerdo entre España y Alemania, entre Franco y Hitler, y suponía contribuir, en plena guerra mundial, al esfuerzo de guerra del país que estaba imponiendo el fascismo a sangre y fuego en toda Europa, pero eso tampoco le importaba a Marco: lo único que le importaba era salir de España. Así que aquel mismo día se presentó en las oficinas de la Deutsche Werke Werft en Barcelona, en la calle Diputación (o tal vez Consejo de Ciento), y solicitó el trabajo. Poco después supo que se lo habían concedido, y a finales de noviembre o principios de diciembre de 1941 Marco partió en un tren repleto de trabajadores españoles, desde la estación del Norte, hacia Kiel, la capital de Schleswig-Holstein, el estado más septentrional de Alemania. Así se iniciaba, según este segundo relato, la aventura alemana de Marco.

Y así termina esta sarta de mentiras.

11

¿Y la verdad? La verdad es que, según descubrí a medida que le iba quitando capas a la cebolla de la biografía de Marco, esa sarta de mentiras se amasó naturalmente con verdades.

Es verdad que, al llegar a Barcelona, Marco se refugió en la casa o la portería de su tía Ramona, que ésta se hallaba en la esquina de Lepanto y Travessera de Gracia y que quizás era como Marco dice que era; pero no es verdad que la tía Ramona viviera sola allí: compartía su casa con una chica cuatro años mayor que Marco, llamada Ana Beltrán Ribes. Es verdad que Marco tardó mucho tiempo en salir a la calle, pero es mentira que estuviera herido; estaría agotado y desmoralizado y aterrado como sólo lo están los soldados que vuelven del frente tras perder una guerra, pero no estaba herido. Es verdad que un suboficial del ejército republicano como él, que además había militado en la CNT, tenía muy buenas razones para no presentarse a los vencedores y para temer represalias −como mínimo un servicio militar de tres años, tal vez un batallón de castigo, quizá la cárcel o la pena de muerte−, pero no es verdad que su dignidad le impidiese regularizar su situación legal ante los vencedores, ni que su asco y su vergüenza por el triunfo franquista fueran superiores a su miedo: sin la menor duda, su miedo era muy superior. Es verdad que consiguió un trabajo de mecánico en el taller de un hombre llamado Felip Homs, en París esquina con Viladomat, pero es muy improbable que, de haber sido republicano, Homs hubiese celebrado que Marco fuese un voluntario antifascista en el ejército de la República: primero, porque después de la guerra nadie hablaba de la guerra, y menos un derrotado (lo más urgente después de una guerra es olvidar la guerra); y segundo por miedo. Es posible que, como casi todos los jóvenes en casi todas las épocas, Marco fuera de natural rebelde e impulsivo y que, como tantos jóvenes proletarios, en la Barcelona de la guerra y la preguerra hubiera sido un anarquista inflamado de ideales revolucionarios, pero es seguro que, como a todos o a casi todos los soldados perdedores, el espanto del frente y la melancolía de la derrota lo cambiaron a fondo, volviéndolo muy capaz de soportar sin la menor protesta todas las vejaciones: como el énfasis en la valentía delata al cobarde y como el cobarde no para de anticipar catástrofes, los relatos noveleros que hace Marco de sus huidas portentosas y sus heroicas negativas a levantar el brazo o cantar el «Cara al sol» y plegarse a la brutalidad de los falangistas de camisa azul y pistola en cinto invitan a pensar en todas las veces que Marco imaginó que lo detenían, en todas las veces que fue humillado por los vencedores, en todas las veces que, en los cines, en las calles, en las covachuelas del régimen, no tuvo más remedio que levantar el brazo y cantar el «Cara al sol». Es verdad que en la Barcelona de la posguerra inmediata cualquier vida normal era un simulacro de vida normal, porque —esto también es verdad— aquélla era una ciudad hambrienta, prostituida y aplastada por la doble tiranía de la Iglesia y los falangistas, corrompida económica y moralmente, humillada y saqueada por la rapacidad y la arrogancia de los vencedores, pero es mentira que Marco llevara en ella una vida clandestina y no una vida normal o un simulacro de vida normal o de eso que hemos convenido misteriosamente en llamar una vida normal, y, aunque es verdad que el mismo pueblo idealista y fogoso que durante tres años había luchado por su libertad, con un coraje que había admirado al mundo, se había convertido a la fuerza en un pueblo roto, servil, cobarde y desposeído, un pueblo de pícaros, colaboracionistas, delincuentes, delatores, sobornados y campeones del estraperlo, no es verdad que nuestro hombre se sintiese ajeno a él, exiliado en su interior: Marco puede ser muchas cosas, pero no tonto, y, por poca lucidez que le quedase en medio del descalabro total del país que había conocido, debía de saber que él formaba parte de aquello, que él era como los demás, que, como la inmensa mayoría de los derrotados, él también estaba aceptando la vida bárbara, abyecta y claustrofóbica impuesta por los vencedores, que había dado a torcer su brazo ante el terror y la estulticia, que no se sentía en absoluto orgulloso de su comportamiento ni le consolaba ni le reconfortaba nada salvo lo mismo que podía consolar y reconfortar a la inmensa mayoría de los soldados republicanos derrotados que, como él, no tenían ni fuerzas ni madera de héroes para seguir luchando, y que no se habían quedado en su país con la voluntad intrépida de lanzarse a la clandestinidad y a la lucha armada sino con la natural intención prosaica y exhausta de pasar inadvertidos para no ser represaliados y tratar de sobrevivir así al desastre. Es verdad, en fin, que Marco es un símbolo de este momento de la historia de su país; pero no es verdad que sea un símbolo de la decencia y el honor excepcionales de la derrota, sino de su indecencia y su deshonor comunes.

Ésa es la verdad. O ésa es la verdad de este período de la vida de Marco: una verdad que viene a ser el negativo casi exacto de la novelita de aventuras románticas, edulcorada y falaz, que, consigo mismo en el papel estelar de paladín de la libertad, Marco contó siempre. Es la verdad pero no es toda la verdad; es, digamos, la verdad esencial (o lo que a mí me parece la verdad esencial), pero hay verdades complementarias. Paso a resumirlas.

Ya he dicho que, a su regreso del frente, Marco no encontró sola en su casa a la tía Ramona: con ella vivía una muchacha llamada Ana Beltrán Ribes; no he dicho, en cambio, que Ana (o Anita, como la llamó siempre su familia) tenía un niño de pecho y acababa de abandonar a su marido. No tengo del todo claro qué hacían aquellas dos mujeres viviendo juntas; de hecho, no lo tienen claro ni Marco ni la propia familia de Anita. Todos recuerdan que años atrás Anita había dejado a sus padres para poder casarse, pero algunos creen que, tras la separación de su marido, los padres de Anita, católicos republicanos, no le permitieron volver a su casa y por eso ella buscó refugio con la tía Ramona; otros, en cambio, sostienen que los padres de Anita, a pesar de su catolicismo y de que ella se hubiera escapado del domicilio familiar, aceptaron el regreso de su hija, y que ésta acabó con la tía Ramona simplemente porque en su casa nunca faltó comida durante aquellos meses del final de la guerra, cuando el hambre se adueñó por completo de la ciudad. En cuanto a la tía Ramona, es muy probable que conociese a Anita del barrio —donde la joven había vivido siempre, tanto con su recién abandonado marido como con sus padres—, y que se compadeciese de ella al tiempo que veía en su desamparo o en su hambre una ocasión de aliviarse de su reciente viudez, de la soledad en que vivía desde la muerte del tío Anastasio. Sea como sea, lo cierto es que, durante algunos meses, la tía Ramona, Marco, Anita y el hijo de ésta vivieron en armonía: Anita se iba a trabajar cada mañana temprano con un representante de tejidos, en la calle Caspe, Ramona se ocupaba de comprar y de mantener limpia y ordenada la casa, Marco se ocupaba del niño. La armonía se rompió cuando Marco y Anita se enamoraron, o cuando la tía Ramona se enteró de que Marco y Anita se habían enamorado. La tía Ramona quizás era tan libertaria como su difunto marido, pero conservaba una ética de matriarca tradicional y juzgaba que a su sobrino no le convenía en absoluto una muchacha cargada con un niño y cuatro años mayor que él, así que intentó por todos los medios que Marco entrara en razón y la dejara; Marco no entró en razón, no la dejó, y la tía Ramona optó por echar de la portería a Anita, que volvió al hogar de sus padres.

Marco no tardó en seguirla. Los padres de Anita vivían en una casa de una sola planta de la calle Sicilia, casi a la altura de Córcega, justo al lado de un bar y un frontón. Era una familia muy humilde y muy querida en su barrio: el padre trabajaba en una fábrica de aprestos, de chatarrero por libre y de camarero en una cooperativa ubicada en la calle Valencia, que llegó a presidir; la madre era una huérfana educada por las monjas en un catolicismo tridentino. Ninguno de los dos se recuperó nunca de la muerte de su único hijo varón en la batalla del Ebro, ya al final de la guerra, pero es posible que la presencia de Marco en la casa los ayudase a sobrellevar la pérdida. Tal vez eso explique en parte que la madre olvidase las reglas inflexibles de la moral en que se crió y permitiese que Marco y su hija conviviesen sin estar casados bajo el mismo techo, en aquella casa abarrotada donde también vivían dos de sus hijas y un yerno. Esta situación irregular o que el catolicismo de la madre de Anita consideraba irregular no duró mucho tiempo: Marco y Anita se casaron por la iglesia el 10 de agosto de 1941 (el matrimonio anterior de Anita no fue ningún inconveniente para esta unión, porque el franquismo no reconoció la validez de los matrimonios civiles celebrados durante la Segunda República). La boda se celebró en el templo de la Sagrada Familia, y a ella asistió solamente la familia de Anita, no la de Marco, con la mayor parte de la cual él ya estaba peleado, incluyendo a su padre y a la tía Ramona, o con la que en aquel momento cortó. Para entonces Marco tenía una nueva familia, la familia de Anita; mejor dicho, para entonces Marco había seducido a la familia de Anita, donde era considerado por todos como un muchacho laborioso, inteligente, cultivado, práctico, alegre, divertido y encantador, siempre cariñoso con su mujer, siempre dispuesto a ayudar a sus suegros, a aconsejar y proteger a sus cuñadas y a hacer favores a quien los necesitase, el marido ideal, el sustituto ideal e imposible del hijo y el hermano que la guerra les arrebató (y el salvador de Anita, a quien había librado del doble baldón de ser una mujer separada y una madre soltera). Era una familia compacta, que durante la semana trabajaba duro y pasaba los domingos en la playa o la montaña o, más frecuentemente, en la cooperativa de la calle Valencia, donde el padre servía en el bar y los hijos jugaban al ajedrez y a las cartas y representaban dramas teatrales, y donde Marco descollaba como jugador de ping-pong, como cantante ocasional y como lector encarnizado de los volúmenes que albergaba la biblioteca. Así que a aquellas alturas, cuando el recuerdo de la guerra todavía llameaba pero todo el mundo o casi todo el mundo luchaba por apagarlo mientras trataba de acomodarse a la nueva situación, Marco no era por supuesto un héroe ni un rebelde ni un resistente, pero es probable que fuera un hombre feliz o eso que misteriosamente hemos convenido en llamar un hombre feliz.

O casi. Porque el pasado no pasa nunca, ni siquiera —lo dijo Faulkner— es pasado; el pasado es sólo una dimensión del presente. Y, también para Marco, en 1941 el pasado de la guerra todavía llameaba y él sólo podía soñar con apagarlo si regularizaba su situación ante la legalidad fraudulenta de los vencedores. ¿La regularizó? ¿Intentó regularizarla? Marco siempre dijo que no, que su dignidad se lo impidió y que permaneció al margen de la ley durante aquellos dos años, pero el caso es que —ya lo advertí— también mintió en esto y que, si no hubiese regularizado su situación o al menos no lo hubiese intentado, no hubiera podido llevar la vida normal o el simulacro de vida normal que llevó en ese tiempo.

Fue también por casualidad como descubrí que también

en este punto Marco mentía; por casualidad o porque la casualidad me deparó otro pequeño milagro. Un milagro doble, esta vez. Primer milagro: un aviso publicado el 23 de julio de 1940 en *La Vanguardia* (en realidad, *La Vanguardia Española*, que es como pasó a llamarse el diario después de la guerra); allí se lee lo siguiente: «Deberán presentarse con toda urgencia en la oficina del detall de la Comandancia Militar de Marina los inscritos de Marina que a continuación se indican»; y a continuación se indican trece nombres, el antepenúltimo de los cuales es –ya lo han adivinado– Enrique Marco Batlló [en realidad Batlle]. ¿Qué significa esto? Significa que, año y medio después de que Marco regresara de la guerra, las autoridades militares le habían enviado varios requerimientos a su domicilio, o al que ellos creían que era su domicilio, exigiéndole que se presentase en sus oficinas para ser quintado, esto es, para ser fichado, pasar un reconocimiento médico y estar listo para hacer el servicio militar; y significa que, a pesar de los requerimientos para que se presentase, Marco no se había presentado: la publicación de aquel anuncio era probablemente el último recurso antes de declararlo prófugo. Ahora bien, ¿lo declararon prófugo? ¿Al final se presentó o no se presentó Marco a las autoridades?

La respuesta a esas dos preguntas la encontré en otro anuncio parecido al anterior, publicado también en *La Vanguardia* casi un año más tarde, el 2 de abril de 1941. Es el segundo pequeño milagro. «En la oficina del Detall de la Comandancia Militar de Marina –dice el anuncio–, se interesa la inmediata presentación de los inscriptos marítimos pertenecientes al reemplazo de 1941 que se citan a continuación, para poder hacerles entrega de sus respectivas cartillas navales»; y a continuación se indican cuatro nombres, el penúltimo de los cuales es –también lo han adivinado– Enrique Marco Batlle. ¿Qué significa esto otro? Significa que, aunque Marco tenía las mejores razones para no presentarse a las autoridades

MARITIMAS

LLEGADA DE CARBON DEL NORTE. — Han llegado a nuestro puerto los buques «Zurriola» y «Ulía», procedentes de La Coruña y Avilés, respectivamente, con cargamentos completos de carbón de aquellos puertos.

Los citados buques pasaron a descargar el combustible de que han sido portadores en el muelle de Poniente, paramento Sur, el «Zurriola», y Norte el «Ulía».

BUQUES MERCANTES SALIDOS. —Durante los dos días últimos salieron de nuestro puerto, con rumbo a los de sus respectivos itinerarios, los buques siguientes: vapores «Plus Ultra», «Melchuca», «Demir» (turco), «Ulía», «Monte Amboto», vapor sueco «Sicilia» «Sac 4», «Mallorca», buque-tanque «Zorroza», «Monte Castelo» y varios pailebotes y motoveleros.

PRESENTACION DE INSCRITOS EN LA COMANDANCIA MILITAR DE MARINA. — Deberán presentarse con toda urgencia en la oficina del detall de la Comandancia Militar de Marina los inscritos de Marina que a continuación se indican: Antonio Capilla Pons, Jaime Soler Arbo, José Rojo Ibars Juan Noguera Sala, Antonio Galindo Céspedes, Adolfo Artero Rabal, Manuel Ponte Ruiz Juan Montoya Garrido, Antonio Ferrer Angosto, Jaime Sirvent Sallas, Enrique Marco Batlló, Joaquín Monsonís Escuder y Joaquín Puig Aleu.

CAMBIO DE ATRAQUE. — La motonave postal «Dómine», que procedente de Buenos Aires y escalas llegó la pasada semana a nuestro puerto, según indicábamos en una de nuestras últimas ediciones, ha pasado a atracar de costado en el muelle de Bosch y Alsina, donde procede a la descarga de varios efectos que trajo de aquella procedencia.

militares, después del primer ultimátum que cité lo había hecho, y que las autoridades militares no habían inquirido por su pasado de anarquista y suboficial republicano o habían inquirido por él pero no lo habían descubierto o lo habían descubierto y no le habían dado importancia, porque la realidad es que Marco no fue víctima de ninguno de los castigos reservados a los republicanos y que su proceso de reclutamiento siguió el cauce previsto por la ley para cualquier ciudadano español. Como tal, y por su edad, a Marco le correspondía ser llamado a filas y empezar a cumplir el servicio militar a lo largo de 1941, y este segundo aviso de *La Vanguardia* —este segundo ultimátum— prueba que, una vez regularizada su situación, en abril de ese año hacía ya tiempo que las autoridades militares enviaban requerimientos a su domicilio exigiéndole que se presentase en la Comandancia Militar de Marina para recoger la cartilla naval, el carnet del soldado que de manera inminente iba a ingresar en la Marina; también prueba que hasta aquel momento Marco no se había presentado a las autoridades y había obligado, por segunda vez, a la publicación de aquel último recurso antes de declararlo prófugo.

Eso es lo que se desprende, insisto, de los dos ultimátums publicados en *La Vanguardia*: que, tras regularizar su situación militar en el verano de 1940, en abril de 1941 Marco estaba siendo requerido para que recogiese la documentación que le acreditaba como marinero in pectore, paso previo para incorporarse a filas; o si se prefiere: que Marco era un quinto remolón, pero no incumplidor.

Hablé con Marco en cuanto entendí el significado de los avisos de *La Vanguardia*; enfrentado a la verdad (o a su mentira), nuestro hombre me contó la verdad, o parte fundamental de la verdad. La verdad es que un día de principios de 1940 la tía Ramona se presentó en casa de los padres de Anita, donde ya estaba viviendo él, y le entregó una notificación oficial en la que se le exigía que se presentase en la Comandancia Militar de Marina para ser quintado. Marco sabía lo que significaba eso y, aunque dudó y tuvo miedo, decidió hacer como si nada, confiando en que los militares se olvidasen de él. No se olvidaron. En las semanas o meses sucesivos, Marco recibió otras notificaciones idénticas o parecidas, en todo caso cada vez más apremiantes, más angustiosas, y al final comprendió que era preferible correr el riesgo de presentarse a las autoridades que el de ser declarado prófugo o el de exiliarse. El caso es que una mañana Marco se presentó en la Comandancia Militar de Marina, en la Rambla, y que al

MARITIMAS

IMPORTANTE CARGAMENTO DE TRIGO —Anteanoche llegó a nuestro Puerto · el vapor «Monte Teide» procedente de la Argentina y Canarias, con un cargamento de nueve mil toneladas de trigo americano y varias toneladas de frutos y otros productos del citado archipiélago, todo lo cual pasó a descargar en el muelle de San Beltrán.

EL CORREO DE MALLORCA. — Ayer, a primera hora de la mañana, llegó el vapor correo «Mallorca», procedente de Palma de Mallorca, conduciendo varios pasajeros y un pico de carga general, cuyo alijo pasó a verificar en el muelle de Atarazanas. Por la noche, a las ocho el «Mallorca» se hizo nuevamente a la mar con rumbo al puerto de procedencia.

ENTREGA DE CARTILLAS NAVALES. — En la oficina del Detall de la Comandancia Militar de Marina, se interesa la inmediata presentación de los inscriptos marítimos pertenecientes, al reemplazo de 1941 que se citan a continuación, para poder hacerles entrega de sus respectivas cartillas navales: Antonio Collado Flores, Salvador Xufre Cervera, Enrique Marco Batlle y Francisco González Alemany.

BOLETIN OFICIAL DEL SERVICIO HIDROGRAFICO DE LA ARMADA.—Ha aparecido el número 4, correspondiente al año actual, del «Boletín del Servicio Hidrográfico de la Armada», en el cual se insertan interesantes avisos a los navegantes correspondientes a las costas de los Estados Unidos, mar Mediterráneo, Suecia, Portugal, España, África, Indias occidentales, mar de las Antillas, Canadá, Nigeria, Túnez, Argelia, Italia, Yugoeslavia, islas Filipinas, etc.

cabo de un rato salió de ella indemne y quintado, sin que su oneroso currículum de anarquista y suboficial republicano hubiese caído sobre él, aplastándolo. ¿Cómo se las arregló Marco? ¿Consiguió ocultar su pasado real tras un pasado ficticio? ¿No consiguió ocultarlo pero consiguió que los militares no concedieran importancia a su pasado real? ¿Qué ocurrió aquel día en la Comandancia Militar de Marina? No lo sé con exactitud —Marco no lo recuerda, o dice que no lo recuerda—, pero adelanto una hipótesis que ahora mismo me parece irrefutable: Marco es básicamente un pícaro, un charlatán desaforado, un liante único, de modo que lió a las autoridades militares, convenciéndolas de que tenía un pasado impoluto o inofensivo y de que él mismo era un muchacho inofensivo, por no decir intachable.

Si mi hipótesis es correcta, debió de ser un regate prodigioso; sea o no sea correcta, el resultado de la jugada fue que, al regularizar su situación, Marco despejó de amenazas su horizonte vital. Al menos a corto plazo; a medio plazo no: aunque sabía que ya no iba a ser represaliado por los vencedores, también sabía que en algún momento de 1941 lo llamarían a filas y tendría que hacer el servicio militar de quince meses al que estaba obligado como ciudadano español. No era una perspectiva tan desalentadora como la de la cárcel o la de los batallones de castigo, pero tampoco era halagüeña, y la prueba es que la mayoría de los jóvenes en edad militar hacía lo posible por evitarla. Marco siempre había estado con la mayoría, y esta vez no fue una excepción. Intentó evitar el servicio militar: si bien acató el segundo ultimátum público de las autoridades militares y recogió su cartilla naval en la Comandancia Militar de Marina, durante los meses siguientes, mientras aguardaba con un nudo en la garganta que le llamasen para incorporarse a la Marina, buscó una salida al aprieto en que se hallaba.

La encontró al empezar el otoño. A finales de agosto de aquel año, exactamente el día 21, el gobierno español y el alemán habían firmado en Madrid el llamado «Convenio Hispano-Alemán para el envío de trabajadores españoles a Alemania», un acuerdo que perseguía sobre todo cuatro objetivos: saldar la deuda de 480 millones de marcos que Hitler le reclamaba a Franco por la ayuda que le había prestado durante la guerra civil; abastecer a la industria germana de mano de obra barata que la compensase por los millones de jóvenes alemanes que habían sido movilizados desde 1939 con destino a los frentes de la guerra mundial; estrechar los lazos entre el régimen alemán y el régimen español, fascinado como estaba este último por los éxitos nazis de los tres primeros años de guerra; y, *last and also least*, procurarle algún alivio a la maltrecha economía española, exportando desempleados y atenuando así el descomunal problema del paro.

En octubre el gobierno español hizo públicas las condiciones de contratación de los trabajadores españoles en Alemania, y Marco cogió la oportunidad al vuelo. A partir de este punto, su relato, tal y como lo conocemos —desde la lectura en la prensa de la suculenta oferta de trabajo hasta su salida de Barcelona en un tren repleto de trabajadores españoles, pasando por la visita a las oficinas de la Deutsche Werke Werft en la calle Diputación, o tal vez Consejo de Ciento—, se ajusta en lo esencial a la verdad. Quiero decir que fue la verdad con que Marco amasó su mentira. Quiero decir que las cosas debieron de ocurrir más o menos como Marco contaba en la segunda versión de su salida de España, sólo que suprimiendo la fantasía de que él fuera en 1941 un resistente con la policía franquista pisándole los talones y sin otra opción que aprovechar aquella oportunidad para salir de España. Por supuesto —y dicho sea entre paréntesis—, el hecho de que un prófugo como ese personaje inventado para sí mismo por Marco viajase a Alemania en calidad de trabajador voluntario no es sólo inverosímil, sino también disparatado (y es increíble que haya podido pasar por verdad): inverosímil porque, para ser contratado, un trabajador debía tener sus papeles en regla, y las Oficinas de Estadística y Colocación pertenecientes a la Delegación Nacional de Sindicatos, que era el organismo oficial español donde se inscribían los candidatos antes de firmar sus acuerdos con las distintas empresas alemanas, no hubiesen aceptado a un fugitivo sin documentos, y menos aún para un trabajo tan codiciado como aquél; y disparatado porque es disparatado pensar que nadie que abrigase el menor rescoldo de actitud resistente o la menor conciencia antifascista estuviese dispuesto a viajar a Alemania para contribuir al esfuerzo de guerra del país que estaba arrasando Europa y hundiéndola en el fascismo (y por eso la ínfima oposición interna a la dictadura hizo cuanto pudo para disuadir a los trabajadores españoles de cometer aquel error). ¿Significa esto que Marco había dejado de ser un anarquista entusiasta para convertirse en un fascista entusiasta? No, aunque no hubiera sido el primero ni el último que, al terminar la guerra, cambió de hoy para mañana un entusiasmo por otro. Es cierto que, antes de firmar su contrato, los trabajadores solían ser calificados según su grado de adhesión al régimen, y que algunos aspirantes aducían como mérito su condición de ex combatientes franquistas o su pasión por la causa, igual que es cierto que la prensa publicó muchas fotos de las salidas de los primeros convoyes de trabajadores hacia Alemania en las que reina un gran fervor ideológico, con locomotoras adornadas con grandes esvásticas y vagones con trabajadores vehementes sacando el tronco por las ventanillas mientras hacen el saludo romano; pero no es menos cierto que, más allá del resplandor embustero de la propaganda, la realidad era que la inmensa mayoría de aquellos hombres no emigraba para ayudar a los nazis a ganar la guerra, sino para huir de la miseria de la España franquista, por pura y simple necesidad.

Ése fue el caso de Marco. Nuestro hombre salió hacia Alemania con el propósito principal de librarse del servicio militar (o de aplazar su cumplimiento) y el secundario de ganarse la vida en el país que estaba ganando la guerra. En teoría, uno de los requisitos imprescindibles para ser contratado por las empresas alemanas era haber realizado el servicio militar o estar exceptuado del mismo; con Marco, por los motivos que fuere, se lo saltaron, o quizás es que los engañó, los lió de nuevo: los funcionarios españoles sin duda lo juzgaron políticamente adicto o inofensivo, y los empresarios alemanes debieron de quedar impresionados por su juventud, por su energía, por su entusiasmo y sobre todo por su competencia como

mecánico (los obreros metalúrgicos eran una de sus priorida-
des), porque el hecho es que el 27 de noviembre de 1941,
llevando bajo el brazo un contrato de trabajo de dos años
firmado por la Deutsche Werke Werft, Marco montó en el
primero de los convoyes de trabajadores que partió desde la
estación del Norte de Barcelona para iniciar su peripecia alemana.

¿Eso fue todo? ¿Fue sólo Marco, en los dos primeros años de
la posguerra, un joven políticamente inocuo, ya que no un
joven adicto al régimen, un anarquista reconvertido a toda
prisa en fascista (no hay un solo dato ni un solo testimonio
que avale esta presunción)? ¿Fue apenas uno más de la inmensa mayoría de los derrotados que aceptó sin protestas la
vida bárbara, abyecta y claustrofóbica impuesta por los vencedores? ¿O había una parte de él que no se conformaba?
¿Abrigaba todavía en su interior algún resto de conciencia
antifascista o algún rescoldo de actitud resistente o de coraje
cívico? ¿Tuvo Marco después de todo alguna relación con algún grupo antifranquista? ¿Pudo tenerla a pesar de llevar una
vida normal o un simulacro de vida normal? ¿Puedo dejarle
algo? ¿Puedo dejarle la UJA? ¿Perteneció Marco a la UJA o
tuvo alguna relación con ella?

La historia de la UJA es extraordinaria. Se trata de un minúsculo episodio que permaneció enterrado en la fosa común del antifranquismo durante casi sesenta años, hasta que,
en 1997, dos jóvenes historiadores locales, Juanjo Gallardo y
José María Martínez, lo exhumaron; hoy todavía la historia es
muy poco conocida. A finales de enero de 1939, cuando faltaban un par de meses para que terminara la guerra pero ya
habían transcurrido varios días desde la caída de Barcelona en
manos franquistas, un grupo de chavales catalanes decidió no
aceptar la derrota. Algunos habían combatido con el ejército

republicano, muchos militaban en las Juventudes Libertarias, todos eran muy jóvenes: el mayor tenía veintitrés años y el más pequeño quince, pero la mayoría estaba entre los dieciséis y los dieciocho; entre ellos había de todo: jornaleros, vidrieros, peones, contables, sastres, electricistas, ferroviarios, mozos de almacén, pasteleros, dependientes y hasta tres colegiales. El núcleo de la UJA se hallaba en Santa Coloma de Gramanet, pero la organización se extendió en seguida a Sant Adrià del Besós y tenía la ambición de llegar a otras poblaciones del extrarradio de Barcelona, incluida la propia Barcelona. La palabra «organización» quizás es excesiva: aunque estaba dotada de una cierta estructura, con responsables de las distintas secciones y una división geográfica en sectores, en realidad la UJA no era más que un grupo de muchachos que se reunía en casa de sus padres y que, con unos medios ridículos y un coraje temerario, durante el tiempo que duró su andadura elaboró, imprimió y distribuyó panfletos llamando a la revuelta, dio un golpe de mano contra una guarnición de fascistas italianos, planeó sabotajes en infraestructuras y asaltó a notorios franquistas para ayudar con el dinero obtenido del robo a familias antifranquistas en situación económica desesperada. La vida de la UJA, sin embargo, fue breve: terminó el 30 de mayo de 1939, tres meses escasos después de su inicio. Ese día empezaron las detenciones (durante las cuales, según reza el sumario que a continuación se abrió a sus miembros, «se les ocupó una máquina de escribir, cinco fusiles, tres rifles, una bomba de mano y varias municiones»), y el 2 de enero del año siguiente un consejo de guerra dictó sentencia contra los veintiún militantes de la organización y otras siete personas; salvo tres de ellos, que no llegaban a los dieciséis años y fueron puestos a disposición del Tribunal Tutelar de Menores, todos los demás fueron condenados: hubo cinco penas de muerte (de las que sólo se ejecutó una), ocho penas de reclusión perpetua, dos penas de veinte años, cuatro de quince y dos de seis. De modo que, cuando todo el mundo dijo de grado o por fuerza Sí, hubo gente que dijo No, gente que no se conformó, que no dio su brazo a torcer y no se resignó al oprobio, la indecencia y la humillación comunes de la derrota. Fue una ínfima minoría, pero fue. A lo largo de casi seis décadas sus nombres se olvidaron, así que no estará de más recordarlos hoy. Honor a los valientes: Pedro Gómez Segado, Miquel Colás Tamborero, Julia Romera Yáñez, Joaquín Miguel Montes, Juan Ballesteros Román, Julio Meroño Martínez, Joaquim Campeny Pueyo, Manuel Campeny Pueyo, Fernando Villanueva, Manuel Abad Lara, Vicente Abad Lara, José González Catalán, Bernabé García Valero, Jesús Cárceles Tomás, Antonio Beltrán Gómez, Enric Vilella Trepat, Ernesto Sánchez Montes, Andreu Prats Mallarín, Antonio Asensio Forza, Miquel Planas Mateo y Antonio Fernández Vallet.

¿Fue Marco uno de esos secretos héroes adolescentes? ¿Perteneció Marco a la UJA? Durante muchos años él sostuvo que sí: enfáticamente; ante mí mismo sostuvo que sí, con el mismo énfasis, y de hecho ése fue uno de los puntos de su pasado que con más acaloramiento discutimos en nuestras reuniones, y que más trabajo me costó aclarar. Sobra decir que, conociendo la vida normal o el simulacro de vida normal que había llevado Marco durante la existencia fugaz de la UJA, su maestría de embustero y su pasión por apropiarse el pasado heroico de otros, al principio yo no me creí nada; a medida que investigaba, además, las pruebas de que no había pertenecido a la UJA parecían cada vez más concluyentes. ¿Por qué llegué a pensar entonces que Marco podía haber pertenecido a la UJA o podía haber tenido alguna relación con la UJA? Por dos motivos: el primero es que, casi veinte años antes de que Juanjo Gallardo y José María Martínez desenterraran la historia de aquel precocísimo grupúsculo antifranquista, Marco ya había contado su paso por él, describiéndolo además con cierto detalle, en el primer y sucinto relato de su vida que en 1978 publicó Pons Prades; la segunda es Antonio Fernández Vallet. Éste, según Marco, había sido amigo suyo de infancia, voluntario como él durante la guerra en el frente del Segre y su introductor en la UJA, y al mismo tiempo, según constaba en el sumario del juicio, había pertenecido a la UJA, había ocupado el cargo de secretario de Propaganda y había sido condenado a quince años de cárcel por ello. ¿Podía haber contado Marco la historia de Fernández Vallet y la UJA, cuando nadie los conocía o todo el mundo los había olvidado, sin haber pertenecido a la UJA? ¿O era su pertenencia a la UJA la pequeña verdad con que Marco había amasado las mentiras de su primera posguerra —la minúscula poesía épica con que había intentado teñir la prosa general de su vida—, del mismo modo que su estancia en el frente del Segre era la pequeña verdad con que había amasado sus mentiras de la guerra?

Era una conjetura atractiva. Sin embargo, las pruebas contra la pertenencia de Marco a la UJA demostraron poco a poco ser, más que sólidas, concluyentes. Por una parte su nombre no figuraba ni en el sumario ni en la sentencia del consejo de guerra, y ello a pesar de que los miembros de la UJA fueron interrogados y torturados con una dureza extrema —en un caso hasta la muerte—, y de que parece muy difícil que, en esas condiciones, chavales de diecisiete o dieciocho años, no digamos niños de quince, callasen cuanto sabían. Por otra parte, ninguno de los supervivientes de la UJA todavía vivos mencionaba siquiera a Marco en ninguno de los numerosos testimonios orales y escritos que dejaron, desde entrevistas hasta relatos más o menos novelados, y ninguno admitía que, a pesar de sus ambiciones iniciales, la UJA se hubiese expandido más allá de Santa Coloma y Sant Andreu, como no lo admitían los jóvenes historiadores que habían investigado su historia, quienes ponían la mano en el fuego por que los miembros de la UJA al completo habían sido detenidos y juzgados en el consejo de guerra. Todo esto es de sentido común, en especial si se piensa que la UJA fue desarticulada cuando se hallaba todavía en una fase embrionaria y que, con su nula infraestructura y la escasez de sus medios y efectivos, ni siquiera podía soñar con disponer de una célula o un sector en la capital. Frente a estas evidencias coloqué una y otra vez a Marco en nuestras reuniones, tratando de demostrarle que su relato no se ajustaba a las certezas disponibles y reclamándole una y otra vez, con los argumentos usuales, que me dijera la verdad (el argumento más usual, aparte del más eficaz: si no me decía la verdad a mí, Benito Bermejo terminaría averiguándola). Hasta que por fin, una mañana de septiembre de 2013, mientras los dos tomábamos café en una plaza del barrio de Collblanc, después de habernos pasado la mañana buscando en vano a Bartolomé Martínez, su primer aprendiz de mecánico, Marco claudicó: de forma sinuosa y elaborada reconoció por fin, casi sin darle importancia, casi como si no lo reconociera, que no había pertenecido a la UJA.

¿Cuál es la verdad, así pues? ¿Tuvo Marco alguna relación con la UJA? ¿O se la inventó por completo? Tal como hoy lo reconstruyo o lo imagino, lo que ocurrió entre Marco y la UJA fue lo siguiente. Marco, en efecto, conocía a Fernández Vallet: habían sido amigos de infancia en el barrio de La Trinidad, compartían ideales políticos, habían coincidido en el frente o de camino hacia el frente. Justo al terminar la guerra en Cataluña, mientras Fernández Vallet participaba en la organización de la UJA, los dos amigos volvieron a verse, quizás en La Trinidad (pero no en el entierro de la abuela de Marco, contra lo que dice éste: según el archivo municipal de Barcelona, la abuela paterna de Marco, que se llamaba Isabel Casas, falleció el 15 de marzo de 1940, cuando ya hacía casi un año que la UJA no existía). Fernández Vallet le habló a Marco de la UJA, probablemente le mostró una octavilla; tal vez le propuso a Marco que se integrase en la organización y Marco lo rechazó por miedo, por prudencia o por una mezcla de ambas cosas, o tal vez Fernández Vallet no le propuso nada y Marco no tuvo nada que rechazar. Lo cierto es que eso debió de ser todo. Marco regresó a casa de sus suegros, con su mujer y su hijo y su trabajo en el taller de Felip Homs y su vida normal o su simulacro de vida normal, y no volvió a acordarse de la UJA hasta que, días o semanas o meses después, se enteró por casualidad de que la UJA en pleno había caído. En cuanto a Fernández Vallet, según esta versión ni siquiera hubiese tenido que negarse a delatar a Marco durante los interrogatorios de la policía, sumando ese heroísmo a su heroísmo como organizador de la UJA: sencillamente, Marco no pertenecía a la UJA, y por tanto nadie podía delatarlo. Sea como sea, años más tarde, a principios de los cincuenta, Marco supo que Fernández Vallet había salido de la cárcel. Por entonces él mismo estaba pasando una época muy mala, y no se le ocurrió que su viejo amigo de La Trinidad necesitara ayuda; todo lo contrario: aunque no se atrevió a citarse con él, por miedo a que lo vieran con un rojo recién salido de prisión, envió a alguien para preguntarle si podía darle dinero, si podía echarle una mano. La petición no tenía sentido: Fernández Vallet era un apestado, estaba enfermo y carecía de recursos; en realidad, era él quien necesitaba una mano. No sé si alguien se la echó, pero Marco y él no volvieron a verse, y el antiguo dirigente de la UJA murió no mucho después. Y llegado el momento, a finales de los años sesenta, cuando empezó a forjarse una biografía de resistente al fascismo, Marco se apropió de ese episodio, convirtiéndose en un militante ficticio de la UJA, en el cerebro y líder ficticio de su ficticia organización barcelonesa.

Esa es la verdad. Eso fue lo que ocurrió, o lo que entiendo o imagino que ocurrió. Marco no pertenecía a la minoría, sino a la mayoría. Pudo decir No, pero dijo Sí; cedió, se resignó, dio su brazo a torcer, aceptó la vida bárbara, infame y claustrofóbica impuesta por los vencedores. No se sentía orgulloso de ello, o por lo menos no se sintió orgulloso a partir de un determinado momento, ni se siente orgulloso ahora, y por eso mintió. Marco no es un símbolo de la decencia y la integridad excepcionales en la derrota, sino de su indecencia y su envilecimiento común. Es un hombre corriente. No hay nada que reprocharle, por supuesto, salvo que intentase hacerse pasar por un héroe. No lo fue. Nadie está obligado a serlo. Por eso son héroes los héroes: por eso son una ínfima minoría. Honor a Fernández Vallet y sus compañeros.

12

Llegamos así a Alemania. Llegamos al centro candente de la impostura de Marco: no sé si su peor mentira (o la mejor), pero sí la que le hizo célebre y la que lo desenmascaró. A partir del momento en que empezó a construirse un ficticio pasado de resistente antifascista y víctima de los campos nazis, Marco contó la falsa historia de su deportación en infinidad de ocasiones, de infinidad de formas distintas y con infinidad de distintas anécdotas, detalles y matices; sería absurdo, y probablemente imposible, tratar de resumirlos todos, pero no recordar el contenido de los dos relatos en que se fundamentó la superchería de Marco, a partir de los cuales creció de forma arborescente la farsa de su condición de prisionero en Flossenbürg.

Los he citado ya en alguna ocasión, porque lo esencial de la mentira alemana de Marco se encuentra en ellos. Ambos son biografías sintéticas de Marco, las más extensas publicadas sobre él; ambos están incluidos en dos de los escasos libros dedicados, al menos cuando se publicaron, a los prisioneros españoles en los campos nazis; ambos incluyen diversas biografías sintéticas de deportados: el primero apareció en 1978, es obra de un polígrafo libertario contemporáneo de Marco llamado Pons Prades, está escrito en castellano y se titula *Los cerdos del comandante* (el libro se realizó en colaboración con un deportado comunista: Mariano Constante); el segundo apareció en 2002, es obra de un joven reportero catalán llamado David Bassa, está escrito en catalán y se titula *Memoria del infierno* (el libro se realizó en colaboración con un fotógrafo joven: Jordi Ribó). Las dos biografías son parecidas: ambas se inician con la versión heroica y embustera de la peripecia bélica de Marco y de su salida de España, y en ambas, para amasar una mentira, se mezclan mentiras con verdades; pero las dos también difieren, y no sólo en detalles concretos. La biografía de Pons Prades está puesta en boca de Marco y se publicó cuando nuestro hombre aún no conocía Flossenbürg, cuando sabía muy poco de la deportación nazi y cuando aún quedaban vivos muchos supervivientes españoles que podían desmentirle, de forma que Marco miente con tacto y brevedad; en cambio, la biografía de Bassa, escrita en tercera persona, se publicó cuando quedaban muy pocos supervivientes españoles de la deportación nazi y cuando Marco, que ya pertenecía a la Amical de Mauthausen y había visitado Flossenbürg y se había documentado sobre los campos de concentración en general y sobre el de Flossenbürg en particular, creía saber que no quedaba ningún español superviviente de Flossenbürg, de manera que miente con generosidad y desparpajo.

«En Flossenbürg estuve muy poco tiempo —empieza mintiendo prudentemente Marco en el texto de Pons Prades— y, como me llevaban de un lado para otro en plan de incomunicado, no podía entrar en contacto con nadie.» Al apartarse de Flossenbürg el relato, se acaban las cautelas, o casi, y empieza la épica, el colorido, las discretas atribuciones heroicas y hasta cierta dosis de patriotismo, cosa esta última bastante rara en Marco: «Donde empecé a respirar un poco —prosigue en efecto Marco— fue en el campo anexo de Neumünster, cerca de Hamburgo, donde vivimos los terribles bombardeos ingleses con bombas de fósforo, en los que murieron cientos de miles de alemanes. Como no se sabía muy bien si aquellas bombas tenían efectos retardados, los primeros en ir a sacar escombros, y a recuperar restos humanos a camiones repletos de ellos, fuimos los deportados de varios campos de las cercanías de aquel importante puerto de mar. Allí encontré a otro español, un andaluz. Éramos toda la representación ibérica de Neumünster, pero nos bastamos para meternos en un organismo internacional de resistencia que crearon los franceses y los letones, donde también había belgas, polacos, italianos y alemanes (de los detenidos en los primeros tiempos del nazismo: 1933, 1934 y 1935). Los polacos eran los más jóvenes, ya que a los viejos de dicha nacionalidad los habían machacado tanto que se resignaban a morir con una indiferencia asombrosa. Ves tú: ésa es una cosa que nunca observé en los españoles. Bueno, en general, porque alguno acabaría desmoralizándose también».

Hasta aquí, en el relato de Marco (o en el relato de Marco reproducido o recreado por Pons Prades) la mentira se fabrica sólo con mentiras; a partir de aquí, también con verdades: «Cuando yo creía que no me iban a molestar más, un día vino la Gestapo y me llevaron al presidio de Kiel y allí empezó otra vez el jaleo. Yo creí, te lo digo sinceramente, que había llegado mi última hora. Estuve ocho meses completamente incomunicado y aprendí alemán gracias a la luz —cuyo chorro no cesaba en las veinticuatro horas del día— y a una Biblia protestante, cuyo texto era bilingüe: en latín y en alemán. En Kiel fue donde nos enteramos de que los franquistas habían prestado a los nazis unos grupos de falangistas y requetés que se dejaban internar en campos y prisiones para actuar como confidentes. En uno de los primeros interrogatorios que me hizo la Gestapo en Kiel aparecieron dos españoles de aquéllos, que me acusaron sin tapujos de ser uno de los animadores de la organización de resistencia de Neumünster. Eran un catalán y un vallisoletano. El primero se llamaba —y se llama, porque todavía vive, en Martorell— Jaume Poch y era de Ponts, Lérida; el otro se llamaba José Rebollo. Requeté aquél y falangista éste. Por eso fui condenado por un consejo de guerra, acusado de conspiración contra el III Reich. Conmigo había un brasileño, marino mercante, llamado Lacerda da Silva, detenido en Hamburgo cuando Brasil declaró la guerra a los alemanes. Era un chico muy optimista. Fui condenado a trabajos forzados durante diez años, pena que sólo cumplí en parte, ya que en mayo de 1945 los canadienses del ejército norteamericano liberaron Kiel y recobré mi libertad».

Verdades y mentiras: es verdad que a Marco lo encerraron en la cárcel de Kiel, que estuvo un tiempo incomunicado y que aprendió algo de alemán, quizás en una Biblia bilingüe, pero es mentira que fuera un deportado −en realidad era un trabajador voluntario−, que llegara hasta la cárcel de Kiel desde Neumünster −en realidad llegó desde el propio Kiel, o desde el campamento que la Deutsche Werke Werft había habilitado para los trabajadores voluntarios en Wattembeck, cerca de Kiel−, y que estuviera incomunicado ocho meses −en realidad lo estuvo apenas cinco días−. Es verdad que Marco fue juzgado y acusado por dos españoles llamados Jaume Poch y José Robledo (no Rebollo), pero es mentira que fuera acusado de conspiración contra el Tercer Reich por organizar la resistencia en el campo de Neumünster −en realidad fue acusado de alta traición, pero sólo por hablar mal de los nazis y bien de los rusos soviéticos entre sus compañeros de la Deutsche Werke Werft−, igual que es mentira que fuera condenado a diez años de trabajos forzados −en realidad fue absuelto de todos los cargos que se le imputaban−, aunque no, quizá, que conociera a un marinero brasileño llamado Lacerda o Lacerta o Lacerte da Silva. Su salida de Alemania al final de la guerra y su regreso a España son, tal y como a continuación los cuenta nuestro hombre, pura fantasía: «Me extendieron en seguida un salvoconducto para regresar a Francia, donde me enviaron a una casa de descanso. Y cuando salí, en

1946, me reintegré a la lucha clandestina en España de nuevo». El relato de Pons Prades (o el relato que Pons Prades atribuye a Marco) concluye con una pirotecnia de efectos especiales característicos de la novelería de Marco: sucesivamente, una bengala sentimental, otra psicológica y una última épica; todas, por supuesto, de fogueo: todas falsas. «Una de las cosas que me salvó cuando estuve incomunicado en Kiel —dice Marco— fue oír los gritos de las gaviotas y las voces de los niños de los funcionarios del penal jugando en un patio vecino. Yo me decía: mientras haya gaviotas sobre el mar y niños que juegan, no todo está perdido. Como era joven, las secuelas de la deportación desaparecieron pronto. Pero una cosa que me marcó durante muchos años fue que, cuando iba por la calle y me fijaba en el ritmo de los pasos de la persona que andaba delante de mí, me sentía forzado a marcar el paso que llevaba. Otra cosa que me salvó fue ponerme a actuar de nuevo, en seguida. La militancia clandestina en España de los confederales, durante el segundo lustro de los años cuarenta, fue apasionante. Pero esto ya es harina de otro costal.»

El relato de Bassa es más largo y pormenorizado que el de Pons Prades; también, en gran parte, más limpiamente falso, más exento de verdad. Según él, Marco no fue deportado desde Francia hasta el campo de Flossenbürg, como sostenía el falso relato de Pons Prades, sino hasta Kiel, donde lo condenaron a trabajos forzados en los astilleros de la ciudad y donde, sin perder un minuto de tiempo, organizó un sistema de información clandestino y empezó a practicar el sabotaje (cosas todas ellas también falsas). No existen diferencias sustanciales entre uno y otro relato de la estancia de Marco en Kiel, pero sí anecdóticas: en el relato de Bassa, por ejemplo, se subraya el orgullo y la dignidad admirables con que Marco supuestamente soportó los interrogatorios de la Gestapo tras ser detenido, se alargan a nueve los ocho meses ficticios que en el relato de Pons Prades pasó incomunicado, y se cambia la ficticia condena a trabajos forzados impuesta por el tribunal que le juzgó por una condena no menos ficticia a ser internado en un campo de concentración. Es en este punto donde empieza la diferencia fundamental entre los dos relatos: mientras que, en el de Pons Prades, Marco liquidaba su paso por Flossenbürg con una sola línea precavida, en el de Bassa le consagra varias páginas sin desperdicio de fantasías heroicas y sentimentales. A continuación las traduzco del catalán, manteniendo el relato en tercera persona, con mínimos cambios, cortes e interrupciones, a partir de la escena melodramática en que, una noche de pleno invierno, en una estación ferroviaria desconocida, Marco aguarda un tren que debe conducirle a un campo de concentración:

«Hacía frío, mucho frío. No sabía muy bien qué día era. Aquellos nueve meses de aislamiento lo habían desorientado y había perdido la cuenta de los días. Debían de estar en enero o febrero, porque hacía poco que los alemanes habían celebrado el Año Nuevo. Tembloroso y constipado, se sentía solo, muy solo. Estaba rodeado de decenas de personas que, como él, esperaban un tren. Pero en realidad estaba solo. El convoy de mercancías llegó y los soldados los hicieron subir a los vagones. Al hacerlo, Enric se dio cuenta de que no cabían allí, pero, apenas hizo un leve gesto de bajar, los soldados lo empujaron con violencia. Chocó con dos o tres prisioneros, cara a cara, respiración con respiración, piel con piel… Estaban amontonados como animales. Cerraron las puertas y el tren arrancó. Poco después el olor era insoportable. Los efluvios que desprendían los orines y las defecaciones de los más débiles saturaban el ambiente hasta el extremo de que eran muchos los que vomitaban. Todo era patéticamente repugnante. Y así fue durante los dos días y dos noches que duró el viaje. Un auténtico periplo de paradas. El tren se detenía para dejar pasar los convoyes militares, pero dentro de los vagones todos tenían la esperanza de que, por fin, habían llegado a su destino y se abrirían las puertas. Pero no. Siempre volvía a arrancar y la tortura se alargaba.

»Cuando, desde el interior de los vagones, oyeron que la máquina del tren se paraba del todo, apagando el motor, Enric pudo ver por una rendija el nombre de la estación: Flossenbürg. Las puertas se abrieron, dejando entrar un aire helado que provocó fuertes sacudidas en todos los vagones. Todos querían respirar aire puro y se empujaban unos a otros para poder sentir aquella anhelada frescura. Los prisioneros cercanos a la puerta se caían, empujados por sus compañeros de viaje, muchos de los cuales también tropezaban y caían. Era dantesco. Gritos y gemidos. Quejas y maldiciones. Parecían rebaños de animales desbocados, mareas humanas moviéndose irracionalmente hasta que, de golpe, la inercia de los movimientos se invirtió: los SS que llenaban el andén empezaron a apalear a los primeros caídos, mientras los perros atacaban a todo aquel que se movía. La consecuencia fue que todo el mundo quería volver a subir a los vagones. Los choques entre los que querían salir y los que querían entrar provocaron más caídas. Y los SS estaban por todas partes. Golpes, patadas, azotes, mordiscos.

»—Raus! Raus! Aufrichten! Aufrichten scheibe dür! [¡Fuera! ¡Fuera! ¡Levántense! ¡Levántense…!]

»—Raus! Im reihe! Im reihe! [¡Fuera! ¡En la línea! ¡En la línea!] —gritaba otro SS mientras los perros ladraban como si estuviesen rabiosos. Algunos murieron en aquel mismo sitio, porque estaban tan débiles que, con cuatro golpes, los SS los remataban. Asustado, Enric empezó a caminar, en formación de cinco, en la dirección que indicaban los SS. Todo estaba nevado y, viciados por la oscuridad de los vagones, los ojos de los prisioneros sufrían a la hora de enfocar el paisaje. Y menos mal que era de noche y el sol ya se había puesto, porque, si no, el deslumbramiento hubiera sido cegador.

»En cuanto llegaron al campo de concentración, les hicieron dejar toda la ropa para entrar en las duchas de agua fría. Entraban empujados por los SS, que no se cansaban de mostrarse violentos. Algunos compañeros de vagón fueron brutalmente apaleados por el simple hecho de que no entendían el alemán.

»—*Achtung! Da links! Da links!* (¡Atención! ¡A la izquierda! ¡A la izquierda!)

»Todo eran órdenes. Y los que no las entendían recibían un primer golpe de culata que, según el estado de ánimo del soldado, podía ir acompañado de una buena tanda de golpes. Algunos quedaron heridos de muerte por culpa de aquellas palizas absurdas. Enric entendió en seguida que, si quería sobrevivir, tenía que extremar la atención, para estar siempre lejos de los SS y obedecer rápidamente todas sus órdenes. Si te despistabas, podías dejar la vida. Entonces entendió que aquél era su destino. Su condena era Flossenbürg».

Es un clásico: la llegada de los deportados a los campos de concentración. Hay centenares, tal vez miles de relatos de los supervivientes; el cine y la literatura lo han recreado también, infatigablemente. No menos infatigablemente lo reinventó Marco en sus conferencias, artículos y entrevistas. El 27 de enero de 2005, por ejemplo, en el sesenta aniversario de la liberación de Auschwitz por el ejército soviético, durante un acto solemne en el que por vez primera el Parlamento español rendía homenaje oficial a las víctimas del Holocausto y a los casi nueve mil republicanos españoles deportados en los campos nazis, Marco lo contó así: «Cuando llegábamos a los campos de concentración en esos trenes infectos, para ganado, nos desnudaban completamente, nos quitaban todas nuestras pertenencias; no únicamente por razones de rapiña, sino por dejarnos completamente desnudos, desprotegidos: la alianza, la pulsera, la cadena, las fotos. Solos, desasistidos, sin nada. Nada que te pudiera recordar al exterior, nada que te pudiera recordar la ternura de alguien que te permitiera seguir viviendo con la esperanza de que la volverías a recuperar. Nosotros éramos personas normales, como ustedes, pero ellos nos desnudaban y luego nos mordían sus perros, nos deslumbraban sus focos, nos gritaban en alemán "linke-recht!" ["¡izquierda-derecha!"]. Nosotros no entendíamos nada, y no entender una orden te podía costar la vida».

Todo era mentira, por supuesto. Marco no había vivido lo que contaba que había vivido, pero en 2005 hacía ya dos años que era el presidente de la Amical de Mauthausen y fue el único superviviente que aquel día habló en el Parlamento. Las imágenes del evento son inequívocas: el discurso de Marco fue escuchado en medio de un silencio sobrecogido, y conmovió profundamente a muchos de los asistentes, incluidos hijos y nietos de deportados; algunos lloraron.

«La primera barraca donde durmió fue la dieciocho —prosigue el relato de Bassa, o el relato de Marco filtrado por la prosa de Bassa—. Y después de pasar tres días de cuarentena le enviaron a la cantera, el comando más duro de todo el campo. Nadie sobrevivía allí más de medio año, por lo que los turnos eran constantes. La fatiga derribaba a muchos de los prisioneros, que después eran ejecutados por los soldados. Y, como no les dejaban recogerlos ni enterrarlos, tenían que cargarlos en las vagonetas que salían de la cantera. Al coronar la subida, los SS separaban las vagonetas que debían ir a los contenedores de granito y las que debían ir al crematorio. Fue entonces cuando Enric comprendió cuál era el objetivo final de Hitler: crear una raza superior a base de volver inferiores a quienes quedasen excluidos de ella. Los nazis querían crear una subespecie, una raza de esclavos condenada a vivir siempre bajo la sumisión de los arios. Lo veía claro porque lo estaban consiguiendo: todos los prisioneros estaban inmersos en unas profundas y destructivas depresiones que los llevaban al suicidio o a la inactividad, lo que suponía su ejecución inmediata. Enric no había visto nunca aquello: personas destruidas que se encaminaban voluntariamente hacia la muerte porque estaban hartas de morir cada día cuando se levantaban. La desolación y la angustia le rodeaban, y centró todos sus esfuerzos en mantener viva la conciencia de preso político, de resistente. Si asumía el papel de víctima, la depresión se le llevaría como había hecho con tantos y tantos deportados.

»Cuando ya hacía tres meses que trabajaba en la cantera, recibió la orden de integrarse en el grupo del campo que se dedicaba a reparar fuselajes de aviones. Los informes de la Gestapo donde se detallaba su habilidad en cuestiones de mecánica le valieron aquel traslado. Un alemán llamado Anton era su kapo. Los gritos y los golpes eran frecuentes, pero Anton no se recreaba en ellos. De hecho, el suyo era un grupo especializado y había que cuidarlo un poco. Además, su traslado coincidió con los primeros avisos de la enfermería, que alertaban de la excesiva mortandad en Flossenbürg. El crematorio no podía asumirlo todo, y la productividad del campo era más baja de lo que querían los mandos de Berlín. La consecuencia inmediata fue que los SS frenaron un poco las ejecuciones absurdas, y mataban sólo a aquellos que consideraban rebeldes o negligentes. Por lo tanto, los ahorcados en la plaza seguían siendo el paisaje cotidiano de cada semana. No los bajaban hasta que el tono morado de los primeros días se había vuelto verdoso.»

Los ahorcados. Otro clásico del horror de los campos nazis que la fantasía de Marco explotó a fondo. En un reportaje publicado en enero de 2005 por *El País*, Marco contó por ejemplo lo siguiente: «En las últimas navidades que pasamos en el campo, en 1944, solicitamos permiso para poner un árbol de Navidad, y el 24 de diciembre nos colgaron cuatro polacos sobre el árbol iluminado». Ahí queda eso.

«Pietr, un letón amargado y violento –continúa Bassa, o continúa Marco por boca de Bassa–, era el kapo de la barraca de Enric. Siempre llevaba un garrote en las manos y le encantaba aplicar veinticinco golpes de castigo al primero que le daba la más mínima excusa. Y nadie apoyaba a nadie. Eran cerca de doscientos hombres en aquella barraca pensada para cincuenta hombres, pero Enric se sentía muy solo. No había ningún catalán y todo el mundo luchaba por sobrevivir. Él no desistía y trabó conversación con algunos franceses y checos, hombres valientes y de mentalidad resistente como él. Con los rusos no se podía contar, porque eran exterminados a centenares en cuanto entraban en el campo. Los polacos eran ásperos y solitarios y a los judíos les pasaba más o menos lo mismo que a los rusos: no duraban mucho.

»Poco a poco convenció a algunos checos y franceses para que le ayudasen a guardar cualquier pequeño recorte de periódico que encontrasen trabajando en los comandos exteriores. El objetivo era obtener una mínima información de la guerra y mantener el contacto con la realidad exterior al campo. Y la red empezó a funcionar. El siguiente paso consistió en robar pequeñas cantidades de carbón con el fin de poder alargar la hora de estufa que tenían para calentar los barracones, y de aquí ya pasaron a captar a los deportados que hacían de secretarios en las oficinas de traslado. Así pudieron evitar que algunos de los suyos fueran enviados a la enfermería final (donde los deportados eran ejecutados con inyecciones de gasolina), traspapelando hojas de destino o cambiando los nombres. Se jugaban la vida, pero a aquellas alturas los SS ya no estaban muy pendientes de aquellos detalles. Estaban tan convencidos de que los deportados eran inferiores que les parecía imposible que un prisionero fuera inteligente. Y eso hacía que la vigilancia "política" fuera muy relajada.

»Enric no sólo pensaba esto, sino que lo había sufrido en carne propia. Un día, mientras jugaba al ajedrez con otro preso, un soldado SS quiso retarlo. Evidentemente, accedió, pero al cabo de pocas jugadas ya había asediado la reina del soldado y el jaque mate se veía venir. El soldado se enfureció y tiró las piezas por el suelo mientras se arremangaba la camisa. Quería hacer un pulso. Y, evidentemente, lo ganó. No sólo porque Enric no se esforzó en absoluto, sabiendo que se jugaba la vida, sino porque cualquier SS era diez veces más fuerte que cualquier hambriento y escuálido deportado. No pasó de aquí, pero la conclusión que Enric sacó de la anécdota fue que los soldados estaban convencidos de que eran superiores y, cuando alguien o algo hacía que se tambaleasen sus esquemas, usaban la violencia para imponerse definitivamente. Enric lo veía como un último recurso, pero ellos lo veían como la constatación de su poder. Siempre ganarían.»

No siempre. A veces el coraje y la astucia inauditos de Marco no sólo hacían tambalear los esquemas de los SS, sino que terminaban derrotándolos, incapaces de enfrentarse a la heroica dignidad del deportado español. La anécdota de la partida de ajedrez es apenas un ejemplo; también, uno de los grandes éxitos del repertorio interpretativo de Marco. La versión que de ella ofrece Bassa es relativamente austera; mucho más exuberante (y algo distinta) es la que ofreció en 2004 un reportaje de la televisión pública catalana. En él se recogía el relato oral de un Marco conmovido casi hasta el llanto por sus recuerdos inventados y se dramatizaba aquel episodio memorable (y memorablemente falaz): la imagen fija de Marco sobre un fondo negro alternaba con el travelling de un tablero de ajedrez erizado de piezas solemnes sobre un fondo desolado de campo nazi o de paisaje que imitaba el de un campo nazi, todo ello envuelto en una música íntima y grandiosa, saturada de emoción. «Aquel día estaba, más que jugando al ajedrez con un compañero, enseñándole a jugar —cuenta Mar-

co en el reportaje—, cuando vi que sobre el tablero se refleja-
ba una sombra. Levanté la vista y vi a un SS, que apartó de
una patada a mi compañero, pegó un puñetazo sobre la mesa
y me ordenó que continuara jugando. Quería ganarme, demostrar una vez más que era mejor que nosotros, mejor que
yo; al fin y al cabo, ¿quién era yo? Un desgraciado, y además
un español, bah, un latino, un mediterráneo. Y jugué la partida. Y entonces me pasó por la cabeza que, si debía jugar con
el SS, tenía que ganarle con todas sus consecuencias. Y fui
ganándole las piezas, una por una; no era contrincante para
mí. Hasta que a última hora, de manera preconcebida, le dejé
sólo con el rey. Y le hice jaque mate y tumbé su rey sabiendo
verdaderamente lo que aquello podía costarme. Pero era el momento que habían elegido para mí, aquel momento era el mío,
no me lo podían arrebatar de ninguna de las maneras, y me
quedé convencido de que, pasase lo que pasase, me había recuperado a mí mismo como ser humano. Aquel día recuperé
la dignidad. Gané la batalla de Stalingrado.»

No fue la única que ganó, por supuesto: en sus ensoña-
ciones de heroísmo frente a los nazis —que invariablemente caían
derrotados por su valor y su grandeza de ánimo—, ganó muchas
batallas más. Ahí va un último ejemplo, también televisivo, antes de volver al relato de Bassa. Está sacado de un programa
emitido por el Canal de Historia de la televisión gallega; la
puesta en escena es menos empalagosa que la del episodio
ajedrecístico, la música de fondo es menos sentimental y las
palabras de Marco se ilustran con imágenes de deportados
auténticos en auténticos campos nazis, pero la interpretación
del protagonista es igualmente soberbia (la voz ronca, el gesto de grave nobleza, los ojos húmedos), el sentido del relato
igualmente didáctico y enaltecedor y, sobra decirlo, la historia igualmente falsa. «¿Cuál fue el mecanismo que me permitió salvar la vida —se pregunta Marco al inicio de su relato—
cuando otro, quizá con menos razones para perderla o para

que se la quitasen (si es que existe alguna razón para quitarle a alguien la vida), la hubiera perdido? ¿Qué pasó verdaderamente aquel día en que había que hacer un escarmiento porque durante unas horas desaparecieron de mi barraca unos chicos que trabajaban fuera? ¿Qué pasó cuando el SS elegía a uno de cada veinticinco de nosotros para ser ejecutado y cuando, con el miedo de siempre, viste que se iba aproximando y tenías la conciencia de que llegaba hasta ti? El caso es que al llegar frente a mí se detuvo y levantó el dedo índice y me apuntó así. No dijo palabra. Yo solamente sé que levanté la cabeza, le miré y creo que le dirigí la mirada más atractiva que le haya dirigido a nadie. Y solamente sé que él se me quedó mirando, seriamente; casi no frunció los labios, pero dijo: "Der Spanier anderer Tag". "El español otro día." Y se fue.»

Basta la mirada de un hombre noble y valeroso para intimidar a un verdugo. Puro kitsch. Puro Marco.

«Siempre ganarían —dice Bassa que pensaban los nazis, o dice Bassa que, durante su estancia ilusoria en Flössenburg, Marco pensaba que pensaban los nazis; y continúa—: Como aquel día en que alguien había hecho las necesidades fuera de la barraca y un soldado lo había visto. Los hicieron formar y preguntaron quién había sido. Nadie dijo nada y el castigo fue dejarlos desnudos toda la noche en la Appellplatz [la plaza central del campo]. En pleno invierno. A la mañana siguiente había una docena de presos muertos por congelación. Así demostraban su poder. Y lo hacían cuando querían. Cualquier motivo era bueno para matar a aquellos seres inferiores.

»El sufrimiento y la muerte gobernaban todos los rincones del campo y acababan poseyendo el espíritu de todos sus habitantes. Enric no era una excepción. Era fuerte y tenía una formación política muy sólida, pero allá dentro no era nada. La angustia y el miedo son enemigos difíciles de vencer si te asedian noche tras noche en medio de aquella oscuridad llena de los gemidos de los presos que lloran a los amigos y familiares muertos aquel día. Un miedo que a veces hacía perder la cabeza, como el día en que todos los deportados fueron conducidos a la cámara de desinfección. Eso decían los SS, pero, claro, todo el mundo pensaba en el gas. Nadie lo había visto, pero todos habían oído hablar de él y algunos habían perdido amigos por su culpa. Los encerraron dentro, desnudos, y pusieron en marcha el vapor. Entonces varios presos empezaron a gritar, a caerse al suelo, a darse de cabezadas contra las paredes. Enric tuvo pánico pensando que el gas ya empezaba a matar a los más débiles. Pero al cabo de unos segundos se dio cuenta de que no se estaban muriendo, sufrían ataques de nervios, algunos incluso epilépticos, a causa del miedo. Y el pánico se contagiaba. Primero fueron dos presos, después tres, cinco, diez… Hasta que también los que estaban a su lado empezaron a enloquecer. Entonces él les soltó dos bofetadas. Y, al menos los que estaban cerca de él, se calmaron. Aquella mañana vio la muerte aún más cerca que el día en que contempló, junto con todos los presos del campo, cómo colgaban a los veinticinco checos que habían intentado huir. Pero llegó el mediodía, la tarde y finalmente la noche. Y, con ella, los sueños, la evasión que liberaba su alma aunque sólo fuese por unas horas.

»Y las noches daban paso a los días, las semanas, los meses y los años. Hasta que, el 22 de abril de 1945, las fuerzas del tercer cuerpo militar del ejército norteamericano llegaron a Flossenbürg. Enric, que estaba escondido en los subterráneos de la calefacción, no salió hasta que oyó que los gritos de alegría eran clamorosos. Se había escondido porque, sabiendo que los aliados ya habían entrado en Alemania [como lo sabía todo el mundo], temía que los SS ejecutasen a los presos, por rabia o para no dejar testigos de sus actos. Pero los alemanes huyeron como ratas antes de que los aliados llegasen al pueblo de Flossenbürg. Al día siguiente, 23 de abril, el caos gobernaba el campo. La enfermería estaba llena de moribundos, las barracas eran escenario de peleas y discusiones, algunos se habían hecho con armas... En el pueblo quedaban todavía patrullas de la policía alemana que vigilaban que los presos no saliesen del campo. Los aliados los habían liberado, sí, pero se habían marchado. Nadie sabía qué hacer ni adónde ir. Y, sorprendentemente, al cabo de unos cuantos días todavía llegaron nuevos presos al campo. Ya no eran deportados por el régimen nazi; ahora eran desplazados que los mandos aliados iban metiendo en los campos porque no sabían qué hacer con ellos. Fueron unos días de desconcierto en que la alegría de la liberación se iba volviendo agria, sobre todo para él, que era el único catalán del campo, el único apátrida a quien nadie reclamaba.»

Hasta aquí, lo esencial del relato de Bassa, que a su vez constituye lo esencial de la ficción que Marco forjó sobre su confinamiento en Flossenbürg. El resto del relato de Bassa es apenas un epílogo donde Marco vuelve a mezclar mentiras con verdades y donde se narra su supuesto regreso a Kiel, tras ser liberado de Flossenbürg, para volver a trabajar en los astilleros, su supuesto regreso a Barcelona en 1946, su supuesta vinculación al antifranquismo clandestino durante la dictadura y su indudable y sucesiva vinculación, tras el fin de la dictadura, a la CNT, FAPAC y la Amical de Mauthausen, por todo lo cual, concluye Bassa satisfecho, el gobierno catalán le concedió en 2001 a Marco su máxima condecoración civil, la Creu de Sant Jordi. Honor a los héroes.

13

Ésa es la mentira. Pero ¿qué hay de la verdad? ¿Qué ocurrió realmente durante la temporada que Marco pasó en Alemania a principios de los años cuarenta? ¿Es posible reconstruir la etapa más controvertida de su biografía? La respuesta es sí: en gran parte.

Marco partió hacia su nueva vida de emigrante el 27 de noviembre de 1941, desde la estación del Norte de Barcelona, en la primera expedición de trabajadores voluntarios catalanes que salió hacia Alemania. El tren iba abarrotado de hombres, algunos adultos, la mayoría jóvenes, aunque muy pocos tan jóvenes como Marco, que apenas contaba veinte años; todos llevaban un sobre con su nombre, su número, su billete de tren, su reserva de asiento y su bono de comida, además de un pedazo de pan, unas latas de conserva y una muda de ropa de invierno; también llevaban un brazalete con la bandera española, su pasaporte individual y un papel con las instrucciones que debían seguir durante el viaje. Éste duró varios días. En algunas estaciones el tren se paraba, les daban un café y un bollo, les permitían bajar y pasear por los andenes y aliviarse en los servicios, pero no salir al exterior, y al llegar a Metz, en el noroeste de Francia, los viajeros fueron redistribuidos en trenes diferentes que se dirigían a diferentes destinos, y los policías franceses, que habían escoltado el convoy desde la frontera española, fueron sustituidos por la policía alemana (o eso recuerda Marco). Muchos años más tarde, mientras rodaba en aquella misma estación una escena de *Ich bin Enric Marco*, la película de Santi Fillol y Lucas Vermal, Marco se preguntaba con aire reflexivo y melodramático, como quien busca su pasado remoto sin poder encontrarlo, como si tanto tiempo después todavía no pudiese explicarse por qué había salido de España en calidad de trabajador voluntario: «Me gustaría saber adónde iba. Y qué es lo que pretendía». En realidad, la respuesta a esos dos interrogantes no es ningún misterio, y nadie mejor que Marco la conocía: iba a Kiel, en el noroeste de Alemania, contratado por una empresa germana, en el marco de un acuerdo entre España y Alemania para que Franco pudiera devolverle a Hitler la deuda que había contraído con él en la guerra civil y para ayudarle a ganar la guerra mundial y a imponer el fascismo en Europa; pretendía escapar al servicio militar y ganarse la vida mucho mejor de lo que por entonces podía ganársela en España. Así de simple. Así de fácil.

Marco llegó a Kiel a principios de diciembre. Como los demás trabajadores españoles, no se alojó en el mismo Kiel, sino en un campamento de barracones de madera situado a veinticinco kilómetros de la ciudad, en Wattenbek, mancomunidad de Bordesholm. Allí vivió tres meses, yendo cada mañana a Kiel y volviendo cada tarde. La ciudad era una de las principales bases navales alemanas desde mediados del siglo XIX, y la Deutsche Werke Werft, la empresa por la que había sido contratado Marco, se había dedicado siempre a la construcción de buques mercantes, hasta que, con la llegada al poder de los nazis, se especializó en la construcción de buques de guerra, submarinos y demás embarcaciones militares. Marco trabajaba como mecánico en sus astilleros, concretamente en la sección dedicada a la conservación y el mantenimiento de motores de lanchas torpederas; su labor consistía sobre todo en repasar los motores (levantaba culatas, esmerilaba válvulas, cambiaba segmentos), pero también en fabricar piezas de precisión para los ejes de las torpederas. Se trataba de una tarea bastante especializada, a la que fue asignado porque era un buen trabajador, diligente y concienzudo. No todos sus compañeros eran así; mejor dicho: la mayoría no era así, o eso dice Marco, que se consideraba superior a ellos, o que consideraba que, comparados con él, la mayoría era chusma, un montón de botarates analfabetos, gandules y alcoholizados. Marco se sentía orgulloso no sólo de ser mejor que ellos, sino también de ser el único que trabajaba en una sección donde predominaban los alemanes libres y también los franceses y los belgas, algunos de los cuales estaban allí como prisioneros de guerra. Marco sostiene que montó con ellos una célula de resistencia, pero no existe ni la más mínima prueba de que eso sea cierto. Sostiene asimismo que se dedicó por su cuenta a tareas de sabotaje, cosa que, según él, podía hacerse sin correr riesgos, dejando el esmeril sin limpiar entre el asiento y la válvula de los tres motores Mercedes Benz de veinte cilindros que llevaba cada torpedera; pero tampoco hay la menor prueba de que sea verdad. De lo que sí hay pruebas, y además pruebas incontrovertibles, es de que Marco fue arrestado por la policía alemana, de que pasó varios meses en prisión y de que fue sometido a juicio.

Todos estos hechos constan en un sumario que el Alto Tribunal Hanseático de Distrito de Hamburgo le abrió en aquellos días a Marco. Allí se lee que nuestro hombre fue arrestado el 6 de marzo de 1942, apenas tres meses después de su llegada a Alemania, y conducido al cuartel de la Gestapo en Kiel, sito en la Blumenstrasse. Para el propio Marco, sin embargo, todo empezó días antes de su detención, cuando le puso sobre aviso un compañero de trabajo. Se llamaba Bruno Shankowitz, era alemán y Marco había trabado amistad con él y con su mujer, Kathy, quienes le habían invitado a pasar con ellos las navidades (Marco, un seductor irrefrenable, insinúa que tuvo o pudo tener una aventura con Kathy, o que Kathy se enamoró de él; también, que en el mismo Kiel tuvo otras aventuras galantes). Una mañana, mientras trabajaban, Bruno le preguntó si era comunista; sorprendido, Marco le contestó que no y le preguntó por qué le preguntaba eso. Porque corre el rumor de que eres comunista, le contestó Bruno; luego le aconsejó: Ten cuidado con lo que dices y a quién se lo dices. Era un buen consejo, pero Marco apenas tuvo tiempo de seguirlo. Horas o días después lo detuvieron en su barracón de Wattenbek. Según el sumario, Marco permaneció arrestado durante cinco días antes de ingresar en prisión preventiva; según Marco, durante esos cinco días estuvo recluido en una celda donde se hacinaban montones de reclusos como él (entre ellos un marinero brasileño llamado Lacerda o Lacerta o Lacerte da Silva), durmiendo sobre la paja que alfombraba el suelo de cemento y siendo interrogado una y otra vez. Marco dice (y yo creo que hay que creerle) que estos fueron quizá los momentos más duros de su vida, que tuvo pánico, que sufrió maltratos, que no sabía qué iba a ser de él, y que se recuerda siempre empapado: de agua, de orines, de vómitos; pero dice también otras cosas que yo creo que ya no hace falta creer o que no hay que creer en absoluto, como que plantó cara a sus interrogadores y que se reivindicó ante ellos como un luchador por la libertad.

Según el sumario, Marco fue trasladado el 11 de marzo al penal de Kiel y permaneció allí, a la espera de juicio, hasta mediados de octubre de aquel mismo año. Nada sabemos con certeza de lo ocurrido durante esos siete meses, salvo lo que el propio Marco empezó a contar tras el descubrimiento de su impostura, casi siempre con el fin de demostrar que todas las fantasías que había contado sobre su estancia en el campo de Flossenbürg eran una legítima, aleccionadora y bienintencionada traslación, como mucho un tanto maquillada, de las penalidades que había sufrido en la cárcel de Kiel, y no el hijo bastardo de un *menage à trois* entre su afán de protagonismo, su imaginación y sus lecturas. No obstante, en una larga carta al director enviada en enero de 2006 al *Diari de Sant Cugat* en respuesta a otra carta publicada en el mismo periódico por una tal señora Ballester, Marco anota algunos detalles concretos de su reclusión que, aunque rebozados en la habitual mermelada heroica, victimista y autojustificativa, por momentos tienen el sabor exacto de la verdad:

«Rapado, desinfectado, untado con un ungüento apestoso y corrosivo —escribe Marco en su catalán plagado de anacolutos, que me permito corregir o suavizar en la traducción—, fui confinado en una celda de la segunda planta [del penal de Kiel], la última del pasillo a la izquierda, junto al lugar donde se vaciaban los orines y excrementos y donde nos llenaban las jarras de agua. En la celda no había retretes ni grifos ni receptáculos adecuados para evacuar. Sólo un pequeño lavabo de piedra adosado a la pared, en el que apenas me cabían las manos para lavarme la cara y apenas podía ponerme de puntillas para lavarme el culo. Una cubeta sin tapadera para cagar y mear, y un puñado de recortes de revistas para limpiarme, a los que nunca agradeceré lo suficiente, más que su servicio higiénico, aquellas imágenes que me mantenían atado al mundo exterior. Una litera de sólo cincuenta centímetros de ancho, clavada al muro por dos bisagras, con dos patas plegables y una cadena que la recogía y la mantenía sujeta a la pared. Se trataba de ganar espacio en beneficio del banco de trabajo. Por descontado, estaba terminantemente prohibido extenderla durante la jornada. Un jergón de sólo dos dedos de grosor. El mobiliario se completaba con una taquilla que contenía un plato y una cuchara de aluminio, un peine —nunca entendí su utilidad— y un libro de oraciones y salmos, bilingüe, en alemán con caracteres góticos y en latín, este último afortunadamente comprensible para mí. Un tarjetón con mi nombre, como siempre mal escrito —el Marco lo entendieron siempre como un nombre, no como un apellido— y unas instrucciones significativas: "Incomunicación total y prisión indefinida". […] Jornadas de trabajo extenuantes, de la mañana a la noche, de lunes a domingo al mediodía, sin ocasión de excusarse o de escaparse de nada. Todas las mañanas, después del café, el Wachmeister me traía una caja llena de material, piezas metálicas salidas de la fundición para que yo las desbastara con la ayuda de limas, herramientas que te entregaban junto con el material. Metros y metros de cuerda gruesa de cáñamo que había que deshilachar. El polvillo de la fibra resecaba la nariz y la garganta y te irritaba los ojos, pero lo más duro era arrancar, pelar con los dedos los cables de instalación eléctrica para aprovechar el cobre de las cañerías que los alemanes arrancaban de las ciudades conquistadas. Nueve meses en estas condiciones, señora Ballester —concluye Marco—, nueve meses de confinamiento en aquella celda».

No fueron nueve sino siete, pero ahora da igual. Aquí y allí, en ese mismo texto y en otros, en sus relatos y declaraciones posteriores al estallido del caso Marco, nuestro hombre añadió muchos otros detalles reales o ficticios de su encierro. Detalles sobre la infecta comida con que lo alimentaban, sobre las palizas que le propinaban, sobre sus repetidos internamientos en celdas de castigo, sobre la desesperación en que a menudo se hundía y sobre los antídotos con que intentaba combatirla: con su olfato infalible para el melodrama, Marco le contó a Pons Prades —lo he contado ya— que, cuando oía desde su celda los gritos de las gaviotas y los de los hijos de los funcionarios del penal jugando en un patio vecino, se decía: «Mientras haya gaviotas sobre el mar y niños que juegan, no todo está perdido»; en cambio, Marco no le contó a Pons Prades una anécdota que supera en melodramatismo a la anterior y que, aunque él mismo la contó con frecuencia y Bassa alude a ella en su relato biográfico, yo aún no he contado. Según Marco, en el penal le permitían escribir cartas cada cierto tiempo, cartas que él redactaba pero que nunca llegaron a su destino porque fueron retenidas por las autoridades; debía escribir esas cartas en alemán, y su alemán era tan trabajoso y sus carceleros le concedían tan poco tiempo para escribir que se vio obligado a ingeniar un sistema con el fin de poder decir en ellas todo lo que tenía que decir: el sistema consistía en pincharse un dedo con una aguja de coser y en mezclar con saliva la sangre que brotaba del pinchazo, usando esa mezcla como tinta y la aguja como pluma para ir construyendo con ambos los bocetos de sus cartas en los márgenes de las páginas de las revistas que usaba para limpiarse; así, llegado el momento, cuando por fin le daban papel y bolígrafo y unos minutos escasos para escribir, no tenía más que pasar en limpio esos sangrientos borradores.

Conociendo a Marco (e incluso sin conocerlo), no parece fácil creerse esa anécdota truculenta; lo que es seguro es que, como casi todas las mentiras de Marco, contiene una parte de verdad: es verdad que nuestro hombre escribió por lo menos una carta en el penal y es verdad que la escribió en alemán; igualmente es verdad que nunca llegó a su destinataria porque los carceleros de Marco no la enviaron. Lo sé porque la carta se hallaba en el archivo estatal de Schleswig-Holstein y la tengo en mis manos. Va dirigida a su mujer –quien sabía por las autoridades españolas que su marido se hallaba en prisión– y está fechada en la cárcel de Kiel el 1 de septiembre de 1942, cuando Marco lleva ya casi medio año detenido y conoce las graves acusaciones que pesan sobre él; la gramática alemana del autor es defectuosa, y su letra muchas veces ilegible. A continuación la reproduzco por entero, sobre todo porque está escrita menos para su destinataria teórica que para sus seguros censores, y expresa muy bien el desesperado interés de Marco por congraciarse con ellos (Marco miente, adula a los alemanes y llega a escribir su propio nombre y el de sus familiares en alemán, o en su alemán imaginado), una obsequiosidad que quizás explique en parte el desenlace de la causa judicial que se le estaba instruyendo. La traducción, de Carlos Pérez Ricart, trata de conservar las limitaciones del macarrónico alemán de Marco:

Mi muy querida [nombre ilegible, probablemente «Anni»; es decir: Anita], recibe mis besos desde lejos con la esperanza de mi vuelta feliz a tu lado. Sé muy bien que no entiendes ni una palabra de alemán. Yo entiendo poco. Sin embargo, escribir en otro idioma no está permitido y, en el mejor de los casos, esta carta llegaría demasiado tarde [si la escribiera en español]. Querida [Anita], la semana que viene, exactamente el miércoles, empieza mi proceso después de siete meses de investigación en los que me he defendido contra las acusaciones de comunista y otras mentiras que se han dicho contra mí. Mi abogado ya me ha dicho que se me declarará inocente. No hay culpabilidad en mí. Ellos pensaban que fui un voluntario rojo, pero se ha demostrado que eso es mentira.

Un hombre me acusó de ser voluntario comunista y otro tipo de locuras que no tienen ningún sentido. Son cosas locas que me han provocado siete meses de prisión y mucho silencio, pues no sabía muchas palabras en alemán y la gente, al pensar que era rojo, no era simpática conmigo a la hora del trabajo.

Mi detención es una prueba para los alemanes... [Ilegible.] Sin embargo, ahora todo se resolverá porque saldré de la cárcel, recuperaremos nuestro dinero y a nuestro pequeño [ilegible, nombre de niño: sin duda «Toni», el hijo biológico de Anita y adoptivo de Marco] tendrá de nuevo a su padre a su lado. Tendremos tranquilidad. Voy a exigir justicia contra mis enemigos y la recuperación del salario de siete meses perdidos en la cárcel.

Yo sé muy bien lo mucho que has sufrido pero todo está por terminar y pronto estaremos juntos. En todo este tiempo no hay un solo día que haya pasado sin pensar en ti, ni momento sin besar mi anillo. Es lo único que me queda; todo lo demás está bajo resguardo de la cárcel. Sin embargo, tú sabes cuánto amor tengo. Por ti he resistido siete meses en prisión.

He estado pensando que valdría la pena que tú vinieras aquí. [Nombre del hijo ilegible: sin duda, de nuevo, Toni] también podría venir aquí y amar la tierra alemana más que la nuestra. Quizás aquí no haya el cielo azul y el sol radiante de nuestro país, pero a cambio sus hombres tienen eso [el cielo azul y el sol radiante] en su alma. Sí, podríamos venir a vivir aquí porque nosotros somos como los alemanes: prudentes y con el corazón abierto. Aquí he aprendido a quererlos.

En realidad, esto es algo que ya había pensado antes y por eso comencé a buscar aquí una casa. Quería sorprenderte con la noticia pero este proceso lo arruinó todo. Ahora será el momento de reanudar los planes. En el trabajo gano suficiente dinero y sólo unos meses después de mi liberación tú podrías venir a la ciudad.

Espero que todos nuestros familiares estén bien. Da mis saludos especiales a la tía Kathe y a los tíos Richard y Francisco. Mi querida, recibe junto a nuestro hijo todo mi amor.

Tu Heinrich
(No escribo más porque mi alemán es todavía malo.)

A juzgar por lo que le contaba a su mujer, Marco era muy optimista sobre el resultado de su juicio; pero quizá sólo quería parecerlo, o sólo quería que los alemanes creyesen que lo era: la verdad es que, a siete días de la vista, cuando debía ya de conocer las acusaciones que pesaban sobre él, no tenía muchos motivos reales para el optimismo. En el alegato del fiscal, un tal doctor Stegemann, firmado el 18 de julio de 1942, Marco es acusado de una falta muy seria: «planear de forma sistemática –en un delito de alta traición– la modificación violenta de la Constitución Alemana» (en alemán: «das hochverrätische Unternehmen, mit Gewalt die Verfassug des Reichs zu ändern vorbereitet zu haben»). En concreto, el fiscal afirmaba que Marco era comunista y había sido voluntario del ejército republicano durante la guerra civil, y le acusaba de realizar propaganda comunista entre los trabajadores españoles. No hay que hacer mucho caso de la calificación de Marco como comunista; en estos asuntos, las autoridades alemanas calificaban a bulto, sin distinguir entre un comunista y un anarquista: para ellas, ambos eran simplemente «rotspanier», rojos españoles. En cuanto a la acusación de hacer propaganda, el fiscal alegaba los testimonios de Jaime Poch-Torres y de José Robledo Canales, dos compañeros españoles de Marco que le habían oído alardear de haber luchado contra el ejército de Franco y criticar a Hitler y al partido nazi, predecir la victoria de los rusos sobre los alemanes en la guerra y alegrarse por adelantado de ella, cosa que, siempre según decía Marco o según decían Poch-Torres y Robledo Canales que decía Marco, le permitiría a él volver a su país «y luchar por el comunismo inevitable y necesario en España». Es verdad que todo lo anterior no parece gran cosa, en cualquier caso no mucho más que un puñado de comentarios imprudentes hechos en presencia de las personas equivocadas; pero tampoco hay duda de que el delito de alta traición −o de «promocionar el ideal del comunismo internacional y por ello de atentar contra Alemania», como concluye su informe el fiscal− era gravísimo, y más en la Alemania nazi, y más en la Alemania nazi del cuarto año de guerra. Tan grave que lo normal es que Marco hubiera sido por lo menos enviado a un campo de concentración.

Pero la realidad es que fue absuelto. ¿Cómo se explica ese veredicto? No lo sé. En su sentencia, el magistrado que juzgó el caso lo explica afirmando que Marco no era un hombre peligroso, y apoya su dictamen en la retractación de los dos delatores españoles, Poch-Torres y Robledo Canales, quienes aseguran que no había querido convertirlos a la causa del comunismo (Marco era simplemente, dicen, un chico muy joven que había tratado de darse importancia ante ellos), y en la declaración del jefe inmediato de Marco, quien le exculpa de cualquier acción de sabotaje y le avala como un trabajador magnífico. El problema es cómo llegó el juez a una conclusión tan favorable para Marco, tan contraria al rotundo parecer inicial de la fiscalía e incluso a una orden de la RSHA, el Departamento Central de Seguridad del Reich, fechada dos años atrás, el 25 de septiembre de 1940, según la cual los ex combatientes de la España roja debían ser enviados a campos de concentración (es verdad que la orden fue promulgada cuando aún no había entrado en vigor el acuerdo hispano-alemán que había llevado a Marco a Alemania, y que se refería a los prisioneros de guerra; también es verdad que poco después, en 1943, esa orden fue revocada para que los rojos españoles pudieran ser usados como mano de obra por la industria bélica); dicho a la inversa: es evidente que Marco no era un hombre peligroso, pero infinidad de hombres nada peligrosos fueron condenados por la justicia nazi, y Marco no. ¿Por qué se retractaron sus acusadores españoles? ¿Por qué se retractó incluso el mismo fiscal, que acabó retirando las acusaciones? ¿Intercedieron por su compatriota las autoridades españolas? No lo sé. En la carta a su mujer, Marco menciona a su abogado defensor; pero el propio Marco reconoce que éste, un alférez de navío, no entendía una palabra de español, de manera que la comunicación entre ambos no era fácil. Tampoco debió de ser fácil para Marco escribir en su precario alemán sus alegaciones al fiscal, en las que trataba de rebatir los cargos de los que se le acusaba, y mucho menos defenderse ante el juez cuando, una mañana de septiembre, fue trasladado desde Kiel hasta Hamburgo para la celebración de la vista oral. Estas dificultades idiomáticas debieron de volver el proceso más confuso. Todavía más. Dicho esto, recordaré que Marco se desenvuelve como nadie entre la confusión, que en realidad la confusión y el lío son su medio natural, porque recordarlo me permite a su vez recordar un rasgo básico de Marco y proponer una hipótesis sobre su extraña absolución: Marco, lo repito, es fundamentalmente un pícaro, un charlatán desaforado, un liante único, así que no hay que descartar que, igual que un año antes había liado a las autoridades militares franquistas, convenciéndolas de que tenía un pasado impoluto o inofensivo y de que él mismo era un muchacho inofensivo, si no intachable, ahora hiciese algo parecido con las autoridades judiciales nazis, persuadiendo al magistrado alemán de que no representaba el menor peligro para el nacionalsocialismo y de que por lo tanto debía dejarle en libertad. Sea como sea, el 7 de octubre de 1942 el presidente de la sala penal del Alto Tribunal Hanseático de Distrito firmó una sentencia por la que se revocaba la orden de detención contra Marco.

Nuestro hombre permaneció todavía varios meses más en Alemania, pero ellos no pasan de ser el epílogo de esta parte crucial de su biografía. En la sentencia que puso fin a su juicio se ordenaba que Marco quedara «a disposición de la policía para próximos procedimientos» y se anotaba al margen que una copia de aquel documento debía enviarse «a la dirección de la policía secreta estatal ["Geheime Staatspolizei", que era el nombre verdadero de la Gestapo] en Kiel». La orden es susceptible de diversas interpretaciones, pero Marco dice que, a pesar de que en teoría había sido puesto en libertad, en la práctica siguió detenido, y que durante un tiempo que no sabe si computar en semanas o meses permaneció todavía encerrado, aunque no en el penal de Kiel sino otra vez en el cuartel de la Gestapo en la Blumenstrasse, de donde recuerda que salía cada mañana, escoltado por dos agentes, hacia la biblioteca de la Universidad de Kiel, para pasarse allí muchas horas diarias clasificando libros y publicaciones españolas. Marco dice también que recuerda con mucha claridad una tarde en que le condujeron de improviso a la recepción del cuartel y le abandonaron allí, de pie y sin explicaciones, frente al policía de guardia, que ni siquiera pareció reparar en él. Y dice que, cuando ya llevaba un buen rato allí, esperando no sabía qué o a quién, de golpe se percató del puñado de objetos que había sobre la mesa del policía y los reconoció —una foto de pasaporte, su pase caducado de trabajador voluntario español, alguna cosa más—, pero no dijo nada y siguió esperando. Y dice que en otro momento, cuando ya no llevaba allí un buen rato sino unas cuantas horas, el policía de guardia pareció advertir su presencia, le miró y miró sus cosas en la mesa y volvió a mirarle a él y, sin volver a mirar sus cosas, las tiró de cualquier manera al suelo gritándole: «¡Fuera!».

Dice que recogió a toda prisa sus cosas y que salió a toda prisa del cuartel. Dice que era de noche y que llovía y que de repente se vio solo y sin un marco y sin tener adónde ir. Dice que buscó un lugar donde refugiarse, con tan mala fortuna que acabó encontrándolo en un parque que en realidad no era un parque sino un cementerio. Dice que no recuerda dónde durmió aquella noche, aunque está casi seguro de que fue a la intemperie, pero que sí recuerda que al día siguiente se llegó en busca de ayuda hasta el único sitio donde conocía a alguien, que eran los astilleros de la Deutsche Werke Werft, de los que había sido expulsado y a los que no podía volver a trabajar pero donde encontró a un alemán que ejercía de intérprete entre los trabajadores españoles y sus empleadores alemanes, un hombre, recuerda Marco, o dice recordar, que había vivido mucho tiempo en Argentina y había regresado a Alemania engañado por las promesas de prosperidad del nazismo triunfante, un hombre con el que al parecer Marco se llevaba bien y que quizás es el mismo que según el sumario alemán de Marco había ejercido en parte de intérprete durante el juicio. Fuese quien fuese, este hombre se apiadó de Marco, o eso dice él, y le consiguió un puesto de trabajo en la Hagenuk, una empresa de telecomunicaciones, cosa que le permitió comer y dormir bajo techo, en un campamento ubicado en la misma fábrica. Los recuerdos de esa época que Marco guarda, o dice que guarda, son escasos y desdichados, porque, aunque el trabajo era más plácido que en los astilleros –aquí construía placas de complementos electrónicos para cohetes y aviones–, el ambiente en la fábrica y el campamento era mucho más bronco, rodeado como estaba, dice, de lituanos y ucranianos sucios, violentos y desesperados.

Marco también estaba desesperado, pero lo estaba por volver a Barcelona. O eso dice. Y dice que, un día, el mismo intérprete providencial que le había conseguido el trabajo en la Hagenuk le propuso una forma de volver a casa: al cabo de un año de estar trabajando en Alemania, los trabajadores españoles podían gozar de un mes de vacaciones en España, con la condición de que, una vez transcurrido ese tiempo, volvieran a su puesto de trabajo; Marco aún no había trabajado un año completo, porque la mayor parte del tiempo que había pasado en Alemania lo había pasado en prisión, pero el intérprete le aseguró que podía meterlo en uno de los convoyes de trabajadores que regresaban de permiso a España. Marco dice que aceptó sin pensarlo dos veces, sin preocuparse por lo que haría cuando llegase el momento de regresar a Alemania y no regresara, sin preocuparse por lo que haría cuando, al no regresar a Alemania, las autoridades españolas le reclamasen de nuevo para hacer el servicio militar que tenía pendiente, sin preocuparse por supuesto de que, en España, Franco siguiera imponiendo su reinado de terror, sin preocuparse de nada salvo de regresar a casa y huir de Alemania, como si, semejante a esos animales que olisquean en el aire la inminencia de la catástrofe, durante el verano de 1943 él ya hubiera intuido que sólo unos meses más tarde, el 13 de diciembre de aquel mismo año, la ciudad de Kiel sería aniquilada por el diluvio de fuego que dejaron caer sobre ella centenares de bombarderos norteamericanos. Marco llegó a Alemania cuando Alemania iba a ganar la guerra y se marchó de Alemania cuando iba a perderla. No sabemos todavía qué clase de vida hizo nuestro hombre al volver a Barcelona, pero sabemos una cosa mucho más importante: al menos hasta este punto, él siempre está donde está la mayoría.

SEGUNDA PARTE

EL NOVELISTA DE SÍ MISMO

1

Marco nació en un manicomio; su madre estaba loca. ¿También lo está él? ¿Es ése su secreto, el enigma de su personalidad? ¿Por eso está siempre donde está la mayoría? ¿Eso lo explica todo, o al menos explica lo esencial? Y, si Marco de verdad está loco, ¿en qué consiste su locura?

Cuando estalló el caso Marco, muy pocos se privaron de dar su opinión sobre el personaje: lo hicieron periodistas, historiadores, filósofos, políticos, profesores; también, por supuesto, psicólogos y psiquiatras. El diagnóstico de estos últimos fue unánime, y en cierto modo coincide con el de muchos conocidos de nuestro hombre: Marco es un narcisista de manual. Por supuesto, el narcisismo no es una forma de locura; es, más bien, un trastorno de la personalidad, una simple anomalía psicológica. Se caracteriza por la fe ciega y sin motivo en la propia grandeza, por la necesidad compulsiva de admiración y por la falta de empatía. El narcisista posee un sentido exagerado de la propia importancia, practica el autobombo sin pudor, a todas horas y con cualquier excusa y, haya hecho lo que haya hecho, espera ser reconocido como un individuo superior, admirado sin resquicios y tratado con unción. Además de tender a la arrogancia y la soberbia, cultiva fantasías de éxito y poder ilimitados y, reacio a ponerse en la piel de los demás, o incapaz de hacerlo, no duda en explotarlos, porque considera que las normas que rigen para ellos no rigen para sí mismo. Es un seductor imparable, un manipulador nato, un líder deseoso de captar seguidores, un hombre sediento de poder y de control, casi blindado frente al sentimiento de culpa. ¿Es entonces el narcisista, en lo esencial, un hombre enamorado de sí mismo? ¿Es el narcisista de los psicólogos equivalente al narcisista de la sabiduría popular? ¿Lo es el Narciso del mito? ¿Quién es el Narciso del mito?

Hay varias versiones de él; la más conocida —y la mejor— es la que narra Ovidio en el libro tercero de *Las metamorfosis*. Se trata de una historia trágica, que empieza con un acto de violencia: Cefiso, el dios-río, rapta y viola a la azul Liríope, una náyade que, de resultas de aquella violación, engendra un niño de belleza deslumbrante, a quien llama Narciso. Liríope se apresura a preguntarle a Tiresias, el adivino ciego, si su hijo vivirá mucho tiempo; la respuesta de Tiresias es extraña y tajante: sí, «si se non nouerit»; vale decir: sí, «si no se conoce a sí mismo». La infancia de Narciso transcurre plácidamente, ajena al enigmático vaticinio del portavoz del destino. Durante su adolescencia, hombres y mujeres se enamoran de él, pero él no corresponde a nadie. Un día, cazando ciervos por el bosque, lo ve Eco —«la ninfa de la voz, la que no ha aprendido ni a callar cuando se le habla ni a hablar ella la primera»— y también se enamora de él; leal a su frialdad y a su soberbia, Narciso la rechaza y, llena de vergüenza, abrumada de dolor, Eco se esconde en el bosque mientras clama contra quien ha despreciado a tantos hombres y mujeres antes que a ella: «Ojalá ame él del mismo modo —lo maldice—, y del mismo modo no consiga al objeto de sus deseos». Entonces Némesis, hija de la noche y diosa de la venganza, atiende el ruego de Eco; su generosidad sella la perdición de Narciso. Al llegar a una fuente límpida y rodeada de césped, «de aguas resplandecientes como la plata», Narciso se tiende a descansar y a beber, pero, en cuanto trata de apagar su sed en la fuente, una sed distinta e insaciable brota de él: mientras bebe, «cautivado por la imagen de la belleza que está viendo, ama una esperanza sin cuerpo: cree que es cuerpo lo que es agua. Se extasía ante sí mismo y permanece inmóvil y con el semblante inalterable, como una estatua tallada en mármol de Paros». La maldición de Eco se cumple: al enamorarse de su imagen reflejada en el agua, Narciso concibe un amor imposible; pero el vaticinio de Tiresias también se cumple: al verse a sí mismo, al conocerse a sí mismo, Narciso muere, y su cadáver se convierte en «una flor amarilla con pétalos blancos alrededor del centro»: la flor del narciso.

Así que el Narciso del mito no es el Narciso de la sabiduría popular, sino exactamente lo contrario. En el relato de Ovidio, Narciso no se enamora de sí mismo, sino de su imagen reflejada en el agua; en el relato de Ovidio, Narciso en realidad se odia a sí mismo, se horroriza de sí mismo, con todas sus fuerzas se desprecia, y por eso muere en cuanto se ve. El narcisista fabrica, a base de autobombo, de ensueños de grandeza y heroísmo, una fantasía halagadora, una mentira detrás de la cual a la vez se camufla y se parapeta, una ficción capaz de esconder su realidad, la inmundicia absoluta de su vida o lo que él percibe como la inmundicia absoluta de su vida, su mediocridad y su vileza, el perfecto desprecio que siente por sí mismo. Inagotable, el narcisista necesita la admiración de los demás para confirmarse en ese embuste, igual que necesita el control y el poder para que nadie tumbe la primorosa fachada que ha levantado ante él. El narcisista vive en la desolación y el miedo, en una inseguridad crónica disfrazada de aplomo (incluso de soberbia o altanería), en el filo del abismo de la locura, aterrado por el vacío vertiginoso que existe o intuye en su interior, enamorado de la ficción embellecedora que ha construido para olvidar su realidad repelente, y por eso no sólo se ha blindado contra el sentimiento de culpa, sino contra casi cualquier sentimiento, que intenta mantener a raya por temor a que lo debilite, tal vez a que lo destruya.

Por lo demás, muchos psicólogos sostienen que el narcisismo nace, en la infancia, como resultado de una violencia o una herida profunda −igual que Narciso nace de la violencia inaugural que Cefiso ejerce sobre Liríope−, un trance terrible que el niño no fue capaz de procesar, una humillación o un golpe salvaje a la autoestima, una prematura experiencia del horror vivida en el seno de la familia, y que su ficción de grandeza no es más que la máscara de su pequeñez real o de su sentimiento real de pequeñez, la cicatriz perdurable de aquella humillación o golpe salvaje o experiencia del horror. Puede ser. Lo que es seguro es que a Narciso la ficción le salva, y que, si Marco es a su modo un narcisista, sus mentiras quizá le salvaron: Marco fue un huérfano arrebatado a la fuerza a una madre pobre, loca y maltratada por su marido, un niño nómada y sin afecto, un adolescente inflamado por una revolución fugaz y derrotado por una guerra espantosa, un perdedor nato que, en determinado momento de su vida, con el fin de conquistar el amor y la admiración que no había tenido, decidió inventar su pasado, reinventarse a sí mismo, construir con su vida una gloriosa ficción para esconder la mediocre y vergonzante realidad, contar que no era quien era ni había sido quien había sido −un hombre absolutamente normal, un miembro de la inmensa y silenciosa y cobarde y grisácea y deprimente mayoría que siempre dice Sí−, sino un individuo excepcional, uno de esos individuos singulares que siempre dicen No o que dicen No cuando todo el mundo dice Sí o simplemente cuando más importa decir No, al principio de la guerra española un exaltado combatiente casi infantil contra el fascismo en las posiciones de mayor riesgo y fatiga, durante la guerra un intrépido guerrillero anarquista operando más allá de las líneas enemigas, tras la guerra el primero o uno de los primeros e insensatos resistentes contra el franquismo triunfante y un exiliado político, una víctima y un luchador contra el nazismo, un héroe de la libertad. Éstas fueron las mentiras de Marco. Ésta fue la ficción que quizá lo salvó gracias a que, como a Narciso, durante muchos años le impidió conocerse o reconocerse como quien era. Claro que, si sus mentiras salvaron a Marco, la verdad que estoy contando en este libro le matará. Porque la ficción salva, pero la realidad mata.

2

¿Qué hizo Marco al regresar de Alemania? ¿Qué clase de vida llevó durante la eterna posguerra española? ¿Volvió a España para retomar la vida normal o el simulacro de vida normal que llevaba antes de marcharse a Alemania? ¿Fue entonces cuando empezó a mentir sobre su pasado para no conocerse, para no reconocerse, para salvarse en la ficción? ¿O fue entonces cuando, después de haber padecido el pánico en las trincheras del Segre, en la Barcelona derrotada y en la cárcel de Kiel, reunió coraje suficiente para desenterrar los ideales políticos sepultados tras la victoria de Franco y lanzarse de nuevo a luchar por ellos en la clandestinidad, mientras el franquismo imponía en España su régimen de hierro?

Para casi todos sus conocidos y casi todos los que escribieron sobre él, al menos hasta el estallido del caso Marco, nuestro hombre fue durante la posguerra un luchador inflexible contra la dictadura, además de un visitante asiduo de sus cárceles, comisarías y calabozos; más aún: para muchos diríase que Marco representaba una suerte de personificación de la innata rebeldía de los españoles (o por lo menos de los catalanes) y del amor por la libertad que los incapacitó para resignarse sin pelea a cuarenta años de tiranía franquista. Las declaraciones del propio Marco no dejaban margen de duda: en 1978 le contó a Pons Prades en *Los cerdos del comandante* que, tras su supuesto paso por Flossenbürg a mediados de los años cuarenta, «me reintegré a la lucha clandestina en España de nuevo», y que lo que le salvó la vida fue «ponerme a actuar [políticamente, se entiende] en seguida» (por si no quedaba claro, añadía que «la militancia clandestina en España de los confederales [es decir, los anarquistas] en el segundo lustro de los cuarenta fue apasionante»); en 2002 le contó a Jordi Bassa, en *Memoria del infierno*, que, de vuelta en España en 1945, «continuó la lucha clandestina hasta 1975»; y en mayo de 2005, al mismo tiempo que estallaba el caso Marco, nuestro hombre publicó en *L'Avenç* –una revista de historia que aquel mes dedicaba un dossier al sesenta aniversario de la liberación de los campos nazis– un artículo sobre sus recuerdos ficticios de la liberación de Flossenbürg en el que afirmaba que, al salir de Alemania en 1945, volvió a Barcelona «a hacer el único trabajo que sabía hacer: vivir por vivir y hacerlo luchando por la libertad», y, por si tampoco esto quedaba claro, añadía que «los treinta años de lucha y de clandestinidad que siguieron fueron la verdadera forma de rehacer la vida allí donde la dejé». En fin: uno de los méritos que el gobierno autónomo catalán alegaba en septiembre de 2001 para concederle a Marco su máxima distinción civil, la Creu de Sant Jordi, era precisamente sus años de combate contra el franquismo.

Las frases de Marco que acabo de entrecomillar son curiosas. Por un lado, es evidente que nuestro hombre intenta evocar con ellas un pasado de asiduo combate antifranquista; por otro, son tan inconcretas y vagarosas como todas sus alusiones a su compromiso político durante la dictadura: Marco habla de «lucha», habla de «clandestinidad», habla de abstracciones parecidas, pero jamás menciona en qué consistió concretamente esa lucha, a qué concreta organización o partido o grupo ilegal se afilió, con qué individuos concretos compartió su clandestinidad. Es verdad que, en los relatos biográficos o autobiográficos de Marco, lo esencial era siempre su paso por los campos nazis, y que a su lucha contra el franquismo se aludía sólo de pasada, quizá porque no era el asunto en cuestión o más probablemente porque se daba por supuesta, como si fuera casi imposible que un español como él no hubiera combatido la dictadura. También es verdad que, al menos alguna vez, Marco alude a algún episodio preciso: en enero de 2006, por ejemplo, escribió una larga carta al director de *La Vanguardia*, que nunca se publicó, en la que evocaba un supuesto enfrentamiento primero verbal y luego físico con Luis de Galinsoga, turiferario de Franco y director del periódico en los años cincuenta, célebre por pronunciar una frase subnormal que desató el escándalo y acabó costándole el cargo: «Todos los catalanes son una mierda»; y en marzo de 1988, en un artículo publicado en el diario *Avui*, Marco se presentaba a sí mismo como una de las pocas personas que, una mañana de catorce años antes, aguardaba a las puertas de la cárcel Modelo de Barcelona la salida del cadáver de Salvador Puig Antich, un joven anarquista ejecutado a garrote vil, en los estertores del franquismo, por orden de un tribunal militar. Pero, incluso en estos casos excepcionales (y suponiendo que en verdad se tratara de actos de resistencia), todo en el relato de Marco es bastante borroso o desvaído, desde la forma en que presenta los propios episodios hasta el exacto papel que desempeñó en ellos. Esta nebulosa de indefiniciones ha llevado a pensar con frecuencia, a muchos amigos y conocidos de Marco, que el período de la posguerra es el más oscuro y misterioso de su biografía.

¿Realmente lo es?

En absoluto. Aquí, como tantas veces en la vida de Marco y fuera de la vida de Marco, el misterio es el deseo de ver un misterio donde no hay ningún misterio. De hecho, resulta mucho más difícil reconstruir la vida de Marco antes de su regreso de Alemania que después de él, entre otras razones porque de este último momento quedan numerosos testimonios vivos, que pueden desmentir o confirmar o completar o aclarar las afirmaciones de Marco, lo que explica en parte la prudencia y las vaguedades de Marco al formularlas. No hay ningún misterio, ni oscuridad ninguna: durante más de treinta años, desde su regreso de Alemania en 1943 hasta la muerte de Franco en 1975 o, para ser más exactos, hasta los años iniciales de la democracia, Marco no militó en ningún partido político ni en ningún sindicato, no conoció ningún tipo de clandestinidad política ni combatió de ninguna forma el franquismo, tampoco pasó por la cárcel ni por las comisarías ni fue detenido jamás por motivos políticos ni tuvo ningún problema de esa índole con las autoridades, al menos ningún problema real o mínimamente serio. Hasta entonces, Marco había estado siempre con la mayoría, y durante todo el franquismo siguió con ella, con esa inmensa mayoría de españoles que, de grado o por fuerza, aceptó sin protestas la dictadura, y cuyo silencio atronador explica en gran parte que ésta durara cuarenta años. Así de simple. Así de fácil. Por supuesto, tampoco aquí hay nada que reprocharle a Marco: nadie, repito, está obligado a ser un héroe; o si se prefiere: sería tan fácil como injusto recriminarle a Marco que, igual que la inmensa mayoría de sus conciudadanos, no haya tenido el valor de combatir una dictadura capaz de encarcelar, torturar y asesinar a los discrepantes. No: ningún reproche. Ninguno salvo que, muchos años más tarde, quisiera ocupar un lugar del pasado que no le correspondía, tratando de hacer creer que a lo largo del franquismo perteneció a los poquísimos valientes que dijeron No y no a los millones de entusiastas, pícaros, acobardados o indiferentes que dijeron Sí.

De modo que durante la posguerra Marco vivió una vida normal o un simulacro de vida normal o de eso que misteriosamente hemos convenido en llamar una vida normal, pero tal cosa no significa que su verdadera biografía carezca de interés; todo lo contrario: resulta mucho más interesante que la leyenda barata de confusas aventuras románticas que él mismo intentó vender como relato de su vida auténtica.

De regreso de Alemania, Marco volvió a instalarse en la abarrotada casa de sus suegros, en Sicilia 354, con su mujer, su hijo, las hermanas de su mujer y el marido de una de ellas, y volvió a ser, para aquella familia humilde, numerosa y compacta, que trabajaba duro entre semana y pasaba los fines de semana en la playa o la montaña o la cooperativa de la calle Valencia, el muchacho laborioso, inteligente, cultivado, práctico, alegre, divertido y encantador que había sido antes de marcharse a Alemania, siempre cariñoso con su mujer, siempre dispuesto a ayudar a sus suegros, a aconsejar y proteger a sus cuñadas y a hacer favores a quien los necesitase; pero, ahora, además, su prestigio añadido de viajero y de hombre de mundo lo convirtió poco menos que en el líder o el centro de la tribu. También volvió a trabajar en el taller de reparación de automóviles de Felip Homs, en París casi esquina con Viladomat, frente a la Escuela Industrial, y sólo dos problemas encadenados ensombrecían por momentos el futuro próspero y dichoso que su vitalismo congénito pintaba ante él. Uno: estaba en Barcelona de permiso y debía regresar a Kiel en cuanto el permiso terminase, cosa que de ninguna manera quería hacer. Dos: si se las arreglaba para no volver a Kiel, debía cumplir el servicio militar, que era precisamente lo que había evitado yendo a Kiel.

No volvió a Kiel y se quedó en Barcelona y no cumplió el servicio militar. ¿Cómo lo consiguió? ¿Cómo eludió por vez primera sus obligaciones civiles en Alemania y por segunda vez sus obligaciones militares en España? No lo sé. Es verdad que, hacia el verano o el otoño de 1943, con la guerra mundial dirigiéndose a marchas forzadas hacia la derrota de Hitler, las autoridades españolas habían llegado a la conclusión de que el envío de trabajadores españoles a Alemania había sido un mal negocio que convenía cancelar cuanto antes, de manera que es más que probable que no hicieran muchas indagaciones si uno de los trabajadores no regresaba a su puesto de trabajo. Por otra parte, durante la estancia de Marco en Alemania los militares españoles habían preguntado por él, exigiéndole que cumpliera sus deberes pendientes, pero su familia había respondido que se hallaba en Alemania como trabajador voluntario –cosa que el Ministerio de Asuntos Exteriores se había encargado de confirmar– y los militares no tenían por qué saber que Marco ya estaba de regreso y por lo tanto no tenían por qué reclamarle. Es lo que pudo ocurrir: tal vez todos se olvidaron de Marco, o se desentendieron de él; tal vez Marco los lió a todos de nuevo; tal vez se produjo una afortunada combinación de las tres cosas. Sea como sea, nuestro hombre no lo recuerda, o dice que no lo recuerda. Lo que es indudable es que, en medio de esa doble o triple confusión, Marco, que es maestro en moverse en la confusión, salió indemne de las dos amenazas que se cernían sobre él, y su futuro quedó expedito.

El 25 de junio de 1947 nació la primera hija carnal de Marco, Ana María. Por entonces él se estaba preparando sin saberlo para empezar una vida nueva. Había dejado tiempo atrás el taller de Felip Homs y, después de trabajar por un tiempo en una fábrica de muebles y luego como mecánico (sobre todo reparando y modificando taxis, camiones y coches), consiguió un contrato de viajante en una casa de recambios de automóviles llamada Comercial Anónima Blanch. Era un empleo por completo distinto a los que había tenido hasta entonces; también era mucho mejor, o al menos así lo sentían su familia y él: salía de casa vestido con traje y corbata y, entre el sueldo y las comisiones, ganaba bastante dinero, mucho más en todo caso del que había ganado con ninguno de sus empleos previos. El nuevo trabajo no sólo supuso para Marco una mejora económica, sino también un ascenso en su estatus y una vida social más variada y más intensa. Marco cambió de amistades y empezó a beber y a salir de noche. Era algo que no había hecho nunca, y su mujer no tardó en sentir que dejaba de ser el marido cariñoso y detallista que había sido hasta entonces, y en empezar a notarlo raro y distante. Apenas sucedió esto, Anita desahogó su inquietud con su hermana Montserrat, ocho años más joven que ella, y una tarde su hermana le propuso seguir a Marco.

Sesenta y cuatro años después, cuando ya tenía más de ochenta, Montserrat Beltrán todavía recordaba muy bien lo que pasó aquella tarde, y por eso pudo contármelo en su piso de Ciudad Badía, a las afueras de Barcelona. Decididas a seguir su plan y averiguar lo que estaba pasando, Anita y ella se habían apostado a la entrada de las oficinas de Comercial Anónima Blanch cuando vieron salir a Marco con dos compañeros de trabajo. No le dijeron nada y, a cierta distancia, siguieron al trío. Lo hicieron durante un buen rato; al llegar a la calle Sepúlveda los perdieron de vista. Desconcertadas, optaron por esperar de nuevo, convencidas de que Marco no podía haber ido muy lejos y de que acabaría reapareciendo. Así fue. Al cabo de un tiempo, Marco salió del portal de un edificio cercano. No iba solo, pero no lo acompañaban sus dos colegas sino dos mujeres; las llevaba del brazo, y las hermanas supieron al instante que Marco salía de un prostíbulo y que las dos mujeres eran dos prostitutas. Cuenta Montserrat que en aquel momento, sin que ella pudiera hacer nada por evitarlo, su hermana salió disparada hacia Marco, se interpuso entre él y las dos mujeres y le agarró del brazo diciéndole algo. En los años que siguieron, su hermana le repitió muchas veces a Montserrat Beltrán lo que le dijo a su marido; lo que le dijo fue: «Yo también puedo cogerte del brazo, ¿verdad?».

La mujer de Marco y su familia intentaron olvidar el incidente, atribuirlo a las malas compañías y a las nuevas exigencias de su nuevo trabajo. Fue imposible. Por lo menos, fue imposible ignorar que algo fundamental había cambiado en Marco, y que ya no era el marido y el cuñado y el yerno perfecto que había sido siempre. En realidad, a partir de aquel momento todo empezó a ir de mal en peor. En 1949 Marco intentó emigrar a la Argentina con su familia, aunque al final desistió del proyecto, quizá porque no consiguió la documentación necesaria para salir del país. Poco después la policía fue a buscarlo a su casa. Le acusaban de un robo, pero no lo encontraron y los agentes se llevaron a su suegro, que tuvo que declarar en comisaría. Marco lo hizo aquel mismo día o al día siguiente, y consiguió salir del aprieto casi indemne, apenas con la promesa de no reincidir y de presentarse cada dos semanas a la policía. La familia Beltrán estaba atónita, a pesar de lo cual no le pidió explicaciones a Marco o se conformó con las borrosas explicaciones que Marco le dio. No obstante, días o semanas después Marco volvió a pasar por comisaría, y esta vez no tuvo tanta suerte como la primera, así que durmió varias noches en la cárcel Modelo y salió de allí con la cabeza rapada, que era el estigma con que la policía franquista humillaba a veces a los delincuentes comunes. Unos días más tarde se casaba la única hermana soltera de su mujer, que se llamaba Paquita. Marco acudió a la boda, pero al día siguiente, sin dar ninguna explicación ni avisar a nadie, se marchó para siempre.

La huida de Marco fue un cataclismo absoluto para la familia Beltrán; su mujer se hundió en la depresión. No volvieron a tener noticias de Marco hasta al cabo de siete años. Un día apareció por casa de los Beltrán un amigo de Marco diciendo que Marco lamentaba lo ocurrido y que estaba dispuesto a ayudar a su mujer y a sus hijos, y a partir de aquel momento nuestro hombre se hizo cargo de algunos gastos de la familia, como la educación de su hija Ana María; de vez en cuando iba a buscar a la niña a la puerta del colegio, también, y de vez en cuando le regalaba algo o le daba algo de dinero, igual que a su hermano Toni. La relación entre su primera familia y él, sin embargo, apenas pasaba de ahí. Anita y sus hijos eran muy conscientes de que Marco había trazado una frontera casi impermeable entre ellos y su nueva vida, de la que nada sabían; sus hijos le llamaban de vez en cuando por teléfono a su casa, pero tenían que hacerse pasar por ahijados suyos. A principios de los años sesenta su mujer le pidió a Marco dinero para pagar la entrada de un piso en Badalona, y Marco se lo dio. En 1968 llevó a su hija al altar. En 1969 fue padrino de su primer nieto. En 1974, justo después de haber dado a luz a su tercer hijo, su hija Ana María le llamó por teléfono a su casa y él le dijo que tenía el teléfono intervenido por la policía y que no volviese a llamarle. No volvió a llamarle. Ella y su hermano dejaron de verle de nuevo.

Así transcurrieron casi veinte años, durante los cuales sólo supieron de Marco por los periódicos, la radio y la televisión. Un día Ana María fue a buscarle a las oficinas de FAPAC, la asociación de padres de la que Marco era por entonces vicepresidente. Lo encontró, tomaron café. Supo así que su padre vivía en Sant Cugat, que se había casado y tenía dos hijas, y que por lo tanto ella tenía dos hermanas. En septiembre de 1999 murió el primer y único hijo varón de Marco, Toni, pero él sólo tuvo noticia de su fallecimiento tiempo después, cuando se cruzó por casualidad con una de sus cuñadas mientras paseaba por la Rambla. Los años siguientes fueron los del ascenso al estrellato mediático de Marco, un hecho al que la familia Beltrán asistió con desconcierto: Anita, su mujer, no entendía por qué Marco decía que había estado en un campo de concentración cuando ella sabía que no había estado en ningún campo de concentración; los hijos de Ana María, sus nietos, no entendían por qué Marco tenía escondida a su primera familia; Ana María, su hija, fingía entenderlo todo, para tranquilizar a su madre y a sus hijos, pero la realidad era que no entendía nada. Y, cuando estalló el caso Marco y el mundo entero supo que Marco era un impostor, Ana María sintió a la vez lástima y vergüenza por su padre. Sólo entonces quiso conocer a sus hermanas. Marco accedió sin resistencia a presentárselas, quizá porque sabía que no podría evitar que tarde o temprano las conociera (o simplemente porque el escándalo había destruido sus defensas), aunque no lo hizo sin antes contarles la verdad, a ellas y a su mujer. Que tenía otra familia. Que se había casado en los años cuarenta. Que de aquel matrimonio conservaba una mujer y una hija y varios nietos. Fue así como Ana María Marco conoció a Elizabeth y a Ona Marco, quienes eran sus hermanas pero por edad podían ser sus hijas, y fue así como Marco se divorció de Anita, quien durante medio siglo no había vuelto a casarse ni a tener una pareja conocida. Anita murió en enero de 2012. Ana María sigue viva. Es una mujer intensa, alegre y católica; su padre la abandonó cuando tenía tres años, pero es imposible arrancarle una sola palabra contra él.

3

Durante los muchos meses que dediqué a hacer averiguaciones para escribir este libro que tanto me resistí a escribir ocurrieron no pocas cosas extrañas o no pocas cosas que me parecieron extrañas cuando ocurrieron.

No puedo contarlas todas; cuento una de ellas.

Marco se había ganado casi siempre la vida trabajando como mecánico, y desde mediados de los años cincuenta hasta principios de los ochenta, sobre todo mientras convivía con su segunda mujer, María Belver, había poseído en régimen de cooperativa varios talleres de reparación de automóviles en el barrio de Collblanc, en Hospitalet, una ciudad del extrarradio de Barcelona. El más duradero de esos negocios se llamó Auto-Taller Cataluña, pero cuando yo lo visité, una tarde de finales de julio de 2013, en compañía de mi mujer, había cambiado de nombre y se llamaba Taller Viñals.

El propietario, David Viñals, me atendió en la minúscula oficina que se abría al fondo de su minúsculo establecimiento. Delante de un viejo ordenador, Viñals parecía enterrado en un desorden campamental de facturas, papeles y archivadores. Se acordaba muy bien del antiguo mecánico, porque recordaba haberle comprado el taller o haber negociado con él la compra del taller, y porque mucho más tarde había llegado a sus oídos el estruendo del caso Marco, pero me dijo que la relación entre los dos había sido escasa y circunstancial y, señalando con gesto de fatiga infinita su ordenador encendido y el caos de su despacho, añadió que en aquel momento estaba desbordado de faena, pero que en septiembre, después de las vacaciones de verano, trataría de conseguir la dirección de alguien que hubiera trabajado con Marco. Le di las gracias y le dije que le llamaría en septiembre; como si le apenara dejar que me fuese con las manos vacías o casi vacías, antes de despedirnos añadió:

—Ya le digo que lo traté poco, pero a mí me pareció un buen hombre. Me acuerdo de que me contó que se iba del taller porque dejaba de ser mecánico para dar clase en la universidad. —Me miró con aire de desengaño anticipado, añadió—: Eso también era mentira, ¿no?

Tuve que decirle que sí y, cuando salimos a la calle, mi mujer no pudo contenerse.

—No me extraña que Marco se inventara una vida aventurera —resopló—. Con la imaginación que tiene, si no lo hubiera hecho no habría aguantado veinte años encerrado en ese taller. O se hubiera vuelto loco.

En septiembre llamé por teléfono a Viñals. Me dijo que había conseguido el teléfono y la dirección de un hombre, llamado Toni o Antoni, que había sido aprendiz de mecánico en el taller de Marco; trabajaba en un taller que la empresa Llasax tenía en la Carretera Real, en Sant Just Desvern. «Me ha dicho que no quiere hablar del asunto —me advirtió Viñals—. De modo que yo que usted no le llamaría: vaya a verlo directamente, y así a lo mejor le atiende.» Le hice caso y fui, pero tampoco fui solo; con la excusa de que yo no sabía manejar el GPS del coche, me acompañó mi hijo.

El taller estaba muy cerca de Barcelona, en dirección a Sant Feliu de Llobregat. Aparqué a la puerta y Raül se quedó esperándome en el coche mientras yo entraba en el taller, un local muy grande, de techos muy altos y suelo de cemento, donde parecía reinar una gran actividad, con gente entrando y saliendo de oficinas encristaladas y mecánicos con las manos manchadas de negro hurgando en las tripas de coches averiados. Pregunté por mi hombre a un oficinista y, después de aguardar durante quince minutos y de aclarar un malentendido —en el taller había un mecánico llamado Antoni, pero no era quien yo buscaba—, conseguí hablar con él, un tipo de unos cincuenta y tantos o sesenta años que no respondía al nombre de Antoni sino al de Antonio y a quien recuerdo enjuto y de ojos claros. Le dije mi nombre, le dije que era escritor y que estaba escribiendo un libro sobre Enric Marco, le dije que, según me habían contado, él lo había conocido.

—Lo conocí —dijo el hombre—. Pero no quiero hablar de él.

—Sólo serán cinco minutos —contesté—. No le haré más que unas preguntas. Las condiciones las pone usted; si no quiere que su nombre aparezca en el libro, no aparecerá.

—Ya le he dicho que no quiero hablar de Marco.

Insistí. Le dije que yo también conocía a Marco y que estaba escribiendo el libro con su permiso y con su colaboración y, sacando el teléfono móvil del bolsillo, añadí que, si quería verificar lo que le estaba diciendo, podía hablar con él. El hombre me atajó:

—No voy a hablar de Marco.

A punto estuve de preguntarle por qué, pero sentí que podía molestarse y que era inútil seguir. No era la primera vez que un testigo se negaba a hablar conmigo sobre un libro en marcha, pero sí era la primera vez que me lo decía cara a cara; y también era la primera vez que me ocurría con este libro. Volví a meter el móvil en el bolsillo y suspiré.

—Disculpe si le he molestado —dije.

Con una brusca sonrisa, el hombre estrechó la mano que yo le tendía.

—No me ha molestado —dijo.

—¿Qué te ha dicho? —preguntó Raül en cuanto me senté al volante del coche.

—Nada —contesté.

—¿Cómo que nada? ¿No ha querido hablar contigo?

—No.

Raül se rió.

—Eres la leche, papi.

Arranqué, todavía incrédulo, y, mientras volvíamos a Barcelona por un laberinto de rotondas y autopistas, le conté a mi hijo lo que acababa de ocurrir.

—No creo que ese tipo esté intentando proteger a Marco —conjeturé—. Si fuera así, habría cogido el móvil y le habría llamado para comprobar que era verdad lo que yo le decía. Ese tipo no es amigo de Marco, no le quiere, tuvo algún mal rollo con él. Por eso no quiere hablar.

—Tonterías —dijo Raül—. Si hubieran tenido un mal rollo querría hablar: para joderlo, para vengarse de él. A lo mejor no quiere hablar por lo contrario.

—¿Lo contrario?

—No porque tuvieran un mal rollo sino porque tuvieron un buen rollo. Un rollo demasiado bueno, quiero decir. El tipo era joven cuando conoció a Marco, ¿no?

—Supongo que sí: era su aprendiz. Debió de conocerlo en los años sesenta o setenta, no antes.

—Si era un chaval, a lo mejor se creyó todas las trolas que contaba Marco y, cuando supo que eran trolas, se enfadó tanto que ya no quiere ni oír hablar de él. Al fin y al cabo es lo que debió de pasarle a mucha gente. De todos modos, bien pensado es mejor que el tipo no haya querido hablar: si hubiera hablado, te habría contado cualquier tontería; sin hablar, ese tipo es un enigma. Y para una novela es mejor un enigma que una tontería, ¿no?

Raül tenía razón, por supuesto, pero esto no es una novela corriente sino una novela sin ficción o un relato real y, en un libro así, es mil veces preferible una gilipollez verdadera que un enigma ficticio. Aunque Raül también se equivocaba:

aquel hombre no tuvo un buen rollo con Marco, o no siempre, o en todo caso su relación acabó con un mal rollo. En realidad, según supe más tarde, se llamaba Antonio Ferrer Belver y era sobrino de María Belver, la mujer de Marco durante varias décadas de mediados de siglo. Ferrer había empezado en efecto trabajando como aprendiz en Auto-Taller Cataluña, pero a finales de los años setenta, cuando Marco se deshizo del negocio, él no quedó satisfecho con la operación o con el modo en que se realizó la operación. A ese motivo de enfado se sumó otro, quizás el decisivo: a mediados de los setenta Marco se había deshecho también de María Belver como a principios de los cincuenta se deshizo de Anita Beltrán, la había dejado y la había cambiado por una muchacha veintitantos años más joven que él. El abandono enfrentó para siempre al clan de los Belver con Marco, y esto explica que ninguno de sus miembros (o ninguno de los miembros con los que yo intenté ponerme en contacto) quisiera hablar del asunto. Tampoco el antiguo aprendiz de Marco.

El embarazoso episodio con el sobrino de María Belver me devolvió todas las inquietudes y angustias que me habían perseguido tras mi encuentro con Benito Bermejo en Madrid, cuando el historiador formuló la hipótesis de que Marco había sido confidente de la policía en su época de líder anarquista y reconoció que, en parte, había abandonado o aplazado de momento la idea de escribir un libro sobre Marco por escrúpulos de conciencia: volví a preguntarme si no sólo me había propuesto escribir un libro imposible sino también temerario, volví a preguntarme si mi propósito de contar la vida verdadera de Marco no era inmoral, si tenía derecho a interferir en la vida de Marco y de su familia para revelar su historia (aquella historia en la que además iba a meter el dedo en el ojo de todo el mundo y en la que todo el mundo quedaba mal), si tenía derecho a hacerlo y era correcto hacerlo, aun cuando Marco me hubiera autorizado a hacerlo y me estuviese ayudando a hacerlo.

Durante aquellos días recordé a menudo dos historias paralelas y contrapuestas que cuenta el escritor francés Emmanuel Carrère, autor de *El adversario*, una novela sin ficción o relato real donde narra la historia de un impostor llamado Jean-Claude Romand que acabó matando a su mujer, sus dos hijos pequeños y sus padres para que no descubrieran su impostura.

El protagonista de la primera historia es el escritor norteamericano Truman Capote. En 1960, a la edad de treinta y seis años, Capote decidió escribir un relato real o novela sin ficción que fuera también su obra maestra. Para ello eligió un tema al azar (o quizá fue el azar el que lo eligió a él): el asesinato de una familia de granjeros de Kansas, en la llamada América profunda, perpetrado por unos desconocidos. Capote partió hacia Kansas y se instaló en el pueblecito donde habían ocurrido los hechos; al cabo de unas semanas los asesinos fueron arrestados: eran dos, eran jóvenes, se llamaban Dick Hickock y Perry Smith. Capote fue a visitarlos a la cárcel, se hizo amigo suyo y durante los cinco años siguientes, mientras los dos prisioneros eran juzgados y condenados a muerte, se convirtió en la persona más importante en sus vidas. Los dos últimos años de su relación con ellos fueron atroces. Gracias a que se interpusieron diversos recursos, la ejecución fue aplazada varias veces. Mientras tanto, Capote les aseguraba a sus dos amigos y personajes que hacía todo lo posible para salvarlos, incluyendo contratar a los mejores abogados; pero, al mismo tiempo, el escritor sabía que la muerte de los dos reos era la mejor conclusión posible de la historia, el remate que exigía su obra maestra, así que rogaba en secreto por ella y llegó a encender velas a la Virgen para que ocurriera.

Al final Dick y Perry fueron colgados; Capote asistió a su ahorcamiento, y fue la última persona que los abrazó antes de subir al patíbulo. El fruto literario de esta aberración moral fue *A sangre fría*: una obra maestra. Carrère insinúa que, con ella, Capote se salvó como escritor pero se condenó como ser humano, y que el largo proceso de autodestrucción personal, a manos del alcohol, el esnobismo y la maldad, que siguió a su publicación fue el precio que el escritor pagó por su vileza.

El protagonista de la segunda historia es el escritor inglés Charles Dickens; los hechos debieron de ocurrir —Carrère no lo especifica— en 1849, mientras la prensa publicaba por entregas *David Copperfield*. Al principio de esa novela aparece un personaje secundario, llamado Miss Mowcher, que, según todos los indicios —se trata de una mujer astuta, celosa y obsequiosa, además de enana—, es una completa malvada, así que, como nadie gusta tanto en las ficciones como los malvados, y como además Dickens era ya por aquella época un escritor muy leído, toda Inglaterra se relamía por adelantado con las futuras fechorías de la dama. Algo inesperado ocurrió entonces. Una mañana, Dickens recibió una carta en la que una señora de provincias se quejaba con amargura de que, a causa de su parecido físico con Miss Mowcher —la señora también era enana—, la gente de su pueblo había empezado a desconfiar de ella, murmuraba a su paso y le enviaba anónimos amenazantes; en resumen, concluía su carta la señora, ella era una buena persona, y por culpa de él y de Miss Mowcher su vida se había convertido en un infierno.

Ya sabemos cuál es la respuesta que cualquier escritor hubiera dado a la carta de la señora: no hubiera dado una respuesta; o, si la hubiera dado, hubiese sido ésta: el problema que le planteaba la señora no era su problema, sino el de las personas que confunden la realidad con la ficción y que abusiva y estúpidamente identifican a personajes ficticios con personas reales. La respuesta de Dickens fue otra: cambió el personaje, cambió la trama de la novela, lo cambió todo; el libro entero aguardaba con impaciencia las maldades de Miss Mowcher, todo estaba preparado para ellas, pero, en la entrega siguiente, Dickens convirtió a su malvada en una mujer llena de bondad, en un ángel del cielo bajo su apariencia desdichada. Es posible que, como él mismo reconoce, Carrère idealice un poco los motivos de Dickens; es posible que exagere la importancia en la novela de Miss Mowcher. El caso es que *David Copperfield* fue un éxito rotundo, otra obra maestra de Dickens, y que el escritor inglés no sólo se salvó en ella como escritor, sino también como persona.

No es ésta la única conclusión que saca Carrère de las dos historias simétricas y opuestas que acabo de contar; tampoco la que más me interesa. Cuenta Carrère que, al empezar a escribir *El adversario*, quiso imitar *A sangre fría*, la impasibilidad y el desapego flaubertianos de *A sangre fría*, la decisión de Capote de contar la historia de Dick Hickock y Perry Smith como si no hubiera participado en ella, excluyendo su intervención amistosa y perversa y los dilemas morales que le acosaron mientras tenía lugar; sin embargo, cuenta asimismo Carrère, al final optó por no hacerlo: decidió contar su historia sin ausentarse de ella, no en tercera sino en primera persona, revelando también sus perplejidades morales y su relación con el impostor asesino. Y concluye: «Pienso sin exagerar que esa elección me ha salvado la vida».

¿Tiene razón Carrère? ¿Se salvó él como persona, además de salvarse como escritor —*El adversario* es también una obra maestra—, al incluirse en su relato de la impostura criminal de Jean-Claude Romand? ¿Iba a salvarme yo, como escritor y como persona, si, ya que no podía hacer lo mismo que Dickens porque no podía cambiar ni embellecer la historia de Marco, al menos no hacía como Capote y no contaba en tercera sino en primera persona mi relación con el protagonista de mi libro, sin repudiar las dudas y los dilemas morales que enfrentaba al escribirlo, igual que había hecho Carrère? ¿No era el argumento de Carrère brillante y consolador pero falso, por no decir tramposo? ¿No era una forma de comprar legitimidad moral para autorizarse a hacer con Jean-Claude Romand lo que Capote había hecho con Dick Hickock y Perry Smith y lo que yo pretendía hacer con Enric Marco, y para hacerlo además con la conciencia limpia y sin perjuicios personales? ¿Bastaba reconocer la propia vileza para que ésta desapareciese o se convirtiese en decencia? ¿No había que asumir simplemente, honestamente, que, para escribir *A sangre fría* o *El adversario*, había que incurrir en algún tipo de aberración moral y por lo tanto había que condenarse? ¿Estaba yo dispuesto a condenarme a cambio de escribir una obra maestra, suponiendo que fuese capaz de escribir una obra maestra? En definitiva: ¿era posible escribir un libro sobre Enric Marco sin pactar con el diablo?

4

Era el secreto mejor guardado de Marco, quizá porque, de todas sus fechorías, era la que más le avergonzaba: a principios de los años cincuenta Marco había conocido las cárceles franquistas, pero no como delincuente político sino como delincuente común.

Lo descubrí por casualidad, no porque Marco me lo contara. Lo descubrí gracias a Ignasi de Gispert, un abogado laboralista que a finales de los años sesenta y principios de los setenta formaba parte de un grupo de muchachos de la burguesía catalana fascinados por Marco, que en aquella época no se hacía llamar Marco sino Batlle, Enric Batlle, y representaba para aquellos chicos rebeldes de familias acomodadas, que estaban descubriendo el mundo, el prototipo de obrero cultivado, antifranquista y revolucionario. Un día de finales de 1975 o principios de 1976, recién muerto Franco, De Gispert recibió una llamada telefónica de María Belver, por entonces todavía la mujer de Marco, diciéndole que nuestro hombre estaba en la cárcel Modelo y necesitaba su ayuda. De Gispert, que acababa de licenciarse en derecho, acudió de inmediato a la Modelo. Allí Marco le contó, de una manera confusa, que había sido detenido por motivos políticos cuando intentaba completar un trámite burocrático, y que le habían torturado o le habían intentado torturar, pero De Gispert intuyó que estaba tratando de engañarlo. La intuición se confirmó cuando fue al juzgado y comprobó que existía una orden de busca y captura contra Marco por un delito de robo con violencia cometido en la Rambla; por fortuna, la infracción había sido perpetrada a finales de los años cuarenta o principios de los cincuenta y por lo tanto había prescrito, así que, después de pasar unos pocos días en la cárcel, Marco salió en libertad. Impaciente por justificar el episodio, Marco le explicó entonces a De Gispert que todo había sido fruto de un malentendido: él les había contado muchas veces a De Gispert y a sus jóvenes amigos que, para esquivar el acoso de la policía política, suplantaba desde hacía años la identidad de un muerto llamado Enric Marco; de lo que acababa de enterarse gracias a aquel desdichado episodio era de que el tal Marco era un delincuente común, el verdadero culpable del delito por el que le habían detenido.

Por supuesto, De Gispert no se creyó una sola palabra de lo que Marco le contó, porque para entonces la amistad de los dos hombres tenía ya algunos años y el joven abogado sospechaba de qué pie cojeaba su amigo. Pero la pregunta es: ¿cómo se convirtió Marco en un ladrón a principios de los años cincuenta? ¿Qué hizo del marido y el yerno y el cuñado y el padre perfecto de los Beltrán un delincuente común?

Al principio de la transformación de Marco estuvo su trabajo en la Comercial Anónima Blanch, como sospechaban los Beltrán. Allí conoció nuestro hombre una vida por completo distinta a la que había sido suya hasta entonces, la vida nómada de los viajantes de comercio, hombres con traje y corbata que comían y cenaban en fondas, mesones y tabernas, salían de copas por las noches, se jugaban el sueldo a las cartas y frecuentaban burdeles caros. Una noche, en uno de esos locales (un lugar conocido como «Ca la tia Antonia»), Marco se acostó con una chica llamada Marina. Al cabo de dos días volvió a acostarse con ella, y al cabo de dos semanas se dio cuenta de que estaba enamorado de ella. La chica empezó a no cobrarle por sus servicios, pero Marco le pagaba a la encargada del prostíbulo para que sólo se acostase con él, o poco menos. Aunque ganaba bastante dinero, gastaba más de lo que ganaba, de modo que, a fin de conseguir un suplemento que le permitiese seguir manteniendo aquel tren de vida, se puso a vender a escondidas las piezas de muestra que llevaba consigo y que eran propiedad de la empresa. Paralelamente, su vida matrimonial se deterioraba. Una tarde su mujer le sorprendió saliendo de un burdel con dos prostitutas y desenmascaró su doble vida. Días después sus jefes de Comercial Anónima Blanch descubrieron las trampas que estaba haciéndole a la empresa, le abrieron un expediente y decidieron suspenderle de empleo y sueldo hasta que todo se aclarase. Marco se quedó sin trabajo, pero no se atrevió a decírselo a su familia, y ese silencio le obligó a salir cada mañana temprano de casa como si fuese a la oficina y a pasarse horas y horas dando vueltas por la ciudad, con su traje y su corbata y su desolación y su maletín de viajante, hasta que regresaba por la noche o de madrugada igual que si se hubiese pasado el día trabajando.

Fue entonces cuando empezó a dar pequeños golpes. En una ocasión robó unas joyas en casa de un acreedor que no le pagaba. En otra ocasión intentó sin éxito abrir la caja fuerte de un cliente. Son los dos desmanes que Marco recuerda o confiesa (o que recordó y me confesó cuando descubrió que, gracias a De Gispert, yo había descubierto la verdad), pero es muy probable que hubiera más. El caso es que sus víctimas lo denunciaron y que tuvo que padecer la humillación de que la policía fuera a buscarlo a su casa, de pasar por comisaría y explicar lo ocurrido y devolver las joyas y aceptar el compromiso de presentarse a las autoridades cada cierto tiempo. Eso ocurrió la primera vez que lo detuvieron; a la segunda lo mandaron directamente a la cárcel. Salió de allí rapado y abochornado. Durante unos días soportó en su casa las miradas de quienes hasta poco tiempo atrás lo consideraban un marido perfecto, un padre y un yerno y un cuñado perfecto. Pero, a la mañana siguiente de la boda de su única cuñada soltera, no pudo más y se marchó para siempre.

Las semanas siguientes debieron de ser terribles. Conociendo a Marco, es improbable que la decisión de abandonar a su familia no fuese premeditada, y que no hubiese planeado de algún modo su huida; es posible incluso que esos planes incluyesen a Marina, la prostituta a quien hasta cierto punto había mantenido y que hasta cierto punto le había llevado donde estaba. En cualquier caso, todos los planes de Marco fallaron, y de repente se vio sin familia, sin trabajo y sin casa. De día andaba de un lado para otro y de noche dormía en los bancos de la Rambla y de la plaza de Cataluña, entre putas, pordioseros y malhechores. Como no volvió a presentarse en comisaría, se convirtió en un prófugo, y a partir de aquel momento figuró en todas las listas de delincuentes comunes en situación de busca y captura. (Esto, entre paréntesis, explica muchas cosas; por ejemplo: que fuera detenido de nuevo a finales de 1975 o principios de 1976, cuando De Gispert tuvo que sacarle de la cárcel; por ejemplo: que durante la posguerra nunca se registrase en ninguna parte con su nombre verdadero, hasta que regularizó su situación aprovechando el aprieto del que le sacó De Gispert; por ejemplo: que muchos años después pudiese tantas veces asegurar sin mentir, o sin sentir que mentía, que durante casi toda la posguerra había vivido en la clandestinidad, perseguido por la justicia franquista.) En esa época sin duda siguió delinquiendo, pero no sé exactamente lo que hizo o hasta dónde llegó, y casi prefiero no saberlo. Lo que es seguro es que tocó fondo.

Aquella temporada abisal no pudo durar mucho tiempo: a lo sumo, unos pocos meses. Quien lo sacó de ella fue un hombre llamado Peiró. Marco lo conocía por encima, pero Peiró debía de apreciarlo, porque, en cuanto se hizo cargo de la situación en que se hallaba (o en cuanto Marco le puso al corriente de ella), un día en que los dos se encontraron por casualidad, le invitó a su casa y le dijo que tal vez podía conseguirle un trabajo. Peiró vivía con su familia en la calle Campoamor, en Hospitalet –un lugar que en aquel momento empezaba a crecer de forma vertiginosa con la llegada masiva de emigrantes originarios del sur de España–, y uno de sus hermanos, llamado Paco, le ofreció a Marco reconstruir dos camiones del ejército que guardaba en una cochera. Era un trabajo insignificante, por el que ni siquiera le ofrecían un salario, pero Marco no dudó un momento en aceptarlo.

Fue el inicio de una vida distinta. Al principio Marco dormía en casa de los Peiró e iba cada día a trabajar a la cochera, en el número 144 de la calle General Sanjurjo (hoy Martí Julià), en Collblanc, un barrio del mismo Hospitalet. En seguida, sin embargo, se mudó a la propia cochera, adonde los Peiró le llevaban la comida y donde le permitían dormir, en la cabina de un viejo Hansa-Lloyd, a cambio de su trabajo. Según quienes la conocieron, la cochera era un lugar inmundo, una pocilga plagada de goteras; en cuanto al Hansa-Lloyd, más que un coche parecía un montón de chatarra. Nada a su alrededor invitaba al optimismo, pero Marco no se arredró. Empezó a trabajar duro –mañana, tarde y noche, sábados y domingos incluidos–, y al poco tiempo no sólo había reconstruido los dos camiones de Paco Peiró sino que, con el permiso de su familia, había convertido la cochera en un garaje en el que ponía a punto y reparaba coches, taxis y camiones de la propia familia Peiró y de otros clientes del barrio. Como le sobraba el trabajo y le faltaban las manos y el tiempo, Marco contrató a un aprendiz, y luego a otro, ambos chavales pobres de familias inmigrantes a quienes pagaba poco y enseñaba mucho, porque a estas alturas nuestro hombre era ya un buen mecánico con bastantes años de experiencia. Marco trataba bien a sus aprendices y sus aprendices lo respetaban: le llamaban Enrique pero creían que su apellido era Durruti, como el del legendario líder anarquista, y, aunque por entonces Marco nunca hablaba de la guerra ni de política, ellos sospechaban (porque él les dejaba sospecharlo, o porque les inducía a hacerlo) que tenía algún tipo de relación con organizaciones clandestinas, y que la policía lo perseguía. Le consideraban un jefe inteligentísimo y un orador diabólico, capaz de venderle un bote de champú a un calvo; pero también le consideraban un hombre generoso y leal, salvo cuando de mujeres se trataba: en ese terreno, todos sabían que el jefe no hacía prisioneros.

Marco pasó tres o cuatro años encerrado en la cochera de los Peiró. A fin de poder trabajar más y mejor, transcurrido ese tiempo alquiló un taller o un pedazo de taller en la calle Montseny, y más tarde todavía montó su primer taller propio: Talleres Collblanc. Para entonces ya vivía con María Belver, una muchacha andaluza que se enamoró a brazo partido de él y con quien iba a compartir los próximos veinte años de su vida. Marco la había conocido en un bar cercano a la cochera de los Peiró, adonde iba a desayunar o a comer, y, cuando la llevó a ver la cochera, ella le convenció de que dejara aquel estercolero y le buscó una habitación en casa de un matrimonio que vivía muy cerca, en Ronda de la Torrasa. Al cabo de un tiempo Marco alquiló un piso entero en el número 57-59 de una callecita alegre y popular, llena de tiendas, talleres y bares, la calle Oriente; allí se fue a vivir con María. Ésta, a partir de entonces, dividió su tiempo entre su dedicación a Marco y su oficio de costurera de casa en casa. (Segundo paréntesis: María cosió para los Puig Antich, los padres del célebre anarquista ejecutado en 1974 por Franco, y Marco acudió alguna vez a buscarla a su casa; ésa fue la única relación que Marco tuvo con Puig Antich, lo que no le impidió presentarse como uno de sus próximos en un artículo publicado en 1988, cuando ser un próximo de Puig Antich equivalía poco menos que a ser un resistente al franquismo.) Marco no sólo cambió de mujer al cambiar a Anita Beltrán por María Belver; cambió de familia, o más exactamente de clan: al clan catalán y catalanoparlante y católico y pobre y discreto de los Beltrán le sucedió, a medida que la familia numerosa de María llegaba a Hospitalet desde Almería huyendo de la miseria del sur, el clan andaluz y castellanoparlante y agnóstico y misérrimo y bullicioso de los Belver. Pese a todas sus diferencias, los Beltrán y los Belver poseían un rasgo común, su escasa cultura, y Marco, un lector indiscriminado, un charlatán sin freno y un hombre que podía presumir de haber salido de España y vivido en Alemania, brillaba en medio de los Belver como había brillado en medio de los Beltrán, convertido en el centro de atención, en el líder y el patriarca a quien todos escuchaban. Así al menos se sentía él y así lo sentían quienes frecuentaban las reuniones del clan de los Belver.

Marco también era querido y respetado en el barrio de Collblanc. Todos le conocían como Enrique, el mecánico, un hombre alegre, dicharachero, vitalista y siempre dispuesto a hacer un favor a quien lo necesitase. Aquélla fue para Marco una época de prosperidad: Talleres Collblanc se convirtió en Auto-Taller Cataluña y se trasladó a un local más amplio y mejor situado, en la Travessera de Les Corts, junto al campo del Barça; la bonanza económica le permitió recuperar el contacto con su primera mujer y sus dos hijos, para ayudarlos económicamente aunque manteniéndolos en secreto y a distancia, e incluso le alcanzó para comprar a plazos un apartamento en la playa de Calafell, donde pasaba los veranos y algunos fines de semana. (Tercer y último paréntesis: como todas sus demás propiedades o alquileres, Marco puso este apartamento a nombre de María Belver, porque, aunque nadie a su alrededor lo supiese, él seguía figurando en todas las listas policiales de delincuentes en situación de busca y captura.) Marco, sin embargo, no era el único que prosperaba; nuestro hombre no se había pasado a la minoría, sino que seguía perteneciendo a la mayoría: su prosperidad en estos años sesenta era la prosperidad de toda España, un país que, en medio de la grisura y el silencio borreguiles impuestos por el franquismo, empezaba a disfrutar de un bienestar inédito mientras luchaba por olvidar las atrocidades y la miseria de la guerra y la inmediata posguerra. Igual que probablemente luchaba por olvidarlos Marco, probablemente deseoso de superar el pasado. El pasado colectivo pero también el pasado individual: su pasado de niño huérfano, de adolescente libertario y sin hogar, de soldado derrotado en la guerra, de perdedor roto y sin coraje, de colaboracionista del franquismo y el nazismo, de prisionero en una cárcel alemana, de viajante pícaro, tramposo y vividor, de padre y marido prófugos y de delincuente común. Pero ya sabemos que el pasado no se supera o es muy difícil superarlo, que el pasado no pasa nunca, que ni siquiera —lo dijo Faulkner— es pasado, que es sólo una dimensión del presente. Y, a finales de los años sesenta o principios de los setenta, Marco, igual que el país entero, empezó a comprobarlo.

5

Cuando estalló el caso Marco se esgrimieron infinidad de argumentos contra Marco; también alguno a su favor. El principal argumento que se esgrimió contra Marco era insostenible;
el principal argumento que se esgrimió a su favor también.

El principal argumento que se esgrimió contra Marco apenas exige refutación. El argumento defiende que la impostura
de Marco es un combustible ideal para los negacionistas, en-
tendiendo por tales quienes proclaman que los nazis no eran
tan malos como ahora se dice, que Auschwitz no fue un ma-
tadero industrial y que los casi seis millones de judíos muertos
son un invento de la propaganda sionista. Apenas hubo en
España un comentarista que, a propósito del caso Marco, no
repitiese ese argumento; compungido, lo repitió incluso el
propio Marco, quien consideraba que el peor o el único daño
real provocado por su impostura o por el descubrimiento de
su impostura había consistido en dar aliento a los negacionistas, y quien, mucho antes de ser desenmascarado, ya procla-
maba que la principal batalla que estaba librando como presidente de la Amical de Mauthausen, mientras daba charlas y
conferencias, escribía artículos, organizaba viajes y eventos
y construía bibliotecas y archivos, era una batalla contra las
legiones de negacionistas que, aquí, allá y acullá, amenazaban
con borrar de la memoria del planeta a las víctimas del peor
crimen de la humanidad.

Todo esto es un disparate. Los horrores de los nazis son uno de los hechos más conocidos y mejor documentados de la historia moderna, y a principios del siglo XXI los negacionistas no pasan de ser cuatro anormales perfectamente identificados y tan peligrosos como quienes afirman que la tierra es plana o que el hombre nunca pisó la luna. Esta clase de gente no necesita combustible alguno: se alimenta sola. De hecho, que yo sepa los negacionistas sólo han intentado usar el caso Marco a su favor en una ocasión. Fue en marzo de 2009, cuando la Audiencia Provincial de Barcelona juzgaba a Óscar Panadero –propietario de la librería Kali, acusado de dirigir una organización neonazi y de vender obras que justificaban el Holocausto–, y el librero se negó a contestar al abogado que representaba a la Amical de Mauthausen alegando que Marco había sido su presidente; era un alegato absurdo: tan absurdo como si se hubiese negado a contestar al abogado porque aquel día estaba lloviendo o porque hacía sol; tan absurdo como pensar que pueden ponerse en duda los crímenes nazis porque alguien que dijo que los había padecido en realidad no los había padecido, o como pensar que puede ponerse en duda la destrucción de las Torres Gemelas de Nueva York porque Tania Head, quien durante mucho tiempo fue la presidenta de la asociación de víctimas del atentado, era una impostora y el 11 de septiembre de 2001 ni siquiera estaba en Nueva York. En realidad, a estas alturas el debate sobre el negacionismo del Holocausto es un debate muerto, o como mínimo agonizante (lo era ya a la altura de 2005, cuando estalló el caso Marco): sostener que está vivo sólo delata ignorancia sobre la realidad del Holocausto y las discusiones que giran en torno a él; o, como en el caso de Marco y de muchos de los combatientes contra el negacionismo, un deseo de magnificar su combate creando un enemigo ilusoriamente poderoso.

El principal argumento que se esgrimió a favor de Marco

al estallar el caso Marco es igual de incoherente pero más sofisticado que el anterior. La sofisticación es lógica: el desafuero perpetrado por Marco resulta tan palmario que salir en su defensa con alguna seriedad parece una empresa reservada a cínicos, sofistas, conformistas del inconformismo o inteligencias realmente intrépidas (o quizá sólo temerarias). Es verdad, reza el argumento, que Marco nunca estuvo en Flossenbürg y que es un mentiroso; pero es un mentiroso que decía la verdad: su minúscula mentira sirvió para difundir la ingente verdad de los crímenes nazis, y por lo tanto no es condenable, o no es tan condenable como otras. Sobra repetir que, tras el estallido del escándalo, ésta fue una de las principales líneas de defensa del propio Marco. Hay que recordar no obstante que no sólo Marco razonó así, defendiéndose a la desesperada; también lo hicieron, sin desesperación, tipos tan inteligentes como Claudio Magris.

El argumento, ya digo, es insostenible, aunque cueste más trabajo refutarlo que el anterior. De entrada porque plantea por lo menos dos problemas; dos problemas relacionados entre sí. El primero es descomunal, pero su formulación cabe en una pregunta mínima: ¿es moralmente lícito mentir? A lo largo de la historia, los pensadores se han dividido respecto a esta cuestión en dos tipos básicos: relativistas y absolutistas. Contra lo que cabría suponer, porque el pensamiento tiende de manera indefectible al absoluto, los mayoritarios son los relativistas, aquellos que, como Platón (que en *La República* hablaba de una «gennaion pseudos»: una noble mentira) o como Voltaire (que en una carta de 1736 le escribía a su amigo Nicolas-Claude Thieriot: «Una mentira es un vicio sólo cuando hace el mal; es una gran virtud cuando hace el bien»), razonan que la mentira no siempre es mala y a veces es necesaria, o que la bondad o la maldad de una mentira dependen de la bondad o la maldad de las consecuencias que provoca: si el resultado de la mentira es bueno, la mentira es buena; si el resultado es malo, la mentira es mala. Por el contrario, los absolutistas argumentan que la mentira es en sí misma mala, con independencia de sus resultados, porque constituye una falta de respeto al otro y, en el fondo, una forma de violencia, o un crimen, como dice Montaigne. Pero incluso el propio Montaigne, que odiaba a muerte la mentira y consideraba la verdad como «la primera y fundamental parte de la virtud», defiende en un ensayo titulado «Un rasgo de ciertos embajadores», tal vez recordando las nobles mentiras platónicas, las «mensonges officieux», mentiras oficiosas o altruistas, formuladas para el beneficio de otros.

En realidad, hasta donde alcanzo sólo Immanuel Kant llevó a su límite lógico el principio absolutista de veracidad y, en una polémica mantenida en 1797 con Benjamin Constant, arguyó que la prohibición de mentir no admite excepciones. Kant puso un ejemplo célebre: supongamos que un amigo se refugia en mi casa porque lo persigue un asesino; supongamos que el asesino llama a la puerta y me pregunta si mi amigo está en casa o no; en esa situación, afirma Kant, mi obligación moral no es mentir sino, como en cualquier otra situación, decir la verdad: mi obligación no es decirle al asesino que mi amigo no está en casa, para tratar de evitar que entre y lo mate, sino decirle que está en casa, aun a riesgo de que entre y lo mate. Así razona Kant, y no le faltan razones para hacerlo; la más importante: la que se desprende del imperativo categórico, según el cual hay que obrar de forma que podamos desear que todas nuestras acciones se conviertan en principios universales, válidos para todos. Traducido al ejemplo anterior, esto significa que a corto plazo mi mentira quizá provocaría el pequeño bien de salvar la vida de mi amigo, pero, dado que la sociedad se funda en la confianza mutua entre los hombres, a largo plazo acabaría provocando el enorme mal del caos absoluto. El argumento es impecable, aunque pocos parecen dispuestos a darle la razón a Kant, incluso entre los propios kantianos. De hecho, no ha faltado quien califique su postura de lunática, ni quien la haya achacado a los estragos que sus setenta y tres años de edad habían hecho en sus facultades mentales, ni siquiera quien la haya considerado una broma del filósofo. Es posible que el admirable razonamiento de Kant demuestre de forma admirable que la lógica limita con el absurdo. Comentando este debate, De Quincey acusa a Kant, en *Del asesinato considerado como una de las bellas artes*, de cómplice virtual de asesinato. A mí me hubiera gustado conocer la opinión de los amigos de Kant al respecto.

Sea como sea, sabiéndolo o sin saberlo, los defensores de Marco abominan de Kant y sostienen que las mentiras de Marco eran mentiras nobles, por decirlo como Platón, o mentiras oficiosas o altruistas, por decirlo como Montaigne; sostienen en suma, como hace el propio Marco, que él fue un impostor, sí, pero, como de sus labios jamás salió una falsedad histórica, sus ficciones dieron a conocer urbi et orbe la realidad de la barbarie del siglo xx y por tanto sus mentiras fueron buenas mentiras, puesto que su resultado fue bueno. Ahora bien —y aquí es donde asoma el segundo problema—, ¿jamás salió de labios de Marco una falsedad histórica? Quiero decir: dejemos por un momento de lado las razones que llevaron a Marco a mentir; supongamos por un momento que sus mentiras fueron altruistas y didácticas y perseguían un buen fin y no eran mentiras narcisistas y por tanto Marco no mintió por afán de protagonismo, para ser querido y admirado y para esconder, detrás de una fantasía halagadora construida con ensueños de grandeza y heroísmo, la miseria y la mediocridad fundamentales de su vida o lo que él consideraba la miseria y la mediocridad fundamentales de su vida. Atengámonos al resultado de sus mentiras, no a su origen. Entonces la pregunta es: ¿mentía Marco con la verdad?; o dicho de otro modo: ¿decía Marco la verdad sobre la historia (la historia de los campos nazis o, para el caso, la historia de la guerra y la posguerra españolas) a pesar de engañar sobre el lugar que había ocupado y el papel que había desempeñado en ella?

Por supuesto que no. Aunque siempre procuró documentarse a fondo, leyendo libros de historia y empapándose de los relatos escritos y orales de los supervivientes, Marco a menudo cometió errores e inexactitudes, de forma que sus relatos son con frecuencia una mezcla de verdades y mentiras, que es la forma más refinada de la mentira. Es verdad que, en el relato de su peripecia personal, Marco combina adrede datos reales y ficticios, mientras que en el relato de la peripecia colectiva (aquella que enmarca y trata de dotar de verosimilitud a su peripecia personal) lo hace sin querer, por ignorancia o por descuido, pero en ambos casos el resultado es idéntico. He puesto ya muchos ejemplos del modo en que Marco incrusta la mentira en su peripecia personal, y podría poner unos cuantos del modo en que incrusta la mentira en la peripecia colectiva; pongo sólo uno, tan concreto como clamoroso. En su relato de la liberación de Flossenbürg publicado en mayo de 2005 por la revista de historia *L'Avenç*, Marco afirma que, igual que en otros campos de concentración, en aquél existía una cámara de gas; no sé cuántas veces repitió ese dato en sus charlas y conferencias, pero es falso: en Flossenbürg no hubo nunca una cámara de gas.

Esta clase de errores factuales tiene mucha más importancia de lo que parece, porque un solo dato ficticio convierte un relato real en ficción y, al modo del germen causante de una epidemia, puede contaminar de ficción todos los relatos que se derivan de él. Pero lo esencial no es eso. Lo esencial es que lo que Marco contó sería por completo ficticio incluso en el caso hipotético de que él se hubiese documentado sin falta y sus relatos no contuviesen ni el más mínimo error de hecho. En primer lugar, porque esos relatos se sustentan en una mentira previa y fundamental, que es la propia estancia de Marco en un campo nazi y su ejecutoria durante la guerra y la posguerra. Y, en segundo lugar, porque, aunque todos los datos factuales que maneja Marco fuesen verdad, todo su discurso es puro kitsch, es decir, pura mentira; o mejor dicho: porque todo Marco es puro kitsch.

¿Qué es el kitsch? De entrada, una idea del arte que supone una falsificación del arte auténtico, o como mínimo su devaluación efectista; pero también es la negación de todo aquello que en la existencia humana resulta inaceptable, oculto detrás de una fachada de sentimentalismo, belleza fraudulenta y virtud postiza. El kitsch es, en tres palabras, una mentira narcisista, que oculta la verdad del horror y la muerte: del mismo modo que el kitsch estético es una mentira estética —un arte que en realidad es un arte falso—, el kitsch histórico es una mentira histórica —una historia que en realidad es una falsa historia—. Por eso es pura mentira (es decir: puro kitsch) la versión novelera y ornamental de la historia que Marco propagaba en sus relatos tanto de Flossenbürg como de la guerra y la posguerra españolas, narraciones plagadas de emoción y golpes de efecto y énfasis melodramáticos, generosas en cursilería pero inmunes a las complejidades y ambigüedades de la realidad, protagonizadas por un héroe de cartón piedra capaz de mantener, impávido, la dignidad frente a una bestia nazi, o frente a una bestia falangista, dispuesto a ganarle al primero una partida de ajedrez a pesar de que sabe que ganándola puede perder la vida o a quedarse en su asiento cuando el segundo le ordena que se ponga en pie y levante el brazo y cante el «Cara al sol». Igual que la ya vieja industria del entretenimiento necesita alimentarse del kitsch estético, que regala a quien lo consume la ilusión de estar gozando del arte auténtico sin pedirle a cambio ninguno de los esfuerzos que ese goce exige ni obligarle a que se exponga a ninguna de las aventuras intelectuales y los riesgos morales que entraña, la nueva industria de la memoria necesita alimentarse del kitsch histórico, que regala a quien lo consume la ilusión de conocer la historia real ahorrándole esfuerzos, pero sobre todo ahorrándole las ironías y contradicciones y desasosiegos y vergüenzas y espantos y náuseas y vértigos y decepciones que ese conocimiento depara: pocos en España suministraron la mercancía tóxica y golosa de ese kitsch (el «venenoso forraje sentimental aderezado de buena conciencia histórica» del que hablé en «Yo soy Enric Marco») con la pureza y la abundancia con que lo hizo Marco, y es posible que eso explique el éxito fabuloso o parte del éxito fabuloso que sus relatos tuvieron. El kitsch es el estilo natural del narcisista, el instrumento del que naturalmente se vale para su asiduo ejercicio de ocultación de la realidad, para no conocerla o reconocerla, para no conocerse a sí mismo, o para no reconocerse. Marco fue un fabricante imparable de kitsch y, como tal, de sus labios salieron de continuo no sólo falsedades históricas, sino también estéticas y morales. Hermann Broch observó que el kitsch presupone «una determinada actitud en la vida, pues no podría existir ni persistir si no existiera el individuo kitsch». Marco encarna como nadie a ese individuo. Por eso es puro kitsch.

6

Para ocultar su propia realidad (o para ocultarse a sí mismo),
a lo largo de su vida Marco se reinventó muchas veces, pero
sobre todo dos. La primera vez lo hizo a mediados de los años
cincuenta y lo hizo a la fuerza: entonces cambió de oficio y
de ciudad, cambió de mujer y de familia y hasta de nombre;
dejó de ser viajante y recuperó su empleo de mecánico, abandonó Barcelona por Hospitalet, dejó a Anita Beltrán y los
Beltrán por María Belver y los Belver, dejó de ser Enrique
Marco y se convirtió en Enrique Durruti o Enrique el mecánico. La segunda gran reinvención de Marco se produjo a
mediados de los años setenta, cuando Franco acababa de morir y empezaba a abrirse paso la democracia, pero esta vez
Marco se reinventó porque quiso y sobre todo se reinventó
mejor. La razón fundamental es que descubrió el poder del
pasado: descubrió que el pasado no pasa nunca o que por lo
menos el suyo y el de su país no habían pasado, y descubrió
que quien domina el pasado domina el presente y domina el
futuro; así que, además de cambiar de nuevo y por completo
todas las cosas que había cambiado durante su primera gran
reinvención (su oficio y su ciudad y su mujer y su familia y
hasta su nombre), decidió cambiar también su pasado.

Todo empezó más o menos una década atrás. Digamos,
por poner una fecha, 1967 o 1968. Para entonces no sólo su
vida era distinta; también era distinta la vida de su país. Para

entonces España había dejado atrás la autarquía hambrienta, irrespirable y nacionalcatólica de la primera posguerra y, al menos desde el punto de vista económico, había progresado tanto como lo había hecho Marco; el franquismo, sin embargo, parecía más sólido que nunca, el salvaje castigo a los discrepantes de sus años iniciales se había domesticado un poco y había permitido el surgimiento de una creciente oposición formada sobre todo por obreros y estudiantes disconformes. En el verano de 1967, o quizá fue el de 1968, Marco conoció a dos de esos universitarios. Se llamaban Ferran Salsas y Mercè Boada y eran novios. Ambos estudiaban medicina, ambos rondaban los veinte años, ambos pertenecían a familias de clase media, esa gran mayoría silenciosa que de grado o por fuerza dijo Sí al franquismo y que en casa jamás hablaba de política, ni de la guerra. Salsas y Boada no estaban afiliados a ningún partido político clandestino ni a ninguna organización sindical, pero hervían de inquietudes sociales, eran vagamente antifranquistas, sentían la tentación de la política (en especial Salsas) y, provistos de todo el idealismo y la rebeldía desinteresados de sus veinte años, ansiaban edificar o contribuir a edificar un país mejor que aquel en el que pensaban que se habían resignado a vivir sus padres.

Marco los fascinó. Tenía casi treinta años más que ellos y no sólo lo convirtieron en su amigo y su mentor, sino también en su ídolo y su héroe, casi en su gurú. Nunca habían conocido a nadie semejante. Marco personificaba a sus ojos lo mejor del pasado abolido de su país y lo mejor de su porvenir; también encarnaba el prototipo del obrero culto y el revolucionario profesional. Su nombre verdadero, les contó, era Enric Batlle, no Enric Marco: Marco era sólo un falso apellido que se veía obligado a usar para escapar de la policía franquista, que, a causa de su activismo político, le perseguía con saña y le había detenido, encarcelado y torturado en multitud de ocasiones, sobre todo el comisario Creix, el más temible policía franquista de Barcelona. Igualmente les hablaba Marco de su militancia libertaria y su parentesco con Buenaventura Durruti, de sus hazañas de guerra, de su exilio político en Francia tras la guerra, de su paso por las cárceles de Hitler como resistente indómito y de mil cosas más, aunque nunca les dijo que hubiera estado en un campo nazi, quizá porque por entonces los campos nazis no gozaban del prestigio atroz del que gozaron después o porque Marco aún no sabía que casi nueve mil españoles habían pasado por ellos. Desde luego, nunca daba precisiones acerca de sus actividades clandestinas, sobre todo acerca de sus actividades clandestinas presentes, pero Salsas y Boada imaginaban que lo hacía para protegerlos, para no comprometerlos, y estaban convencidos de que, después de visitarlo en su taller o de tomar café con él en el bar San Juan, a apenas unos metros de su taller por la Travessera de Les Corts, o después de comer o cenar con él y con María Belver en su piso de la calle Oriente, Marco se despojaba del disfraz de mecánico de barrio y se sumergía en su vida nocturna, insomne y aventurada de enemigo incondicional del franquismo, un lugar poblado de huelgas, sabotajes, manifestaciones, pintadas, panfletos ciclostilados y reuniones furtivas en sótanos llenos de humo.

Marco fue el padrino de boda de Salsas y Boada. Corría el año 1969. Para aquel momento ya había más estudiantes como ellos que no sólo consideraban a Marco su *maître à penser*, sino también su *magister vitae*; quizás era el catalizador de su rebelión contra sus familias, contra su medio social y contra el estado de su país bajo la dictadura, igual que si Marco se hubiese convertido sin saberlo en un artista capaz de desvelar, con sus experiencias reales o inventadas, con los conocimientos acumulados en sus lecturas de autodidacta, con su oratoria oceánica o con su simple existencia, las falsedades históricas, políticas y sociales con las que les habían engañado hasta entonces, o con las que se habían dejado engañar. En casa de Marco, por ejemplo, algunos de aquellos retoños de la morigerada burguesía catalana vivieron con pasmo iniciático la revelación de una realidad desconocida: durante las fiestas de Nochebuena o Nochevieja de la familia Belver, en las que Marco reinaba con su autoridad incontestable en medio de un guirigay de gritos, tacos y alegría inimaginable en sus propias casas, algunos de ellos comprendieron que aquellos inmigrantes paupérrimos del sur de España, que desde los años cincuenta inundaban Cataluña, estaban cambiando por completo la faz de su país, y que éste era mucho más complejo de lo que sospechaban. Ese descubrimiento quizás influyó en que algunos acabaran lanzándose al activismo social o político.

Entre 1967 y 1972, mientras estudiaban la carrera de medicina, Boada y Salsas se ganaron el sustento montando por libre una academia donde preparaban a estudiantes de bachillerato para ingresar en la universidad. Al principio daban las clases en su casa, luego en la Academia Mallorca, en el número 460 de la calle Mallorca, y al final en la Academia Almi, en la calle Valencia, cerca del mercado de la Sagrada Familia, donde alquilaban unas pocas aulas. No sólo Salsas y Boada enseñaban allí a diario, de siete a diez de la tarde; también lo hacían otros profesores contratados por ellos, como Quim Salinas, un viejo carnicero republicano que tenía un puesto en el mercado de la Sagrada Familia y que era una autoridad en historia del arte, o como Ignasi de Gispert, un chaval de buena extracción social que militaba en el partido socialista clandestino, que se haría íntimo amigo de Salsas y Boada, y también de Marco, y que a finales de 1975 o principios de 1976, recién licenciado en derecho, tuvo que sacar a Marco de la cárcel, donde lo habían encerrado por un delito común cometido veinticinco años atrás. Nuestro hombre también empezó a dar clases en aquella academia informal, pero las suyas no eran clases regulares sino ocasionales, clases libres y magistrales donde hablaba un poco de lo que quería, de historia, de la guerra, de su experiencia de la guerra y el exilio, de política en general, de sí mismo. Esas incursiones en la academia de Salsas y Boada, sumadas a los cafés o las copas subsiguientes, le bastaron a Marco para hechizar a los alumnos más inquietos y más politizados que lo escuchaban y para formar con ellos un grupo de admiradores tan leal y tan deslumbrado por él −por su pasado ilusorio, por su ficticia clandestinidad presente, por su don de palabra y por su carisma o por lo que todos consideraban su carisma− como Salsas y Boada.

El propio Marco debía de estar deslumbrado por sí mismo, por su propia capacidad de deslumbrar. Porque en aquellos años realizó descubrimientos decisivos para su futuro. Marco sabía desde siempre o desde hacía mucho tiempo que necesitaba auditorio, que necesitaba ser admirado, que necesitaba salir en todas las fotos; pero ahora descubrió, tal vez con asombro, sin duda con una satisfacción íntima y profunda, que no sólo podía conseguir que lo escucharan, respetaran y admiraran familias humildes y sin educación como los Beltrán o los Belver o destripaterrones exiliados de su medio como sus compañeros de barracón en Kiel o sus aprendices en la cochera de los Peiró o en sus sucesivos talleres, sino también jóvenes inteligentes, cultivados y de familias acomodadas o por lo menos burguesas, además de jovencitas bellísimas, gente en todo caso que, conjeturaba, en el futuro mandaría en el país. Y descubrió asimismo, con idéntico placer, que también a ellos era capaz de liderarlos, y que sus dotes de seductor y de histrión, su oratoria y su fantasía o su capacidad de entreverar la fantasía con la realidad alcanzaban para que aquellos jóvenes lo considerasen no sólo una persona excepcional, sino un auténtico héroe. Y descubrió por encima de todo que su pasado anarquista y republicano, sobre el que durante décadas había guardado silencio porque era peligroso hablar de él, ahora que el franquismo se estaba desintegrando o empezaba a desintegrarse podía transformarse en su capital más sólido, siempre que acertara a usarlo en su favor, siempre que supiera procesarlo de manera adecuada, convirtiendo su cobardía en valentía, su mediocridad o podredumbre en virtud y heroísmo y, de una forma general, los sucesivos Síes de su vida en sucesivos Noes; es decir: siempre que, para no conocerse a sí mismo o no reconocerse, como Narciso, y para que no le reconocieran o no le conocieran los demás, supiese ocultar la realidad tras la ficción, la verdad de su vida tras una vida de mentira y la auténtica historia de su país tras el kitsch de la historia. Fue entonces cuando comprendió que, si debía falsificar su historia particular, tenía que conocer a fondo la historia colectiva, y cuando tomó una decisión que acabó resultando determinante en su biografía: matricularse en la universidad para estudiar la carrera de historia.

De esos años es un documento insólito; exactamente: del 4 de abril de 1970. La víspera había regresado a Barcelona, después de tres décadas de exilio, Josep Carner, acaso el mayor poeta catalán del siglo XX. Fue todo un acontecimiento. El diario *La Vanguardia* (que todavía se llamaba *La Vanguardia Española* porque aún no había muerto Franco) lo llevó con dos grandes fotos a su portada: en la primera se ve muy bien a Carner, que había vuelto a Barcelona para morir, o para pisar su tierra antes de morir, saludando en primer plano con su sombrero, viejo, digno y demacrado; en la segunda apenas se le ve, porque se halla dentro de un coche, rodeado de una multitud que lo aplaude. Pero en las páginas interiores del periódico hay otra foto del gran poeta. Está de espaldas, con el sombrero calado, y parece que acabe de salir de su coche; también lo rodea un grupo de gente, esta vez más pequeño o aparentemente más pequeño, que no lo aplaude sino que intenta tocarlo o incluso abrazarlo. Y allí, en primer plano, se ve a Marco, feliz e inconfundible y enérgico y vestido de mecánico. Está tocándole la cara al poeta con los dedos de la mano, como si fuera de su familia o lo conociera o por lo menos tuviera confianza con él, pero la verdad es que no lo conoce de nada, ni siquiera lo ha leído demasiado; tampoco conoce a nadie que lo conozca. En realidad, ha ido a recibirlo acompañado sólo por María Belver, que no habla ni lee en catalán y que ni siquiera sabe quién es Carner. Pero lo que Marco sí sabe muy bien es dónde está la noticia aquel día, porque en ese momento ya ha empezado a desarrollar un talento supremo para salir en la foto y un síndrome narcisista que lo va a perseguir de por vida. Podría llamarse adicción a aparecer en los medios. Podría llamarse también mediopatía.

La conjetura de Marco resultó acertada. Algunos de los estudiantes de clase media a quienes sedujo a finales de los sesenta y principios de los setenta acabaron ocupando puestos de relevancia en el país. Fue lo que ocurrió con Ferran Salsas. Éste, después de coquetear durante los estertores del franquismo con la idea de involucrarse a fondo en la política clandestina y hasta en la lucha armada (según su mujer por influencia de Marco o de la imagen que tenía de Marco), ocupó cargos directivos en el PSUC, el partido comunista catalán, y desarrolló una notable labor en el terreno de la psiquiatría antes de morir en 1987, a los cuarenta y un años. Para ese momento su mujer, Mercè Boada, se estaba convirtiendo en lo que es ahora mismo: una de las mayores especialistas en enfermedades neurodegenerativas de España. En cuanto a Ignasi de Gispert, ejerce desde hace tiempo como abogado laboralista en los servicios jurídicos del sindicato USOC (Unión Sindical Obrera de Cataluña). Todo esto es verdad; pero no es menos verdad que ninguno de ellos —ni ninguno de los demás jóvenes burgueses que formaban parte de la corte de admiradores de Marco— llegó a desempeñar jamás un papel tan importante en el país como el que en los años venideros llegó a desempeñar el propio Marco.

Decidido a estudiar la carrera de historia, en 1973 nuestro hombre se inscribió en un curso de acceso a la universidad para mayores de veinticinco años. Aún vivía con María Belver, pero en esas clases conoció a quien iba a ser su tercera y última mujer. La conocemos: es Dani, Danielle Olivera. Además de ser mucho más joven que Marco, Dani era por entonces una chica dulce, fina, guapa, educada y medio francesa, que se estaba preparando para estudiar lengua y literatura catalanas. Los dos se enamoraron en seguida y en seguida empezaron a salir juntos, y a lo largo de los tres años siguientes Marco vivió a horcajadas entre Dani y María. Desconozco todos los pormenores íntimos del idilio entre ambos y, si los conociese, no los contaría; baste con que diga que fue una historia larga y enrevesada, entre otras razones por el natural trapacero de Marco y por los escrúpulos de Dani, quien se resistía a que Marco rompiera una relación de veinte años con una mujer que lo adoraba y que vivía por completo entregada a él. Sobra añadir que, para la conquista de Dani, Marco usó todo su numeroso y bien engrasado armamento de casanova, y en particular el que más podía minar las resistencias de aquella jovencita antifranquista, que era el armamento de su ficticio activismo político.

Se conservan al menos dos testimonios memorables de esa batalla desigual. Son dos textos de Marco escritos a máquina, uno en castellano y otro en catalán, uno sin título y otro verlainianamente titulado «De mis prisiones»; ambos están firmados en la cárcel Modelo de Barcelona: uno lleva la fecha inventada de septiembre de 1974 escrita a mano y otro no lleva fecha, aunque los dos fueron redactados en la época del noviazgo de Marco y Dani y sin duda encontraron su inspiración en el paso fugaz de Marco por la Modelo a finales de 1975 o principios de 1976, acusado de delitos comunes, no políticos. Pese a ello, ambos textos aspiran a pasar por relatos del encarcelamiento de un resistente político y narran, con la profusión de detalles melodramáticos y subrayados sentimentales característica de las ficciones autobiográficas de Marco, las peripecias inventadas de este personaje y de sus compañeros de prisión, así como las reflexiones que esas peripecias suscitan en el autor. El primero de los textos se presenta con modestia como «un apunte de calabozo, sin más pruebas que la desgarradura veraz de lo vivido. Temo incluso que al pasarlo en limpio pierda su aire denso y sucio. No huele a heroísmo, sino a sudor de sufrimiento y humedad, a porquería y zotal». Con no menos modestia, el segundo texto empieza recordando las ya clásicas injusticias que la posteridad comete con los héroes anónimos (no miro a nadie) y el recíproco desprecio con que los héroes anónimos la tratan (tampoco miro a nadie), indiferentes tanto a las recompensas del porvenir como a cualquier tipo de reconocimiento mundano (sigo sin mirar a nadie pero ya me estoy poniendo un poco nervioso), preocupados como están únicamente por responder de sus actos ante su propia conciencia (¡claro, amor mío, soy yo!, ¿quién si no?:

empezaba a pensar que eras idiota). Escribe Marco: «Todos aquellos que, luchando conscientemente o en acto de desesperada rebeldía, sufren o pierden la vida, acostumbran a conseguir un lugar privilegiado en el recuerdo de las gentes o en la posteridad histórica. Tanto si obtienen la consideración de equivocados como si la obtienen de mártires, en última instancia la satisfacción del deber cumplido todo lo compensa».

Reconozcámoslo: no todo. No al menos en el caso de Marco; no, sobre todo, en este caso. A lo largo de esos dos memoriales amañados para conquistar a su destinataria sólo se la invoca de forma abierta en una ocasión («Pienso en ti, en tus ojos tiernos y siempre asombrados ante la vida. Aún no sé en qué quedará todo esto, mas espero encontrarte en el recuerdo de cada noche para ayudarme»), pero lo cierto es que Marco, que por aquella época era un seductor imbatible, consiguió su objetivo, y en 1976 abandonó a María Belver en Hospitalet y se fue a vivir con Dani Olivera a Sant Cugat. Para entonces Franco había muerto y Marco llevaba un año dividiendo su tiempo, además de entre María y Dani, entre su taller de Travessera de Les Corts y la facultad de historia de la Universidad Autónoma, cerca de Sant Cugat, donde se vivía en plena efervescencia política por la agonía y muerte de Franco y donde él, con su hambre de protagonismo, su facilidad de palabra, su vigor y sus dotes de sugestión intactos, empezó a hacerse notar en las clases y asambleas. Un día de la última semana de febrero de aquel año, cuando el dictador ya llevaba tres meses muerto pero el cambio de la dictadura a la democracia aún no había empezado, un compañero de clase le entregó una tarjeta donde se convocaba a una reunión cuyo objetivo era reconstruir la CNT y donde figuraba el orden del día de la asamblea y un número de identificación.

Marco alucinó. La CNT, la forja de Buenaventura Durruti, de su tío Anastasio y de su padre, el hogar ideológico de su adolescencia sin hogar, el primer sindicato del país durante la

Segunda República, el héroe colectivo de la insurrección anarquista que se adueñó de Barcelona en los primeros días de la guerra, la gran organización revolucionaria, incinerada y perdida en el franquismo, de repente estaba otra vez allí, a punto de resucitar de sus cenizas. Marco pensó, eufórico, que, una vez muerto Franco, cualquier prodigio era posible. Al día siguiente el compañero de clase le dijo que la asamblea se celebraría el domingo, día 29, en la parroquia de Sant Medir, en el barrio de Sants, y le dio unas instrucciones para llegar a ella preservando el secreto del acto. Hacia las nueve de la mañana del día convenido, Marco se plantó en Sants y trató de hacer lo que le habían dicho que hiciera, pero cuando empezó a ver grupos de gente en los alrededores de la plaza del barrio, normalmente desierta a primera hora del domingo, y a tipos con gabardinas de conspiradores que, en cada esquina de aquel laberinto de calles, le daban indicaciones mudas, tuvo el sentimiento de haberse colado sin permiso y sin quererlo a una película de los hermanos Marx, en una escena donde todo el mundo se dirige a una reunión clandestina que todo el mundo sabe que no es una reunión clandestina.

La asamblea se inició a las diez y fue histórica. Por primera vez después de la guerra se reunían en Cataluña representantes de las dos ramas del exilio (el Frente Libertario de París y la CNT-AIT de Toulouse) y los diversos grupos y grupúsculos libertarios que se habían ido configurando en el interior del país. La sala estaba abarrotada; se calcula que casi quinientas personas asistieron al acto. Éste acabó a las tres de la tarde, y durante sus cinco horas de duración se aprobaron una serie de medidas destinadas a poner de nuevo en marcha el sindicato y relanzarlo; el final hizo un nudo en la garganta de muchos: el presidente de la mesa recordó que era la primera vez en cuarenta años que la CNT se encontraba en una reunión tan amplia en el interior del país. «Es obligado por tanto —añadió—, no concluir esta Asamblea Confederal de Cataluña sin manifestar nuestro emocionado recuerdo a todos aquellos compañeros que perdieron la vida en la lucha por la libertad, en las luchas sociales, en la trinchera o ante el pelotón de fusilamiento. A todos ellos, nuestro homenaje, desde el primero hasta el último libertario asesinado por la dictadura: Salvador Puig Antich.»

Durante todo el franquismo Marco no había participado con la CNT en la lucha por la libertad ni en las luchas sociales; tampoco se había reunido nunca con el sindicato, ni en el exilio ni en el interior del país (ni con ese sindicato ni con ningún otro sindicato o partido o grupo o grupúsculo opositor). En realidad, Marco —ya lo he dicho— no había oído una sola palabra de la CNT durante casi cuatro décadas, y tampoco había querido oírla. Al cabo de sólo unos meses de aquella asamblea fundacional de Sant Medir, sin embargo, nuestro hombre era el secretario general del sindicato en Cataluña, y al cabo de un par de años lo era en toda España. ¿Cómo es posible que ocurriera eso? ¿Cómo pudo Marco encaramarse en tan poco tiempo a la cima de aquella organización legendaria? ¿Cómo se convirtió en el líder de un sindicato que había sido y continuaba siendo mucho más que un sindicato y que muchos esperaban o temían que recuperase la primacía social y política de la que había gozado antes del franquismo? Y, sobre todo, ¿cómo pudo hacerlo siendo quien era, alguien que durante casi cuarenta años había permanecido por completo ajeno al sindicato en particular y al antifranquismo en general, y que se había pasado la mitad de su más de medio siglo de vida recluido en un taller de reparaciones?

No estoy del todo seguro de saber cómo consiguió llevar a cabo Marco una ascensión tan inesperada y fulgurante, pero de lo que sí estoy seguro es de que sólo pudo llevarla a cabo un tipo como él.

7

Vuelvo a Claudio Magris o al título del artículo de Claudio Magris sobre Marco: «El mentiroso que dice la verdad»; vuelvo a Vargas Llosa, quien sostiene que todas las novelas dicen una verdad a través de una mentira —una verdad moral o literaria a través de una mentira factual o histórica— y que por lo tanto el novelista es un mentiroso que dice la verdad, y quien, en su artículo sobre Marco, sostiene asimismo que nuestro hombre es un fabulador genial, y le da la bienvenida al gremio de los novelistas. ¿Pretenden Magris y Vargas Llosa absolver con sus artículos a Marco, como les reprocharon algunos? ¿Es Marco un novelista y no son históricas sino novelescas sus mentiras y sus verdades? Y, si Marco es un novelista, ¿qué clase de novelista es? Resulta imposible tratar de responder a estas preguntas sin responder a una doble pregunta previa: ¿es mentira una novela? ¿Es mentira una ficción?

Desde Platón hasta Bertrand Russell, toda una línea del pensamiento occidental ha acusado a los autores de ficciones de estar muy lejos de la verdad, de propagar falsedades, y de ahí que Platón los expulsase de su república ideal. Por supuesto, una falsedad no es una mentira —una mentira es peor que una falsedad: es una falsedad intencionada—, pero, hartos de ser considerados enemigos de la verdad, y quizás hartos también de las mentiras que se dicen en nombre de la verdad, al menos desde Oscar Wilde muchos creadores han reivindicado, desafiantes, su condición de mentirosos: en *La decadencia de la mentira*, Wilde afirmaba que «mentir, contar cosas hermosas y no verdaderas, es el auténtico objetivo del Arte», y Orson Welles declara al final de *F for Fake*: «Nosotros, los mentirosos profesionales, esperamos ofrecer la verdad; me temo que el nombre pomposo que tiene es arte. El mismo Picasso lo dijo: "El arte es una mentira; una mentira que nos hace ver la verdad"». Así que, cuando Vargas Llosa titula *La verdad de las mentiras* un ensayo que en realidad es una teoría de la novela —quizá recordando un relato autobiográfico de Louis Aragon titulado *Le mentir-vrai*, que también tiene mucho de teoría de la novela—, no está haciendo otra cosa que acogerse a una ya larga e ilustre tradición de disidentes. Sea como sea, esa expresión poliédrica y felizmente paradójica ha provocado muchas críticas, a veces un tanto simples. «Sólo con la novela puede llegarse a la verdad», escribió Stendhal, y nadie o casi nadie duda de que las ficciones proponen una verdad: una verdad huidiza, profunda, ambigua, contradictoria, irónica y elusiva, una verdad no factual sino moral, no concreta sino universal, no histórica o periodística sino literaria o artística; pero muchos niegan que las ficciones sean mentira.

Sus argumentos pueden resumirse en dos. Primero: a diferencia de las mentiras, los hechos que ocurren en una ficción no son contrastables y por tanto no es posible verificar si son ciertos o falsos. Segundo: a diferencia de las mentiras, las ficciones no buscan engañar a nadie. De entrada, ambos razonamientos parecen convincentes; en realidad, ninguno lo es. Sabemos que don Quijote o Emma Bovary no existieron (o como mínimo que no existieron del modo en que el *Quijote* y *Madame Bovary* nos cuentan que existieron), y, al menos en teoría, es perfectamente posible verificarlo, contrastándolo con los datos de la realidad, documentando que nadie como don Quijote vivió en la España del siglo XVI ni nadie como Emma Bovary en la Francia del siglo XIX. Cervantes y Flaubert, en

consecuencia, dicen una falsedad; pero no sólo eso: nos engañan, intentan con toda la deliberación y todos sus artificios y
sutilezas de embaucadores hacernos creer que existió gente
que nunca existió y que ocurrieron cosas que nunca ocurrieron. Hace dos mil cuatrocientos años, Gorgias, citado por
Plutarco, lo dijo de forma insuperable: «La poesía [es decir, la
ficción] es un engaño, en el que quien engaña es más honesto que quien no engaña, y quien se deja engañar más sabio
que quien no se deja engañar». Subrayo la palabra «honesto»:
el deber moral del autor de ficciones consiste en engañar, para
construir mediante el engaño la huidiza y ambigua y elusiva
verdad de la ficción; subrayo la palabra «sabio»: el deber intelectual del lector o el espectador de ficciones consiste en
dejarse engañar, a fin de captar la profunda y contradictoria e
irónica verdad que el autor ha construido para él. La ficción
es una mentira, por tanto, un engaño, pero una mentira o un
engaño que en el fondo resulta ser una variante peculiar de
las «nobles mentiras» de Platón o de las «mentiras oficiosas»
de Montaigne; se trata de una mentira o un engaño que, en
una novela, no busca el perjuicio del engañado, quien sólo
creyéndose esa mentira o ese engaño podrá alcanzar una verdad peculiar: la verdad de la literatura.

¿Son de ese tipo las mentiras de Marco? ¿Es Marco en
realidad un autor de ficciones y por eso en su artículo Vargas
Llosa le da la bienvenida al club? El artículo de Vargas Llosa
se titula «Espantoso y genial» porque el novelista peruano
entiende que hay en Marco una forma espantosa y genial de
novelista, porque advierte que Marco opera como un novelista y que el resultado de sus operaciones es en cierto modo
idéntico al resultado de las de un novelista; también porque
intuye que el impulso que lleva a Marco a inventar y el origen
de sus mentiras son los mismos que los de un novelista.

Es una intuición exacta. La literatura es una forma social-
mente aceptada de narcisismo. Como el Narciso del mito,

como el Marco real, el novelista está del todo insatisfecho de su vida; no sólo de la suya propia, sino también de la vida en general, y por eso la rehace a la medida de sus deseos, mediante las palabras, en una ficción novelesca: como al Narciso del mito y al Marco real, al novelista la realidad le mata y la ficción le salva, porque la ficción no es a menudo más que un modo de enmascarar la realidad, un modo de protegerse o incluso de curarse de ella. Como Marco, el novelista se inventa una vida ficticia, una vida hipotética, para esconder su vida real y vivir una vida distinta, para procesar las vergüenzas y horrores e insuficiencias de la vida real y transformarlas en ficción, para ocultárselas a sí mismo y a los demás, en cierto modo para evitar conocerse o reconocerse a sí mismo, igual que Narciso debe evitar conocerse o reconocerse a sí mismo si quiere vivir mucho tiempo, según el consejo que el ciego Tiresias le da a su madre Líríope. Como Marco, el novelista no crea esa ficción de la nada: la crea a partir de su propia experiencia; como Marco, el novelista sabe que la ficción pura no existe y que, si existiera, no tendría el menor interés, ni nadie se la creería, porque la realidad es la base y el carburante de la ficción: así que, como Marco, el novelista fabrica sus ficciones maquillando o tergiversando la verdad histórica o biográfica y mezclando verdades y mentiras, lo que realmente ocurrió con lo que le hubiera gustado que ocurriera o le hubiera parecido interesante o apasionante que ocurriera pero no ocurrió. Como Marco, que estudió la carrera de historiador y escuchó con atención a los protagonistas de la historia y absorbió sus relatos, el novelista sabe que hay que mentir con fundamento y por eso se documenta a fondo, para poder reinventarse a fondo la realidad. Marco posee además, en grado sumo, las cualidades que debe poseer un novelista: fuerza, fantasía, imaginación, memoria y, antes que nada, amor por la palabra; casi más por la palabra escrita que por la palabra oral, que para un novelista es apenas un sucedáneo de la palabra escrita: Marco no sólo ha sido desde siempre un lector omnívoro, sino también un escritor compulsivo, autor de infinidad de relatos, poemas, artículos, fragmentos de memorias, manifiestos, informes y cartas de todas clases que abarrotan sus archivos y han sido enviados a infinidad de personas e instituciones. Vargas Llosa tiene razón: Marco es genial porque consiguió del todo, en la vida y durante años, aquello que los novelistas geniales consiguen en parte, en las novelas y sólo mientras dura su lectura; es decir, embaucar a miles y miles de personas, haciéndoles creer que era quien en realidad no era, que existió aquello que en realidad no existió y que es verdad aquello que en realidad es mentira. Aunque la genialidad de Marco es, por supuesto, sólo una genialidad a medias. A diferencia de los grandes novelistas, que a cambio de una mentira factual entregan una profunda y perturbadora y elusiva e insustituible verdad moral y universal, Marco entrega apenas un relato edulcorado, falaz y desbordante de sentimentalismo que, tanto desde el punto de vista histórico como moral, es puro kitsch, pura mentira; a diferencia de Marco, los grandes novelistas permiten, a través de su paradójica verdad fabricada con mentiras —una verdad que no esconde la realidad sino que la revela—, conocer y reconocer lo real, conocernos y reconocernos a nosotros mismos sin morir frente a las aguas espejeantes de Narciso. Ahora bien, ¿es Marco espantoso además de genial? Y, si lo es, ¿por qué lo es?

La respuesta es obvia: porque lo que hizo puede hacerse en las novelas, pero no en la vida; porque las reglas de las novelas y las de la vida son distintas. En las novelas no es sólo legítimo mentir; es obligatorio: esa mentira factual es el modo de llegar a la verdad literaria (y por eso Gorgias dice que en la ficción es más honesto quien engaña que quien no engaña); en cambio, en la vida, como en la historia o en el periodismo, mentir es «un vicio maldito», como lo llama Montaigne, una bajeza y una agresión y una sucia falta de respeto y una ruptura de la primera regla de convivencia entre humanos. El resultado de mezclar una verdad y una mentira es siempre una mentira, excepto en las novelas, donde es una verdad. Marco confundió adrede las novelas y la vida: debió mezclar mentiras y verdades en las primeras, no en la segunda; debió escribir una novela. Quizá si hubiese escrito una novela no hubiese hecho lo que hizo. Quizás es un novelista frustrado. O quizá no lo es y quizá no se conformó con escribir una novela y quiso vivirla. Marco hizo de su vida una novela. Por eso nos parece espantoso: porque no aceptó ser quien era y tuvo la osadía y la desvergüenza de inventarse a base de mentiras; porque las mentiras están muy mal en la vida, aunque estén muy bien en las novelas. En todas, claro está, salvo en una novela sin ficción o un relato real. En todas, salvo en este libro.

8

La pregunta era la siguiente: ¿cómo es posible que Marco dirigiera la CNT durante la transición de la dictadura a la democracia? ¿Cómo es posible que un hombre que durante el franquismo no había tenido la menor relación no ya con la CNT sino con el conjunto del antifranquismo, y que se había pasado veinticinco años encerrado en su taller de reparaciones y cuarenta sin mover un solo dedo para derribar el franquismo o para mejorar las condiciones laborales de los trabajadores durante el franquismo, se convirtiera apenas unos meses después de la muerte de Franco en secretario general de la CNT de Cataluña y, un par de años más tarde, en secretario general de la CNT en toda España? ¿Cómo es posible que un hombre así se hiciera en el momento decisivo con el control de una organización decisiva, un sindicato anarquista o anarcosindicalista proscrito durante los cuarenta años de franquismo, que había dominado el movimiento sindical antes del franquismo y que aspiraba a hacerlo después de él? La respuesta a estos complejos interrogantes es muy simple: porque era el personaje ideal para hacerlo.

A la muerte de Franco el anarquismo español estaba dividido sobre todo en dos grandes bloques, uno formado por la gente del exilio y otro por la del interior del país. El grupo mayoritario y más poderoso del bloque del exilio, que conservaba la legitimidad histórica de la CNT y estaba radicado en la ciudad francesa de Toulouse, lo formaban viejos anarquistas que habían hecho la guerra y llevaban cuarenta años fuera de España; casi inevitablemente, todos o casi todos tenían una visión fantasiosa de la realidad española, una idea anticuada de la lucha sindical y política y una concepción patrimonial del sindicato, de cuyas esencias se consideraban portadores. Por el contrario, los anarquistas del interior eran gente muy joven, a menudo bregada en la lucha contra el franquismo, muchachos trabajadores con una visión bastante más realista de la complejidad social y política de la España del momento. Entre la gente del interior, no obstante, había asimismo otro tipo de gente (entre la gente del exilio también, pero no eran muy relevantes: una escisión de la CNT llamada Frente Libertario y radicada en París): si a los primeros podríamos llamarlos anarcosindicalistas, a los segundos podríamos llamarlos contraculturales, porque eran herederos del espíritu ácrata de mayo del 68, con su énfasis festivo en el antiautoritarismo y en la emancipación personal a través de las drogas, la libertad sexual y las culturas alternativas.

Ése era, en cuatro trazos, el mapa del anarquismo español del momento. Ahora bien, entre los viejos del exilio y los jóvenes del interior se abría un abismo generacional que era también un abismo ideológico, igual que entre los jóvenes anarcosindicalistas y los jóvenes contraculturales se abría un abismo ideológico que era también un abismo cultural (y, a menudo, de clase). Por si fuera poco, a esos dos abismos se sumaban, dentro de la CNT, otros tres. El primero era el que separaba a los puristas de los posibilistas o realistas: los puristas eran partidarios de mantener las esencias del anarquismo anterior a la guerra o de no mancharse las manos con la política y la negociación, como hacían los demás sindicatos; los posibilistas o realistas, en cambio, eran partidarios de lograr mejoras concretas para los trabajadores aun a costa de renunciar a principios que por lo demás consideraban caducos o impracticables. El segundo abismo era el que separaba a los que concebían la CNT sólo como un sindicato, confinado en la lucha por los derechos y el bienestar de los trabajadores, de los que lo concebían como un movimiento libertario, que debía aspirar a realizar una revolución anarquista integral. El tercer abismo era el que separaba a los partidarios de la violencia de los que la rechazaban. Había quizá más abismos, pero da igual. Lo importante es que, hacia 1977 o 1978, Marco pudo parecerles a muchos militantes de la CNT el dirigente perfecto, el único capaz de salvar esas distancias insalvables, o como mínimo algunas de ellas, y por lo tanto el único capaz de resolver las contradicciones que el sindicato anarquista albergaba en su seno; lo asombroso es que, en cierto modo, tal vez lo era.

Marco resolvía en sí mismo la contradicción fundamental de la CNT; lo hacía porque, en 1976, a sus cincuenta y cinco años recién cumplidos, llenaba la carencia más notoria del sindicato, fruto de la ruptura provocada por cuatro décadas de franquismo: la falta de militantes de edad intermedia, ni tan viejos como los viejos del exilio ni tan jóvenes como los jóvenes del interior. Frente a los viejos del exilio, Marco conocía no sólo la realidad del país, sino también la realidad del trabajo en el país; frente a los jóvenes del interior, Marco no sólo había hecho la guerra, sino que dominaba el lenguaje y la cultura de la vieja CNT, la de la guerra y la preguerra. Es verdad que los cenetistas del exilio, que no habían visto nunca a Marco, desconfiaban de él, pero también es verdad que desconfiaban de todo el que no fuese de los suyos y que desconfiaban más de los jóvenes que de Marco, porque éste los entendía mejor. Es verdad que Marco tenía treinta años más que la mayoría de los jóvenes del interior, pero también es verdad que conectaba a la perfección con su espíritu vitalista y desmelenado, y que, gracias a su amistad con Salsas, Boada y compañía, los conocía muy bien y estaba habituado a seducirlos y a liderarlos; igualmente es verdad que, gracias a su aspecto físico, su energía y sus maneras, casi podía confundirse con ellos, o por lo menos no llamaba la atención entre ellos. Marco poseía lo mejor de los jóvenes, que era su fortaleza y su conocimiento de la realidad, y se inventó lo mejor de los viejos, que era su pasado épico de guerra y resistencia antifranquista: por eso en parte adornó su verdadera aventura de guerra y le añadió episodios heroicos, como su relación ficticia con Quico Sabater –para los jóvenes un mito casi comparable al de Durruti, o al del Che Guevara–; y por eso consiguió hacerse pasar en seguida, sobre todo entre los jóvenes, por un resistente antifranquista: en abril de 1978, cuando fue proclamado secretario general de la CNT en España, la revista *Triunfo*, en aquel momento la más importante de la izquierda española, lo presentaba como un militante que durante el franquismo había intervenido «en todas las luchas clandestinas de la organización confederal», y José Ribas, director de *Ajoblanco*, la revista más popular entre los jóvenes libertarios del momento, afirma en sus memorias que Marco era conocido entre sus compañeros «por haber sufrido prisión en los calabozos del franquismo». Todo eso tenía Marco a su favor para convertirse en el líder de la CNT. También le benefició el hecho de pertenecer al sindicato metalúrgico, que en los primeros años del posfranquismo experimentó en Cataluña un crecimiento mayor que cualquier otro sindicato, lo que le dotó de una fuerza determinante, o la circunstancia de trabajar en una cooperativa –ése era el régimen de propiedad de su taller de reparaciones–, lo que le permitía disponer de más tiempo para trabajar en el sindicato que la mayor parte de sus compañeros; igual que le favorecieron ciertas cualidades personales: su oratoria aplastante, su frenético activismo, sus dotes extraordinarias de actor y su falta de convicciones políticas serias –en realidad, el propósito principal de Marco radicaba en salir en la foto, satisfaciendo así su mediopatía, su necesidad de ser querido y admirado y su deseo de protagonismo–, de tal forma que un día podía decir una cosa y al día siguiente la contraria, y sobre todo podía decirles a unos y a otros lo que unos y otros querían escuchar.

Pero hay más, y quizá más importante. La transición de la dictadura a la democracia en España fue básicamente un lío, una imposibilidad teórica convertida en realidad práctica gracias al azar, a la voluntad conciliadora de muchos y al talento de liantes de unos pocos, muy en particular de Adolfo Suárez, el artífice fundamental del cambio, quien fue capaz de aprovechar la confusión para salirse con la suya, que consistía en salir en la foto como presidente del gobierno pero también en destruir el franquismo y construir una democracia. Pues bien, dentro del lío tremendo del cambio de régimen político, la reconstrucción de la CNT fue un lío todavía más tremendo. Por una parte, tras décadas de tiranía, los primeros años de la democracia conocieron una explosión libertaria, una intensa moda anarquista y contracultural, sobre todo entre los jóvenes, influidos por los movimientos postsesentayochistas y antiautoritarios de todo Occidente: colocado en el centro de esa explosión y esa moda, Marco seguía perteneciendo a la mayoría. Por otra parte, la CNT, que había sido esquilmada y destripada y prácticamente anulada por el franquismo, en aquel momento abrió de par en par sus puertas para llenar un vacío de cuarenta años, lo que la convirtió en un cajón de sastre, en un depósito de las más variopintas tendencias, colectivos e ideologías; copio la enumeración que hace de ellas el ya mencionado José Ribas: «Ecologistas, ateneos, homosexuales, feministas, cooperativistas, colectivos de antipsiquiatría, movimiento de presos (COPEL), comuneros [...] faístas, consejistas, anarcocomunistas, comunistas libertarios, autónomos, radicales más o menos partidarios de la violencia, pasotas, trotskistas, gente del PORE, de la OICE, del MCL, leninistas infiltrados, espontaneístas, naturistas y hasta cristianos disfrazados». ¿No falta nadie? Sí: faltan policías y confidentes, que eran tantos que hubieran podido formar sin dificultad una corriente interna. En fin. Lo cierto es que este caos absoluto era territorio perfecto para arribistas, gente con necesidad inaplazable de salir en la foto y, en general, pescadores en río revuelto, y también que, en medio del lío dentro del lío o del doble lío tremendo de la transición política y la reconstrucción de la CNT, nadie podía prosperar mejor que un pícaro profesional, un charlatán desaforado y un liante único como Marco, maestro en generar confusión y en manejarse dentro de ella.

Es lo que hizo. E, igual que Adolfo Suárez, pudo salirse con la suya, saliendo en la foto pero también convirtiendo la CNT en lo que en algún momento parecía que iba a ser o en lo que algunos, hacia 1977, esperaban (o temían) que podía volver a ser tras cuarenta años: el primer sindicato del país. No era fácil conseguirlo, desde luego. La tradicional filosofía del anarquismo español había caducado, su teórico apoliticismo de siempre era anacrónico y su estrategia de acción directa totalmente ineficaz, sobre todo si se la comparaba con la de los demás sindicatos de izquierda, mucho más modernos y capaces. Pero, si la CNT hubiera cosido su discurso y sus postulados a la realidad del país y hubiera sido capaz de resolver las contradicciones que la desgarraban, sumando la leyenda prestigiosa del viejo sindicato al atractivo y la potencia del joven movimiento libertario y contracultural, quién sabe lo que hubiera podido ocurrir; al fin y al cabo, mucho más difícil era pasar de una dictadura a una democracia en menos de un año y Suárez lo consiguió. Eso sin contar con que, por lo menos al principio de la transición política, los gobiernos del Estado no vieron con malos ojos la reaparición de la CNT; al contrario: para ellos, el sindicato anarquista podía servir como contrapeso a la fuerza temible de los grandes sindicatos izquierdistas, sobre todo Comisiones Obreras, de orientación comunista, pero también UGT, de orientación socialista. Sea como sea, en la segunda mitad de los setenta no pocos partidarios del anarquismo creyeron que, si alguien podía unir el sindicato, concertar sus discordancias y ponerlo a punto, ése era Enric Marco; por su parte, Marco aprovechó esta creencia y la confusión fabulosa del momento para salir en la foto liderando la CNT.

Quizá la primera vez que muchos pensaron que Marco era el hombre ideal para levantar el sindicato fue el 2 de julio de 1977, pasado ya año y medio desde la asamblea fundacional de Sant Medir, mes y medio desde la legalización de la CNT y poco más de un par de semanas desde las primeras elecciones libres de la democracia. Para entonces Marco era secretario general de la organización en Cataluña; para entonces se había cambiado de nombre: ya no se llamaba Enrique Marco —como se había llamado casi siempre—, ni Enrique Durruti —como lo llamaban sus aprendices de mecánico en la cochera de los Peiró, o como él les decía que se llamaba—, ni Enric Batlle —como lo llamaban Salsas, Boada y compañía, o como él les decía que se llamaba—, sino Enrique Marcos. Se había cambiado de nombre para que nadie lo confundiera con otro Enrique Marco, Enrique Marco Nadal, un viejo cabecilla libertario con un notable currículum antifranquista que a principios de los años sesenta, junto a otros dirigentes sindicales de izquierdas, había pactado con la dictadura, y que a partir de entonces fue considerado por los suyos como un colaboracionista y arrojado al ostracismo (en cambio, a principios de siglo XXI, cuando Marco Nadal ya había muerto y todo el mundo había olvidado su supuesto colaboracionismo pero no su indudable antifranquismo, Marco nunca evitó que lo identificasen con él; más bien al contrario). Aquel 2 de julio tuvo lugar el primer gran mitin de la CNT tras su legalización, con diferencia el más multitudinario desde el final de la guerra. Era un sábado por la tarde, y unos cien mil hombres y mujeres se reunieron en el parque de Montjuich de Barcelona. En YouTube puede verse una breve filmación del evento. Breve pero elocuente.

Los primeros minutos de la película están dedicados a captar la atmósfera de festiva reivindicación en que se celebró el acto y a ofrecer una panorámica de la muchedumbre que acudió a él; de fondo suena la música de «A las barricadas», el himno de la CNT. En seguida, sin embargo, la música calla y empieza el mitin propiamente dicho, con planos alternativos de los oradores que hablan y la multitud que escucha y ovaciona. De inmediato aparece Marco, subido en el estrado de los oradores, y a partir de ese momento su protagonismo en la grabación es permanente: conduce el mitin, pronuncia discursos, lanza consignas y hace que el público las coree con él («Sí, sí, libertad; sí, sí, libertad; amnistía, total»), presenta a los demás oradores y, mientras éstos pronuncian a su vez sus discursos, no para de moverse por el estrado ni de hablar con sus compañeros, junto a ellos o detrás de ellos o alrededor de ellos, presa de un frenesí invencible. Lo de las consignas es curioso. Años después de que estallara el caso Marco y nuestro héroe se convirtiera en el gran impostor y el gran maldito, una historiadora del anarquismo observó que la tradición libertaria española no incluía el hábito de corear consignas, y que la forma de obrar de Marco en el mitin de Montjuich hubiera debido delatarle como un impostor, como un intruso ajeno a la cultura del anarquismo. No estoy seguro. Aunque es verdad que la tradición anarquista ignoraba tal costumbre y que por eso es posible que aquella tarde las consignas lanzadas por Marco y coreadas por el público rechinaran en los oídos de la minoría de viejos militantes y dirigentes del exilio que los escuchaban, para los militantes jóvenes, que eran la mayoría y no conocían o conocían muy poco la tradición anarquista y estaban acostumbrados a lanzar y repetir consignas parecidas en las manifestaciones contra la dictadura, el gesto de Marco difícilmente sonaría a falso y, en el peor de los casos (o en el mejor), tanto a los viejos como a los jóvenes pudo parecerles una manera de adaptar al presente el viejo anarquismo, poniendo al día su forma sin traicionar su fondo.

De hecho, eso fue lo que a muchos jóvenes les pareció la intervención entera de Marco aquel día; y no sólo a los jóvenes anarquistas, sino también a militantes de sindicatos comunistas y socialistas, que habían acudido a Montjuich atraídos por la curiosidad antes que por las afinidades ideológicas. Muchos de ellos tuvieron en cambio la impresión, más o menos íntima, de que los dirigentes del exilio que rodeaban a Marco en el estrado eran momias o muertos vivientes, viejas glorias extraviadas que pronunciaban discursos guerracivilistas y disparatados: José Peirats, director de *Solidaridad Obrera*, el órgano de expresión de la CNT, no era al parecer consciente de que gran parte de la sociedad catalana y todo el antifranquismo clamaba desde hacía mucho tiempo por un estatuto de autonomía para Cataluña, y se burló de las aspiraciones de autogobierno catalanas antes de reivindicar los municipios libres, algo que nadie sabía a ciencia cierta lo que era; por su parte, Federica Montseny, eterna encarnación de la ortodoxia libertaria y jefa de facto (si no propietaria in pectore) de la CNT, parecía ignorar o fingía ignorar la euforia de la inmensa mayoría de los españoles por el hecho de que, apenas dos semanas atrás, después de cuatro décadas de dictadura, habían podido votar en unas elecciones libres, y sólo se refirió a los comicios para abominar del dinero que había costado organizarlos y para asegurar que «nos parece pagar muy cara la carne de diputado», declaración en teoría coherente con su apoliticismo radical pero en la práctica oportunista o incluso cínica, al menos para sus correligionarios más avisados: al fin y al cabo La Leona, que era el sobrenombre feroz con el que se la conocía, había aceptado participar como ministra de Sanidad en el gobierno de la Segunda República durante la guerra. En contraste con estos discursos extravagantes, lejanos a los problemas concretos de la gente y deudores de una ideología decrépita, pronunciados además con un lenguaje, un tono y unas maneras de otro tiempo, el discurso de Marco les pareció, a muchos jóvenes y no tan jóvenes asistentes al acto, un discurso claro, enérgico, directo, eficaz, de clase y sindicalista, ceñido a la realidad.

Esta buena impresión general, unida a sus dotes personales y a su condición de puente entre el exilio y el interior y entre los viejos y los jóvenes, ya había catapultado a Marco hasta la secretaría general de la CNT en Cataluña y, menos de un año más tarde, también le catapultó a la secretaría general de la CNT en toda España. Aunque siempre intentó estar a bien con los varios sectores del sindicato, desde el principio se apoyó sobre todo en el sector más razonable, competente y ambicioso, el de los jóvenes anarcosindicalistas del interior, que intentaban crear una organización capaz de competir con los grandes sindicatos y que además eran los que más caso le hacían y quizá los que más lo necesitaban. Por eso los propósitos de su mandato fueron también bastante razonables, aunque no su modo de ejecutarlos. En realidad, no podía serlo. A pesar de su militancia adolescente en la CNT, Marco no tenía una noción muy clara de cómo funcionaba un sindicato, ni de la forma mejor de organizarlo; y, aunque conociese de un modo vago y más bien general los propósitos que perseguía, tampoco tenía una idea muy clara de las ideas que debían o podían regirlo, ni de hacia dónde debía dirigirse. Sin embargo, Marco, que puede ser ignorante pero no tonto, desplegó en seguida dos tácticas complementarias para ocultar estas lagunas dramáticas. La primera consistía en subactuar; la segunda, en sobreactuar. Marco estaba rodeado en la dirección del sindicato por intelectuales e ideólogos, o por gente que decía que lo era o que aspiraba a serlo, y por eso nunca se presentó como un ideólogo o un intelectual, sino como un hombre de acción, de manera que apenas participaba en las discusiones de ideas o de estrategias: prudente y astutamente, escuchaba a todo el mundo, esperaba a que, por convicción o por agotamiento, se hubiesen decantado las posiciones y se hubiese llegado a un acuerdo, y entonces él, armado con su oratoria y su autoridad de secretario general, se limitaba a reafirmar la posición ganadora y a ratificar el acuerdo. De ese modo no sólo aprendía del debate y escondía el hecho de que no tenía ninguna posición seria sobre nada o sobre casi nada y de que su única posición seria consistía en su deseo de seguir en el cargo o de conseguir otro mejor; además, se ganaba la admiración de sus correligionarios, en especial la de los intelectuales y los ideólogos, que interpretaban su reticencia a intervenir en aquellos debates como una muestra de su humilde sobriedad de auténtico obrero endurecido en la resistencia contra la dictadura, y sobre todo como una muestra de su perspicacia innata, que le aconsejaba sobrevolar esas discusiones desempeñando un papel arbitral que le permitiera hallar salidas de consenso, aceptables por todos.

Ésa era la primera estrategia de ocultación. La segunda no era menos sofisticada, pero sí menos contraria a su naturaleza; sobre todo era acorde con su fama de hombre de acción, porque consistía en entregarse sin reservas a la acción. Marco no paraba un instante: además de continuar trabajando en su taller y estudiando en la universidad, como secretario general del sindicato acudía a todas partes, hablaba con todo el mundo, asistía a todas las reuniones, fiestas, homenajes y entierros, se ponía al frente de todas las luchas, de todas las huelgas, de todas las manifestaciones, si era preciso de todos los enfrentamientos con la policía o con las autoridades. Este desasosiego sin reflexión hacía muy difícil, si no imposible, trabajar con él; también hacía imposible o muy difícil su propio trabajo: en vez de resolver los problemas, los aplazaba o los transformaba en problemas distintos, de manera que se le iban acumulando en medio de un caos cada vez mayor. Pero, en contrapartida, con la polvareda que levantaba su hiperactividad permanente Marco conseguía tapar su incapacidad política y sobre todo conseguía salir en todas las fotos, convertirse en una persona muy conocida, de hecho convertirse en una celebridad en los ambientes sindicales, alguien a quien la gente paraba por la calle y con quien todo el mundo quería hablar y a quien todo el mundo respetaba por su lucha actual en favor de los derechos y la dignidad de los trabajadores y sobre todo por su pasado infatigable de héroe republicano y resistente antifranquista, un pasado ficticio o al menos profusamente adornado que Marco llevaba consigo como unos galones o una condecoración o un halo de santo, como un último recurso de autoridad que sólo sacaba a relucir cuando era imprescindible y nadie podía desmentirlo ni ponerlo en duda (apenas sacaba a relucir, por el contrario, su pasado no menos ficticio de prisionero en Flossenbürg: en parte porque por entonces apenas estaba empezando a construirlo; pero sobre todo porque no podía resultarle útil ni dotarle de autoridad entre sus compañeros: baste recordar que en aquella época ni siquiera la izquierda consideraba que la historia de la segunda guerra mundial, el Holocausto y los campos nazis formasen del todo parte de la historia española). Más que feliz, Marco estaba exultante. No sólo había empezado una vida nueva, sino que esa nueva vida era mucho mejor de lo que nunca había imaginado durante sus cuarenta años de posguerra y sus veinticinco de encierro trabajando de sol a sol en un taller de reparaciones; pese a que su astucia le obligaba a presentarse ante los medios de comunicación como un simple mecánico —«Ir a un currículum más extenso sería caer en un protagonismo que me resulta embarazoso», declaraba en una entrevista concedida en mayo de 1978 al semanario *Por favor*—, él sabía que era mucho más que eso: ahora hablaba ante multitudes, era un líder escuchado y respetado y admirado y querido, era el dirigente con más futuro del que iba a ser el segundo o tercer sindicato del país, había conquistado a la joven y bellísima y educada mujer que amaba y se había ido a vivir con ella a Sant Cugat y acababa de tener su primera hija con ella, Elizabeth (la segunda, Ona, nacería seis años más tarde, en 1984). ¿Qué más podía desear?

Que la CNT iba a ser el segundo o tercer sindicato del país era algo que muchos pensaban a principios de 1978, cuando el número de afiliados seguía creciendo al mismo ritmo trepidante al que lo había hecho desde su legalización; es muy posible incluso que muchos, empezando por el propio Marco, todavía pensasen tal cosa a mediados de abril de aquel mismo año, cuando nuestro hombre fue elegido en Madrid secretario general de toda la CNT: al fin y al cabo, la organización parecía unida en torno a un programa de reformas sensato y a su nuevo líder, acerca del cual Juan Gómez Casas, secretario general saliente y posterior enemigo de Marco en las luchas internas, declaraba en aquel momento que «es el dinamismo personificado, es valeroso e inteligente y, en fin, es el hombre que la organización necesitaba». Marco había llegado a la cima, y la CNT también. Desde ahí, ambos se despeñaron.

La autodestrucción de la CNT no se produjo por las contradicciones que albergaba en su seno, sino por los errores que ella misma cometió y que volvieron esas contradicciones irresolubles. El primero, y acaso el más importante, fue un error de cálculo. En 1977, en plena euforia por la marcha del sindicato, los jóvenes anarcosindicalistas que apoyaban a Marco propusieron llevar a cabo un congreso que redefiniera la organización, corrigiera el anacronismo y la ineficacia de muchos de sus planteamientos y los adaptara a los nuevos tiempos; era una idea muy razonable, sobre todo teniendo en cuenta que el último congreso se había celebrado en 1936. Pero los jóvenes anarcosindicalistas cometieron la imprudencia (o la ingenuidad) de incluir entre los puntos del futuro congreso la revisión del papel desempeñado por los dirigentes del exilio durante los cuarenta años de franquismo, incluyendo en ese apartado la exigencia de que la mismísima Federica Montseny redactase un informe explicando lo ocurrido: Marco y sus amigos no previeron que los viejos exiliados entenderían la propuesta como la entendieron, es decir, como una falta de respeto o una amenaza o un insulto de aquellos jovenzuelos ingratos que ahora, después de que ellos hubieran conseguido mantener heroicamente enhiesta la bandera libertaria durante los años brutales de la dictadura, pretendían fiscalizar su conducta y ajustarles las cuentas. Esta torpeza táctica empezó a desatar las furias en el seno de la organización. Pero lo que acabó de desatarlas fue el caso Scala.

Todo ocurrió el domingo 15 de enero de 1978, cuando Marco era aún secretario general de Cataluña de la CNT. Aquel día el sindicato convocó en Barcelona una manifestación contra los Pactos de la Moncloa, un acuerdo promovido por el gobierno de Adolfo Suárez y firmado tres meses antes por los principales partidos políticos, sindicatos y asociaciones empresariales que buscaba pacificar la vida social del país y estabilizar el proceso de transición de la dictadura a la democracia; la protesta fue un éxito: unas diez mil personas asistieron a ella. Pero hacia el mediodía, cuando el propio Marco había dado por concluida la manifestación en la plaza de España y la multitud se había disuelto, cuatro cócteles molotov de fabricación casera estallaron en la sala de fiestas Scala. Durante el incendio murieron cuatro trabajadores. Aunque dos de ellos eran afiliados a la CNT, todas las sospechas de la autoría del atentado apuntaron en seguida hacia el sindicato o hacia el entorno del sindicato; también (al menos dentro del propio sindicato) hacia infiltrados de la policía que, siguiendo instrucciones del gobierno, buscaban desacreditar a la única organización sindical relevante que se oponía a la marcha de la transición política por considerar que se estaba realizando contra los intereses de los trabajadores. Aunque ambas sospechas eran contradictorias, ambas se confirmaron. En diciembre de 1980, un tribunal condenó a seis personas vinculadas a la CNT por el atentado del Scala, pero dos años después también fue condenado, como instigador y organizador de los hechos, un confidente policial llamado Joaquín Gambín. No hay ninguna duda de que el gobierno estaba interesado en desprestigiar a la CNT, o más bien en acabar con ella; pero es imposible descartar que los sectores más puristas e intransigentes de la organización −empezando por el de los viejos exiliados, que no querían ser sometidos a examen por sus propios compañeros en el próximo congreso y buscaban recuperar el dominio completo del sindicato− desearan radicalizarla por la vía de ceder a la tentación tradicional de la violencia, apartando a la CNT de la línea realista y posibilista que había seguido hasta entonces y apartando a Marco y a los jóvenes anarcosindicalistas de su dirección. El propósito del gobierno y el de los extremistas del sindicato no eran contradictorios, y ambos también acabaron cumpliéndose.

El caso Scala resultó letal para la CNT. Aquel brote inesperado de violencia ahuyentó a numerosos simpatizantes del anarquismo: la llegada masiva de afiliados se cortó en seco, y muchos de los que ya estaban dentro de la organización empezaron a marcharse; igualmente en seco se acabó la moda libertaria, o poco menos. La estampida fue un éxito del gobierno, que consiguió estigmatizar a la CNT en los medios de comunicación, asociándola, a ella y al movimiento libertario, con el radicalismo insensato y con el terrorismo en un momento en que el terrorismo −sobre todo el terrorismo vasco de ETA− mataba a mansalva; pero también fue un fracaso de la CNT, que demostró ser incapaz de combatir la estrategia del gobierno, permitió que se dispararan las contradicciones que hasta entonces había mantenido bajo control y se encerró en sí misma. El caso Scala partió al sindicato por la mitad. De una parte quedaron los jóvenes anarcosindicalistas que apoyaban a Marco y exigían que el sindicato condenase con rotundidad el uso de la violencia, aunque sin excluir la ayuda a los militantes de la CNT envueltos en el atentado ni la denuncia de la infiltración policial y las maniobras de descrédito del anarquismo llevadas a cabo por el gobierno; de otra parte quedaron los viejos del exilio en alianza con los jóvenes y radicalizados contraculturales, que coqueteaban con la violencia o dejaban entender que coqueteaban con la violencia, porque eran partidarios de condenar al gobierno pero no la violencia en abstracto ni el atentado en concreto, igual que eran partidarios de apoyar sin fisuras a los supuestos responsables de haberlo cometido. En principio, era una lucha ideológica: los jóvenes anarcosindicalistas eran realistas, antiviolentos, renovadores y posibilistas; los viejos exiliados y los jóvenes contraculturales, en cambio, eran puristas, idealistas, radicales y como mínimo no habían resuelto el eterno debate libertario sobre la necesidad o la legitimidad del uso de la violencia. Al final todo desembocó en una seca lucha por el poder, debidamente disfrazada de debate de principios, que ensimismó al sindicato enredándolo en sus preocupaciones internas y alejándolo por completo de las preocupaciones de los trabajadores.

Fue una guerra a muerte, en la que los puristas del exilio, que en el fondo nunca habían perdido el control del sindicato, llevaron desde el principio todas las de ganar. De cara al congreso propuesto por los jóvenes anarcosindicalistas, los exiliados diseñaron una estrategia destinada a limpiar el sindicato de sus adversarios, para impedir que les obligasen a dar cuenta de su actuación durante la dictadura y ganasen el congreso y con él el poder. Lo primero que hicieron fue demonizar a los jóvenes anarcosindicalistas con acusaciones de revisionistas, colaboracionistas, reformistas y marxistas heterodoxos; lo segundo fue empezar a expulsar a la mayor cantidad posible de ellos de la mayor cantidad posible de sindicatos; lo tercero fue recurrir al insulto, la intimidación y la violencia. Marco no tardó en darse cuenta de que los jóvenes anarcosindicalistas en los que se había apoyado hasta entonces iban a ser barridos del sindicato, así que se apartó de ellos e intentó mediar entre ambos bandos y proponerse como una suerte de opción intermedia o tercera opción, advirtiendo de paso que, si las cosas no cambiaban, la CNT se dirigía hacia la catástrofe: «En la CNT se está llevando a cabo un proceso desintegrador y de descomposición —escribió el 5 de marzo de 1979, en *Solidaridad Obrera*—. Cosa a la que, si no se le pone remedio ahora mismo, nos hará desaparecer en beneficio solamente de nuestros enemigos comunes, el capital y el Estado. […] O nos espabilamos o esto se acaba. La lucha por el dominio sobre la CNT dará como resultado que no haya nada que dominar, y esto a corto plazo».

No exageraba un ápice. Aquélla debió de ser para él una época difícil; pero, por lo mismo, también debió de ser una época intensa y exaltante, a su modo una época gloriosa, en todo caso la época en que se produjo uno de los hechos más gloriosos de su vida o por lo menos uno de los hechos cuya gloria más explotó. Tuvo lugar al atardecer del 28 de septiembre de 1979, en el centro de Barcelona, donde unos anarquistas se encadenaron y cortaron el tráfico de la calle Pelayo en demanda de amnistía para los acusados por el caso Scala; Marco se encontraba allí y, al disolver la manifestación, la policía lo golpeó y lo detuvo. En el sumario del caso, nuestro héroe declara que él no hizo más que recriminarles a los agentes que pegasen a las personas que estaban encadenadas; por su parte, los agentes afirman que Marco no les recriminó nada, sino que los llamó «asesinos, cabrones, hijos de puta, etcétera» mientras ellos les quitaban las cadenas a los manifestantes: de ahí que lo detuvieran. Por lo demás, Marco fue puesto en libertad aquella misma noche, pero le faltó tiempo para hacerse varias fotos —dos de perfil y dos de espaldas— donde se advierten los hematomas que habían causado, en la espalda y los costados de su cuerpo celulítico, los golpes de las porras y las culatas de los policías, unas fotos que a partir de aquel momento procuraría llevar siempre consigo. Para Marco eran vitales. Hay testimonios de que, en esta época suya de dirigente cenetista, nuestro hombre tuvo actuaciones valerosas ante unas autoridades o unas fuerzas de seguridad todavía franquistas o incapaces de librarse de su mentalidad y su comportamiento franquistas, pero Marco comprendió de inmediato que ningún testimonio podía ser mejor que aquellas fotos. Por fin había conseguido ser lo que llevaba muchos años soñando con ser o imaginando ser y en todo caso diciendo que era, lo que muchos estaban seguros de que había sido. Las fotos eran la prueba. Allí estaban, nítidas e inequívocas. Él también era una víctima del franquismo o de lo que quedaba del franquismo. Él también era un resistente. Él también era un héroe.

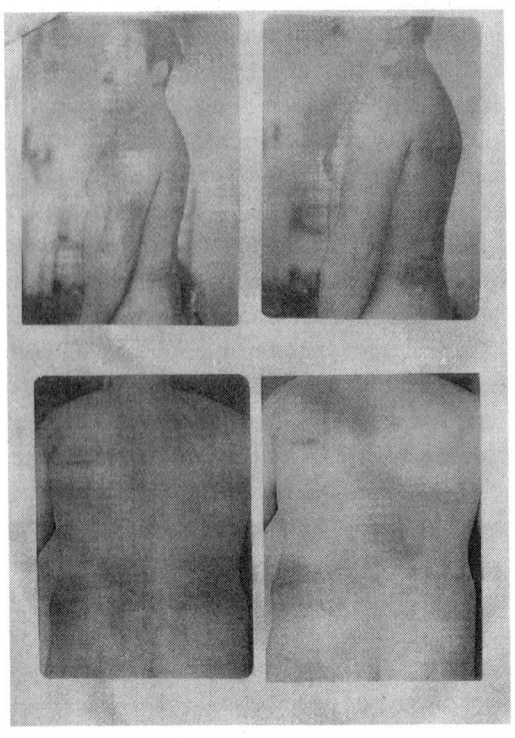

Marco alcanzó a entrar en el congreso de la CNT como secretario general del sindicato, pero salió de él prácticamente expulsado. «En la comisaría de policía me trataron mejor», declaró por entonces a la revista libertaria *Bicicleta*. Esta vez tampoco exageraba, o no demasiado. El congreso se celebró a principios de diciembre de 1979 en la Casa de Campo de Madrid, y fue una batalla campal —la última o la penúltima batalla de aquella última o penúltima guerra entre anarquistas— donde los participantes vieron de todo, desde trampas e irregularidades de procedimiento hasta gritos, insultos, amenazas, palizas y gente con pistola. Previsiblemente, los jóvenes anarcosindicalistas, que en gran parte ya habían sido expulsados o se habían marchado del sindicato, acabaron derrotados; Marco también: no pudo ser el candidato de consenso ni encarnar la alternativa intermedia y, a pesar de que se presentó a la reelección, no obtuvo ni de lejos los votos necesarios para seguir en el cargo. Teledirigidos desde Toulouse por la indestructible Federica Montseny, arrasaron los viejos puristas del exilio, que nunca se habían fiado de Marco y que impusieron su criterio y a su candidato, José Buendía.

El resto de la historia también es triste, o todavía más, tanto para Marco como para la CNT, quizá más para la CNT que para Marco. Durante los años siguientes, nuestro hombre se aferró a su prestigio y su ejecutoria de líder sindicalista a fin de recuperar su lugar preponderante en la CNT, o en el movimiento sindical. Apenas terminó el congreso de la Casa de Campo, fundó la CCT (Confederación Catalana del Trabajo), adherida a la CNT, y, junto con otros perdedores del congreso, trató de impugnar sus resultados, pero lo único que consiguió fue que a finales de abril de 1980 le expulsaran por «su destacada actividad escisionista en contra de la Confederación», según declaraba a principios de junio en *Solidaridad*

Obrera la secretaría de organización de la CNT, así como por intentar socavar el prestigio y destruir el sindicato con la ayuda del gobierno, según había denunciado a finales de mayo la secretaría de coordinación del sindicato, también en *Solidaridad Obrera*. Fruto de los brutales enfrentamientos de aquellos años en la CNT y de sus paranoias fratricidas, estas acusaciones calumniosas de traidor, infiltrado y colaboracionista han perseguido a Marco hasta hoy, pero, poco después de que empezaran a difundirse, él ya había abandonado cualquier esperanza de volver al primer plano del trabajo sindical. El abandono ocurrió en 1984, cuando sus viejos socios, los jóvenes anarcosindicalistas derrotados como él en el congreso de Madrid, crearon la CNT-Congreso de Valencia con los demás grupos escindidos de la CNT y, sin duda recordando que Marco se había apartado de ellos cuando más lo necesitaban, prescindieron de él.

Marco se quedó solo: ahí acabó su carrera de sindicalista. Es verdad sin embargo que, para ese momento, también el sindicato de su vida estaba casi acabado. En 1989, tras perder un pleito por las siglas de la organización, los jóvenes anarcosindicalistas, que ya empezaban a no ser tan jóvenes, pasaron a llamarse CGT (Confederación General del Trabajo), un sindicato que es ahora mismo el tercero en implantación en toda España, mientras la CNT se halla instalada desde hace años en una situación de casi perfecta irrelevancia. En cuanto a Marco, a principios de los ochenta su presencia ralea en la prensa y él vuelve a su vida privada, a su mujer y a sus hijas y a su carrera de historia, que termina en estos años; mientras tanto, sigue trabajando en su taller de reparaciones, si bien por poco tiempo, porque en 1986 le llega la edad de jubilarse. Es posible que esté un poco dolido tras su paso turbulento por la CNT, un sindicato al que entró en un momento de caos eufórico y del que salió en un momento de caos depresivo, cuyo gobierno tomó cuando el sindicato parecía dirigirse hacia el éxito total y cuyo gobierno abandonó cuando se arrojaba en picado hacia el fracaso total. Es indudable que, además de la miel de la vida pública, en estos años Marco ha conocido la hiel, pero lo cierto es que, después de haber salido en todas las fotos y haber sido escuchado y querido y admirado y considerado un líder, ya no puede pasarse sin ella. De manera que, poseído por la energía juvenil que todavía atesora a sus sesenta y cuatro o sesenta y cinco años, inmediatamente se pone a buscar el modo de volver a ese tipo de vida.

Y no tarda en encontrarlo.

9

En «Yo soy Enric Marco» comparé a Marco con don Quijote porque ambos son dos grandes mentirosos que «no se conformaron con la grisura de su vida real y se inventaron y vivieron una heroica vida ficticia». La comparación sigue pareciéndome válida, pero ahora creo que hay muchas más razones para hacerla.

La historia de don Quijote es la historia de un simple hidalgo llamado Alonso Quijano que, poco antes de cumplir cincuenta años, tras haber llevado una existencia insuficiente, mediocre y tediosa encerrado en un poblachón de la Mancha, decide mandarlo todo al diablo, reinventarse como caballero andante y lanzarse a vivir una vida de héroe, una vida idealista y pletórica de coraje, de honor y de amor; la historia de Marco es parecida: la historia de un simple mecánico llamado Enrique Marco que, poco después de cumplir cincuenta años, tras haber llevado durante la mayor parte de su vida una existencia insuficiente, mediocre y tediosa encerrado en un taller de Barcelona, decide mandarlo todo al diablo, reinventarse como un héroe civil y lanzarse a vivir una vida de héroe civil, una vida idealista y pletórica de coraje, de honor y de amor. Pero hay más. Alonso Quijano es un narcisista, que inventa a don Quijote para no conocerse a sí mismo o para no reconocerse, para ocultar, tras la grandeza épica de don Quijote, la ramplona pequeñez de su vida pasada y la vergüenza que siente por ella, para poder vivir a través de don Quijote la vida virtuosa e intensa que nunca ha vivido; por su parte, el narcisismo de Marco inventa primero a Enrique Durruti o a Enric Batlle o a Enrique Marcos, al irreductible obrero libertario y resistente antifranquista y líder de la CNT, y luego a Enric Marco, el deportado de Flossenbürg y líder de la Amical de Mauthausen y combatiente antinazi, para esconder tras esa máscara heroica la mediocridad de su vida pasada y la vergüenza que siente por ella, para poder vivir, primero a través de Enrique Durruti o Enric Batlle o Enrique Marcos y luego a través de Enric Marco, la vida grande, virtuosa e intensa que nunca ha vivido. A punto de llegar a los cincuenta años Alonso Quijano dejó de llamarse prosaicamente Alonso Quijano y empezó a llamarse poéticamente don Quijote de la Mancha, dejó los cuidados cotidianos de su ama y su sobrina por el amor imposible y radiante de Dulcinea, dejó las rutinas insípidas de su casa por las sabrosas incertidumbres de los caminos y las ventas de España y dejó su pobre vida de hidalgo por la vida pródiga en aventuras de un caballero andante; de igual modo, poco después de llegar a los cincuenta años Marco dejó de llamarse Marco y empezó a llamarse Marcos, dejó a una inmigrante mayor, andaluza y sin cultura, por una joven culta, elegante y medio francesa, dejó un suburbio obrero de Barcelona por un suburbio burgués y dio de lado su vida tediosa de mecánico por una vida apasionante de líder sindical y paladín de la libertad política, la justicia social y la memoria histórica.

¿Más? Más. Como Marco, don Quijote está hambriento de fama y gloria, ansioso de que sus hazañas perduren en la memoria del mundo, impaciente por que hombres y mujeres hablen de él, lo quieran y lo admiren y lo consideren excepcional y heroico; como Marco, don Quijote es un mediópata, un adicto a salir en la foto. También es un lector compulsivo, y posee, igual que Marco, algunas virtudes fundamentales para un escritor o un novelista: la fuerza, la fantasía, la imaginación y el gusto por la palabra; es posible incluso que, igual que Marco, sea un novelista frustrado: si Alonso Quijano hubiese escrito un libro de caballerías, quizá nunca hubiese sido don Quijote, porque habría invertido en la ficción su imparable capacidad fabuladora y habría vivido vicariamente en ella lo que quiso vivir en la realidad, igual que quizás el Marco real nunca hubiese creado al Marco ficticio si hubiese inventado sus peripecias y las hubiese vivido vicariamente al escribir una ficción. Antes que cualquier otra cosa, Alonso Quijano es un actor: a partir de los cincuenta años y casi hasta su muerte, interpreta a don Quijote, igual que, desde sus cincuenta años hasta ahora mismo, el Marco verdadero interpreta al Marco ficticio. Esto es esencial. Lo que define a don Quijote, igual que lo que define a Marco, no es que confunda la realidad con los sueños, la ficción con la realidad o la mentira con la verdad, sino que quiere hacer realidad sus sueños, convertir la mentira en verdad y en realidad la ficción. Lo extraordinario es que ambos lo consiguen: una de las cosas que distinguen la primera parte del *Quijote* de la segunda es que en la primera parte don Quijote se inventa los prodigios caballerescos que le ocurren, confunde molinos con gigantes y ventas con castillos, mientras que en la segunda parte los prodigios ocurren de verdad, o así lo cree don Quijote, que enamora a doncellas, asiste a naufragios, oye hablar a cabezas encantadas y lucha en combate singular con otros caballeros andantes; igualmente, sobre todo en la segunda mitad de los años setenta, cuando era secretario general de la CNT, Marco acabó viviendo lo que había imaginado, acabó convertido en un líder obrero, enfrentándose a la policía y siendo golpeado por ella, pasando al menos unas horas en comisaría por motivos políticos o relacionados con la política. Por lo demás, no hay que engañarse: aunque antes que nada fuera un actor, Alonso Quijano no fingía cuando interpretaba a don Quijote; él era don Quijote: tenía tan incorporado a sí mismo el personaje de don

Quijote como el actor que se cree el personaje que interpreta, de modo que nadie podía convencerle de que reconociese que no era don Quijote sino Alonso Quijano. Lo mismo le ocurría a Marco y, en parte por esa razón, tras el estallido de su caso y el descubrimiento de su impostura no reconoció su equivocación ni permaneció en silencio ni se conoció a sí mismo o se reconoció como quien era, sino que se negó a aceptar su verdadera identidad y salió a defenderse en la prensa, la radio, la televisión y el cine, salió a defender su yo inventado, el yo heroico que querían abatir, apuntalando a duras penas, con elementos de su pasado real, la existencia de aquel tambaleante personaje ficticio.

Así que Marco es don Quijote, o una versión singular de don Quijote. En cierto sentido, incluso —como notó mi hijo al conocerlo—, es un don Quijote mejor o más perfecto que don Quijote. Lo es porque, a diferencia de don Quijote, que casi carece de pasado, él no sólo tiene un pasado sino que sabe que el pasado no pasa nunca, que es apenas una parte o una dimensión del presente y que ni siquiera —lo dijo Faulkner— es pasado; en consecuencia, además de reinventar su presente, Marco reinventa su pasado (o reinventa su presente gracias a que reinventa su pasado). Y es un don Quijote mejor o más perfecto que don Quijote porque tiene éxito donde don Quijote fracasa: así como Alonso Quijano nunca engañó a nadie y todo el mundo sabía que no era más que un pobre hombre que se creía un héroe caballeresco, Marco convenció a todo el mundo de que el Marco ficticio era el Marco real, y de que era un héroe civil. Dicho todo esto, habrá quien objete que, más allá de las similitudes que unen a Marco y don Quijote, algo decisivo los separa, y es que don Quijote está loco y Marco no. Dudo que la objeción sea inapelable. Es verdad que don Quijote está completamente loco, pero también es verdad que está completamente cuerdo, y no estoy seguro de que, a su manera, no sea justo eso lo que le ocurre a Marco:

igual que don Quijote sólo dice disparates cuando habla de la caballería andante, Marco sólo dice disparates cuando habla de sus andanzas como héroe antifascista. Marco también tiene libros de caballerías: son su propio pasado.

Una última cosa. Antes dije que quizá don Quijote y Marco sean dos novelistas frustrados y que, si hubiesen escrito lo que habían soñado, tal vez no hubiesen intentado vivirlo; también dije o insinué que lo que don Quijote y Marco quieren no es convertir la realidad en ficción sino la ficción en realidad: no escribir una novela sino vivirla. Ambas hipótesis no son incompatibles, pero la segunda me parece superior a la primera.

Don Quijote y Marco no son dos novelistas frustrados: son dos novelistas de sí mismos; nunca se hubieran conformado con escribir sus sueños: ellos quieren protagonizarlos. A los cincuenta años de edad, don Quijote y Marco se rebelan contra su destino natural, que es, pasada ya la cumbre de la vida, darse por satisfechos con lo que han vivido y prepararse para la muerte; ellos no condescienden, no se resignan, no se someten, ellos quieren seguir viviendo, quieren vivir más, quieren vivir todo aquello que nunca vivieron y que siempre soñaron con vivir. Y están dispuestos a todo para conseguirlo; a todo significa a todo: también, a engañar al mundo haciéndole creer que son el gran don Quijote y el gran Enric Marco. Entre la verdad y la vida, eligen la vida: si la mentira da vida y la verdad mata, ellos eligen la mentira; si la ficción salva y la realidad mata, ellos eligen la ficción. Aunque elegir la ficción suponga negar que hay cosas que se pueden hacer en las novelas pero no en la vida, porque las reglas de las novelas y las de la vida son distintas; aunque elegir la mentira suponga transgredir un principio básico de nuestra moral e incurrir en el «vicio maldito» de Montaigne, en la bajeza y la agresión y la falta de respeto y la violación de la primera regla de convivencia entre humanos, que consiste en decir la verdad. Como el pájaro de un verso de T. S. Eliot, Nietzsche observó que los seres humanos no podemos soportar demasiada realidad y que a menudo la verdad es mala para la vida; por eso abominaba de nuestra pequeña moral pequeñoburguesa, de nuestra ética mezquina de gente respetable que respeta la verdad o que piensa que la verdad es respetable, y elogiaba las grandes mentiras que afirman la vida. Huérfanos de remordimientos y mala conciencia, don Quijote y Marco aparecen, así, como héroes nietzscheanos: no inmorales ni amorales, sino extramorales. ¿Lo son? ¿Es ésta la forma inesperada y grandiosa en que Marco se nos convierte en un héroe? ¿Es Marco un héroe moral o extramoral, un rebelde luciferino no sólo contra las imposiciones de la moral burguesa, sino contra las imposiciones de la realidad? ¿Es ésta la forma en que, después de haberse pasado la vida diciendo Sí y estando con la mayoría, inesperadamente Marco dijo por fin No y se alineó con la minoría?

Me gustaría responder sí. Respondo: sí, aunque sólo en parte. Marco se inventó un pasado (o lo adornó o lo maquilló) en un momento en que alrededor de él, en España, casi todo el mundo estaba adornando o maquillando su pasado, o inventándoselo; Marco reinventó su vida en un momento en que el país entero estaba reinventándose. Es lo que ocurrió durante la transición de la dictadura a la democracia en España. Muerto Franco, casi todo el mundo empezó a construirse un pasado para encajar en el presente y prepararse el futuro. Lo hicieron políticos, intelectuales y periodistas de primera fila, de segunda fila y de tercera fila, pero también personas de todo tipo, personas de a pie; lo hizo gente de derechas y gente de izquierdas, unos y otros deseosos de demostrar que eran demócratas desde siempre y que durante el franquismo habían sido opositores secretos, malditos oficiales, resistentes silenciosos o antifranquistas durmientes o activos. No todo el mundo mintió con la misma pericia o descaro o insistencia, por supuesto, y pocos llegaron a inventarse del todo una nueva identidad; la mayoría se limitó a maquillar o adornar su pasado (o a desvelar por fin una intimidad miedosamente velada u oportunamente oculta hasta entonces). Pero, hiciera lo que hiciera, todo el mundo lo hizo con tranquilidad, sin desazón moral o sin demasiada desazón moral, sabiendo que a su alrededor todo el mundo estaba haciendo más o menos lo mismo y que por lo tanto todo el mundo lo aceptaba o lo toleraba y nadie estaba muy interesado en hacer averiguaciones sobre el pasado de nadie porque todo el mundo tenía cosas que ocultar: al fin y al cabo, a mediados de los años setenta el país entero cargaba a cuestas con cuarenta años de dictadura a la que casi nadie había dicho No y casi todos habían dicho Sí, con la que casi todos habían colaborado por fuerza o por gusto y en la que casi todos habían prosperado, una realidad que intentó esconderse o maquillarse o adornarse como Marco había adornado o maquillado o escondido la suya, inventando un ficticio pasado individual y colectivo, un noble y heroico pasado en el que muy pocos españoles habían sido franquistas y en el que habían sido resistentes o disidentes antifranquistas muchos que no habían movido un dedo contra el franquismo o habían trabajado codo a codo con él.

Ésa es la realidad: al menos durante los años del cambio de la dictadura a la democracia, España fue un país tan narcisista como Marco; también es cierto, por tanto, que la democracia se construyó en España sobre una mentira, sobre una gran mentira colectiva o sobre una larga serie de pequeñas mentiras individuales. ¿Pudo construirse de otro modo? ¿Pudo la democracia construirse sobre la verdad? ¿Podía el país entero reconocerse honestamente como lo que era, en todo el horror y la vergüenza y la cobardía y la mediocridad de su pasado, y a pesar de ello seguir adelante? ¿Podía reconocerse o conocerse a sí mismo, igual que Narciso, y a pesar de ello no morir por exceso de realidad como Narciso? ¿O fue esa gran mentira colectiva una de las nobles mentiras de Platón o una de las mentiras oficiosas de Montaigne o una de las mentiras vitales de Nietzsche? No lo sé. Lo que sí sé es que, al menos durante aquellos años, las mentiras de Marco sobre su pasado no fueron la excepción sino la norma, y que en el fondo él se limitó a exagerar hasta el extremo una práctica por entonces común: cuando estalló su caso, Marco no pudo defenderse diciendo que lo que había hecho no era más que lo que todo el mundo hacía en los años en que él se reinventó, pero sin la menor duda lo pensaba. Y lo que también sé es que, aunque nadie se atrevió a llevar su impostura hasta donde Marco la llevó, quizá porque nadie tenía la energía, el talento y la ambición suficientes para hacerlo, también en este asunto nuestro hombre —en parte, como mínimo en parte— estuvo con la mayoría.

10

Marco es totalmente incapaz de permanecer quieto. A mediados de los años ochenta, una vez que fue expulsado de mala manera de la CNT y comprendió que no tenía futuro como dirigente sindical, nuestro hombre se convirtió en dirigente de FAPAC, una organización progresista que reunía a la mayor parte de las asociaciones de padres de las escuelas públicas de Cataluña. Marco había entrado en la CNT en un momento de gran movilización política tras la muerte de Franco, cuando la gente, entusiasmada por las promesas de la flamante democracia, afluía en masa a los sindicatos y los partidos; Marco entró en FAPAC en un momento de gran desmovilización política, fruto del desencanto por la democracia o por el funcionamiento de la democracia (o simplemente fruto de la estabilización de la democracia), cuando la gente abandonaba en masa la militancia política y sindical y regresaba a la vida privada o se refugiaba en la militancia cívica de las asociaciones. Marco entró en la CNT en uno de esos momentos de crisis y confusión, por no decir de caos, en los que él se mueve como nadie; no muy distinto fue el momento en que entró en FAPAC.

Por entonces –hablo de 1987– el segundo gobierno izquierdista español en cuarenta años preparaba una ley general de educación, la llamada LOGSE, que bastantes izquierdistas no consideraban izquierdista, porque consideraban que beneficiaba a la escuela privada en detrimento de la pública. Este desacuerdo originó protestas y manifestaciones contra el proyecto de ley; también acabó provocando la caída de la dirección de FAPAC. El gobierno izquierdista era socialista, igual que la dirección de FAPAC; o quizá la dirección de FAPAC era sólo filosocialista o fue acusada de filosocialista y en todo caso de ser condescendiente con el gobierno socialista o de no ser lo bastante combativa con la ley del gobierno socialista. Lo cierto es que aquel año, durante la asamblea anual de FAPAC celebrada en las Cocheras de Sants, en Barcelona, tuvo lugar una revuelta contra la dirección que, al cabo de sólo unos meses —en una asamblea extraordinaria celebrada en el Centro Cívico de La Sedeta, también en Barcelona—, acabó con la sustitución de la junta socialista o filosocialista por una junta comunista o filocomunista, un cambio de signo político que se explica porque aquel movimiento surgido de las bases fue en seguida orientado y liderado por el partido comunista. Marco había acudido a esas dos asambleas como representante de la escuela a la que asistía su hija Elizabeth (Ona, que por entonces tenía dos años, aún no iba a la escuela) y, aunque no era comunista ni filocomunista y no era uno de los líderes de la revuelta, había estado en su gestación y la había azuzado, y supo maniobrar de tal manera que, en medio de aquel desorden de motín, consiguió incorporarse a la junta. No volvió a salir de ella hasta al cabo de trece años, cuando se vio obligado a hacerlo porque sus hijas ya no estaban en edad escolar y él ya no pintaba nada en FAPAC. Con Marco habían sido elegidas para formar parte de la dirección, en aquella asamblea revolucionaria o postrevolucionaria de La Sedeta, varias decenas de personas, la mayoría de las cuales fueron poco a poco abandonando su puesto. Marco hizo lo contrario: poco a poco, a base de trabajo y de tesón, fue volviéndose indispensable, y no tardó en llegar a ser vicepresidente y delegado de la organización en Barcelona.

Fue en ese cargo donde mi hermana Blanca lo conoció a finales de los años ochenta, cuando entró como vocal en la junta de FAPAC. De modo que, en cuanto me puse a trabajar en serio en este libro después de tantos años tanteándolo con aprensión, volví a pedirle a Blanca que me hablara de Marco. Digo volví porque mi hermana ya me había hablado de él poco después de que estallara el caso, en la comida que yo había organizado en mi casa con ella y mi mujer y mi hijo y mis dos colegas de universidad –Anna Maria Garcia y Xavier Pla–, pero desde entonces apenas habíamos vuelto a hablar del asunto. Ahora le pedí que lo hiciéramos, sin prisa, y un sábado al mediodía de principios de febrero de 2013, mientras nos tomábamos una cerveza en una cafetería de Gerona, muy cerca de la casa de mi madre, hablamos de Marco. A la conversación no asistió Raül, que estaba corriendo por el parque de La Devesa, pero sí Mercè, mi mujer, que desde el principio había mostrado tanto interés como Raül por la historia de Marco; a diferencia de Raül, Mercè no conocía personalmente a Marco, aunque bien hubiera podido conocerlo, no ahora sino en la segunda mitad de los años setenta, cuando militaba en la CNT y era una preciosa jovencita libertaria intrigada por los viejos libertarios como Marco. En cuanto a mi hermana Blanca, es una mujer de hierro, que ha sobrevivido a dos separaciones tumultuosas, a una variada caterva de amantes y a dos enfermedades mortíferas –una hepatitis C y una colitis ulcerosa– que la torturaron con un calvario de operaciones a vida o muerte y de largas estancias en hospitales.

–Durante más o menos diez años tuve mucha relación con él –empezó a contar Blanca aquel mediodía. Los tres estábamos sentados alrededor de una mesa, en la terraza de la cafetería: a uno y otro lado de nosotros había grupos de gente charlando y tomando el aperitivo y, frente a nosotros, en la plaza Pau Casals, padres jóvenes e hijos pequeños disfrutaban del brillante sol de invierno jugando en los columpios; la familia de chinos que regentaba el local se multiplicaba para atender a su clientela–. Mucha y muy buena, la verdad –continuó Blanca–. Sobre todo a partir del momento en que yo me convertí en vicepresidenta y delegada de FAPAC en Gerona, o sea en lo que Marco era en Barcelona; en su homóloga, vamos. De ahí en adelante empezamos a vernos a menudo, y era raro el día que no hablábamos por teléfono. La gente dirá lo que quiera, pero para mí siempre fue un tipo estupendo, con una enorme vitalidad, divertido, dicharachero, encantador. No paraba de contar chistes. Intentaba conquistar a todo el mundo, sobre todo a las mujeres. A mí me gustan los hombres a los que les gustan las mujeres, pero nunca he visto un hombre al que le gusten tanto como a Marco. Aunque lo que más le gustaba era ser el protagonista.

–Sí –intervine–. A Marco le gusta mucho salir en la foto.

–Le gusta no: le vuelve loco –se rió mi hermana. Bebió un sorbo de su cerveza y continuó–: En FAPAC tenía mucho poder. Ahora, nadie se lo regaló: los que ocupábamos cargos trabajábamos allí a ratos perdidos, porque ninguno de nosotros cobraba y todos teníamos que ganarnos la vida en otra parte; Marco no: él tampoco cobraba, claro, pero estaba jubilado y le dedicaba el cien por cien de su tiempo a la asociación. Nunca fue el presidente, aunque lo parecía, porque era el único que tenía un despacho en la delegación de FAPAC y hasta una plaza de aparcamiento en la Conselleria de Educación, el único que tenía línea directa con la consejera y hablaba a todas horas con ella. Además, él era el que llevaba el día a día de FAPAC, y también la mano derecha del presidente y el gerente. En realidad, yo creo que, para los de fuera, para los que no eran de FAPAC y trataban con FAPAC, Marco era FAPAC. Para los de dentro no, por supuesto. De hecho, yo creo que más bien lo tenían por un zascandil y por un personaje un poco folclórico; y no digo que no lo fuera, pero eso no significa que no tuviese poder y que no fuera muy importante en FAPAC. Así lo veo yo. Aunque, si vas a escribir sobre esto, deberías hablar con otras personas que trabajaron con él en FAPAC.

—Me encantaría —dije.

—Si quieres, podrías hablar con otros dos miembros de la junta en aquella época. Montse Cardona y Joan Amézaga, se llaman. En FAPAC nos hicimos muy amigos, y de vez en cuando todavía comemos juntos en Barcelona. Ellos también trataron bastante a Marco. Si quieres les propongo que quedemos y te apuntas a la comida.

—Me parece estupendo —dije—. Dime otra cosa: ¿Marco hablaba mucho de su pasado? Quiero decir...

—Constantemente —me interrumpió Blanca—. De su pasado de combatiente en la guerra civil, de su pasado de luchador antifranquista, de su pasado de dirigente de la CNT, de su pasado de deportado en un campo nazi. Qué sé yo. Era su argumento de autoridad, su forma de llamar la atención o de imponerse o de callar a todo el mundo, o por lo menos de intentarlo, y lo usaba siempre que hacía falta. ¿No fue en esa época cuando empezó a dar charlas sobre el nazismo en las escuelas?

—Me parece que sí —contesté—. Creo que fue cuando ya estaba a punto de dejar FAPAC pero aún no había entrado en la Amical de Mauthausen.

—Era un seductor —prosiguió Blanca—. Y seducía a mucha gente. Se presentaba como un héroe, y había gente que pensaba que lo era. Yo creo que llegó un momento en que se volvió intocable, pero no sólo en FAPAC. Se llevaba muy bien con los políticos y los mandamases. En la Generalitat lo adoraban, y él estaba encantado con ellos; me acuerdo de que me decía: «Mira, Blanquita, aunque sean de derechas y no pensemos como ellos, tenemos que entendernos con ellos». Ya ves: no era un radical, era un tipo razonable, y razonablemente eficaz, cosa que ahora que lo pienso es bastante rara, porque trabajando era lo menos sistemático y lo más desordenado que he conocido en mi vida. No sé. Cuando estalló el escándalo le oí decir a mucha gente que se veía venir, que ellos ya intuían que Marco era un farsante y que nunca se lo habían creído, pero a mí eso me parece un cuento: la verdad es que Marco engañaba a todo el mundo y que todo el mundo se tragaba lo que decía. O casi todo el mundo. Claro, había cosas que saltaban a la vista: por ejemplo, lo de que le volvía loco salir en la foto, como tú dices; pero es que eso Marco ni siquiera lo quería esconder. Y, aunque hubiera querido, no hubiera podido.

Blanca contó a continuación una anécdota. No recordaba exactamente la fecha en que había tenido lugar, pero sí el sitio: exactamente, a la entrada de la calle Pelayo, en el centro de Barcelona, desde donde aquel día arrancaba una manifestación en protesta contra la LOGSE, la ley general de educación que el gobierno de izquierdas llevaba varios años discutiendo y que por fin se aprobó en octubre de 1990. La manifestación había sido convocada por una entidad compuesta de diversas organizaciones educativas, entre ellas FAPAC, y, antes de que se iniciase, los dirigentes de todas las organizaciones implicadas discutieron el lugar que debían ocupar en la marcha, ellos y los políticos y representantes sociales que se habían sumado a ellos. La disputa se prolongó un buen rato y, cuando acabó de tomarse una decisión, Blanca y sus compañeros de FAPAC se dieron cuenta de que Marco no estaba con ellos y se pusieron a buscarlo a gritos en medio del gentío; hasta que por fin lo descubrieron: se había desentendido de todo y estaba en primera fila de la multitud, solo y quieto y agarrado con todas sus fuerzas a la pancarta que iba a marchar al frente de la manifestación, como si temiera que pudieran disputarle aquel lugar de privilegio y por nada del mundo estuviera dispuesto a que se lo arrebatasen.

Blanca terminó su relato con una carcajada. Yo sonreí y pensé en Raül; pensé: «El puto amo». Mercè hizo una mueca indescifrable.

—Pobre hombre —dijo.

—No a todo el mundo le parece un pobre hombre —le advertí, con ganas de que contrastase su opinión con la nuestra, o sólo de que hablase. Luego le recordé la comida que habíamos organizado en casa cuando estalló el caso Marco y el juicio que Anna Maria Garcia había vertido sobre él; añadí—: En realidad, a casi todo el mundo le parece un canalla.

—Pues a mí sigue pareciéndome un pobre hombre —insistió Mercè.

—Yo no lo recuerdo como un canalla —confesó Blanca—. Y apuesto a que nadie en FAPAC lo recuerda así. No digo que lo que hizo no fuera una canallada, pero él no era un canalla. Como mínimo en la época en que yo lo conocí, no hizo daño a nadie. Tampoco buscaba dinero, ni era un trepa. Sólo buscaba salir en la foto. Pero, no sé, cuando había un problema laboral en FAPAC él era el primero en ponerse del lado de los trabajadores. Y eso no lo hace un canalla. —Cogió el vaso de cerveza casi vacío y se dispuso a darle el último sorbo, pero, antes de que el vaso llegara a sus labios, me miró y dijo—: Ahora que me acuerdo, ¿sabes cuál es la palabra que más repetía? —Vació de un trago el vaso de cerveza—. «Verdaderamente» —dijo. Y volvió a reírse—. «Verdaderamente» —repitió—. Yo siempre le asocio a esa palabra.

Comprendí que Blanca llevaba razón, pero no se lo dije; repliqué:

—Yo en cambio siempre le asocio a don Quijote. Y, en cuanto lo conoció, Raúl también le asoció a él. Marco es como don Quijote porque hasta los cincuenta años llevó una vida gris y aburrida, de mecánico encerrado en un taller de reparación de coches, en Hospitalet, y a los cincuenta años decidió inventarse una identidad nueva, una nueva vida, para convertirse en un héroe y montarse una gran juerga y vivir todo lo que no había podido vivir hasta entonces. Más o menos lo que hizo don Quijote.

—¿Y a quién le ha hecho daño Marco con eso? —preguntó Mercè.

—Es lo que dice él —contesté—. Dice que todos mentimos y que, por lo menos, él mintió con la verdad. Dice que nunca contó algo que fuera falso, cosa que es falsa. Dice que mintió por una causa noble. Cosas así.

—Mentir no es un delito —dijo Mercè.

—A veces sí —dije—. Pero a nadie le gusta que le mientan.

—Eso es verdad —admitió Mercè—. Mira, yo entiendo que se enfadara con él la gente a la que engañó: al fin y al cabo les había tomado el pelo; hasta entiendo que todo el mundo se enfadara un poco con él, porque engañó a todo el mundo. Lo que no entiendo es que se encarnizasen con él como se encarnizaron, cuando hay por ahí tantos sinvergüenzas que han provocado muertes, han robado y han hecho toda clase de porquerías y no es que nadie se meta con ellos: es que todo el mundo les lame el culo.

Eran casi las dos de la tarde. Raül ya debía de estar en casa de mi madre, duchado y listo para comer, igual que mi madre; a pesar de ello, me acerqué a la barra en busca de otra ronda de cañas. De regreso en la mesa, Blanca me habló mientras yo le entregaba su bebida:

—Le estaba diciendo a Mercè que a Marco le gustaría mucho saber que estamos hablando de él, pero no sé si le gustaría tanto saber que a ella le parece un pobre hombre.

—Y yo le estaba diciendo que me da igual lo que piense Marco —dijo Mercè—. Para mí sigue siendo un pobre hombre.

—Espera a conocerle —dije.

—Sí —dijo Blanca—. Espera a conocerle.

11

Verdaderamente, Blanca llevaba razón: la palabra que más usa Marco es la palabra «verdaderamente». No «verdad», ni «verdadero», sino «verdaderamente». Verdaderamente esto, verdaderamente lo otro, verdaderamente lo de más allá. Lo supe en cuanto empecé a hablar con Marco, el día en que me lo presentó Santi Fillol en Sant Cugat, o quizás en cuanto Raül empezó a grabarle en mi despacho mientras me contaba su vida, pero sólo supe que lo sabía cuando me lo dijo mi hermana. En algunas grabaciones de radio y televisión, mientras relata su experiencia embustera en Flossenbürg, Marco pronuncia esa palabra varias veces en pocos minutos, incluso en pocos segundos, como si se hubiera atascado en ella. Sobre todo durante sus años en la Amical de Mauthausen, que fueron los años en que ejerció de héroe y campeón de la llamada memoria histórica, Marco se presentaba como un predicador de la verdad escondida u olvidada o ignorada de los horrores del siglo XX y de sus víctimas. Verdaderamente, hay que desconfiar de los predicadores de la verdad. Verdaderamente, igual que el énfasis en la valentía delata al cobarde, el énfasis en la verdad delata al mentiroso. Verdaderamente, todo énfasis es una forma de ocultación, o de engaño. Una forma de narcisismo. Una forma de kitsch.

12

Mes y medio después de nuestra conversación sobre Marco en la terraza del bar de Gerona, Blanca organizó una comida con los dos amigos de FAPAC de los que me habló aquel mediodía. La cita fue en La Troballa, un restaurante que estaba muy cerca de mi despacho del barrio de Gracia y que por entonces yo frecuentaba mucho. Cuando llegué, los tres ya me esperaban en el patio interior.

Blanca me presentó a sus amigos. La mujer se llamaba Montse Cardona y era menuda y vivaz y tenía más o menos la misma edad que mi hermana: cincuenta y cinco años; el hombre se llamaba Joan Amézaga, pasaba de los sesenta, lucía el pelo blanco y la barba blanca y llevaba unas gafas de montura metálica. Antes de salir de mi despacho me había informado sobre él en Internet: estaba casado y tenía dos hijos y durante ocho años había sido alcalde de Tárrega, una pequeña ciudad de Lérida, desde principios de los años ochenta era militante o simpatizante del partido socialista y estaba metido en la política local. En cuanto a Montse, mi hermana me había contado que era asistente social, que vivía en Agramunt, una ciudad de Lérida todavía más pequeña que Tárrega, con su padre y su hijo, y que militaba o durante muchos años había militado en organizaciones o partidos de la extrema izquierda, tan extrema que Amézaga y mi hermana se burlaban festivamente de ella, o quizá de lo que se burlaban es de que Montse militase o hubiese militado en ella. El caso es que, apenas me senté a su mesa, noté que los tres estaban felices de volver a verse.

No me costó ningún trabajo dirigir la conversación hacia Marco. De hecho, en cuanto alguien mencionó su nombre los tres se lanzaron en tromba a hablar sobre él y, mientras les oía discutir en desorden sobre el don de gentes de Marco y su necesidad de seducir y de ser querido y admirado y escuchado, sobre su vanidad y su vitalidad y su hiperactividad y su habilidad para decir siempre lo que la gente quería oír y para no entrar en conflicto con nadie ni enfrentarse a nadie, me pregunté si hablaban de Marco porque mi hermana les había dicho que yo estaba interesado en que hablasen de Marco o si cada vez que se reunían hablaban de Marco o incluso si sus reuniones eran una excusa para hablar de Marco o si, al contrario, Marco era la excusa para seguir reuniéndose, el hilo secreto que les había permitido mantener su amistad mucho tiempo después de que los tres dejaran FAPAC. Por lo demás, en seguida comprendí por qué mi hermana me había ofrecido hablar con sus amigos; y es que, como ella misma había insinuado en nuestra conversación de la cafetería de Gerona, su concepto de Marco o del papel que Marco había desempeñado en FAPAC difería del de ellos: ninguno de los tres se tomaba muy en serio a Marco y los tres tenían una visión más bien cómica del personaje —cosa que contrastaba con la visión absolutamente seria que tenía de Marco la gente de la CNT y de la Amical de Mauthausen—, pero Blanca pensaba que Marco había sido determinante en FAPAC, mientras que Amézaga y Montse pensaban que no, o que no tanto.

—Enric era vicepresidente de FAPAC —me recordó Amézaga. Ya nos habían traído el primer plato, aunque yo estaba tan concentrado en la conversación que no recuerdo lo que pedimos, y no lo apunté en la libreta donde tomaba notas. Sí recuerdo que ellos ya habían matado la sed con una cerveza y estaban con el vino, y que yo no bebí ni vino ni cerveza—.

Vicepresidente y además delegado de Barcelona. Mientras que nosotros dos —añadió, señalando a Montse y señalándose luego a sí mismo— sólo éramos los representantes de Lérida en la junta.

—Y yo era la vicepresidenta y la delegada de Gerona —completó Blanca—. Pero, como Marco era la figura más visible de FAPAC y estaba en todas partes, todo el mundo pensaba que el presidente era él.

—Y le hubiese encantado serlo —dijo Amézaga.

—¿Estás seguro? —preguntó Blanca.

—Completamente —contestó Amézaga—. Y lo lógico es que lo hubiera sido, porque era el que más tiempo dedicaba a la causa y el que más trabajaba. Después de todo, estaba jubilado y no tenía otra cosa que hacer. El problema es que no tenía categoría para ser presidente; ni categoría ni capacidad ni criterio ni nada de nada: un día te decía una cosa y al día siguiente te decía la contraria. En realidad, su opinión no contaba, ni dentro ni fuera de FAPAC. Tú ya conoces a Enric —añadió, dirigiéndose a mí—. Es la confusión total.

—Eso es verdad —intervino Montse—. Una de las cosas que más me llamaba la atención de Enric era su caos ideológico. Se suponía que era anarquista, pero de repente hacía propuestas que eran neoliberales, o ultraliberales. No tenía criterios claros, ni se sabía muy bien qué es lo que quería, aceptaba cosas insensatas de la administración, podía salirte por el sitio más inesperado.

—Claro —dijo Amézaga—. También por eso nunca plantaba cara a nadie ni daba la batalla por nada; cuando las cosas se tensaban, se inhibía. Hablaba y hablaba y hablaba, pero nadie sabía lo que decía, o lo que decía y nada era lo mismo. Ni siquiera era un buen gestor.

—Yo en eso discrepo —dijo Blanca—. Yo creo que lo hacía de manera bastante razonable. No tan bien como nosotros, claro, pero en fin...

Los tres se rieron. Yo no pude imitarlos porque comía, bebía y tomaba notas al mismo tiempo.

—No, hablo en serio —continuó Blanca—. Se lo decía a mi hermano el otro día: Enric era FAPAC, llevaba el día a día, el presidente y el gerente no hacían nada sin contar con él, trabajaba a todas horas, siempre tenía a la consejera de Educación al teléfono. ¿Sabéis que hasta tenía un aparcamiento en la Conselleria?

—No —dijo Amézaga.

—No —dijo Montse—. Pero no me extraña.

—A mí tampoco —dijo Amézaga—. De todos modos, no veo la discrepancia, Blanquita: una cosa es que Enric tuviera poder efectivo, que para muchos fuera la cara de FAPAC y que estuviera en todas las salsas; eso puede ser, y tú lo sabrás mejor que nosotros, que para eso le veías y hablabas con él mucho más a menudo que nosotros. Y otra cosa muy distinta es que la opinión de Enric fuera respetada y seguida y significase algo en FAPAC; la verdad es que no significaba nada. ¿Os acordáis de las reuniones de la CEAPA?

La pregunta era retórica, y acto seguido se pusieron a evocar la asamblea que cada año celebraba en Madrid la Confederación Española de Asociaciones de Padres de Alumnos; los tres habían asistido varias veces a ella en compañía de otros responsables de FAPAC, incluido por supuesto Marco, a quien, según contaron, durante los dos o tres días que duraban las reuniones nadie dejaba hablar y a quien, cuando de milagro conseguía hablar, nadie escuchaba. Interrumpí sus risas para preguntarle a Amézaga cómo se explicaba él que Marco hubiese llegado en FAPAC donde había llegado y que durante tantos años hubiese tenido el cargo que había tenido.

—Hombre, me duele decirlo, pero la verdad es que para ser dirigente de FAPAC tampoco hacía falta ser Pericles —dijo, mientras Blanca y Montse volvían a reír—. Aunque más raro es que llegara a ser secretario general de la CNT, ¿no?

—Totalmente de acuerdo —contestó Montse.

Amézaga matizó:

—Claro que teniendo en cuenta lo que era entonces la CNT...

—Totalmente en desacuerdo —le interrumpió Montse.

Esta vez los tres se rieron al mismo tiempo, y yo noté que nos habíamos convertido en la atracción del patio interior de La Troballa.

—De todos modos —continuó Amézaga, demasiado contento o demasiado absorto en la conversación para notar las miradas que convergían sobre nosotros—, ¿tú sabes cómo entró Enric en la junta de FAPAC?

Contesté que sí, o que por lo menos creía saberlo. Hablamos de la asamblea de las Cocheras de Sants y de la asamblea de La Sedeta, en la que Marco fue elegido miembro de la dirección de FAPAC, a finales de los ochenta. Amézaga me dijo que había estado en las dos, pero no desmintió la versión que le di de ellas.

—Aquello fue la toma del Palacio de Invierno —resumió—. Y, cuando tomas el Palacio de Invierno, puede pasar cualquier cosa, incluido que alguien como Enric acabe en la junta.

La explicación de Amézaga fue tan categórica que por un momento se hizo un silencio en la mesa. Ellos lo aprovecharon para acabar de beberse el vino; yo, para rebañar el segundo plato, o quizás el postre.

—Ha pasado un ángel —dijo Montse.

Antes de que alguno de los tres reaccionara les pregunté a Montse y a Amézaga lo mismo que un mes atrás le había preguntado a Blanca: si Marco hablaba mucho de su pasado; la respuesta fue la misma: constantemente.

—Pero ninguno nos planteábamos si lo que decía era verdad o mentira, si es eso lo que te estás preguntando —añadió Amézaga—. Todos pensábamos que eran cosas de Enric, y basta. ¿Verdad, Blanquita?

Blanca no tuvo tiempo de contestar; se le adelantó Montse.

—Yo nunca me creí lo que decía Enric —dijo.

—Ya —objeté, recordando una objeción de Blanca—. Pero eso es lo que ahora dice todo el mundo, cuando se sabe que lo que decía era mentira, o que él es un impostor.

—Ya —repitió Montse, sonriendo y encogiéndose de hombros—. Pero yo lo pensaba entonces. Puedes creerme o no, pero es así. Mira —añadió—, en aquella época yo trataba a muchos viejos militantes de izquierdas, gente que había estado en la guerra y en la clandestinidad. Y Marco no era como ellos.

—¿Por qué no? —pregunté.

—Porque no —contestó Montse—. Era demasiado vital, contaba demasiadas batallitas, hablaba demasiado de todo eso. Y los viejos militantes de verdad hablaban muy poco; era gente callada, más mayor que él, que no se recreaba en sus desgracias. Marco, en cambio, no paraba de hablar. No digo que no me entretuviesen sus batallitas, porque no es verdad; la verdad es que me divertían mucho. Pero me las tomaba a beneficio de inventario; es lo que decía Joan: cosas de Enric, que escuchabas como escuchas a alguien que te cuenta una película. Así lo veía yo: como un tipo que, para entretenernos, se dedicaba a contar películas. Y nos entretenía, vaya si nos entretenía. Pero de ahí no pasaba la cosa. Además, insisto en que políticamente era muy raro: se suponía que había sido un militante de izquierdas, pero su discurso no era el de un militante de izquierdas, no digamos el de un líder de la CNT.

—Yo lo veía como un pícaro —explicó Amézaga—. Un superviviente. Un vivales que desde niño había tenido que buscarse la vida y que sabía cómo hacerlo. Detesto la psicología barata (y a veces hasta la cara), pero siempre he tenido la impresión de que Enric era un tipo que las pasó canutas en su infancia y su adolescencia, y que acumulaba un déficit brutal de afecto que intentaba paliar como fuese.

—Necesitaba que le quisieran —le apoyó Montse—. Que le

quisieran y que le admiraran. Y no soportaba pasar inadvertido.

En este punto Blanca les recordó aquel episodio que me había contado en la cafetería de Gerona, y que ellos también habían presenciado, en el que perdieron a Marco durante los preparativos finales de una manifestación en Barcelona y, después de buscarlo por todas partes, lo encontraron aferrado a la pancarta que debía abrir la protesta, presa del pánico ante la posibilidad de no salir en la foto. Volvieron a reírse, esta vez a carcajadas, y en ese momento me di cuenta de que, igual que cuando Blanca se reía de Marco, Montse y Amézaga se reían de él con afecto.

—Es lo que intentaba decirte el otro día —razonó Blanca, cuando se lo hice notar a los tres—. Enric se hacía querer.

—Todos le queríamos —ratificó Montse—. ¿Cómo no íbamos a quererle? Era encantador, muy gracioso y muy cariñoso, contaba historias estupendas. En fin: una de esas personas a las que, haga lo que haga, se lo perdonas todo, igual que a un niño.

—Ya sé que lo que dice Montse suena raro, pero es así —dijo Amézaga, buscándome la mirada mientras yo anotaba lo que habían dicho y me preparaba para anotar lo que él iba a decir; o sea esto—: Te lo diré más claro, Javier. Para mí, diciendo las mentiras que dijo, Marco cometió un pecado mortal, pero, si lo viera entrar ahora mismo por esa puerta, me alegraría de verle, le daría un abrazo y comería con él; en cambio, otro cometería un pecado venial y no querría ni volver a verle. Me acuerdo del día en que estalló su escándalo. Si hubiera sido otro el que había hecho aquello, hubiera pensado: «Menudo cabrón, mira que inventarse eso». Pero era Enric, y lo que pensé fue: «Joder, qué putada. Y ahora, ¿cómo va a salir de ésta?». Tal cual. Claro que, si te digo la verdad, aquello tampoco me extrañó demasiado. No es que yo imaginase que todo lo del campo de concentración fuera mentira, pero no me extrañó que lo fuera. No viniendo de él. De repente todo me encajó, casi me pareció normal. Pero ésa fue mi reacción; entiendo que otra gente reaccionase de otra manera. Me acuerdo de que, poco después de que se diese a conocer su impostura, me encontré con un chaval que lo había acompañado a un acto, a alguna conferencia o algo así, y que lo admiraba muchísimo. El chaval me paró por la calle, angustiado, y me dijo que no se podía creer aquello: «No me lo quito de la cabeza», me dijo.

—Yo también me acuerdo de aquel día —contó Blanca—. Recuerdo que le llamé por teléfono a su casa y le dije: «Pero ¿qué ha pasado, Enric?». Y él me dijo: «Mira, chica, me he equivocado, pero ya lo aclararé todo».

—Mi reacción fue parecida —dijo Montse—. Aunque no le llamé, aquello no me pareció raro. Ya sé que otra vez me dirás que es muy fácil decir esto a toro pasado, pero la verdad es que siempre pensé que una cosa así podía ocurrir, siempre lo intuí, siempre tuve miedo de cómo podía acabar Enric. No es sólo que no me creyera lo que decía; es que Enric estaba, no sé, sobredimensionado, estaba en un sitio que no le correspondía, había subido demasiado, era como un globo que en cualquier momento podía reventar. Me dio pena, la verdad. Y también me dio pena la forma en que se marchó de FAPAC: no sé vosotros, pero yo tengo la impresión de que no se fue porque sus hijas se hubieran hecho mayores y ya no le tocase estar allí, sino porque la gente se hartó de él, ya no le querían.

Nadie se sumó al parecer de Montse y nadie discrepó, quizá porque Amézaga nos advirtió que nos habíamos quedado solos en el patio de La Troballa. Blanca insistió en pagar la comida, y al salir del restaurante los cuatro echamos a andar hacia mi despacho. Sólo entonces Amézaga señaló mi libreta y me preguntó si pensaba escribir un libro sobre Marco; Blanca y Montse no le oyeron, porque caminaban delante de nosotros. Le dije a Amézaga que sí.

—Pues no lo publiques mientras él esté vivo —dijo.

—No te preocupes —intenté tranquilizarlo—. Marco ya sabe que voy a contar la verdad; ése fue el pacto que hicimos. Y también sabe que yo no puedo rehabilitarlo. Aunque quisiera, no podría.

—No me refería a eso —aclaró Amézaga—. Conociendo a Enric, no creo que quiera que le redimas, entre otras cosas porque estoy seguro de que él ya sabe que se ha condenado solito. No. Lo que quiere no es que le rehabilites, sino que escribas un libro entero sobre él, y a ser posible bien gordo. Eso le hará feliz y, francamente, tampoco creo que merezca esa alegría.

Amézaga se calló y recordé las palabras que Anna Maria Garcia me había dicho años atrás, cuando intuyó que yo quería escribir un libro sobre Marco. «Lo que hay que hacer con Marco es no hablar de él —me había dicho—. Es el peor castigo para ese monstruo de vanidad.» Amézaga volvió a hablar:

—Aunque, ahora que lo pienso, a lo mejor no es verdad: lo más probable es que por un lado Enric esté deseando que escribas el libro, pero por otro esté temiéndolo, pensando que tu libro puede ser la sentencia definitiva, el último clavo en su ataúd.

En una esquina de la calle donde está mi despacho había una taberna irlandesa. Blanca y Montse propusieron entrar; Amézaga aceptó y yo me despedí de ellos. Mientras lo hacía sentí una punzada de envidia, no sé si por la farra que imaginé que empezaban o porque imaginé que, aunque yo ya no estuviera delante (o precisamente por ello), continuarían hablando de Marco. Antes de marcharme les hice una pregunta estúpida, que no le había hecho a nadie y que llevaba mucho rato deseando hacerles: les pregunté si creían que Marco era un hombre normal o un hombre extraordinario. Los tres gritaron al unísono:

—¡Extraordinario!

Subí a mi despacho sin necesidad de anotar la réplica en mi libreta.

TERCERA PARTE

EL VUELO DE ÍCARO (O ICARO)

1

¿Cuándo fue la primera vez? ¿Cuándo dijo Marco por vez primera que había sido un deportado en el campo de Flossenbürg? ¿Y dónde lo dijo? ¿Y a quién se lo dijo? No lo sé con exactitud; ni siquiera creo que el propio Marco lo sepa. Todo indica, sin embargo, que debió de ocurrir hacia 1977.

Para entonces Marco tenía cincuenta y seis años y llevaba ya mucho tiempo mintiendo sobre su pasado, o al menos adornándolo o maquillándolo, mezclando mentiras con verdades. Para entonces Franco llevaba dos años muerto y el país estaba reinventándose a fondo; Marco también: se había provisto de una historia personal de resistente antifranquista, había cambiado de nombre, de mujer, de casa, de ciudad y casi de oficio, porque, aunque todavía era mecánico, ya era sobre todo líder sindical de la CNT. Para entonces estudiaba historia en la Universidad Autónoma, y un día cayó en sus manos un libro que llevaba por título *La deportación*, publicado en 1969 por la editorial Petronio. Era una traducción del francés de un texto donde se ofrecía una panorámica de los campos nazis. En el libro había un capítulo dedicado a Flossenbürg; en el capítulo había varias fotos del campo: fotos de los barracones y las torres de vigilancia, de los prisioneros trabajando en la cantera, del horno crematorio, del Reichsführer Heinrich Himmler visitando las instalaciones. Una de esas imágenes atrajo la atención de Marco. Se trataba de un monumento

conmemorativo en el que figuraban el número y la nacionalidad de los prisioneros muertos en el campo; Marco notó
que entre ellos había representantes de la mayoría de las naciones de Europa, pero sobre todo que también había españoles, y que eran muy pocos: catorce, concretamente. El dato
era erróneo, pero, por importante que eso sea para la historia
con mayúscula, para nuestra minúscula historia es lo de menos.
Lo importante es que, al ver aquella foto, Marco intuyó con su
tino infalible de experto en mentir que esa ínfima cantidad de
españoles muertos le permitía inventarse su estancia en aquel
campo de concentración secundario, del que nunca había oído
hablar, sin que existiera más que una posibilidad remotísima de
que alguien pudiera desmentirle; al fin y al cabo, en aquella época Marco sabía muy poco sobre los campos nazis, pero sabía
tres cosas fundamentales para su impostura: la primera es que,
sobre ese asunto, en España casi todo el mundo sabía aún menos que él; la segunda es que había habido muy pocos españoles en los campos nazis; la tercera es que la inmensa mayoría
de ellos había estado en el campo de Mauthausen. Años más
tarde Marco me aseguró que, en cuanto vio la mencionada
foto, decidió hacerse pasar por un deportado en Flossenbürg
para reivindicar la memoria de aquellos catorce españoles
muertos, de los que nadie se acordaba ya; tonterías: Marco
decidió hacerse pasar por un deportado en Flossenbürg porque no resistió la tentación de añadir un nuevo capítulo al
historial de héroe antifascista que llevaba años forjándose.

Lo añadió de inmediato. Repito: no sé a quién le dijo la
primera mentira, si fue a su mujer, a quien acababa de conquistar y con quien se había ido a vivir a Sant Cugat, o a sus compañeros de la CNT o de la universidad, a quienes todavía estaba conquistando; lo que sí sé es que, aquel mismo año, dos
hombres que estaban escribiendo un libro a cuatro manos
sobre los republicanos españoles deportados en los campos
nazis oyeron que Marco era uno de ellos y fueron a verle. Al

menos desde el punto de vista documental o historiográfico, el tema del libro era virgen (o casi: aquel mismo año la novelista Montserrat Roig había escrito un largo reportaje sobre él, aunque limitándolo a los deportados catalanes); los dos hombres se llamaban Mariano Constante y Eduardo Pons Prades. Constante era comunista y superviviente del campo de concentración de Mauthausen; Pons Prades era anarquista y escritor prolífico, y nuestro hombre lo conocía porque militaba en el sindicato de profesiones liberales de la CNT. Fue a él a quien Marco le contó su historia. Lo hizo con su pericia acostumbrada, entreverando su pasado real con su pasado ficticio, pero sobre todo lo hizo con prudencia, porque no había tenido ni tiempo ni excesivo interés en construirse una biografía de deportado, algo a aquellas alturas todavía muy poco rentable en España, y por lo tanto no podía mentir con seguridad y conocimiento de causa; de hecho, Marco sólo dedica a su paso por el campo de concentración como tal, en el relato de Pons Prades, una frase, una frase diabólicamente hábil, eso sí, concebida como protección o escapatoria frente a posibles testigos: «En Flossenbürg estuve muy poco tiempo y, como me llevaban de un lado para otro en plan de incomunicado, no podía entrar en contacto con nadie». El resto del texto, por lo demás muy breve, lo conocemos ya: está dedicado a contar su ficticia participación en la UJA al terminar la guerra, su ficticia salida clandestina de España, su ficticia detención en Marsella y su ficticio paso por un campo anejo al de Flossenbürg; también su participación en la guerra civil y su encarcelamiento en Kiel, ambos reales: reales pero barnizados por la capa de heroísmo y sentimentalismo que Marco añadía en estos casos.

El libro de Pons Prades y Constante apareció en 1978; ese mismo año, Pons Prades incluyó una síntesis del relato de Marco, con alguna variante, en una crónica pionera del paso de los republicanos españoles por los campos nazis publicada por la revista *Tiempo de historia*. Marco no debió de quedar muy contento con ninguna de las dos versiones, no porque no se ajustasen a lo que él le había contado a Pons Prades, sino probablemente porque de pronto le revelaron que estaba en falso. Había conseguido salir en la foto, pero era una foto desvaída e insegura. En aquella época de metamorfosis colectiva, todo el mundo en España conocía el poder del pasado, y Marco tan bien como el que más, pero él acababa de reciclar una parte de su pasado verdadero —su paso por Kiel como trabajador voluntario en los años cuarenta— sin dominarla lo suficiente para ser capaz de construirse con ella un sólido pasado ficticio. Es indudable que a aquellas alturas de su vida Marco se avergonzaba de haber vivido en la Alemania de Hitler como trabajador voluntario, pero en aquel momento debió de preguntarse si podía serle útil de verdad ese episodio, y sobre todo el episodio de su detención y su juicio, más allá del uso circunstancial que ya había hecho de ellos en los dos relatos publicados sobre su estancia en Alemania. Allí, Marco había unido sin pensarlo mucho su paso ficticio por Flossenbürg con su paso real por Kiel: ahora bien, debió de preguntarse entonces, ¿no sería más fácil fabricar esa unión, y fabricarla de manera más convincente, si era capaz de documentar su paso por Kiel? ¿Sería posible hacerlo? ¿Qué huellas quedaban de su estancia en la Alemania nazi? Fuesen cuales fuesen, debió de pensar que había que controlarlas: bien para usarlas en su provecho, bien para esconderlas, bien incluso para suprimirlas. Lo importante era dominar ese pasado escondido, debió de pensar; luego ya vería qué es lo que hacía con él.

Este razonamiento conjetural (u otro muy semejante) explica que, el 12 de abril de aquel mismo año, Marco escribiera al cónsul español en Kiel solicitándole información sobre su paso por Alemania, ocurrido treinta y cinco años atrás. La carta está fechada en Barcelona y lleva el sello y el membrete de la CNT. Para dotar de mayor fuerza a su solicitud, Marco firma como secretario general de la CNT española; en realidad, todavía no lo es: aunque le faltaban diez días exactos para ser elegido para ese cargo, en aquel momento sólo era secretario general de la CNT catalana. He aquí la carta:

Sr. Cónsul de España:

Desearíamos que nos informara sobre Enrique Marco Batlle, de nacionalidad española, el cual estuvo en un campamento de trabajadores de la Deutsche Werke Kiel, en la localidad de Bordesholm.

Fue detenido por la Gestapo el 7 de marzo de 1942, en Kiel.

Ingresado en el penal de Kiel, sin recordar la fecha.

Acusado de conspiración y atentado al III Reich.

Juzgado por consejo de guerra, sin recordar la fecha.

Trasladado a un cuartel de la Gestapo, del cual sólo recuerda que estaba ubicado en la Blumenstrasse.

Trasladado después a un campo de la localidad de Neumünster.

Trasladado a un campo de Flensburg o Flossenbürg.

Liberado por las fuerzas inglesas en 1945.

Habiendo desaparecido toda la documentación existente sobre este período, en cuanto a esta persona se refiere, agradeceríamos se tomara el máximo interés y remitiera cualquier documento que permitiera probar los datos que reseñamos, todos o aquellos de que haya constancia.

Al mismo tiempo quedaríamos agradecidos si le fuera posible proporcionarnos lugar y dirección de Bruno y Kathy Shankowitz, residentes en Ellerbeck, Kiel.

Quedamos a su disposición. Attmente,

Por el secretariado del comité nacional
Secretario General. Enrique Marco Batlle

P. S: Por el mismo tiempo, la Cruz Roja Internacional le daba por desaparecido.

A juzgar por la carta, la inseguridad de Marco sobre su estatus ficticio de deportado era justificada, igual que su sensación de estar en falso. No sabe siquiera que fueron los norteamericanos, no los ingleses, quienes liberaron Flossenbürg; por no saber, ni siquiera sabe cómo se escribe Flossenbürg (y duda entre Flossenbürg y Flensburg, una población cercana a Kiel). Subrayo otros tres detalles de la carta: Marco no olvida a Bruno y Kathy Shankowitz, sus amigos y ángeles de la guarda en Kiel; Marco firma Marco, que era como firmaba cuando estuvo en Alemania, y no Marcos, que era como firmaba cuando firmó la carta y lideraba la CNT; Marco parece querer rectificar el relato de su vida en Alemania, o por lo menos parece explorar la posibilidad de hacerlo, quizá para dotarlo de mayor consistencia y no verse obligado a ocultar su condición de trabajador voluntario: quién sabe si Marco busca convertir el relato de su paso por Alemania en el de uno de esos españoles que, como él, acudieron por su voluntad a aquel país, pero que, a diferencia de él, terminaron contra su voluntad en un campo nazi. Quién lo sabe.

La carta de Marco no recibió respuesta. Marco la olvidó: su cargo de secretario general de la CNT, en aquella época convulsa de grandes esperanzas, cambios abruptos y feroces luchas internas, le mantenía lo bastante ocupado para no permitirle interesarse por nada salvo su trabajo en el sindicato. No volvió a acordarse del asunto hasta cuatro años después (o no hay constancia de que volviera a acordarse), cuando la transición de la dictadura a la democracia terminaba, la CNT ya se había roto en pedazos y él había sido expulsado del sindicato y boqueaba en uno de los grupúsculos resultantes de la ruptura, presa de la incertidumbre sobre su futuro e impaciente por encontrar un lugar donde invertir su perpetua inquietud y donde proveerse de un lenitivo contra su mediopatía. En marzo de 1982, en efecto, Marco escribió de nuevo al cónsul español en Kiel; ahora lo hacía a título particular, sin el sello ni el membrete de la CNT, con el remite de su casa en Sant Cugat. Marco adjuntaba en el sobre una copia de su primera carta, reiteraba su solicitud de información, justificaba su demanda: «No me anima otra intención que la de cubrir esta parte de mi vida que se mantiene, hasta para mí mismo, en un cierto misterio. –Con resignado pesar añadía–. La vida de los hombres públicos se ve sometida a ciertas servidumbres, y en mi caso también me veo en la necesidad de probar las cosas y el porqué de ellas».

Esta vez Marco tuvo más suerte: a finales del mes siguiente recibió una carta del cónsul general de España en Hamburgo. Estaba fechada el 21 de abril de 1982 y en ella el diplomático, llamado Eduardo Junco, le decía que no había recibido la primera carta porque no había consulado en Kiel y que había recibido la segunda gracias a la diligencia prusiana del servicio de correos alemán; también le anunciaba que en aquel mismo momento iniciaba las gestiones para obtener la información que le solicitaba. No pudo obtener mucha. Aunque durante más de un año el representante español escribió varias veces a Marco, de sus misivas se desprende que lo único que consiguió averiguar fue que en el Servicio Internacional de Búsqueda de Personas de la Cruz Roja en la Alemania Occidental no existía ningún dato sobre él. A mediados de 1983 las cartas cesaron: tal vez el cónsul comprendió que buscaba en vano, o se cansó de hacerlo; tal vez Marco se cansó de pedirle que siguiera buscando. El hecho es que, algún tiempo después, Marco encontró acomodo en FAPAC y dejó de estar interesado en hacer averiguaciones privadas sobre su pasado real en Kiel y en hacer uso público de su pasado ficticio en Flossenbürg.

El interés sólo volvió quince años más tarde, a finales de los noventa. Para aquellas fechas Marco sabía que sus días como vicepresidente de FAPAC estaban contados —en principio, no se podía ser miembro de FAPAC más que si se tenían hijos en edad escolar, y su primera hija ya había dejado de ir a la escuela y la segunda estaba a punto de hacerlo—, y por tanto sabía también que iba a tener que buscar una nueva ocupación a la altura de su energía y sus exigencias. Fue entonces cuando se acordó de la Amical de Mauthausen, la asociación que reunía a casi todos los antiguos deportados españoles residentes en España. Hacía ya muchos años que Marco conocía la existencia de la Amical, pero sólo ahora empezó a pensar en acercarse a ella. No había tenido necesidad de hacerlo hasta entonces, ocupado como estaba en otras tareas; tampoco habría podido: por una parte, quedaban aún demasiados deportados vivos, susceptibles de desenmascarar su impostura; por otra parte, él no había construido aún un personaje de deportado lo bastante persuasivo para poder enfrentarse con garantías a los verdaderos deportados. Seguro de que aquél era el momento de entrar en la Amical, puesto que cada vez quedaban menos supervivientes, y los que quedaban eran muy mayores, Marco se puso a construir en serio su personaje. Lo primero que debía hacer era dominar su pasado real en Alemania, así que lo primero que hizo, hacia finales de 1998, fue escribir de nuevo al cónsul general en Hamburgo. El diplomático le contestó, pero debió de remitirle al jefe de asuntos sociales del consulado, un hombre llamado José Pellicer; así se explica que se iniciara una correspondencia entre Marco y él destinada a rastrear las huellas de nuestro hombre en Alemania, con el fin implícito de que éste pudiera reconstruir su paso por ese país y el explícito de que pudiera cobrar una indemnización como prisionero del nazismo.

Marco, sin embargo, no se conformó con eso, y en los primeros días de 1999, durante las vacaciones de Navidad, hizo un viaje por Alemania con su mujer, durante el cual pasó por Kiel. Fue una visita decepcionante, o al menos es lo que le contó a Pellicer en una carta fechada el 7 de enero, justo a su regreso del viaje. De acuerdo con ella, Marco había buscado en Kiel los lugares de su memoria —el campamento de barracones en Bordesholm, los astilleros de la Deutsche Werke Werft, el edificio de la cárcel y el de la biblioteca de la universidad—, pero todo había desaparecido o se había vuelto irreconocible, salvo el antiguo cuartel de la Gestapo, convertido ahora en comisaría de policía; de su estancia en la ciudad en los años cuarenta no quedaba rastro, ni tampoco de su arresto y su procesamiento: en la cárcel le dijeron que toda la documentación había sido depositada en el archivo estatal de Schleswig-Holstein. Al rematar su carta Marco le pedía a Pellicer que continuase la búsqueda, y Pellicer la continuó; Marco, por su parte, continuó la tarea de construcción de su identidad como antiguo deportado. De abril de 1999 es un documento interesante. El día 25 de ese mes el diario *La Vanguardia* publicó una carta al director titulada «¿La vida es bella? No siempre»; la firmaba Enric Marco. La carta empezaba constatando la desagradable impresión que le había dejado a nuestro hombre *La vida es bella*, la dulzona película sobre los campos nazis con la que Roberto Benigni había ganado un Oscar el año anterior. «Es una sensación de rechazo que no acabo de determinar —escribía Marco—, ya que, a pesar de todo, debo convenir que en mi caso logré sobrevivir gracias a la conciencia de que la vida es esencial, independientemente de su circunstancia, de que la vida hay que soñarla bella y que había que saltar, volar sobre los alambres y las barreras cuando no existía opción de evasión real.» Acto seguido, en un párrafo escueto, Marco hacía una síntesis de las penalidades que había visto y vivido en su ficticia experiencia como deportado y concluía con un canto a sí mismo y un canto a la vida próximo al de la película de Benigni: «Sigo sintiendo el orgullo de haberme negado al aniquilamiento, de haber ganado la partida, de que sigo viviendo y sintiendo que la vida es bella a pesar de todo. De quien sea. Sí, es cierto, he notado un malestar incómodo, quizás irrazonable en quien ha tenido unas vivencias tan próximas al mensaje de la película. Quizá tenga que volver a verla con permiso de mi estómago». No hay duda: Marco estaba presentando públicamente su candidatura a ingresar con todos los honores en la Amical de Mauthausen; también estaba construyendo a toda prisa su nuevo personaje.

Nada le ayudó tanto a hacerlo como conocer Flossenbürg. La primera vez que visitó el pueblo fue en la primavera de aquel mismo año, acompañado por su mujer, con quien había planeado un viaje de vacaciones a Praga. Mientras lo preparaban, o tal vez ya en Praga, Marco le hizo notar a Dani que Flossenbürg —el lugar donde, según le había contado también a ella, había sido prisionero de los nazis durante varios años— quedaba muy cerca de la capital checa, y le propuso hacer una visita al campo, o a lo que quedaba de él. Al contrario que su visita a Kiel, su visita a Flossenbürg fue un éxito, aunque allí había ido en busca de su pasado real y aquí venía en busca de su pasado ficticio. Por entonces hacía décadas que existía el Memorial del campo, pero aún no se había creado la institución encargada de administrarlo —se creó poco después, a finales de 1999— y lo único que había en el pueblo era una oficina de información en el Ayuntamiento. Marco y su mujer fueron recibidos en ella con gran alborozo; la recepción estaba justificada: al campo acudían cada año antiguos deportados de muchas nacionalidades, pero era la primera vez que los trabajadores de la oficina veían por allí a un antiguo deportado español.

Durante esa primera visita a Flossenbürg Marco recorrió con su mujer los restos del campo —el edificio de la comandancia, la Appellplatz, la cocina de los prisioneros, la lavandería, la plaza de las Naciones, el crematorio— y se hizo con todos los libros y folletos informativos que encontró. A su vuelta a Barcelona se puso a leerlos, o más bien a asimilarlos, junto con todas las noticias a su alcance sobre la deportación en general y la española en particular. Pronto pudo comprender que había acertado de lleno. Pudo comprender que por entonces, en España, apenas existían estudios serios sobre la deportación, y mucho menos sobre Flossenbürg, un campo secundario y casi olvidado, sobre todo en España, donde nadie o casi nadie había oído hablar de él. Pudo comprender que su impostura hubiese sido mucho más difícil si la hubiese situado en campos bien conocidos, como el de Dachau o el de Buchenwald, y prácticamente imposible si la hubiese situado en Mauthausen, donde habían sido confinados la mayor parte de los casi nueve mil españoles deportados en los campos nazis; Flossenbürg, en cambio, había acogido a muy pocos españoles, y él no sabía de ninguno que hubiese sobrevivido y estuviese aún vivo, con lo que nadie en España podría desmentirle (sin contar con el hecho de que, a diferencia por ejemplo de Mauthausen, donde la mayoría de los españoles estaban juntos y se conocían, Flossenbürg era un campo con numerosos subcampos y muy dispersos, donde muchos prisioneros no tenían contacto entre sí). Y, aunque también pudo comprender en seguida que su impostura hubiese sido mucho más fácil si hubiese sido judío y si hubiese dicho que había sido deportado desde Alemania y no desde Francia, porque la deportación de los judíos dejó mucho menos rastro documental que la de los no judíos y porque, a diferencia de la deportación desde Alemania, la deportación desde Francia estaba bastante bien documentada, muy pronto debió de enterarse de que algunos de los prisioneros que habían pasado por Flossenbürg figuraban en los archivos con un nombre distinto del suyo y de que bastantes de ellos ni siquiera estaban inscritos en el registro de entrada. Veinticinco años atrás, Marco se había hecho pasar con éxito por un resistente antifranquista en un sindicato antifranquista donde no faltaban los resistentes antifranquistas, así que ¿por qué no iba a poder hacerse pasar ahora por un deportado español en un remoto campo nazi entre los escasos, menguantes y envejecidos deportados españoles en los campos nazis? Además, ¿por qué iba alguien a intentar desenmascararlo? ¿Qué interés podía tener en hacerlo? ¿Para qué?

Pocos meses después de su primera visita a Flossenbürg, Marco regresó allí para asistir a una de las reuniones de antiguos deportados que, de forma periódica, se celebraban en el Memorial del campo desde 1995; la de aquel año fue el 26 de junio. A partir de entonces Marco se convirtió en un asiduo de esos cónclaves. Debió de ser en uno de los primeros cuando conoció a Johannes Ibel y cuando ocurrió una anécdota que éste no iba a olvidar.

Ibel es historiador. Había conseguido un trabajo en el Memorial de Flossenbürg a principios del año 2000, poco después de que la administración del Memorial empezara a funcionar en el antiguo edificio de la comandancia; su labor consistía en preparar una base de datos con la información completa sobre todos los prisioneros que habían pasado por el campo, una tarea que, en principio, debía llevarle cinco años. Desde su primera visita a Flossenbürg, Marco había mostrado un gran interés por acreditar documentalmente su estancia en el campo y, como a cualquiera de los antiguos prisioneros que lo solicitaba, se le habían proporcionado fotocopias de las páginas de los libros de registro donde podía figurar su nombre —en su caso las páginas donde los nazis habían anotado nombres de prisioneros españoles—, no sin antes advertirle de que quizá no figuraba en ellas porque las listas de los libros no estaban completas. El día en que Ibel lo conoció, Marco le mostró la fotocopia de una de las páginas de los libros de registro y señaló un nombre. Aquí está, dijo. Éste soy yo. Ibel miró. Estaba acostumbrado a la letra de los funcionarios nazis de Flossenbürg y de un vistazo captó la información: la entrada que Marco señalaba era la del prisionero número 6448, un español cuyo nombre era Enric pero cuyo apellido no era Marco sino Moné. Ibel llamó la atención de Marco sobre ello; Marco insistió, se lanzó a una confusa explicación sobre el funcionamiento de la lucha clandestina, sobre la necesidad de usar nombres falsos para borrar las pistas y desorientar al enemigo. No hay duda, concluyó, señalando otra vez la entrada del listado. Soy yo. Ibel estudió la entrada: allí se leía que aquel español era de Figueras, que había ingresado en el campo principal el 23 de febrero de 1944 y que había salido de él hacia el subcampo de Beneschau el 3 de marzo de ese mismo año, y el historiador recordó entonces (o quizá lo recordó más tarde) que ninguno de aquellos datos coincidía con los que Marco le había dado o con los que le parecía recordar que le había dado, pero no quiso discutir con él. Sólo dijo: Si usted dice que es usted, será usted. No hay duda, repitió Marco. Soy yo. Y a continuación le pidió a Ibel que le extendiese un certificado conforme al cual él había sido el preso número 6448 del campo de Flossenbürg. Ibel se quedó perplejo. Yo no puedo hacer eso, dijo. ¿Por qué no?, preguntó Marco. Porque no tenemos la certeza de que usted fuese esa persona, contestó Ibel; luego añadió, indicando la fotocopia del libro de registro: Podemos hacerle otra copia de ese documento, si lo desea, pero no un certificado de que estuviese preso aquí. Marco no debió de quedar muy satisfecho con la respuesta, aunque también debió de comprender que no le convenía prolongar la discusión. No la prolongó.

El incidente no tuvo consecuencias negativas para Marco, y a partir de aquel momento nuestro hombre usurpó en todas partes el número del campo de Enric Moné, que en realidad se llamaba Enric Moner; en todas partes menos en Flossenbürg, por supuesto. A pesar de que su comportamiento provocó el recelo momentáneo de Ibel –quien aquel mismo día dedujo también, por las respuestas de Marco a sus preguntas sobre su experiencia de los días finales del campo, que hablaba de ellos de oídas–, Marco continuó siendo invitado por las autoridades del Memorial a las celebraciones de los supervivientes. Acudía a ellas cada año, o casi cada año, solo o con su mujer o con amigos o conocidos españoles, participaba en los actos conmemorativos, ponía flores en la lápida de los españoles muertos, pronunciaba discursos, ejercía de cicerone con los visitantes o daba charlas sobre su experiencia de deportado en las escuelas próximas al campo. La organización del Memorial le trataba como a un superviviente más, y él se comportaba como si lo fuese; con alguno de los verdaderos supervivientes llegó incluso a entablar una cierta amistad: es lo que ocurrió, por ejemplo, con Gianfranco Mariconti –un viejo partisano italiano que había luchado durante la segunda guerra mundial contra los fascistas de su país y que, tras ser detenido en 1944, había pasado el último año del conflicto en Flossenbürg–, con quien inició una correspondencia y con quien se encontró varias veces al margen de las conmemoraciones, en Alemania y en Italia, solos y con sus respectivas mujeres. Todo esto le permitió identificarse con el campo, con los supervivientes del campo, consigo mismo como superviviente del campo. Fue una identificación completa, radical: para entender a Marco hay que entender que, en cierto modo, no fingía que era un deportado; o que al menos no lo fingió a partir de determinado momento: a partir de determinado momento, Marco pasó a ser un deportado, igual que, a partir de determinado momento, Alonso Quijano pasó a ser don Quijote.

Tengo a la vista una foto de una de las reuniones habituales de antiguos deportados en Flossenbürg. La imagen muestra a todos los supervivientes que quedaban vivos cuando se celebró o a todos los supervivientes que quedaban vivos en esa fecha y que pudieron o quisieron asistir al encuentro. Es una foto en color, veraniega –todo el mundo lleva camisas de manga corta y chaquetas ligeras–, muy probablemente tomada en julio, que es la época del año en que se celebraban esos encuentros, aunque ignoro de qué año; en todo caso, entre 2000 y 2004, que fueron los años en que Marco participó en ellos. No sé si son todos los supervivientes que están, porque el encuadre de la foto es defectuoso y da la impresión de haber suprimido a algunos de los que se han sentado a la derecha del fotógrafo. La mayoría son hombres, aunque también hay cuatro mujeres (el de Flossenbürg empezó siendo un campo sólo para hombres, pero al final las mujeres constituían casi un tercio de su población); uno de ellos, situado en el extremo derecho de la foto, luce un uniforme de deportado; como es lógico, todos son viejos o muy viejos. Marco está ahí, justo en el centro de la foto, en el lugar más visible: es el sexto hombre empezando por la izquierda de la segunda fila empezando por arriba. Viste camisa azul, de manga corta, y pantalones oscuros, tiene las manos juntas y los dedos entrelazados, perfectamente teñidos de negro el pelo abundante del mostacho y el pelo escaso de la cabeza; mira a la cámara y, aunque la imagen es borrosa, en sus ojos y en sus labios escondidos por el mostacho se adivina una sonrisa. Se le ve tranquilo, relajado, feliz de estar donde está, entre sus antiguos compañeros de cautiverio. Si no supiera que no es uno de ellos, nadie diría que no es uno de ellos. En realidad, es uno de ellos.

2

En mayo de 2005, cuando estalló el caso Marco, mucha gente se preguntó cómo pudo nuestro hombre engañar a tanta gente durante tanto tiempo con una mentira tan monstruosa. Igual que cualquier pregunta, o al menos igual que cualquier pregunta compleja, ésta no tiene una respuesta sino muchas; a continuación enumero siete.

La primera respuesta es por supuesto que Marco no es sólo un pícaro sobresaliente, un charlatán desaforado, un liante único y un fabulador excepcional, sino también un actor portentoso, un «eximio histrión», como lo llamó Vargas Llosa, un intérprete capaz de incorporarse por completo su personaje, de convertir su personaje en su persona: del mismo modo que a partir de determinado momento, en los años setenta, Marco dejó de interpretar a un antiguo resistente del franquismo y se convirtió en un antiguo resistente del franquismo, en determinado momento de los años del cambio de siglo Marco dejó de interpretar a un antiguo deportado por los nazis para convertirse en un antiguo deportado por los nazis.

La segunda respuesta es que, cuanto más monstruosa es la mentira, más creíble resulta para el común de los mortales. Esta evidencia está en la base del totalitarismo político, y nadie la describió mejor que un genio del totalitarismo: Adolf Hitler. «Las masas —razona Hitler en *Mi lucha*— son más fácilmente víctimas de la gran mentira que de la pequeña, porque sus miembros mienten en cosas pequeñas, pero se avergonzarían de mentiras demasiado grandes. Este tipo de falsedad nunca entraría en sus cabezas, y no serán capaces de creer en la posibilidad de que otros incurran en tales desfachateces aberrantes y tergiversaciones infames.» Dado que el énfasis en la verdad delata al mentiroso, apenas hará falta aclarar que en el pasaje citado Hitler no abogaba por las grandes mentiras, sino que las denunciaba en nombre de la verdad.

La tercera respuesta no es más importante que las dos primeras, pero sí menos evidente. Alguna vez se ha insinuado que el caso Marco quizá sólo pudo darse en España, un país con una compleja, deficitaria digestión de su pasado reciente, donde hubo pocas víctimas del nazismo por comparación con casi todos los demás países de Europa (entre otras razones porque no participó en la segunda guerra mundial o porque sólo participó en ella como aliado de Alemania), donde todavía a principios del siglo XXI apenas existían estudios fiables sobre las víctimas españolas del genocidio nazi y donde el Holocausto no figura en un lugar principal de la memoria colectiva o de eso que suele llamarse la memoria colectiva. Yo mismo creía que esa idea era exacta o al menos verosímil, y por eso, en «Yo soy Enric Marco», escribí que una de las cosas que hicieron posible el caso Marco fue «nuestra relativa ignorancia del pasado reciente en general y del nazismo en particular»; y concluía: «Aunque Marco se vendía como un remedio contra esa tara nacional, en realidad era la mejor prueba de su existencia».

No es falso, pero, al menos de entrada, tampoco parece del todo cierto. Porque la verdad es que desde el mismo final de la guerra hubo gente de muchas nacionalidades que aseguraba que había estado en los campos nazis y que en realidad no había estado en ellos, o gente que maquillaba o adornaba o exageraba la realidad de su estancia en los campos nazis, quizá porque, como dice Germaine Tillion, el enloquecido universo de los campos fomentaba este tipo de fantasías. Norman

Finkelstein explica el fenómeno por dos razones más tangibles: «Dado que el haber soportado los campos confiere una corona de mártir, muchos judíos que habían pasado la guerra en otros lugares se hicieron pasar por sobrevivientes de los campos. Aparte de ello, el otro motivo para esta impostura fue material. El gobierno alemán de posguerra pagaba compensaciones a judíos que habían estado en los guetos o en los campos. Muchos judíos se fabricaron un pasado acorde con los requerimientos de ese beneficio». Sólo algunos de estos impostores alcanzaron, claro está, la notoriedad de Marco, pero unos cuantos la superaron, o poco menos. Es el caso de Jerzy Kosinski, cuyas falsas memorias de víctima infantil del Holocausto, tituladas *El pájaro pintado*, fueron saludadas en 1965 como una de las mejores denuncias del nazismo, convertidas en un texto básico sobre el Holocausto, premiadas varias veces, traducidas a multitud de idiomas y recomendadas como lectura en las escuelas. O el caso de Benjamin Wilkomirski, que se hizo célebre por un libro publicado en 1995 y titulado *Fragmentos de una infancia en tiempos de guerra*, donde narraba como si fuera real su internamiento inventado en Auschwitz y Majdanek. O el de Herman Rosenblat, que en unas falsas memorias tituladas *El ángel en la valla* contaba que, de niño, en un campo nazi, había conocido sin verla a una niña a la que muchos años más tarde, por un azar inverosímil, había reconocido, y con quien seguía casado cuando el libro se publicó, en 2008. O el caso de la belga Misha Defonseca, quien el año anterior había publicado con gran éxito *Misha: recuerdos de los años del Holocausto*, donde cuenta que en 1941, cuando apenas había cumplido seis años, sus padres fueron arrestados por ser judíos y enviados a un campo de concentración, y que ella se pasó los cuatro años siguientes peregrinando por Alemania, Polonia, Ucrania, Rumanía y Yugoslavia, hasta que volvió a Bélgica a través de Italia y Francia, cuando la realidad es que ni era judía ni había salido de Bruselas en toda la guerra.

La lista de grandes impostores podría alargarse (durante veinte años Deli Strummer pronunció conferencias en Estados Unidos sobre su paso por los campos nazis, hasta que en 2000 se descubrió que nunca había sido prisionero en un campo nazi; Martin Zaidenstadt fue en su vida adulta un próspero hombre de negocios hasta que, tras su jubilación, empezó a hacer de guía y a pedir limosna a los visitantes del antiguo campo de Dachau, fingiendo que había sido prisionero allí). Todas estas personas son o eran judíos, o decían serlo. El hecho no es anecdótico. Como el propio Marco pudo comprender en cuanto empezó a documentarse para crear su personaje de deportado, una cosa es el Holocausto –el exterminio sistemático y masivo de millones de judíos– y otra la Deportación –el encarcelamiento en campos, el uso como mano de obra esclava y el asesinato de centenares de miles de no judíos–; no siempre es fácil distinguir una cosa de la otra, porque a veces se entrecruzan o se superponen, pero lo cierto es que el Holocausto dejó mucho menos rastro documental que la Deportación, sobre todo en el este de Europa, donde se eliminó a millones de personas sin que muchas veces mediase un solo papel. La conclusión es que los impostores judíos lo tenían mucho más fácil que los no judíos, y de ahí que los impostores más conocidos sean judíos. De hecho, en numerosos países de Europa, sobre todo del oeste de Europa, el caso Marco hubiese sido muy difícil; sin ir más lejos en Francia, donde hubo muchísimos más deportados que en España, donde todos ellos estuvieron encuadrados desde el principio en entidades y asociaciones, donde la circunstancia de ser un deportado obligaba a pasar una serie de controles periódicos y donde los deportados cobraban una pensión y gozaban de ciertos privilegios. Hay que ser justos: todos o casi todos los países europeos –y, verosímilmente, la inmensa mayoría de los países sin más– tienen o han tenido una compleja y deficitaria digestión de su pasado reciente, porque ningún país puede presumir de un pasado sin conflicto y sin violencia y sin nada de lo que avergonzarse, y porque, igual que Marco, las naciones hacen también lo posible para evitar conocerse a sí mismas o reconocerse como lo que son; de modo que quizá no es cierto que el caso Marco sólo pudiera darse en España. Quizá. Pero no es un intento de halagar el tradicional masoquismo español reconocer que, en gran parte a causa de la dictadura de cuarenta años que siguió a la guerra, España estaba mejor preparada que casi cualquier otro país de Europa para generar el caso Marco, y la prueba es que en diciembre de 2004, pocos meses antes de desenmascarar a Marco, el propio Benito Bermejo desenmascaró a un segundo falso deportado español que había adquirido casi tanta notoriedad como Marco: Antonio Pastor Martínez. Que yo sepa, en ningún otro lugar de Europa se han dado dos casos semejantes.

Ésa es la tercera respuesta, la tercera razón por la que Marco pudo engañar a tanta gente durante tanto tiempo: el retraso histórico de España en acceder a la democracia y nuestro desinterés general por el más áspero pasado reciente europeo. La cuarta respuesta es que, si bien se mira, Marco no engañó a tanta gente, o sólo engañó a la gente que era fácil de engañar o que estaba deseando ser engañada, y sobre todo no la engañó durante tanto tiempo. Marco se manifestó públicamente como deportado en 1978, en el libro de Pons Prades y Mariano Constante, pero hasta 1999, cuando hizo su primer viaje a Flossenbürg e ingresó en la Amical de Mauthausen, su personaje de deportado apenas volvió a dar señales de vida más que de forma privada y ocasional, casi secreta, como si llevase una vida latente. Esto significa que, al menos como falso deportado, Marco no engañó durante casi treinta años, como suele decirse, sino durante apenas seis: desde 1999 hasta que estalló el caso Marco. En cuanto al número de personas a las que engañó, no hay duda de que fue enorme, pero la mayoría eran escolares, y la inmensa mayoría, incluidos periodistas, profesores, historiadores y políticos, no tenían ni idea de la Deportación o tenían una idea muy superficial de ella, y no conocían los datos que podían desmontar la impostura de Marco ni se tomaron la molestia de verificar si lo que decía era cierto o no. A los auténticos deportados, en cambio, no los engañó, o no a todos: no sabemos lo que pensaban de él los verdaderos deportados en Flossenbürg —a quienes por lo demás vio muy pocas veces y de quienes le separaban barreras lingüísticas muy útiles para proteger su impostura—, pero sí sabemos que algunos deportados españoles sospechaban de él, que antes de que fuese desenmascarado comentaban entre sí sus sospechas, que Marco procuraba frecuentarlos lo menos posible y que tenía una enorme habilidad para esquivarlos; también sabemos que nunca se acercó a las asociaciones mayoritarias de deportados españoles, que se hallaban en Francia porque tras la guerra mundial la mayoría de los deportados españoles se quedaron en Francia —la Amical francesa y la FEDIP (Federación Española de Deportados e Internados Políticos)—, igual que sabemos que, cuando se acercó a la Amical española, la Amical de Mauthausen, quedaban ya en ella muy pocos deportados y estaban muy disminuidos. No quisiera ser malinterpretado: nada más lejos de mi intención que pretender escatimar méritos a la impostura de Marco, que es extraordinaria; como en todo este libro, o en casi todo, en el párrafo que ahora termina sólo trato de ser ecuánime.

La quinta respuesta explica en parte por qué no desenmascaró a Marco ninguno de los verdaderos deportados que sospechaban de él. «En los impostores públicos se da el hecho curioso de algo como un silencio protector —escribe el psiquiatra Carlos Castilla del Pino—. Casi siempre hay conocedores de la impostura que no se atreven a desvelarla. Las razones a su vez ocultas del silencio hacen que en ocasiones se pueda mantener la impostura durante años. La complicidad no siempre es interesada, y no se trata de cómplices en sentido estricto.» La pregunta es cuáles eran las razones ocultas del silencio de los cómplices involuntarios de Marco; arriesgo dos respuestas. La primera es obvia: en las últimas décadas se ha producido una «sacralización del Holocausto» (la expresión es de Peter Novick); ésta, unida al eclipse progresivo de los testigos del Holocausto, ha llevado a una sacralización de los testigos del Holocausto, que han dejado de ser víctimas para ser héroes o santos laicos, y a nadie le gusta ser un aguafiestas ni meter el dedo en el ojo de nadie, y mucho menos en el de un heroico y sacralizado testigo del Holocausto mientras danza en la fúnebre celebración permanente del Holocausto. La segunda respuesta no es menos obvia: aunque parece improbable que haya habido más casos de impostura entre los deportados españoles (aparte de los de Marco y Pastor), no es en absoluto improbable que algunos de los deportados que aglutinaba la Amical de Mauthausen hubieran cedido más de una vez a la tentación de maquillar o adornar o exagerar su pasado, y que ninguno de ellos quisiese arrojar la primera piedra.

Llegamos así a la sexta respuesta. Está relacionada con la mencionada sacralización de los testigos del Holocausto, o simplemente con la sacralización de los testigos. En «Yo soy Enric Marco» argumenté que el testigo ha cobrado en nuestro tiempo un prestigio tan desmesurado que nadie se atreve a cuestionar su autoridad, y que la cesión pusilánime a ese soborno intelectual facilitó el embeleco de Marco. Ese artículo se publicó en El País en diciembre de 2009; justo un año después, en diciembre de 2010, cuando creía haber abandonado definitivamente la idea de escribir sobre Marco y estaba sumergido en un libro que no tenía nada que ver con él, publiqué en el mismo periódico otro artículo, éste titulado «El chantaje del testigo», que sin la menor duda escribí pensando en Marco. Dice así:

«No falla: cada vez que, en una discusión sobre historia

reciente, se produce una discrepancia entre la versión del historiador y la versión del testigo, algún testigo esgrime el argumento imbatible: "¿Y usted qué sabe de aquello, si no estaba allí?". Quien estuvo allí —el testigo— posee la verdad de los hechos; quien llegó después —el historiador— posee apenas fragmentos, ecos y sombras de la verdad. Elie Wiesel, superviviente de Auschwitz y Buchenwald, lo ha dicho con un ejemplo: para él, los supervivientes de los campos de concentración nazis "tienen que decir sobre lo que allí pasó más que todos los historiadores juntos", porque "sólo los que estuvieron allí saben lo que fue aquello; los demás nunca lo sabrán". Esto, me parece, no es un argumento: es el chantaje del testigo.

»Tomo la cita de Wiesel de un necesario alegato en favor de la historia publicado por Santos Juliá en la revista *Claves* (n.º 207). Necesario porque, en un tiempo saturado de memoria, ésta amenaza con sustituir a la historia. Mal asunto. La memoria y la historia son, en principio, opuestas: la memoria es individual, parcial y subjetiva; en cambio, la historia es colectiva y aspira a ser total y objetiva. La memoria y la historia también son complementarias: la historia dota a la memoria de un sentido; la memoria es un instrumento, un ingrediente, una parte de la historia. Pero la memoria no es la historia. Elie Wiesel tiene razón, aunque sólo a medias: los supervivientes de los campos nazis son los únicos que conocen de verdad el horror incalculable de aquel experimento diabólico; pero eso no significa que entendiesen el experimento, y sí más bien que, demasiado ocupados con su propia supervivencia, quizá se hallan en la peor situación posible para entenderlo. Tolstói afirma en *Guerra y paz* que "el individuo que desempeña un papel en el acontecer histórico nunca entiende su significado". En la undécima parte de esa novela, Pierre Bezujov se adentra en la batalla de Borodino; va en busca de las glorias que ha leído en los libros, pero lo único que encuentra es un caos total o, como escribe Isaiah Berlin, "la confusión acostumbrada de los individuos, ocupados en satisfacer al azar tal o cual deseo humano [...] una sucesión de accidentes cuyos orígenes y cuyas consecuencias, en general, no se puede rastrear ni predecir". Treinta años antes de *Guerra y paz*, Stendhal concibió una escena semejante: al principio de *La cartuja de Parma*, Fabrizio del Dongo, ferviente admirador de Napoleón, toma parte en Waterloo, pero, igual que Bezujov en Borodino, no entiende nada o sólo entiende que la guerra es un caos absoluto y no "aquel noble y común arrebato de almas generosas que él se había imaginado por las proclamas de Napoleón". Claro que hay en los testimonios de Bezujov y Del Dongo una verdad profunda, según la cual la guerra no es, para quienes intervienen en ella, más que un cuento lleno de ruido y de furia, que no significa nada. Pero la verdad de Bezujov y Del Dongo no es toda la verdad; precisamente porque no participó en Borodino ni en Waterloo, el historiador puede silenciar el ruido y aplacar la furia, inscribir Borodino y Waterloo en la serie de las guerras napoleónicas y la serie de las guerras napoleónicas en la serie de la historia del siglo XIX o de la historia a secas, y de ese modo darle un sentido al cuento. A menos que sea muy ingenuo (o muy soberbio), el historiador no pretende alcanzar así la verdad absoluta, que es la suma de infinitas verdades parciales, y como tal inalcanzable; pero, a menos que sea muy inconsciente (o muy perezoso), el historiador sabe que tiene la obligación de acercarse al máximo a esa verdad perfecta, y la posibilidad de hacerlo más que nadie.

»Un historiador no es un juez; pero la forma de operar de un juez se parece a la de un historiador: como el juez, el historiador busca la verdad; como el juez, el historiador estudia documentos, verifica pruebas, relaciona hechos, interroga a testigos; como el juez, el historiador emite un veredicto. Este veredicto no es definitivo: puede ser recurrido, revisado, refutado; pero es un veredicto. Lo emite el juez, o el historiador, no el testigo. Éste no siempre tiene razón; la razón del testigo es su memoria, y la memoria es frágil y, a menudo, interesada: no siempre se recuerda bien; no siempre se acierta a separar el recuerdo de la invención; no siempre se recuerda lo que ocurrió sino lo que ya otras veces recordamos que ocurrió, o lo que otros testigos han dicho que ocurrió, o simplemente lo que nos conviene recordar que ocurrió. De esto, desde luego, el testigo no tiene la culpa (o no siempre): al fin y al cabo, él sólo responde ante sus recuerdos; el historiador, en cambio, responde ante la verdad. Y, como responde ante la verdad, no puede aceptar el chantaje del testigo; llegado el caso, debe tener el coraje de negarle la razón. En tiempo de memoria, la historia para los historiadores».

Ésa es la respuesta a la pregunta de por qué Marco pudo engañar a tanta gente durante tanto tiempo, la sexta y la penúltima: la respuesta es que, mientras Marco interpretaba su papel de deportado o se convertía de verdad en un deportado y sobre todo en el campeón de la memoria de los horrores del siglo XX, en España —y acaso en toda Europa— el chantaje del testigo era más potente que nunca, porque no se vivía un tiempo de historia, sino de memoria.

La séptima y última respuesta es que, en aquel tiempo de memoria, cuando, más que la memoria, triunfaba en España la industria de la memoria, la gente estaba deseando escuchar las mentiras que el campeón de la memoria tenía que contar. Una vez más, Marco estaba con la mayoría.

3

Marco acudió por vez primera a la Amical de Mauthausen tras uno de sus viajes iniciales a Flossenbürg. Por entonces la Amical tenía su sede en un ático del número 312 de la calle Aragón, en el barrio del Ensanche. Marco se presentó allí como un antiguo deportado deseoso de colaborar con la asociación; no sé con quién habló aquel primer día, pero lo cierto es que nadie le hizo mucho caso y que él sacó la impresión de que le daban largas. Al cabo de un tiempo, Marco visitó otra vez la Amical, sin mejores resultados. Por entonces nuestro hombre todavía era vicepresidente de FAPAC y, semanas o meses después de aquella segunda visita frustrada al ático de Aragón, un compañero de la entidad le dijo que había hablado de él con un miembro de la Amical y que éste quería conocerle. El compañero de FAPAC se llamaba Frederic Lloret y era profesor de biología; el miembro de la Amical se llamaba Rosa Torán, era profesora de historia y era o iba a ser muy pronto miembro de la junta de la Amical. También es un personaje relevante en esta historia.

Marco y Torán se conocieron en una comida organizada por Lloret, durante la cual Torán le habló a Marco de la Amical, le contó que un tío suyo había sido deportado y asesinado en Mauthausen y que no hacía mucho que ella frecuentaba la Amical y se interesaba por la Deportación. Por su parte, Marco habló largamente de su experiencia de prisionero en

Flossenbürg, contó que había dado algunas charlas sobre ella en institutos de enseñanza secundaria y le entregó a Torán una fotocopia de una carta que acababa de enviar a un compañero italiano del campo. La carta era auténtica; el compañero era Gianfranco Mariconti, a quien Marco venía de conocer en su primera reunión con los antiguos deportados de Flossenbürg. Cinco años más tarde, justo antes de que estallara el caso Marco, Torán publicó la misiva en un libro titulado *Los campos de concentración nazis. Palabras contra el olvido*. En ese texto, Marco empieza hablándole a su flamante amigo real y antiguo compañero ficticio de la diferencia entre el campo que había conocido (o que no había conocido) y el actual: «No es fácil, hoy, reconocer el campo. Lo que queda de él es lo justo para no confundirlo con un parque o con el jardín interior de la urbanización que, actualmente, cubre buena parte de los antiguos fundamentos de los barracones». Hacia el final de la carta escribe que, a sus setenta y ocho años, su capacidad de ira y de odio debería haberse consumido, pero insinúa que no es así, a pesar de lo cual concluye con uno de los lemas que repetiría sin parar en sus años de la Amical, debidamente enfatizado con mayúsculas: «Perdonar, sí; olvidar, NO».

Todo cambió en su siguiente visita a la sede de la Amical, aunque no gracias a Rosa Torán sino a Josep Zamora. Zamora ocupaba en esa época el cargo de secretario general de la entidad; era hijo de deportado, no deportado, pero había combatido en la guerra civil y luego en la resistencia francesa, y desde los años ochenta formaba parte de la Amical. Ésta, literalmente, vivía del pasado, allí el pasado no era pasado sino presente o una dimensión del presente, de modo que, pese a que Marco y Zamora no se conocían, empezaron a intercambiar experiencias del pasado, descubrieron que habían hecho la guerra en la misma unidad (la 26 División, antigua Columna Durruti), en seguida congeniaron. Marco se hizo socio de la Amical de inmediato. Para formalizar su ingreso, en los días siguientes contestó por escrito las preguntas de un cuestionario; sus respuestas constituyen una mezcla casi perfecta de verdades y mentiras: declaró que había nacido el 14 de abril de 1921, fecha emblemática de la proclamación de la Segunda República, y no el 12 de abril del mismo año, fecha real de su nacimiento; declaró que había sido prisionero en el penal de Kiel, lo que era cierto, y en el campo de Flossenbürg, lo que era falso; declaró que el número que tenía en el penal era el 623-23, lo que bien podría ser cierto aunque no puedo confirmarlo, y que el número que tenía en el campo era el 6448, lo que era falso (el número, no obstante, existía: era el que él le había usurpado a Enric Moner); declaró que su fecha de entrada en el penal era el 6 de marzo de 1942, lo que era cierto, y que su fecha de entrada en el campo era el 18 de diciembre de 1942, lo que era falso, y también declaró que su fecha de salida era el 23 de abril de 1945, lo que por supuesto era igualmente falso (aunque a su modo la fecha era también emblemática: la de la liberación de Flossenbürg). Una de las últimas preguntas que planteaba el cuestionario se refería al motivo o los motivos por los que había sido enjuiciado; Marco anotó uno cierto («Alta traición») y uno falso («Conspiración contra el III Reich»). Al final del cuestionario, el nuevo miembro de la entidad debía enumerar los documentos o las fotocopias de los documentos que adjuntaba como prueba de su condición de deportado; Marco escribió: «Sentencia consejo de guerra, documento entrada penal y documento KL Flossenbürg».

Eso es lo que Marco dijo que adjuntó, pero lo que de verdad adjuntó no fue eso, o no exactamente. Adjuntó el escrito del fiscal en el juicio que se le instruyó en Kiel, donde quedaba claro que le habían detenido y había pasado varios meses en la cárcel acusado de alta traición, pero no adjuntó la sentencia del juez, que probaba que había sido declarado inocente y puesto en libertad. Adjuntó la fotocopia del libro de registro del campo de Flossenbürg en la que figuraba escrito a mano un nombre que era el de Enric Moner aunque podía confundirse con el de Enric Marco (o eso esperaba Marco), la fotocopia con la que había intentado, en el archivo del Memorial de Flossenbürg, que Johannes Ibel autentificase su condición de deportado en el campo. Y adjuntó otro documento. Llevaba la fecha del 25 de junio de 1999 y, sobre todo para quien no supiera alemán, parecía un certificado oficial de que Marco había sido prisionero en el campo de Flossenbürg, porque constaba de una página que incluía una lista de treinta y dos nombres de ciudadanos de catorce naciones, entre los que podía leerse el de Marco, y de otra página grapada a la anterior y sellada por la oficina de información de Flossenbürg (por si había alguna duda, el propio Marco había escrito de su puño y letra al final de la página: «Superviviente localizado»); la realidad es que el documento era sólo un certificado de su asistencia a una de las reuniones de antiguos prisioneros que se celebraban en el Memorial del campo, y que no había sido emitido por la oficina de información de Flossenbürg sino por un organismo del Ministerio de Educación de Baviera. Por lo tanto, ninguno de los documentos que entregó Marco como prueba de su paso por el campo de Flossenbürg demostraba que hubiera sido un deportado en el campo de Flossenbürg; pero, o nadie sabía alemán en la Amical, o nadie leyó los documentos, o a quien los leyó le parecieron convincentes o no le parecieron convincentes pero no quiso ser un aguafiestas ni meter un dedo en el ojo de nadie y cedió al prestigio o el soborno o el chantaje del testigo y no se atrevió a decir No y optó por callarse. Si esto último fue lo que ocurrió —y no es imposible que así sea—, lo más probable es que quien lo hizo no se arrepintiera en seguida de haberlo hecho.

Porque, en cuanto ingresó en la Amical, Marco pareció el hombre que los deportados españoles necesitaban, al igual que veinticinco años atrás, en cuanto ingresó en la CNT, había parecido el hombre que necesitaban los anarquistas españoles. Y, al igual que ocurrió cuando ingresó en la CNT y en FAPAC, Marco ingresó en la Amical en un momento de crisis. La entidad había sido fundada en 1962, con la ayuda de la Amical francesa, y había permanecido en la ilegalidad hasta 1978, sobre todo dedicada a facilitar el contacto afectivo entre los deportados y los familiares de los deportados, así como a procurarles información y ayuda jurídica y, más adelante, económica; hacia 1999, sin embargo, ese modelo parecía casi agotado, porque los últimos supervivientes empezaban a extinguirse o habían envejecido tanto que apenas se hallaban en condiciones de dirigir la Amical, de manera que ésta debía renovarse a fondo si no quería extinguirse con ellos. La renovación ya se había iniciado cuando Marco llegó, aunque casi todo el mundo reconoce que nadie contribuyó tanto como él a afianzarla. Era encantador, incansable y completamente generoso con su tiempo, un tiempo que empezó a invertir por completo en la Amical. Lo más importante, sin embargo, era que, a pesar de ser un deportado, poseía la energía y la juventud que ya no poseían los deportados. Además, no era tan parco en palabras como ellos o como casi todos ellos, ni tan reacio a hablar de su experiencia en los campos; al contrario: él estaba encantado de hacerlo, y sabía hacerlo o por lo menos sabía encandilar a la gente con sus relatos vividos. De hecho, cuando hablaba en público Marco resultaba mucho más convincente que los auténticos deportados, y la prueba es que, en las ocasiones en que iba a dar charlas acompañado por ellos, los eclipsaba, se convertía en el hombre que conmovía y fascinaba a las audiencias, en el centro absoluto de la sesión. La realidad es que, estuviera donde estuviera, Marco toleraba mal no ser el protagonista. El 15 de noviembre de 2002, el pleno del Parlamento catalán homenajeó a los republicanos exiliados tras la guerra civil; en el acto intervinieron representantes de todos los partidos políticos, pero ninguno de los catorce republicanos invitados en representación de los demás: ninguno salvo Marco, que acudió como superviviente de los campos nazis y que al final, mientras resonaban los aplausos a los homenajeados, intervino a su modo dando un grito que lo arrojó a las páginas de todos los periódicos del día siguiente: «¡Viva la República!».

Marco no tardó más que unos meses en demostrar que podía ser importante para revitalizar la Amical. En 2001 se cumplían diez años de la muerte de Montserrat Roig, una escritora vinculada con fuerza a la entidad porque en 1977 había publicado el primer libro sobre los catalanes prisioneros en los campos nazis, y la junta decidió recordarla con una serie de actos, entre ellos un homenaje en el Palau de la Música. Para la Amical, era un proyecto de una ambición inédita, tal vez excesiva, sobre todo teniendo en cuenta su menguada economía y la fragilidad de sus principales dirigentes; esto explica quizá que en abril de aquel año se incorporasen a la junta algunos dirigentes más jóvenes, entre los cuales se encontraba Marco, quien fue nombrado secretario de relaciones internacionales y contribuyó al éxito de los eventos poniendo al servicio de la Amical su dinamismo, su dedicación sin horarios y las estrechas relaciones que había cultivado con los dirigentes políticos de la administración catalana como hiperactivo vicepresidente de FAPAC. Estas relaciones explican que, dos meses antes del homenaje a Montserrat Roig, Marco hubiera sido honrado por el gobierno catalán con la Creu de Sant Jordi, máxima condecoración civil catalana, por toda una vida de entrega abnegada y generosa a preservar, incluso en las circunstancias más adversas, la dignidad y el bienestar de su país: no sólo, según rezaba la explicación oficial de sus méritos, por «su fidelidad a la tradición libertaria del movimiento obrero catalán, que se concreta en una dilatada trayectoria como militante y después secretario general de la CNT en Cataluña» o por «su impulso continuado a la mejora de la calidad de la enseñanza en el ámbito público», sino también por su lucha contra el franquismo y contra el nazismo, «que lo llevó a ser detenido por la Gestapo e internado en un campo de concentración». Era, hasta el momento, el gran momento de Marco, la consagración pública en Cataluña del personaje que había inventado. ¿Cabe extrañarse de que muchos miembros de la Amical vieran en Marco una bendición caída del cielo para sacarlos de décadas de penuria con su prestigio de héroe civil y su juventud milagrosa?

Mientras afianzaba su poder en la Amical, Marco acababa de pulir su personaje. Debió de ser por aquella época cuando le contó su historia a un joven periodista llamado Jordi Bassa, que estaba preparando un libro sobre los deportados catalanes en los campos nazis; era lo que había hecho con Pons Prades veinticinco años atrás, pero el resultado, que se publicó al año siguiente con el título de *Memoria del infierno*, no acabó pareciéndose mucho al de Pons Prades, al menos en lo que a Marco se refiere. En el momento en que habló con Bassa, nuestro hombre ya había visitado Flossenbürg y se había documentado a conciencia y había creado o estaba creando a conciencia su personaje de superviviente de la Deportación, así que, en vez de pasar de puntillas sobre su estancia en Flossenbürg como había hecho con Pons Prades, ahora se explayaba sobre ella: describía el campo, inventaba anécdotas e historias, recreaba atmósferas y estados de ánimo, daba detalles de fechas, de lugares, de personajes; construía, en fin, un relato mucho más persuasivo que el de Pons Prades, como un novelista que con tiempo y esfuerzo ha aprendido su oficio, ha diversificado sus recursos y se ha vuelto dueño absoluto de ellos.

Por aquellos años Marco hizo una visita a Flossenbürg con su mujer y un grupo de socios de la Amical, entre ellos Rosa Torán. Eran siete u ocho y viajaron en una furgoneta. Al llegar al campo, Marco fue recibido por los trabajadores del Memorial, incluido el director, Jörg Skriebeleit, como un deportado más y, como un deportado más, participó en un homenaje de unos jóvenes a los antiguos deportados del campo, quienes por supuesto también lo trataron como a uno de los suyos. Antes o después de aquella ceremonia, Marco y sus acompañantes de la Amical pusieron flores en la lápida que recuerda a los españoles muertos en Flossenbürg y recorrieron el campo mientras nuestro hombre rememoraba su experiencia en él: aquí estaba mi barraca, allí estaba la cocina, más allá el comedor, aquí, en la Appellplatz, se pasaba revista cada mañana, allí me pegaron una paliza, más allá asesinaron a no sé quién. De ese viaje Torán recuerda especialmente tres cosas. La primera es que en determinado momento Marco y su mujer se marcharon al pueblo porque al parecer tenían una cita allí con Gianfranco Mariconti, el falso compañero de campo y amigo verdadero de Marco, y que volvieron de la cita antes de tiempo: según contó la mujer de Marco, que en otras ocasiones había estado con Mariconti, el italiano no había aparecido. La segunda cosa que recuerda Torán es que, durante su visita al archivo del Memorial, pidió ver por curiosidad la ficha de entrada al campo de Marco; Torán no recuerda a quién le hizo la petición, pero sí que esa persona le describió las dificultades que existían para acreditar documentalmente la presencia de todos los deportados en el campo, le habló de la base de datos que había empezado a confeccionar Johannes Ibel, le contó que, al liberar el campo, los norteamericanos se habían llevado a su país toda la documentación que encontraron y que ahora se hallaba en el Archivo Nacional de Washington, donde desde hacía algún tiempo estaban haciendo listas alfabéticas de prisioneros con los nombres que figuraban en los libros de registro del campo y se las estaban mandando microfilmadas, le dijo que de momento sólo habían recibido hasta la letra F, o tal vez la G, en todo caso una letra anterior a la M de Marco, de tal manera que aún no podrían saber si Marco figuraba en ellas o no; esa persona le dijo asimismo a Torán que, en realidad, no tenían ninguna garantía de que el nombre de Marco apareciese en la documentación, porque lo más probable es que no constaran en ella los nombres de todos los deportados; por lo demás, Torán no recuerda que ni Marco ni nadie le mostrase la página de la copia del libro de registro en la que estaba escrito a mano el nombre de Enric Moner, que, según Marco había tratado en vano de hacerle creer a Ibel, era su nombre en la clandestinidad, o su seudónimo, un nombre que quizá podía confundirse con el de Marco o que a Marco le hubiera gustado que pudiera confundirse con el suyo, por lo que había adjuntado una fotocopia de la página en la que figuraba a la documentación que, para probar su paso por Flossenbürg, había entregado al ingresar en la Amical. La tercera cosa que recuerda Torán de ese viaje es la primera que ocurrió y la más importante o la que a mí me parece más importante, y es que, durante el trayecto en furgoneta hacia Flossenbürg, le oyó confesar a la mujer de Marco: «Yo, cada vez que venimos a Flossenbürg, sufro, porque antes del viaje Enric se pasa días sin dormir».

Por fin, el 6 de abril de 2003, en una asamblea celebrada en Sant Boi de Llobregat —la misma ciudad de la periferia de Barcelona donde su madre había permanecido encerrada en un sanatorio psiquiátrico durante treinta y cinco años—, Marco fue elegido presidente de la Amical. Sustituía a Joan Escuer, un antiguo deportado en el campo de Dachau que llevaba diez años como presidente efectivo de la entidad. Escuer tenía casi noventa años y una salud muy delicada, y Torán recuerda que una tarde, poco antes de la asamblea de Sant Boi, los convocó a Marco y a ella en su casa para pedirles que velasen por la continuidad de la Amical y para animar a Marco a sustituirle en la presidencia, porque tenía plena confianza en él y consideraba que reunía las condiciones ideales para modernizar la asociación. La escena es verosímil; también es muy probable que, si ahora mismo se preguntase en secreto a los miembros de la Amical por la época de la presidencia de Marco, la mayoría de ellos contestase que fue la mejor de la entidad. Esto no se debió sólo a Marco, por supuesto: su presidencia coincidió con la explosión de la llamada memoria histórica en España, con un momento de enorme interés por el pasado reciente y por el recuerdo y vindicación de sus víctimas; igualmente coincidió con un cambio en profundidad de la junta de la Amical, que se abrió de par en par a los dirigentes más jóvenes, entre ellos Rosa Torán, quien pasó a ocupar una de las vicepresidencias. No obstante, sería mezquino, además de falso, negar que Marco contribuyó de manera decisiva a la nueva etapa de la asociación.

Nueva y boyante: bajo la presidencia de Marco la Amical alcanzó su apogeo. Igual que en la CNT o en FAPAC, Marco fue en la Amical un dirigente desorganizado que ocultaba su caos mental y su incapacidad organizativa tras el revuelo que levantaban su activismo frenético, su palabrería sin freno y sus incontables horas de trabajo, pero durante su mandato la entidad terminó su tránsito desde una asociación que no hacía mucho más que congregar y asesorar a los deportados españoles y a sus familias hasta una asociación que, además, servía como centro de documentación y difusión de su memoria y su historia: en aquellos años la Amical extendió sus contactos a otras asociaciones similares, empezó a poner orden en su archivo, amplió y catalogó su biblioteca y su hemeroteca, contrató nuevo personal, organizó viajes y conferencias, obtuvo cuantiosas subvenciones de la administración pública, firmó importantes convenios con ella y pudo abandonar el ático de la calle Aragón y mudarse a un local más amplio en los bajos de un edificio de la calle Sils, en el casco antiguo de Barcelona. Estos y otros cambios supusieron que en poco tiempo la

Amical dejó de ser una entidad casi desconocida para ser poco menos que ubicua y estelar, como mínimo en Cataluña.

Marco fue determinante en esa transformación. Era la figura más visible de la Amical, la personificación misma de la Amical, no sólo porque fuese su presidente ni sólo porque al estar jubilado podía consagrarse a ella en cuerpo y alma, igual que había hecho en la CNT y en FAPAC, sino también porque daba charlas por doquier: en universidades, ateneos, hogares de ancianos, centros penitenciarios, escuelas de adultos y asociaciones diversas, pero sobre todo en colegios e institutos de enseñanza secundaria. En 2002 Joan Escuer había firmado un convenio con el gobierno catalán por el que éste financiaba o ayudaba a financiar aproximadamente ciento veinticinco charlas al año, que los miembros de la Amical debían impartir en los centros educativos catalanes; Marco amplió y renovó cada año ese convenio, además de convertirse en el conferenciante principal y casi único. Tras el estallido del caso Marco se dijo a menudo que nuestro hombre se había lucrado con esas conferencias; es una estupidez: dejando aparte que el gobierno catalán pagaba por cada una de ellas la fortuna de entre sesenta y seis y ochenta euros –los cuales iban a parar a la tesorería de la Amical, que a su vez se limitaba a pagarle al conferenciante los gastos de transporte–, Marco no pronunciaba esas conferencias por dinero sino por un conjunto de razones, la principal de las cuales es que quería ser don Quijote y no Alonso Quijano; es decir: aspiraba a que todos los chavales de Cataluña le quisieran y le admiraran, y a que todos lo considerasen un héroe.

A punto estuvo de conseguir la hazaña. Aquellas charlas le gustaban tanto que, dándolas, rejuvenecía, como si más que charlas fuesen transfusiones de sangre. Marco se presentaba siempre en ellas con la misma mezcla de mentiras y verdades («Me llamo Enric Marco y nací el 14 de abril de 1921, justo diez años antes de la proclamación de la Segunda República española») y a continuación se lanzaba a un relato donde la mezcla proseguía y aumentaba al mezclarse a su vez con casi un siglo de historia de su país y casi un siglo de su historia personal, la historia de un hombre que encarnaba la historia de su país o que era el símbolo o el compendio de la historia de su país, un hombre que había estado en todas partes y había conocido a todo el mundo (a Buenaventura Durruti y a Josephine Baker y a Quico Sabater y a Salvador Puig Antich) y que desde los quince años no había hecho otra cosa que defender la libertad, la solidaridad y la justicia social, la historia de un resistente perpetuo que había luchado por la Segunda República contra el fascismo y se había enfrentado al franquismo y también al nazismo y no había sido doblegado ni por la guerra ni por los campos de concentración ni por la policía de Franco y había sufrido todo tipo de penalidades sin dejar de batallar nunca por un mundo mejor, la historia de un soldado de todas las guerras o de todas las guerras justas, decidido en su vejez a difundir su propia experiencia para que no se volviera a repetir lo que él había visto y vivido, para evitar que les sucediera a ellos, los jóvenes españoles de hoy, lo que en su juventud le había sucedido a él y estaba sucediendo ahora en tantos lugares del mundo, en Palestina, en Irak, en Kosovo, en Guantánamo, en Sierra Leona, y para eso era imprescindible que ellos fueran justos y libres y que honraran la memoria de las víctimas y sobre todo que fueran fieles al pasado —«Perdonar, sí; olvidar, NO»—, al pasado propio y al de todos, razón por la cual a menudo les pedía que, al terminar aquella charla, fuesen a ver a sus padres y a sus abuelos y hablasen con ellos y les dijesen que ya bastaba de silencio y de ocultación, y que les exigiesen afrontar la verdad, las vergüenzas e indignidades que escondían, ellos y su país, todo lo que les habían ocultado desde siempre o de lo que no les habían hablado, ya era hora de que se conociesen o se reconociesen como quienes eran, porque ante todo uno debía ser honesto consigo mismo y con su propio pasado, por duro y terrible y vergonzoso y humillante que fuese.

Eso o algo muy parecido a eso les decía Marco a los chavales (y con frecuencia también a los adultos), porque, en realidad, sus charlas no versaban sólo sobre historia y política; ante todo eran, o al menos lo eran para él, lecciones morales: evocando aquella ocasión memorable en que se negó a levantarse en un cine de Barcelona para cantar el «Cara al sol» a pesar de que se lo exigía un falangista de camisa azul y pistola al cinto o aquella otra todavía más memorable en que se jugó la vida ganándole una partida de ajedrez a un despiadado SS en Flossenbürg, Marco les decía o intentaba decirles a los chavales que un hombre puede ser humillado, embrutecido y animalizado, pero que, de pronto, en un momento supremo y alucinado de coraje, puede recuperar la dignidad, aunque ello le cueste la vida, y que ese momento está al alcance de todos y es el momento que nos define y que nos salva; rememorando sus largos años de empecinado opositor a la dictadura, mientras organizaba desde la clandestinidad la lucha clandestina y huía a todas horas de la policía franquista, que le pisaba los talones, Marco les decía o intentaba decirles a los chavales que el ser humano puede sobrevivir a las pruebas más duras y en las condiciones más difíciles siempre que sepa mantenerse libre, digno y solidario. Marco aducía siempre historias sacadas de su propia experiencia inventada, se ponía siempre a sí mismo como ejemplo, y de ese modo conseguía la veneración visible de sus jóvenes oyentes y la consolidación secreta del personaje que había creado, arraigándolo en su interior con la misma fuerza con que Alonso Quijano arraigó en su interior a don Quijote.

Aquellas charlas gozaban de un éxito fabuloso. Durante los años en que las prodigó, la Amical recibía decenas de cartas de profesores, alumnos y gestores de centros educativos que le daban efusivamente las gracias por su entrega, por su generosidad, por su humanidad, por todo. Una de esas cartas está firmada por una profesora de historia llamada Sofía Castillo García, del instituto Abat Oliva de Ripoll, y va dirigida a todos los miembros de la Amical; lleva la fecha del 28 de mayo de 2002, cuando Marco todavía no era presidente, y dice así:

> Estimados:
> Recibid nuestra felicitación por contar en vuestra asociación con personas de la talla de Enric Marco.
> Ayer dio una gran lección a nuestros alumnos. Una lección de historia, pero sobre todo de humanidad y coraje en defensa de la libertad.
> Que podamos seguir disfrutando de sus charlas por muchos años.
> Contad con el Seminario de Historia de este centro y conmigo personalmente para todo lo que necesitéis.
> Atentamente.

La carta que acabo de transcribir (o más bien de traducir del catalán) es notable; a continuación traduzco otra que pone los pelos de punta. La firma un chaval cuyo nombre omito y cuya edad ignoro; sólo sé que vive o vivía en Anglès, un pueblo cercano a Gerona, y que fecha el 12 de junio de 2002 su escrito. El cual dice así:

> Señor Enric:
> En esta carta quiero dirigirme a usted para hacerle saber que su visita a nuestro centro, de la que personalmente quiero darle las gracias, ha hecho que mucha gente cambie de opinión sobre ideologías y pensamientos, conmovidos por su historia. A nivel personal, también quiero darle las gracias porque me ha hecho reflexionar muchísimo. Yo tengo problemas en mi casa, pero gracias a usted me he dado cuenta de que, muchas veces, involuntariamente, exageramos los problemas del día a día.

Alguna vez, por los problemas mencionados, me había planteado acabar con mi vida. Ahora pienso que es el peor error que se puede cometer. El otro día, después de la charla, pensaba: Yo, con problemas tontos como tengo y planteándome el suicidio, y este hombre, en su tiempo, luchando desesperadamente por su vida.

Todo esto ha hecho que haya cambiado mi forma de mirar la vida. Le doy menos importancia a cosas que antes eran de gran importancia para mí, y ya he comprobado que es lo mejor. Creo que tenemos que preocuparnos por lo que realmente vale la pena. Quizá no eran éstas las conclusiones que usted quería que sacásemos de su charla, pero creo que con ellas ya ha merecido la pena.

Para finalizar: gracias.

Atentamente.

Pero quien terminó de convertir a Marco en un héroe civil y en un campeón de la llamada memoria histórica, por no decir en una auténtica rock star, fueron los medios de comunicación. Marco era desde hacía mucho tiempo un mediópata, pero ahora su mediopatía se disparó; porque, además de una enfermedad, para Marco la mediopatía era una droga: cuanto más tienes, más quieres.

Marco tuvo toda la que quiso durante los años de la apoteosis de la llamada memoria histórica. Además de dar charlas en todas partes, nuestro héroe parecía estar a todas horas en la televisión, la radio y los periódicos contando su experiencia de deportado, casi siempre con música de fondo de *La vida es bella*, la película de Roberto Benigni, o de *La lista de Schindler*, la película de Steven Spielberg. Los periodistas lo adoraban, se volvían locos por él, se peleaban por entrevistarlo. Es natural. Los otros deportados o exiliados o ex combatientes de la Segunda República, los demás protagonistas de la llamada memoria histórica, eran en su mayoría ancianos caedizos y con la memoria averiada, y entrevistarlos representaba a menudo un calvario: había que sonsacarles las palabras, arrancarles las historias y repetirles las preguntas, incluso detener de vez en cuando la entrevista para que fuesen al baño o dejasen de toser o recuperasen el hilo extraviado del relato. Marco era todo lo contrario. Él impresionaba a los periodistas, de entrada, por su aspecto físico, que no era el del vejestorio acostumbrado sino el de un hombre que de ninguna manera aparentaba los ochenta y tantos años que tenía, con su cabeza poderosa y senatorial, su pelo negro y su mostacho abundante, su cuerpo enérgico, su mirada puntiaguda, su voz ronca y su verbo pletórico. Esto último era lo fundamental, lo que más útil resultaba a los periodistas: Marco lo recordaba todo y lo contaba todo, su discurso era un chorro de palabras saturado de anécdotas coloridas, historias heroicas, terroríficas y emocionantes y reflexiones didácticas y conmovedoras sobre la solidaridad y el pundonor de que es capaz el ser humano en circunstancias extremas, todo ello ilustrado con ejemplos extraídos de su propia experiencia y contado con un orden y una coherencia tales —sobre todo por comparación con el discurso de los demás supervivientes— que los periodistas se separaban muchas veces de él con la sensación de que Marco les había dado hecho su trabajo y de que, más que para una breve entrevista de periódico o de televisión, nuestro hombre alcanzaba para un libro o un documental completo. Además, Marco halagaba su vanidad: entrevistando a aquel personaje extraordinario, a aquel viejo soldado de todas las guerras o de todas las guerras justas, los periodistas se veían a sí mismos como audaces desenterradores de un pasado preterido por todos del que nadie quería hablar, el mejor pasado de su país, el más noble y el más oculto, y sentían que de esa forma estaban haciendo justicia, homenajeando a través de Marco a todas las víctimas silenciadas no sólo por el franquismo sino también por la democracia posterior al franquismo. Marco generó tal dependencia en los periodistas, o como mínimo en los periodistas catalanes, que llegaron a incluirlo en un programa televisivo sobre Ravensbrück, un campo de concentración para mujeres. «Es que también es historiador», hubieran podido alegar sus responsables cuando alguien les preguntó qué pintaba allí Marco; menos deshonestos, confesaron: «Bueno, la verdad es que tiene un discurso tan rico, tan detallado y tan eficaz que hemos querido incluirlo».

Fueron los medios de comunicación los que, sobre todo en Cataluña pero no sólo en Cataluña, terminaron de convertir a Marco, ya digo, en una rock star o un campeón de la llamada memoria histórica, en un personaje conocidísimo y reconocidísimo, en un verdadero héroe civil, la encarnación de todas las virtudes de un país que, gracias a él y a un puñado de hombres como él, recuperaba por fin la memoria del antifranquismo y el antifascismo que la democracia española había escamoteado y los ponía en primer plano tras un largo silencio. No es extraño, o más bien era inevitable, que Marco también se convirtiera en un apóstol de la verdad, sobre todo de la verdad histórica. Ésta era una de las líneas fundamentales de su discurso en entrevistas y escritos, en sus charlas constantes a adolescentes y a adultos. Marco consideraba que el país vivía en falso y culpaba de esa falsedad al modo en que se había llevado a cabo el cambio de la dictadura a la democracia: la Transición, consideraba, se había montado sobre una mentira; también sobre un pacto de olvido: a fin de construir una democracia, el país, incapaz de reconocerse o de conocerse a sí mismo, incapaz de afrontar con coraje su pasado y hacer justicia, había decidido olvidar los horrores de la guerra y la dictadura, y el resultado era que la democracia era una democracia falsa basada en una falsa reconciliación, porque estaba construida sobre la mentira, la injusticia y la amnesia, sobre el sacrificio de las víctimas y el sacrificio de la verdad, puesto que los culpables de la guerra y la dictadura no habían sido castigados y a sus víctimas no se las había resarcido. En resumen: «Perdonar, sí; olvidar, NO». Por eso Marco decía sin parar cosas como las que decía por ejemplo en un reportaje sobre los supervivientes del campo de Mauthausen –donde no sólo no había sido prisionero sino que ni siquiera fingía que lo había sido– publicado el 8 de junio de 2003 en *La Vanguardia*: «Nos falta [a los deportados] un reconocimiento público por parte del Estado español, más allá de la placa o el ramo de flores: que se reconozcan las razones por las que luchamos, que no eran más que las libertades. [...] Tengo claro que nosotros somos el precio de la Transición: este país ha hecho la reconciliación sobre el olvido».Y por eso, el 18 de diciembre de 2002, cuando ya estaba a punto de ser presidente de la Amical, Marco firmó en el Museo de Historia de Cataluña un manifiesto a favor de la necesidad de recuperación de la llamada memoria histórica y de crear una Comisión de la Verdad que obligase al país a afrontar de una vez por todas su pasado inmediato.

La paradoja es sólo aparente, porque el énfasis en la verdad delata al mentiroso: Marco, que se había pasado la vida escondiendo la verdad para no conocerse a sí mismo o no reconocerse, encontró por fin, en la denuncia de un país que escondía la verdad y que no quería reconocerse o conocerse a sí mismo y en la defensa de la memoria de los deportados o simplemente de la llamada memoria histórica, una causa a la altura de sus ambiciones, la causa que le permitió transformarse en un héroe popular y concluir su operación de ocultamiento de la verdad de sí mismo y de su propio pasado. Muy lejos quedaba a aquellas alturas el líder anarquista que sólo podía suplir con su activismo frenético su orfandad de proyecto sindical, o el viejecito encantador, gracioso y un poco insignificante de FAPAC; en la Amical, o en la época de la Amical, Marco adquirió una estatura distinta, muy superior. Allí, donde se vivía literalmente del pasado, porque el pasado lo dotaba de sentido a todo y era el principal patrimonio y la fuente principal de prestigio y el principal instrumento de poder, y donde nadie disponía de un pasado como el suyo unido a su juventud, su energía física y su oratoria, y donde se había hecho héroes de las víctimas, Marco se sintió intocable, perdió la prudencia que aconsejaba su impostura y acabó incurriendo en un vicio que casi siempre había eludido: la arrogancia. Traicionado por su inagotable afán de protagonismo, sintiéndose ya del todo seguro de un personaje que había interiorizado del todo en cientos y cientos de charlas e intervenciones públicas, considerándose blindado por su posición social, su prestigio político y su aura de héroe, mártir y santo laico, a ratos Marco no se privó de entrar en una vidriosa lucha de egos con los viejos deportados, ni de despreciar o mirar por encima del hombro a sus compañeros de la Amical o a sus compañeros de causa, ni de aplastarlos cuando la situación lo requería con el peso inapelable de su pasado de semidiós omnipresente en la historia del país, ni de inventar episodios ya del todo inverosímiles, como sus conquistas y aventuras sexuales en el campo de Flossenbürg, ni de atreverse a dramatizar en televisión episodios que hasta entonces habían permanecido discretamente arrinconados en unas cuantas líneas de un libro y sólo había usado en público durante sus charlas a los jóvenes, como la partida de ajedrez a vida o muerte con el SS. Ya no tenía miedo de contar nada, porque creía que, contase lo que contase, todo el mundo lo aceptaría sin rechistar, y ya no escuchaba a nadie a su alrededor, porque no creía que nadie a su alrededor estuviera a su altura. La soberbia le perdió; la soberbia y, mira por dónde, el olvido del pasado: Marco olvidó que el pasado no pasa nunca, que es sólo una parte o una dimensión del presente, que ni siquiera –lo dijo Faulkner– es pasado y que siempre vuelve pero no siempre vuelve para salvarnos, como había hecho siempre o casi siempre con él, convertido en ficción, sino que a veces, convertido en realidad, vuelve para matarnos. Porque la ficción salva y la realidad mata, o al menos eso creía Marco y eso creía yo, pero el pasado unas veces salva y otras mata. Y esta vez le mató.

4

Durante los años en que Marco estuvo al frente de la Amical de Mauthausen, convertido en un campeón o una rock star de la memoria histórica, España vivía la apoteosis de la llamada memoria histórica; de hecho, la vivía toda Europa, pero pocos lugares la vivían con tanta intensidad como España. ¿Por qué?

La expresión «memoria histórica» es equívoca, confusísima. En el fondo entraña una contradicción: como escribí en «El chantaje del testigo», la historia y la memoria son opuestas. «La memoria es individual, parcial y subjetiva —escribí—; en cambio, la historia es colectiva y aspira a ser total y objetiva.» Nadie aprovechó mejor que Marco esa antítesis insalvable. Maurice Halbwachs, que fue quien acuñó el concepto de memoria histórica, afirma que ésta es una «memoria prestada», a través de la cual no recordamos experiencias propias sino ajenas, que no hemos vivido sino que nos han contado; Marco aplicó al pie de la letra tal imposibilidad y construyó sus discursos con recuerdos de otros (de ahí, en parte, la desenvoltura con que pasaba en sus charlas públicas del «yo» al «nosotros»): aunque buscaba en teoría reivindicar con ello la memoria de las víctimas, en la práctica no hizo más que desnudar la inoperancia y los riesgos letales que conlleva el uso de ese concepto tan exitoso como absurdo. Por si fuera poco, en España la expresión «memoria histórica» fue, además de un oxímoron, un eufemismo: la llamada memoria histórica era en realidad la memoria de las víctimas republicanas de la guerra civil y el franquismo, y recuperarla o reivindicarla equivalía a reivindicar la reparación completa de esas víctimas y a exigir justicia y verdad sobre la guerra civil y el franquismo para superar de manera definitiva ese pasado terrible.

Era una reivindicación perfectamente justa. Marco tenía razón y no la tenía: tenía razón cuando, en sus conferencias y entrevistas, afirmaba que la democracia española se fundó sobre una gran mentira colectiva; no tenía razón cuando afirmaba que se fundó sobre un gran pacto de olvido. Es una verdad contradictoria, o lo parece, pero a menudo la verdad parece contradictoria, o lo es. La democracia española se fundó sobre una gran mentira colectiva, o más bien sobre una larga serie de pequeñas mentiras individuales, porque, como sabía mejor que nadie el propio Marco, en la transición de la dictadura a la democracia muchísima gente se construyó un pasado ficticio, mintiendo sobre el verdadero o maquillándolo o adornándolo, para encajar mejor en el presente y preparar el futuro, todos deseosos de probar que eran demócratas desde siempre, todos inventándose una biografía de opositores secretos, malditos oficiales, resistentes silenciosos o antifranquistas durmientes o activos, con el fin de ocultar un pasado de apáticos, pusilánimes o colaboracionistas (y de ahí que, en aquella época de reinvenciones masivas, Marco no fuera una excepción sino la regla). No sabemos si esa mentira era una mentira necesaria, una de las nobles mentiras de Platón o una de las mentiras oficiosas de Montaigne o una de las mentiras vitales de Nietzsche —una de las ficciones que salvan de la realidad que mata—; tampoco sabemos si la democracia hubiera podido fundarse de otro modo, si hubiera podido construirse sobre la verdad y el país entero hubiera podido reconocerse o conocerse a sí mismo sin por ello sucumbir frente a su propia imagen como Narciso. Lo único que sabemos es que era una mentira y que está allí, en el origen o el fundamento de todo.

En cuanto al pacto de olvido, más que una falsedad es un cliché; es decir: una verdad a medias. No es verdad que durante la Transición se desactivara la memoria y se olvidara la guerra y la posguerra, ni siquiera a sus víctimas; al revés: aunque aún no se hubiese generalizado la expresión «memoria histórica», en aquella época se puso de moda el pasado reciente, una moda de la que Marco a su manera se benefició y que, a sus cincuenta años, le permitió crearse una vida nueva. En realidad, lo que hubo fue un gran interés por la historia o al menos por esa parte de la historia: se publicaron numerosos libros, se escribieron multitud de artículos y reportajes, se filmaron películas y se organizaron abundantes congresos y cursos sobre la Segunda República, la guerra civil, el exilio republicano, los consejos de guerra franquistas, las cárceles franquistas, los muertos y las guerrillas antifranquistas, la oposición al franquismo y mil asuntos más que intentaban saciar la curiosidad de un público ávido de información sobre un período histórico hasta entonces silenciado o tergiversado por la dictadura. Tampoco es verdad que hubiera un pacto de olvido político; al revés: hubo un pacto de recuerdo, lo que explica que, durante la Transición, todos o casi todos los partidos políticos se conjuraran para no repetir los errores que cuarenta años atrás habían provocado la guerra civil, y lo que en gran parte explica también que pudiera realizarse el inédito salto mortal consistente en pasar de una dictadura a una democracia sin guerra o sin grandes derramamientos de sangre y sin que se desencadenase un conflicto inmanejable. Ese pacto fue un pacto implícito que prohibía usar el ayer inmediato como arma de debate político; si aquel período se hubiese olvidado, hubiese sido una irracionalidad firmarlo: se firmó precisamente porque se recordaba muy bien.

Entonces, ¿qué verdad hay en la media verdad del pacto de

olvido? Además de ser un cliché, el pacto de olvido es otro eufemismo, una manera de nombrar sin nombrar una de las principales carencias de la Transición, y es el hecho de que no se investigara públicamente y a fondo el pasado cercano ni se persiguieran los crímenes de la dictadura ni se resarciera por completo a sus víctimas. Las dos primeras cosas tal vez no podían hacerse en aquel momento sin dinamitar la democracia, o eso es lo que pensaron todos o casi todos los partidos políticos y todos o casi todos los españoles, que eligieron no hacer del todo justicia a cambio de construir una democracia; en cuanto a las víctimas, no es verdad que no se hiciera nada por ellas, pero sí que no se hizo todo lo que hubiera debido hacerse desde cualquier punto de vista: moral, material y simbólico. En esto Marco también tenía razón: aunque él no estuviera entre ellas, las víctimas de la dictadura fueron el precio de la Transición, o parte importante de ese precio.

Así que, en rigor, el gran mito del silencio de la Transición es sólo eso: un mito; es decir: una mezcla de mentiras y verdades; es decir: una mentira. Si acaso, el silencio llegó más tarde, ya en los años ochenta, cuando a la derecha que procedía del franquismo y estaba en la oposición seguía sin interesarle hablar del pasado, porque sólo tenía cosas que perder haciéndolo, y a la izquierda socialista que estaba en el poder dejó de interesarle hacerlo, porque haciéndolo no tenía nada que ganar. En cuanto a los demás, estábamos demasiado pendientes de disfrutar de nuestra limpia modernidad flamante de europeos ricos y civilizados como para ocuparnos de nuestra sucia historia inmediata de españoles harapientos y fratricidas. Ésa es la realidad: que nos habíamos saturado de pasado. Eso es lo que pasó: que la moda del pasado pasó. Por momentos, el mismo pasado pareció que pasaba, o que había pasado ya. Sólo que ya sabemos que, aunque lo parezca, el pasado no pasa nunca, no puede pasar porque ni siquiera –lo dijo Faulkner– es pasado.

Y el pasado volvió, inevitablemente. En la segunda mitad de los años noventa, mientras en Europa germinaba la obsesión o el culto de la memoria, en España la derecha ganó las elecciones y la izquierda descubrió que podía usar contra ella el pasado de la guerra y el franquismo, del que la derecha continuaba siendo heredera y con el que nunca había roto del todo. Otro hecho ocurría, además, por la misma época. El hecho es que estaba madurando una nueva generación de españoles que, tal vez porque hasta entonces apenas había tenido un pasado personal o apenas había sido consciente de él, nunca se había interesado por el pasado colectivo, o no en exceso, y que en aquel momento empezó a hacerlo. Era la generación de los nietos de la guerra: la de quienes no teníamos experiencia personal de la guerra y apenas del franquismo pero de golpe descubrimos que el pasado es el presente o una dimensión del presente. La confluencia de ambos factores alteró por completo las cosas.

Fue entonces cuando empezó la apoteosis.

En octubre del año 2000, un grupo de personas que tres meses más tarde fundaría la Asociación para la Recuperación de la Memoria Histórica exhumó trece cadáveres de republicanos asesinados a principios de la guerra civil y enterrados en una fosa común de El Bierzo, León. No era la primera vez que se llevaba a cabo una operación de esa clase —en 1980, por ejemplo, hubo una exhumación parecida en La Solana, Ciudad Real—, pero aquélla tuvo cierto eco mediático que la dotó de cierto simbolismo, y en los años siguientes surgió en todo el país, sobre todo en Cataluña, Madrid y Andalucía, un movimiento que en muy poco tiempo sembró sus pueblos y ciudades de asociaciones, amicales y fundaciones dedicadas a revisar el pasado y a vindicar la memoria de las víctimas: a finales de 2003 se contabilizaron cerca de treinta, pero a finales de 2005 ya eran cerca de ciento setenta. Esos tres años coincidieron con los tres años de Marco al frente de la Amical de

Mauthausen y también con los de la explosión de la llamada memoria histórica. A lo largo de ellos, y de los tres o cuatro siguientes, no sólo se abrieron fosas comunes, se exhumaron cadáveres y se trató de inventariar a los desaparecidos —entre treinta mil y cincuenta mil, según los cálculos—; asimismo se organizaron innumerables congresos, homenajes, jornadas, conferencias y seminarios, se escribieron tesinas y tesis doctorales sin cuento y se crearon cátedras de memoria histórica, se publicaron infinidad de novelas y libros sobre la historia reciente, se estrenaron infinidad de documentales y películas, se diseñaron proyectos de recuperación de testimonios y se lanzaron iniciativas políticas e institucionales de todo tipo, la más importante de las cuales fue la llamada Ley de la Memoria Histórica, que se empezó a tramitar en cuanto la izquierda recuperó el poder, en 2004, y cuyo nombre auténtico no deja absolutamente nada por decir: «Ley por la que se reconocen y amplían derechos y se establecen medidas a favor de quienes padecieron persecución o violencia durante la guerra civil y la dictadura».

El pasado había vuelto. Y había vuelto con más fuerza que nunca. Existe una palabra alemana, *Vergangenheitsbewältigung*, que puede traducirse como «la superación del pasado mediante su revisión permanente», o que el escritor Patricio Pron traduce así, y que describe un proceso iniciado por los alemanes a finales de los años sesenta, un cuarto de siglo después del final del nazismo, con el fin de afrontar su pasado nazi; hacia el año 2001, un cuarto de siglo después de la muerte de Franco, todo indicaba que en España se iniciaba un proceso paralelo. Lo peor es creer que se tiene razón por haberla tenido, dice el poeta José Ángel Valente: es posible que en la segunda mitad de los años setenta, recién terminada la dictadura en España, perseguir e investigar a fondo sus crímenes e incluso resarcir del todo a sus víctimas hubiera imposibilitado la democracia, y que por lo tanto, inmediatamente después de la muerte de Franco, para los españoles fuera tan difícil mirar de frente el pasado, reconocerse o conocerse a sí mismos y hacer justicia del todo como lo fue para los alemanes hacerlo inmediatamente después de la muerte de Hitler; pero un cuarto de siglo después, con una democracia arraigada en el país y con el país arraigado en Europa, ya no era así, y aquella apoteosis de la memoria parecía la señal de que España se iba a devolver a sí misma el precio que había pagado por transitar sin sangre desde la dictadura hasta la libertad: se iban a eliminar los símbolos del franquismo que seguían en las calles y plazas, se iba a enterrar con dignidad a los muertos, se iba a realizar un inventario de los desaparecidos, se iba a resarcir por completo a las víctimas de la guerra y la dictadura.

Todo eso era más que razonable: era necesario. Muchas cosas empezaron sin embargo a resultar en seguida sospechosas; incluso a mí, que pensaba que todo eso era necesario (o quizá porque lo pensaba), me resultaban sospechosas. La prueba es que el segundo día de 2008, después de que se promulgara por fin la llamada Ley de la Memoria Histórica y de que el juez Baltasar Garzón solicitara información sobre los desaparecidos de la guerra y la posguerra, con el propósito de abrir una causa sobre los crímenes del franquismo, publiqué en *El País* un artículo titulado «La tiranía de la memoria» en el que, después de pedir que proscribiéramos el uso de la expresión «memoria histórica» y de denunciar el peligro de abusar de la memoria y sobre todo el peligro paralelo y superior de que ésta sustituyera a la historia, me felicitaba por los objetivos que perseguía el movimiento a favor de las víctimas; pero a continuación matizaba:

«Otra cosa es que el Estado tenga que promulgar una ley para hacer lo que debería haber hecho sin necesidad de ninguna ley, que encima sea una ley que amaga y no da y que, para colmo, las autoridades se hagan las remolonas a la hora de aplicarla: a mí no me hace ninguna gracia que el Estado se ponga a legislar sobre la historia, no digamos sobre la memoria —como no me haría ninguna gracia que se pusiera a legislar sobre la literatura—, porque la historia deben hacerla los historiadores, no los políticos, y la memoria la hace cada uno, y porque una ley de este tipo recuerda embarazosamente los métodos de los estados totalitarios, que saben muy bien que la mejor manera de dominar el presente es dominar el pasado; pero la ley está para cumplirse y, una vez aprobada ésta, hay que cumplirla de inmediato y a rajatabla. Otra cosa es, también, que tenga que ser un juez quien se encargue del asunto; esto, lo repito, tendría que haberlo hecho el Estado: Adolfo Suárez no hubiera podido hacerlo, porque ese mismo día le bombardean La Moncloa; Felipe González no lo hizo, y José María Aznar —que hubiera sido bonito que lo hiciese, porque eso hubiera demostrado que la derecha se ha emancipado de verdad del franquismo— tampoco; y, ya que José Luis Rodríguez Zapatero amaga y no da y remolonea, está bien que el juez Garzón le empuje un poco (más no hará: Garzón sabe que le será imposible hacer lo que se propone).»

Pero había algo mucho más sospechoso, mucho más peligroso también, y es que lo que había empezado como una necesidad profunda del país se convirtió muy pronto en otra moda superficial. Quizá nadie lo vio antes ni mejor que Sergio Gálvez Biescas, un miembro de la cátedra de la memoria histórica de la Universidad Complutense de Madrid: «En el cruce de caminos entre el mundo asociativo, las iniciativas institucionales y la labor desarrollada por los investigadores —escribía Gálvez Biescas en 2006—, la Recuperación de la Memoria Histórica de las víctimas de la represión franquista ha entrado en un competitivo mercado que está haciendo de estos elementos un poderoso factor de marketing a la vez que un instrumento de control del presente para obtener réditos políticos». Réditos, marketing, mercado y competitivo: era la transformación de la memoria histórica en la industria de la memoria.

¿Qué es la industria de la memoria? Un negocio. ¿Qué produce ese negocio? Un sucedáneo, un abaratamiento, una prostitución de la memoria; también una prostitución y un abaratamiento y un sucedáneo de la historia, porque, en tiempos de memoria, ésta ocupa en gran parte el lugar de la historia. O dicho de otro modo: la industria de la memoria es a la historia auténtica lo que la industria del entretenimiento al auténtico arte y, del mismo modo que el kitsch estético es el resultado de la industria del entretenimiento, el kitsch histórico es el resultado de la industria de la memoria. El kitsch histórico; vale decir: la mentira histórica.

Marco fue la encarnación perfecta de ese kitsch. De entrada porque él mismo era una mentira ambulante; pero, además, porque era un inexorable proveedor de kitsch, de ese «venenoso forraje sentimental aderezado de buena conciencia histórica» que, según escribí en «Yo soy Enric Marco», proporcionaba el discurso de Marco, un discurso sin matices ni ambigüedad, sin las complejidades y vacíos y espantos y contradicciones y vértigos y asperezas y claroscuros morales de la memoria real y de la verdadera historia y el arte verdadero, un discurso desprovisto de la aterradora «zona gris» de la que habló Primo Levi, el discurso tranquilizador, empalagoso y embustero que la gente estaba deseando escuchar. En diciembre de 2004, poco antes de desenmascarar a Marco, Benito Bermejo remataba con esta frase de mal agüero un artículo escrito con Sandra Checa en el que desenmascaraba la impostura del falso deportado Antonio Pastor: «Paradójicamente, el festejo de la memoria podría significar la derrota de ésta».

Eso fue exactamente lo que ocurrió. Escribo a mediados de 2014, cuando en España ya pocos se acuerdan de la llamada memoria histórica y cuando ésta, o lo que queda de ésta, sólo muy de vez en cuando aparece en los periódicos, la radio y la televisión. La moda del pasado pasó otra vez y, sobre todo a partir de la llegada de la crisis económica en 2009, el país dejó de ocuparse del pasado para ocuparse en exclusiva del presente, como si el pasado fuese un lujo que no se podía permitir. La llamada Ley de la Memoria Histórica se reveló muy pronto como lo que era: una ley insuficiente y fría con las víctimas, que parece menos concebida por la izquierda para solucionar el problema del pasado que para mantenerlo vivo durante mucho tiempo y, mientras tanto, poder usarlo contra la derecha. De todas maneras, en el fondo da un poco lo mismo, porque esa ley hace tiempo que no se aplica, según el actual gobierno de derecha porque no hay dinero para aplicarla, y muchas de las asociaciones que florecieron en la década anterior, enzarzadas por lo demás y desde muy pronto en discusiones bizantinas e incomprensibles peleas internas, han desaparecido o manotean en dique seco, sin fondos y quizá sin futuro, como le ocurre a la propia Amical. El juez Garzón, por su parte, creyó que era posible hacer lo que se proponía hacer, pero se equivocaba: en febrero de 2012 fue condenado a once años de inhabilitación y expulsado de la judicatura, en teoría por su modo de rastrear una organización que financiaba de forma ilegal al partido en el gobierno y en la práctica por eso mismo, pero sobre todo por pretender investigar los crímenes del franquismo, por haberse ganado demasiados enemigos y demasiado poderosos y en definitiva por meter las narices donde no le llamaban. Mientras tanto, los cadáveres de los asesinados siguen en las fosas comunes y en las cunetas —la llamada Ley de la Memoria Histórica no asumía las exhumaciones sino que las subvencionaba, y las subvenciones se han acabado—, las víctimas no obtendrán una reparación total y este país nunca romperá del todo con su pasado ni lo asumirá del todo ni eliminará del todo la mentira que está en el origen o en el fundamento de todo, nunca se reconocerá o se conocerá a sí mismo como lo que fue, es decir como lo que es, los españoles no tendremos nuestra *Vergangenheitsbewältigung*. No, como mínimo, hasta que el pasado vuelva otra vez. Sólo que cuando vuelva ya será demasiado tarde, al menos para las víctimas.

Esto es lo que hay. La industria de la memoria resultó letal para la memoria, o para eso que llamábamos memoria y que era apenas un cobarde eufemismo. Fue tal vez la última oportunidad, y la perdimos. Lo peor es creer que uno se salva por haberse salvado: quizá durante años la ficción nos salvó, del mismo modo que durante años salvó a Marco y a don Quijote; pero al final quizá sólo la realidad pueda salvarnos, del mismo modo que al final la realidad salvó a don Quijote devolviéndole a Alonso Quijano y quizá salve a Marco devolviéndole al verdadero Marco. Suponiendo que tengamos salvación, claro está: Cervantes salvó a Alonso Quijano y, sin saberlo o sin reconocerlo, quizá yo estoy haciendo lo posible en este libro por salvar a Marco. La pregunta es: ¿quién nos salvará a nosotros? ¿Quién, al menos, hará lo posible por salvarnos? La respuesta es: nadie.

5

He aquí, para muchos, al villano secreto de esta historia; he aquí al hombre que desenmascaró a Enric Marco, a la Némesis de nuestro héroe: he aquí a Benito Bermejo. De él se dijo de todo a partir del momento en que estalló el caso Marco, casi tanto como se dijo del propio Marco. Lo dijeron periodistas, historiadores, políticos, sindicalistas, escritores y empresarios y trabajadores más o menos conscientes de la industria de la memoria. A continuación enumero algunas de las cosas que se han dicho sobre él.

Se ha dicho que Bermejo desenmascaró a Marco porque para muchos Marco encarnaba en España el movimiento de recuperación de la llamada memoria histórica y que, al destruir a Marco, Bermejo intentaba destruir ese movimiento. Se ha dicho que era enemigo personal de Marco y de la Amical de Mauthausen y que desenmascaró a Marco con el objetivo de destruir la Amical. Se ha dicho que quería destruir la Amical porque la Amical era la gran asociación española de los deportados españoles y tenía su sede en Barcelona y él quería llevársela a Madrid y hacerse allí con su control. Se ha dicho que quería hacerse con el control de la Amical desde la Fundación Pablo Iglesias, que pertenece al partido socialista. Se ha dicho lo contrario: que quería perjudicar al partido socialista y a su entonces secretario general, José Luis Rodríguez Zapatero, a la sazón presidente del gobierno español. Se ha dicho que actuó por pura maldad o puro arribismo o puro afán de salir en la foto. Se ha dicho —lo dijo, en plena vorágine del caso Marco, Jaume Àlvarez, sucesor de Marco en la presidencia de la Amical y superviviente de Mauthausen, y lo recogieron muchos periódicos— que Bermejo, nacido en Salamanca, desenmascaró a Marco como venganza por los llamados papeles de Salamanca, un conjunto de documentos incautados en Cataluña por las tropas franquistas al final de la guerra y depositados en un archivo de Salamanca, documentos que el gobierno español de izquierda, tras una larga reclamación catalana, había acordado devolver a los catalanes con la oposición de toda la derecha, de parte de la izquierda y del Ayuntamiento y la Universidad de Salamanca. Se ha dicho que Bermejo no es un historiador sino un agente del Mosad, el servicio secreto israelí, o que es un historiador contratado por el Mosad o por el servicio secreto español y subcontratado por el Mosad, en todo caso un individuo pagado por el gobierno israelí para castigar a Marco por haber dicho en el Parlamento español, en un discurso pronunciado el 27 de enero de 2005 ante el embajador de Israel en España, durante un homenaje a las víctimas del Holocausto, lo que decía en todas o casi todas sus casi infinitas charlas: que los campos de concentración no han desaparecido y siguen existiendo en diversos lugares del mundo, incluida Palestina.

Paro. Aunque podría continuar: se han dicho muchas más cosas sobre Bermejo, todas o casi todas tan peregrinas como las anteriores. La razón es que Marco es un artista de la novelería, pero no tiene su exclusiva; de hecho, lo que Marco hizo no fue sino explotar nuestra incurable propensión a la novelería, tanto más acusada cuanto más desagradable es la evidencia que podemos esconder tras ella y cuanto más útil resulta para eludir nuestra responsabilidad en asuntos desagradables. Porque resulta extraordinario que nadie dijese lo evidente, y es que Bermejo era sólo un historiador serio y, como tal, un enemigo jurado de la industria de la memoria, igual que un artista serio es un enemigo jurado de la industria del entretenimiento: ambos combaten por principio el narcisismo ocultador, ambos buscan el conocimiento –el conocimiento o el reconocimiento de uno mismo, el conocimiento o el reconocimiento de la realidad–, ambos dan la batalla contra el kitsch; o lo que es lo mismo: ambos dan la batalla contra la mentira. En el fondo, Bermejo no sólo desveló la impostura de Marco; desveló también –o eso es lo que sintieron muchos de los que buscaron convertirle en el malvado secreto de esta historia– la credulidad culpable y la falta de rectitud intelectual de cuantos aceptaron la impostura de Marco.

Además de ser un historiador serio, Bermejo es un historiador marginal: un hombre que vive en los márgenes del sistema académico o universitario. No es profesor de universidad ni de instituto, cuando estalló el caso Marco ni siquiera había presentado una tesis doctoral, requisito indispensable para emprender una carrera académica. En realidad, no ha hecho ninguna clase de carrera académica, aunque sí terminó la carrera de historia en Salamanca, ciudad donde efectivamente nació, en una familia de clase media. Es posible que haya algo en la universidad española, con sus jerarquías intocables, su frenética endogamia y su cursus honorum empedrado de rigideces retóricas y pantomimas almidonadas, que repela a su carácter sobrio y reservado de castellano prototípico, porque lo cierto es que no encajó en ella; aunque, a decir verdad, dudo que se esforzara mucho en conseguirlo. Quizá no sea ocioso preguntarse, en todo caso, por qué fue un fuera de la ley de la academia quien se atrevió a desenmascarar a Marco y a meter el dedo en el ojo de la industria de la memoria, de la que también se beneficia la academia. Bermejo es un francotirador: no da clases, no escribe en los periódicos y, aunque tiene mujer y dos hijas pequeñas, carece de empleo fijo y se gana la vida a salto de mata. Vive en un piso modesto de la calle García de Paredes, en el barrio madrileño de Chamberí.

A pesar de no haber hecho carrera académica, al acabar su carrera de historia Bermejo presentó en la Universidad de Salamanca una tesina sobre la propaganda y el control de la comunicación social en los primeros años del franquismo, y en 1987, gracias a una beca de investigación, se trasladó a Madrid. También en parte gracias a una beca pasó un par de años en París, investigando en La Sorbona. Fue allí, en la Librería Española, en el número 72 de la rue de la Seine, donde oyó hablar por vez primera de los deportados españoles en los campos nazis, a alguno de los cuales había conocido el propietario de la librería, Antonio Soriano; no obstante, sólo empezó a interesarse de veras por ellos a principios de los años noventa. En aquella época ningún historiador académico había investigado en serio el destino de los deportados españoles; lo habían hecho escritores y periodistas como Pons Prades, Montserrat Roig o Antonio Vilanova, pero ninguno de ellos operaba con el instrumental técnico y las seguridades metodológicas de la historiografía. Por entonces Bermejo empezó a trabajar para la Universidad Nacional de Educación a Distancia en una serie de documentales sobre el exilio español de 1939 y, mientras lo hacía, entró en contacto con algunos deportados y con sus dos grandes asociaciones del exilio, la Amical francesa y la FEDIP (Federación Española de Deportados e Internados Políticos); también con la única asociación del interior: la Amical de Mauthausen. Sus relaciones con la Amical española se volvieron más estrechas a finales de los años noventa, cuando preparaba un documental sobre Francesc Boix, el fotógrafo español de Mauthausen que declaró en los procesos de Nüremberg, y tuvo necesidad de usar el archivo de la entidad. Lo usó, aunque esto produjo algunas fricciones con la Amical o con algunos miembros de la Amical, en particular con Rosa Torán. El trabajo sobre Francesc Boix se estrenó en televisión en el año 2000; dos años más tarde Bermejo publicó un libro basado en él. Para ese momento hacía ya algunos meses que conocía personalmente a Marco.

La primera vez que oyó hablar de nuestro hombre fue a finales de 2000, o quizás a principios de 2001. Quien le habló de él fue Margarida Sala, conservadora del Museu d'Història de Catalunya y miembro de la Amical. Sala le dijo que en la entidad había un superviviente de un campo nazi, llamado Enric Marco, que además de superviviente era historiador. A Bermejo la noticia le interesó mucho: primero porque, aunque ya llevaba más de una década acumulando información sobre los deportados españoles, hablando con ellos e investigando sus vidas, nadie había mencionado en su presencia el nombre de Marco; y segundo porque, aunque conocía a algún deportado francés que era a la vez deportado e historiador, no conocía a ningún español que compartiese ambas condiciones. Más tarde, haciendo memoria o revisando papeles, Bermejo comprendió que se había equivocado: por supuesto, él conocía muy bien el libro de Pons Prades sobre los deportados, y se dio cuenta de que el Marco sobre el que había leído allí —y quizás en algún otro sitio— era el mismo Marco del que le había hablado Sala.

Poco después se encontró con él. El encuentro tuvo lugar el 6 de noviembre de 2001, en el homenaje que la Amical dedicó a Montserrat Roig en el Palau de la Música de Barcelona. Fue muy breve. Bermejo había acudido al Palau invitado por Rosa Torán y, al terminar el acto, se acercó a una mesa donde la Amical había puesto a la venta algunos libros; Marco estaba allí, recogiéndolos. Se lo presentaron. El aspecto juvenil de Marco debió de borrar de la mente de Bermejo todo lo que había leído y oído sobre él, porque le preguntó si era hijo de deportado; Marco le contestó que no, le dijo que era un deportado y que había sido prisionero en Flossenbürg. No hubo más. La muchedumbre y el revuelo provocado por el final del evento les impidieron proseguir la conversación, o Marco aprovechó ambas cosas para cortarla. Aquel intercambio mínimo despertó del todo, sin embargo, la curiosidad de Bermejo. Éste sabía que muy pocos españoles habían conocido el campo de Flossenbürg y, aunque había tratado de localizar a alguno, hasta entonces sus intentos habían sido inútiles (sí había conseguido localizar y entrevistar, en cambio, a algún deportado francés). Sobra añadir que ese hecho convertía a Marco en un testimonio todavía más valioso para Bermejo.

El segundo encuentro entre Bermejo y Marco ya no fue casual, y el historiador acudió bien preparado a él. Ocurrió en Mauthausen, durante los actos conmemorativos de la liberación del campo, que se celebran cada año el fin de semana siguiente al 5 de mayo. Bermejo, un habitual de este tipo de acontecimientos (ideales para su trabajo porque en ellos se encontraba con los deportados y recababa información), sitúa el hecho en 2001, lo cual es imposible porque en mayo de 2001 aún no conocía a Marco; debió de ser en 2002, o incluso en 2003. Por entonces Marco continuaba intrigándolo, pero aún no había concebido ninguna sospecha sobre él, y eso a pesar de que los tres relatos impresos de su vida que conocía —el de *Los cerdos del comandante*, el de la revista *Tiempo de historia* y el de *Memoria del infierno*, que acababa de salir a la luz— no casaban entre sí: Bermejo no ignoraba que las divergencias en los distintos relatos de un mismo superviviente eran normales y atribuía las que había notado en los de Marco a inexactitudes de los entrevistadores, a fallos de la memoria del propio Marco o a ambas cosas al mismo tiempo. Aquel día de Mauthausen Bermejo habló dos veces con Marco sobre su experiencia de deportado. La primera fue en el propio campo, a doscientos metros por encima del Danubio, antes de que tuviera lugar la ceremonia oficial. Bermejo le preguntó a Marco por su doble condición de deportado y de historiador; Marco le dio una respuesta nebulosa, esquiva: vagamente contestó que había estudiado la carrera de historia en la Universidad Autónoma de Barcelona, que había trabajado con el profesor Josep Fontana y que habían creado un equipo de investigación sobre esos temas. La segunda vez que habló con Marco sobre el asunto que le interesaba fue a la hora de comer, ya en la ciudad y en presencia de Rosa Torán, que quizás había ido a Mauthausen en compañía de Marco, o que se había encontrado allí con él. Los tres se habían unido a un almuerzo organizado por los descendientes del centenar de españoles que se quedaron en Austria tras la liberación del campo y que cada año celebraban su asamblea en aquel lugar y aquellas fechas. Eran treinta o cuarenta personas, austríacos sobre todo, pero Bermejo se las arregló para sentarse frente a Marco; al lado de Marco se sentó Torán.

Lo que sucedió durante aquella comida fue muy desconcertante para Bermejo. Como tenía previsto, tal vez como hacía siempre que se encontraba con un nuevo deportado, el historiador le pidió a Marco que le hablase del tiempo que había pasado en el campo; Marco le atajó antes de que pudiese concluir su petición: le dijo que no le parecía que hablar de ese asunto condujera a ninguna parte, le dijo que no debería ocuparse de ese asunto, le dijo que había asuntos mucho más importantes, y acto seguido sacó una foto de su cartera y se la mostró. Era una foto del propio Marco, desnudo de cintura para arriba y con la espalda y las caderas tachonadas de hematomas; Bermejo no lo sabía —no podía saberlo—, pero aquélla era una de las fotos que Marco se había hecho tomar el 28 de septiembre de 1979, cuando ocupaba el cargo de secretario general de la CNT, tras ser golpeado por la policía que intentaba disolver una manifestación anarquista en demanda de amnistía para los acusados por el caso Scala; aunque, sobre todo, era otra cosa: la prueba documental de que él también había sido una víctima, un resistente, un héroe. Esto es lo que tienes que investigar, le dijo Marco a Bermejo, taxativo. No lo otro. Hubo un silencio violento, o Bermejo lo recuerda así; igualmente recuerda la tensión y la incomodidad de Torán al otro lado de la mesa, su cara de circunstancias. El mensaje de Marco estaba claro: no sigas por esa ruta; Marco quizás había querido presentarlo como un consejo académico —la ruta que tienes que seguir es otra: no la de las víctimas de los nazis sino la de las víctimas del franquismo—, pero Bermejo entendió que era un consejo personal, si no una amenaza velada. Se quedó de piedra. Bermejo había topado muchas veces con supervivientes que no querían hablar de su experiencia, que estaban todavía traumatizados por ella o que querían olvidarla o a quienes no les gustaba recordarla; Marco, sin embargo, era lo contrario: por aquella época ya ocupaba la presidencia de la Amical, o como mínimo un puesto en su junta directiva, y desde hacía años daba charlas, concedía entrevistas y hablaba sin parar sobre su experiencia en el campo de Flossenbürg. ¿Cómo era posible que quisiera hablar de ese asunto con todos menos con él?

Bermejo tardó todavía cierto tiempo en poder despejar el interrogante. Aquella tarde en Mauthausen no volvió a preguntarle a Marco por su pasado, pero la actitud de nuestro hombre le metió la suspicacia en el cuerpo.

La suspicacia no dejó de ir en aumento en los meses siguientes. En octubre de 2003 tuvo lugar una escena parecida a la que acabo de describir, aunque esta vez no fue en Mauthausen sino en Almería y los protagonistas no fueron Marco y Bermejo sino Marco y Sandra Checa, otra francotiradora de la historia interesada en los supervivientes españoles en los campos nazis. La escena ocurrió durante las exequias de un miembro de la Amical y prisionero comunista en Mauthausen llamado Antonio Muñoz Zamora; Checa, que había asistido a la ceremonia porque era amiga de Muñoz Zamora, se la refirió por teléfono a Bermejo poco después.

Checa le contó a Bermejo que entre los asistentes al funeral se hallaban Marco y Antonio Pastor Martínez, un falso deportado cuya impostura estaban por entonces intentando desmontar los dos: Pastor estaba allí porque había tenido cierta mínima relación con el muerto, a pesar de lo cual pronunció unas palabras en la ceremonia, y Marco estaba en representación de la Amical, de la que era presidente. Checa le contó a Bermejo que, en algún momento, se había acercado a Marco, le había dicho que era historiadora, que estaba trabajando sobre la Deportación y que tenía mucho interés en hablar con él; la respuesta de Marco, le explicó Checa a Bermejo, fue idéntica o casi idéntica a la que le había dado a él en Mauthausen: aunque no le enseñó la foto dramática de su cuerpo cubierto de hematomas, le dijo que se olvidara del tema, que ese tema no llevaba a ninguna parte, que buscara un tema más interesante. Ésa fue toda o casi toda la conversación que Checa mantuvo con Marco, pero no todo lo que le contó a Bermejo por teléfono. La historiadora también le contó a su colega que a aquel acto había asistido al parecer, entre otros viejos republicanos y antiguos deportados amigos del muerto, Santiago Carrillo, el eterno y casi nonagenario secretario general del partido comunista, que hacía ya más de veinte años que había abandonado su cargo a la fuerza y que, siempre según Checa, al terminar el funeral hizo un comentario de perro viejo y de dirigente avezado a detectar impostores por décadas de exilio y de control estalinista de su partido, un comentario sarcástico o irónico sobre Marco y Pastor que sólo unos pocos asistentes oyeron y que Checa no recordaba con exactitud o había olvidado (o quizá quien lo había olvidado o no lo recordaba con exactitud era Bermejo), pero que en todo caso venía a decir que era mejor no fiarse demasiado de aquel par de individuos.

El tercer y último encuentro de Bermejo con Marco se produjo seis meses después del funeral de Muñoz Zamora. Fue en mayo de 2004, otra vez en Mauthausen y el día de la efemérides de la liberación del campo; o más exactamente la víspera de la efemérides y no exactamente en Mauthausen sino en un kommando o subcampo o campo anejo a Mauthausen: el campo de Ebensee, a ochenta kilómetros al sur de Mauthausen. A aquellas alturas Bermejo llevaba ya varios años recopilando datos sobre Marco, casándolos entre sí y comprobando que el relato que Marco hacía de su deportación no funcionaba, que estaba plagado de contradicciones e imposibilidades; aún le faltaba la prueba definitiva con que refutar de manera incontestable su historia, pero ya tenía la certeza total o casi total de que el presidente de la Amical no era lo que decía ser.

Desde hacía mucho tiempo Bermejo no había parado de preguntar por Marco, sobre todo a quienes habían tenido una relación directa con él. Y tanto si preguntaba a los antiguos deportados como si preguntaba a los viejos anarquistas de la CNT, la respuesta era siempre o casi siempre la misma: «No pondría la mano en el fuego por él», le decían. «No es trigo limpio», le decían. «Ahí hay gato encerrado», le decían. «No es un tipo de fiar», le decían. Y también: «A lo mejor fue un infiltrado». No sé si Bermejo lo sabía o si era lo bastante consciente de ello, pero no hay duda de que muchas de estas respuestas se explican por las heridas perdurables que infligieron las salvajes luchas internas de la CNT en los años setenta, en las que Marco había desempeñado un papel relevante; de todos modos, a Bermejo tanta unanimidad le pareció sospechosa. También le pareció sospechoso que Marco, cuya biografía oficial aseguraba que había sido apresado en Marsella al salir clandestinamente de España, antes de ser enviado a Flossenbürg, no hubiese mantenido la menor relación con la Amical francesa de Flossenbürg, donde nadie tenía noticias de él. Tampoco sabían nada de Marco en la Federación Española de Deportados e Internados Políticos (también con sede en Francia), cosa que a Bermejo ya no le pareció sospechoso sino algo más que sospechoso, porque juzgaba casi imposible que un anarquista español superviviente de un campo nazi no hubiera tenido ningún vínculo con esa entidad. Por supuesto, Bermejo había solicitado información sobre Marco al archivo del Memorial de Flossenbürg, de donde le habían respondido asegurándole que en los libros de registro del campo no constaba ningún Marco, y seguía sin explicarse el contraste aparatoso no ya entre la abundancia y el colorido épico y sentimental de los relatos de Marco y la parquedad y la grisura habituales de los relatos de los demás deportados, sino sobre todo entre la facundia pública de Marco y su negativa tajante a hablar en privado.

Pero sin duda lo que más le escamaba y lo que, unido a lo anterior, acabó llevándole a la conclusión de que Marco había inventado su historia, o por lo menos una parte importante de su historia, era el hecho de que, a medida que estudiaba los diversos relatos de Marco y descubría las contradicciones y hasta disparates en que incurría, se fue dando cuenta de que era imposible atribuírselos a su mala memoria o a los receptores de su narración, a los periodistas o escritores que la ponían por escrito, y que Marco estaba alterando a conciencia su biografía. En determinado momento empezó a atisbar incluso la verdad. Empezó a intuir, en efecto, que Marco tal vez sí había ido a Alemania en los años cuarenta, pero no como deportado sino como trabajador voluntario, porque en algunos de sus relatos su trayecto por Francia hacia Alemania se parecía mucho al que habían seguido los trabajadores voluntarios españoles —al menos en un par de ocasiones, por ejemplo, Marco había mencionado la ciudad de Metz, que había sido el lugar de redistribución en Francia de estos trabajadores— y porque Bermejo sabía que Marco era metalúrgico y que una de las primeras expediciones de trabajadores que había salido de Barcelona estaba compuesta por metalúrgicos, quienes por lo demás acabaron trabajando en el norte de Alemania, donde Marco aseguraba haber pasado una temporada de cárcel. En fin: a principios de mayo de 2004, Bermejo, que ya estaba escribiendo con Sandra Checa un artículo donde demostraba que el supuesto deportado Antonio Pastor era en realidad un farsante, no tenía la evidencia documental pero sí la convicción casi absoluta de que Marco también lo era.

Fue entonces cuando se produjo su último encuentro con Marco. Ocurrió, como decía, en Ebensee, un subcampo de Mauthausen situado en una zona montañosa donde, ya avanzada la segunda guerra mundial, los nazis excavaron una serie de refugios subterráneos para poner sus fábricas de armamento al abrigo de los bombardeos aliados. Aquel día se celebraba allí un acto que conmemoraba la liberación de Mauthausen, un pequeño evento previo al gran evento que iba a tener lugar al día siguiente en el campo principal. Bermejo y Marco se encontraron en uno de los túneles del subcampo. Conversaron. Marco estaba rodeado por un grupo de chavales; le explicó a Bermejo que eran estudiantes, que habían viajado desde Barcelona gracias a la Amical y que él los acompañaba en calidad de guía. Luego le habló de la actividad de la Amical, cada vez más intensa y heterogénea, y le dijo que al año siguiente, cuando se conmemorasen los sesenta años de la liberación de Mauthausen, intentarían llevar a las celebraciones a algún personaje destacado, tal vez algún miembro o algún representante del gobierno. A continuación tuvo lugar un mínimo diálogo que a Bermejo se le quedó grabado en la memoria palabra por palabra. «Estamos volando muy alto —le dijo Marco, ponderando el período de gloria que vivía la Amical bajo su presidencia—. Cada vez más alto.» Bermejo comentó: «Bueno, esperemos que no sea el vuelo de Ícaro». Contra lo que quizás esperaba, Marco no pareció molesto por su ironía; sólo contestó, animoso, antes de despedirse y seguir su camino con los estudiantes: «Nuestros Ícaros están viejos y cada vez más cascados, pero aquí siguen, peleando». Bermejo recuerda muy bien que él pronunció como una palabra llana el nombre temerario del hijo de Dédalo, quien cayó al mar y murió, igual que Narciso tras contemplar su imagen en la fuente, por querer volar hasta el sol con las alas de cera que su padre le había fabricado, mientras que Marco lo pronunció como una palabra esdrújula. Ambas pronunciaciones son correctas.

La prueba que le faltaba a Bermejo apareció por fin a principios del año siguiente. Es posible incluso ser más preciso, porque el historiador anotó el hallazgo en su diario personal: el 21 de enero. Faltaba sólo una semana para que el Parlamento español celebrase por vez primera el día del Holocausto, acogiendo por vez primera también a una representación de los deportados españoles, y para que Marco pronunciase un discurso durante la ceremonia; faltaban poco más de tres meses para que se celebrasen en Mauthausen los sesenta años de la liberación del campo con la presencia inédita del presidente del gobierno español y con un inédito discurso de un deportado español, que hasta el último momento estuvo previsto que fuera Marco. Bermejo no dio con la prueba por azar. En algún momento se le había ocurrido que tal vez podía encontrar información sobre Marco en el archivo del Ministerio de Asuntos Exteriores, donde en otras ocasiones había estado investigando, y el día en que fue al archivo comprobó que su corazonada era exacta.

Así es: allí se conservaba una ficha sobre Marco. No eran más de tres páginas, pero no tenían desperdicio. La ficha remitía a un exhorto enviado por la capitanía de la IV Región Militar, con sede en Barcelona, en el que se afirmaba que Marco no se había presentado a filas y en el que se le preguntaba al Ministerio de Exteriores si era verdad que, según aseguraba la familia de Marco, éste se hallaba en Alemania como trabajador voluntario; la respuesta de Exteriores era que la familia de Marco decía la verdad, que Marco se hallaba en Alemania, concretamente en Kiel, como trabajador contratado por la empresa Deutsche Werke Werft. En otras palabras: el ejército preguntaba por un posible prófugo y Exteriores contestaba que el prófugo no era un prófugo sino un buen ciudadano que se había marchado a Alemania acogiéndose al convenio hispano-alemán firmado por Franco y Hitler. Eran sólo tres páginas, pero bastaban para probar sin lugar a dudas que al menos una parte fundamental del relato de Marco era, en cualquiera de sus variantes, falsa: no había salido de España de forma clandestina, no había sido detenido en Francia y enviado a Alemania, no era un deportado. Por supuesto, ese documento no probaba que Marco no fuera un superviviente de Flossenbürg, porque cabía la posibilidad de que, una vez en Alemania, Marco hubiese sido arrestado por los nazis y confinado en un campo de concentración, como había sucedido con otros trabajadores voluntarios; pero sí probaba que Marco mentía. Eran sólo tres páginas, pero bastaban para destruir a Marco.

La euforia del hallazgo debió de durarle poco tiempo a Bermejo, porque en seguida le asaltó una pregunta inevitable: ¿y ahora qué? Contra lo que se dijo más tarde, Bermejo no sentía la menor animadversión por Marco; tampoco le atraía el papel de aguafiestas ni le gustaba la idea de meter el dedo en el ojo de nadie, y mucho menos en el de un anciano: la prueba es que, poco tiempo atrás, él y Sandra Checa habían tenido que vencer multitud de escrúpulos antes de publicar el artículo en el que desmontaban la impostura de Antonio Pastor —se preguntaban si era legítimo correr el riesgo de aniquilar la reputación de un hombre a cambio de restablecer la verdad histórica, y qué consecuencias tendría esa aniquilación–; otra prueba es que al final optaron por que Pastor apareciera en su artículo no con su nombre y apellidos sino sólo con sus iniciales. ¿Y ahora qué?, fue la pregunta de Bermejo. Su respuesta provisional consistió en llamar a algunas personas de confianza y contarles lo que había averiguado sobre Marco: se lo contó a dos viejos deportados, Paco Aura y Francisco Batiste; se lo contó a Jordi Riera, un hijo de deportado y miembro de la Amical; quizá se lo contó a alguien más. Ninguna de esas personas supo aconsejarle qué hacer, y por lo menos uno le dijo que podía hacer cualquier cosa, salvo no hacer nada.

A principios de febrero, exactamente el día 9 (de nuevo según la agenda de Bermejo), ocurrió un hecho insólito: Marco le llamó por teléfono a su casa. Era la primera vez que lo hacía. Marco le dijo sin rodeos que le llegaban noticias de que andaba poniendo en duda su historial, concretamente de que andaba diciendo que no había sido un deportado. Bermejo no negó la acusación, y Marco prosiguió: dijo que respetaba su trabajo y que entendía su interés por reconstruir el pasado y por hallar documentos que permitiesen hacerlo; dijo que también entendía que el relato de sus vivencias le hubiese generado algunas dudas o que hubiese hallado en él aspectos chocantes; dijo que, a pesar de las apariencias, todo tenía una explicación, con tiempo y buena voluntad todo se podía resolver, y que él se ofrecía a despejar todos los interrogantes y a ayudarle a disipar todos los puntos dudosos u oscuros o todos los puntos que él considerase dudosos u oscuros y que considerase importante iluminar; y dijo que, como él iba con mucha frecuencia a Madrid, antes de finales de febrero o principios de marzo le llamaría y, si lo deseaba, podrían verse para que él pudiera contestar a todas sus preguntas y pudieran resolver así aquel malentendido. Eso es, más o menos, lo que Marco le dijo a Bermejo, o lo que Bermejo recuerda que más o menos le dijo Marco; aunque lo que sobre todo recuerda

Bermejo es que tuvo la sensación inequívoca de que bajo ese discurso visible había muchos otros discursos invisibles, innumerables subtextos de ese texto, todos ellos destinados a seducirle, es decir a insinuarle los beneficios que se derivarían de que ambos se pusiesen de acuerdo y las contrariedades que se derivarían de que no se pusiesen de acuerdo, y Bermejo asegura que sólo entonces se dio cuenta de que al otro lado de la línea se agazapaba un maestro de la manipulación. A pesar de ello, el historiador aceptó la propuesta de Marco y, antes de despedirse de él, le dijo que quedaba a la espera de su llamada.

Marco no llamó a Bermejo en el mes de febrero; tampoco en el de marzo. Una tarde Bermejo fue a la sede del Centro de Estudios Políticos y Constitucionales —un organismo dependiente del Ministerio de Presidencia del Gobierno—, convocado por un profesor de la Universidad Complutense que trabajaba allí. Se llamaba Javier Moreno Luzón y había citado a Bermejo para hablar acerca de unas jornadas sobre la Deportación que iban a celebrarse en el Círculo de Bellas Artes de Madrid durante el mes de mayo; Moreno Luzón las estaba coordinando, y le había pedido ayuda a Bermejo para hacerlo. Los dos colegas hablaron del asunto que les había reunido, pero también de los actos del sesenta aniversario de la liberación de Mauthausen, que tendrían lugar poco antes de sus jornadas y a los que se venía rumoreando desde hacía algún tiempo que quizás asistiría por vez primera el presidente del gobierno español, precisamente instigado por el Centro de Estudios Políticos y Constitucionales. A esta altura de la conversación ya se había sumado a ella el historiador José Álvarez Junco, director del centro, quien en aquel momento se apartó para hacer una llamada telefónica y al rato volvió trayendo la confirmación: el presidente Rodríguez Zapatero seguía barajando la posibilidad de acudir en mayo a Mauthausen. Sólo entonces se animó Bermejo a decir que había un problema. ¿Qué problema?, le preguntaron. Un problema con el presidente de la Amical de Mauthausen, contestó. A continuación explicó el problema. Cuando terminó de explicarlo, Moreno Luzón anunció que evitaría la asistencia de Marco a las jornadas del Círculo de Bellas Artes; no obstante, ninguno de los tres tenía muy claro qué otros pasos podían o debían dar, y decidieron dejar el asunto en suspenso.

Los protagonistas de la escena anterior no recuerdan con exactitud cuándo tuvo lugar, pero podemos situarla hacia finales de marzo. Para entonces Bermejo llevaba ya muchas semanas esperando una llamada de Marco anunciándole que iba a Madrid y que podían verse. Dejó transcurrir dos o tres semanas más y, harto de esperar, intentó localizar a Marco por teléfono. No lo consiguió. Finalmente le mandó por fax un mensaje a la Amical. El mensaje lleva fecha de 15 de abril, y dice así:

> Enric:
> En el mes de febrero me llamaste y me anunciaste tu disposición a que tuviéramos una entrevista aprovechando una venida tuya a Madrid. Me dijiste entonces que me llamarías a no mucho tardar y que ese encuentro podría ser antes de «finales de febrero o principios de marzo» (ésas fueron tus palabras). Esas fechas han quedado bastante atrás y no he tenido noticia tuya. Y lo cierto es que me interesaría mucho esa entrevista y poder escuchar de primera mano tu relato.
> Espero que sea posible concertar ese encuentro.
> Gracias por tu atención y saludos cordiales.

Al cabo de pocos días de enviar el fax, Bermejo volvió a recibir una llamada de Marco. Esta vez la conversación entre los dos hombres fue más breve. Marco empezó disculpándose por no haberle telefoneado antes, le explicó que no había podido viajar a Madrid porque los preparativos de la gran celebración que en mayo iba a tener lugar en Mauthausen absorbían su tiempo, le aseguró que él y toda la Amical estaban desbordados de trabajo, concluyó que por ahora no podían verse y que debían aplazar su encuentro hasta que hubiera pasado el aniversario de la liberación del campo, momento en el cual, se lo garantizaba, le llamaría y le daría una explicación que despejase todas sus dudas. Bermejo escuchó con cuidado y entendió que era inútil discutir, así que sólo le dijo a Marco que, si era aquello lo que había decidido hacer, lo hiciese, aunque a él no le parecía lo más conveniente.

Así terminó la última conversación entre Bermejo y Marco. Algunos días más tarde se supo que, en efecto, por vez primera un presidente del gobierno español, José Luis Rodríguez Zapatero, acudiría a Mauthausen para celebrar el sesenta aniversario de la liberación del campo, y también se supo que, en efecto, el deportado que por vez primera tomaría la palabra en el acto principal de las celebraciones sería Enric Marco. En cuanto tuvo noticia de ambos hechos, Bermejo comprendió que aquello lo cambiaba todo y que, si se mantenía al margen y miraba para otro lado y permitía la consagración definitiva de la impostura de Marco, no se lo perdonaría nunca, y todos los reparos, miramientos e indecisiones que hasta entonces lo habían paralizado se esfumaron de golpe. Llamó a Moreno Luzón y le dijo que no estaba dispuesto a ser cómplice de aquella mascarada y que quería hacerle llegar lo que sabía al presidente del gobierno o a alguien lo más próximo posible al presidente del gobierno. Moreno Luzón le pidió que redactara un informe y se lo mandara. Bermejo lo redactó y se lo mandó; también se lo mandó a un miembro de una fundación del partido al que pertenecía el presidente del gobierno, la Fundación Pablo Iglesias, a un miembro de la Amical y a varios historiadores. Una vez hecho esto, Bermejo sintió que había cumplido con su deber y se sintió aliviado. Faltaban apenas quince días para el aniversario de la liberación de Mauthausen, pero él se desentendió del asunto. O casi.

6

De una cosa estoy seguro: mientras intentaba averiguar la verdad sobre Marco, yo no era el único que albergaba dudas sobre este libro que durante tantos años no quise escribir; también las albergaba el propio Marco.

Al principio de mis pesquisas nuestra relación no fue buena, por no decir que fue mala. La culpa la tuve yo. Una vez que dejé de resistirme a escribir este libro y acordé con Marco que él me contaría su historia completa y que, con la ayuda de mi hijo, yo le grabaría contándomela, los dos empezamos a vernos con cierta regularidad en mi despacho del barrio de Gracia. Repasando las imágenes grabadas de esas primeras charlas, me noto frío, tenso, fiscalizador y reticente, como si no pudiera superar la repugnancia que me produce Marco, o como si no quisiera hacerlo, o quizá como si temiera hacerlo. No es sólo que no me fiase de él o que no creyese una palabra de sus relatos; lo peor es que se me notaba. Vista desde ahora, mi actitud me resulta por momentos, además de estratégicamente equivocada, hipócrita y ridícula, una pose filistea de inquisidor o catequista que en más de una ocasión me llevó a exigirle a Marco que reconociese el daño que había causado con sus mentiras y se arrepintiese de ellas. Él siempre se negó a hacerlo. Siempre que yo se lo exigía, quiero decir. Ya dije que Marco puede ser muchas cosas, pero no tonto, así que no siempre se negaba a aceptar que había mentido y que eso estaba mal; a veces, sólo cuando él lo consideraba adecuado, no cuando nadie quería obligarle a hacerlo, lo aceptaba con la boca pequeña y de pasada, aunque para sepultar acto seguido esa aceptación bajo su discurso habitual sobre los beneficios que se habían derivado de sus mentiras y sobre las mentiras, maldades e inexactitudes que se habían dicho sobre él a cuenta de su impostura.

Por aquella época –hablo del invierno y la primavera de 2013– Marco era un hombre herido pero también un hombre en estado de rebeldía y de permanente reivindicación de sí mismo, y yo aún no había aprendido a tratarlo; es natural que al principio chocáramos. A diferencia de lo que hizo Truman Capote con Dick Hickock y con Perry Smith, los jóvenes asesinos que protagonizan *A sangre fría*, no me hice amigo de Marco en seguida, y de hecho nuestros interrogatorios de trabajo parecían a menudo batallas en las que yo atacaba, bombardeándolo con sus contradicciones, sus trampas y sus embustes, y él contraatacaba con toda su artillería argumentativa, que era mucha y muy potente. Más de una vez terminamos mal, separándonos a la puerta de mi despacho casi sin despedirnos ni darnos la mano, y cuando eso ocurría dejábamos de vernos y de llamarnos durante algún tiempo. Entonces yo volvía a mis angustias, volvía a acordarme de Vargas Llosa y de Claudio Magris, que pensaban que tal vez era imposible llegar a conocer la verdadera historia de Marco, volvía a pensar en Fernando Arrabal, que pensaba que el mentiroso no tiene historia y que, si la tuviera, nadie se atrevería a proponerla como una historia verdadera o como un relato real o una novela sin ficción, porque es imposible contarla sin mentir; volvía a pensar, en suma, que me había equivocado de libro o que era imposible escribirlo o que no debía escribirlo.

Por fortuna, aquel invierno viajé mucho. Estuve en Colombia, en México, en París, en Bruselas, en Trento, y pasé dos semanas en Pordenone, en el norte de Italia, antes de instalarme durante la primavera y el verano en Berlín; de modo que, cuando regresaba a Barcelona, estaba fresco y lleno de energía y sin angustias y con nuevas ideas sobre Marco y con ganas de hablar otra vez con él. Naturalmente, volvía a llamarlo. A veces Marco me contestaba en seguida, pero otras veces no me contestaba o tardaba en contestarme o me contestaba diciéndome que no podíamos vernos y poniendo cualquier excusa: que estaba muy ocupado, o que no se encontraba bien, o que su mujer y sus hijas no querían que nos viésemos porque nuestras entrevistas le perturbaban mucho. Entonces, para convencerlo de que nos viésemos, yo le decía la verdad, o una verdad a medias; le decía, por ejemplo, que sólo estaba de paso por Barcelona y que quizá no podríamos volver a vernos en meses. El efecto de mis palabras solía ser fulminante: Marco cambiaba de inmediato de opinión y me convocaba para aquella misma tarde o para la mañana siguiente en mi despacho. Fue así como empecé a entender que yo no era el único que dudaba, y que, según había intuido Joan Amézaga al terminar nuestra comida en La Troballa con mi hermana Blanca y con Montse Cardona para hablar de Marco y FAPAC, nuestro hombre se debatía entre la vanidad y el temor: por un lado le halagaba que yo escribiese un libro sobre él, pero por otro lado tenía miedo de lo que yo iba a contar en ese libro. Al menos al principio de nuestra relación, eso es lo que pasaba: Marco quería y no quería que yo escribiese sobre él, y por eso quería y no quería hablar conmigo. O dicho con más claridad: Marco quería que yo escribiese el libro que a él le hubiese gustado leer, el libro que él necesitaba, el libro que al fin lo rehabilitase.

Yo le había advertido de entrada a Marco, con total claridad, que no iba a escribir un libro de esa clase; no obstante, como mínimo al principio él intentó que lo escribiese, o al menos intentó controlar lo que yo iba a escribir. En teoría Marco no sólo no iba a poner ningún impedimento a mi trabajo, sino que iba a ayudarme a llevarlo a cabo; en la práctica no fue así. Marco tenía en su casa un archivo con abundantes documentos clasificados, papeles personales y escritos de todo tipo, pero, cuando le pedí que me dejara examinarlo, se negó en redondo. Siempre llegaba a mi despacho cargado con carpetas abarrotadas de papeles, pero eran papeles muy bien seleccionados por él, todos favorables a su versión de la historia. A veces yo le pedía documentos y él me prometía traérmelos, pero no me los traía. Otras veces me traía los documentos y me permitía verlos un momento y en seguida me los quitaba de las manos y luego no me dejaba fotocopiarlos. Alguna vez aplazó sin explicaciones nuestras citas, y en una ocasión se presentó sin aviso acompañado por otra persona (un joven cineasta que traía la propuesta impracticable de filmarnos mientras conversábamos, para hacer una película o un documental sobre el proceso de creación de mi libro, o algo así), lo que dio al traste con el encuentro. Por descontado, Marco me ocultaba información, me engañaba, mentía y, cuando yo le pillaba en alguna mentira, encontraba al instante una explicación que trataba de hacer pasar la mentira por un error o un malentendido. A menudo me ofrecía la posibilidad de encontrarme con personas que lo habían conocido en distintos momentos de su vida y que podían hablarme de él, pero casi siempre tardaba semanas o meses en darme su teléfono o su dirección y, mientras yo aguardaba a que me los diese, él hablaba con ellos o les escribía previniéndoles de mi visita y anunciándoles mis intenciones y (como mínimo eso imaginaba yo) tratando de manipularlos para que me contaran lo que él quería que me contaran. Era astuto como un zorro y escurridizo como una anguila, y no tardé en hacerme a la idea de que no colaboraba conmigo para ayudarme, sino para fingir que me ayudaba y mantenerme así vigilado, controlar mis pasos, extraviarme en un laberinto de mentiras y conseguir que escribiera el libro con el que él soñaba.

No lo consiguió, o creo que no lo consiguió. Y no porque yo se lo impidiese, sino porque no podía conseguirlo: es imposible que alguien escriba el libro que otro ha imaginado, y además el mío sólo podía escribirse si se escribía con la verdad o con hechos que estuviesen pegados al máximo a la verdad; también es imposible esconder una verdad como la de Marco si alguien se propone a toda costa desvelarla. Marco es un mentiroso magistral, pero, mientras armaba sus mentiras, treinta o cuarenta o cincuenta años atrás, nunca pudo imaginar que algún día un escritor se consagrase en cuerpo y alma a desmontarlas y no consideró necesario acorazarlas contra aquella improbable curiosidad futura. Hay quizá todavía otra razón, o más bien otra hipótesis, que explica el fracaso de Marco, y es que no fue un fracaso sino un éxito: quizá Marco no sólo comprendió que no podía esconderme la verdad ni conseguir que yo escribiese un libro que lo rehabilitase; quizá también comprendió que la única forma en que podía rehabilitarse era precisamente contándome la verdad.

No estoy seguro de que Marco llegara en algún momento a esa conclusión, pero sí de que yo me esforcé a fondo para obligarle a alcanzarla. El esfuerzo empezó cuando ya llevaba varios meses persiguiéndole y batallando sin cuartel contra él y ya había vencido la repulsión que al principio me inspiraba y había abandonado mi ridícula actitud de juez o fiscal o inquisidor o catequista y había comprendido que mi tarea consistía en ir despojando de ficciones su pasado, como quien despoja de su piel a una cebolla, y que sólo podría conseguirlo ganándome su confianza igual que había hecho Capote con Dick Hickock y Perry Smith. En esa tarea me resultó muy útil Benito Bermejo, o más bien la sombra mortífera y alargadísima que Benito Bermejo proyectaba sobre Marco. Yo le decía a Marco, sin mentirle del todo pero sin decirle del todo la verdad, que Bermejo no había abandonado por completo la idea de escribir un libro sobre él, y que en consecuencia el libro que yo iba a escribir debía ser inatacable, porque de lo contrario Bermejo nos haría picadillo, nos destrozaría, destruiría nuestra versión de los hechos y nos destruiría, a él y a mí. Yo estaba de su parte, le decía, y Bermejo no, así que era mejor que me dijera a mí la verdad y no se la dejase a Bermejo, porque Bermejo la iba a usar para mal y yo para bien. Debíamos conseguir, le insistía a Marco, un relato perfectamente real, invulnerable, veraz y no sólo verosímil, un relato que, aunque no estuviese por completo documentado (no podía estarlo), se ajustase lo más posible a los documentos de los que disponíamos, y por lo tanto a los hechos. Eso venía a decirle a Marco: Bermejo era el mal en estado puro, y yo era el único que podía alejarlo, pero para alejarlo necesitaba la verdad.

Fue así como empezó una nueva y extraña etapa de mi relación con Marco. Para entonces yo ya estaba inmerso hasta el fondo en su biografía, le había oído contar su vida de principio a fin, había leído multitud de documentos sobre él y había hablado con numerosas personas que lo habían conocido. Así, localizando documentos que ni el propio Marco había visto, cruzando datos y fechas, confrontando testimonios, había descubierto muchas verdades de la biografía oculta de Marco y había descartado muchas mentiras de su biografía pública; más aún: había conseguido, enfrentándole a contradicciones flagrantes o a obvias falsedades, que Marco reconociese que unas eran verdad y las otras mentira. Lo más sorprendente del asunto (o lo que más me sorprendió a mí) era que cuantas más mentiras le descubría, cuanto más me hacía cargo de la sórdida y triste realidad que había ocultado durante tantos años tras su fachada espléndida, cuanto más me enfrentaba al villano real que se escondía tras el héroe ficticio, más próximo me sentía a él, más piedad me inspiraba, mejor me sentía a su lado. Miento. Yo también estoy intentando esconder la verdad. La verdad es que llegó un momento en que lo que sentí por él fue afecto, a ratos una especie de admiración que ni yo mismo sabía explicarme, y que me perturbaba.

Cuando ese momento llegó, Marco ya me había abierto de par en par sus archivos y me había conseguido incluso un encuentro con su hija escondida, el fruto de su primer matrimonio también escondido. Cuando ese momento llegó ya sólo quedaban unos pocos puntos problemáticos en su biografía, o eso que eufemísticamente habíamos acordado llamar puntos problemáticos: mentiras que Marco aún no había reconocido como mentiras y que yo no estaba dispuesto a aceptar como verdades, entre otras razones porque, argumentaba, nadie las creería, empezando por Benito Bermejo. Recuerdo la mañana en que discutimos, sentados en la galería de su casa, sobre los últimos de esos puntos, como siempre de forma encarnizada (pero ya no tensa ni desabrida), yo tratando de que él reconociera la verdad y él tratando de salvar en lo posible su mentira; en aquel momento, cuando Marco ya había cedido en tres de los puntos, o más bien cuando los habíamos aparcado porque yo ya estaba seguro de que Marco se había rendido y acabaría cediendo y reconocería la verdad (que no había participado en el asalto al cuartel de Sant Andreu el 19 de julio de 1936, al día siguiente de iniciada la guerra civil; que no había vuelto herido del frente y había regularizado su situación al terminar la guerra y nunca había llevado una vida clandestina durante la posguerra; que nunca había pertenecido a la UJA de Fernández Vallet y sus compañeros), le di a entender que el interrogatorio había acabado.

—Ah, se me olvidaba —dije entonces, ladinamente, mientras él se levantaba ya, con la guardia bajada, fatigado después de horas de discusión, o quizá sólo harto de discutir—. Hay otro punto problemático. Es el último.

Escuchó mi explicación de pie, observándome con lo que le quedaba de interés: le dije que no me creía que hubiera participado en la invasión de Mallorca con el tío Anastasio y que, aunque no podía probar que el hecho fuera falso, todos los indicios sugerían que lo era. Cuando terminé de enumerar los indicios se desplomó sobre su asiento, clavó los codos en la mesa y se cogió la cabeza con las dos manos en un gesto que, aunque era melodramático, no me pareció melodramático. Le oí murmurar:

—Por favor, déjame algo.

Volvimos a vernos al cabo de dos o tres días. Aquella mañana fui a buscarlo muy temprano a Sant Cugat en mi coche, y estuvimos hasta la tarde dando vueltas por los paisajes de su juventud y de su madurez, en los barrios de Collblanc, Gracia y El Guinardó, reconociendo las calles y las casas donde había vivido, hablando con vecinos que lo habían tratado y volviendo a repasar episodios de su vida, y durante esas horas Marco reconoció de forma tácita o explícita que todos o casi todos los puntos problemáticos que yo le había planteado en nuestro último encuentro no eran puntos problemáticos sino verdades adornadas o maquilladas, o simples mentiras. No puedo decir que el reconocimiento me sorprendiera, porque ya conocía su forma de operar en aquellos duelos que manteníamos por su pasado: si las pruebas que yo le presentaba eran concluyentes (a veces incluso cuando no lo eran), Marco terminaba aceptando de una u otra forma la verdad, aunque a veces tardaba horas o días o semanas en hacerlo, porque tenía que buscar una salida honrosa, una explicación a su mentira anterior, explicación o salida que a menudo encontraba en las confusiones, espejismos y desvaríos que provocaba la alianza del paso del tiempo con la oportuna fragilidad de su memoria. Sea como sea, cuando aparqué a la puerta de su casa en Sant Cugat, ya al atardecer, Marco aún debía de estar pensando en las mentiras que había reconocido ante mí, lo que explica que, antes de bajarse del coche, me dijera con una mezcla de pesadumbre y resignación en la voz:

—Verdaderamente, tengo la impresión de estar actuando contra mí mismo.

Entendí y me apresuré a corregirle:

—No: estás actuando contra el falso Enric Marco; y a favor del verdadero. —Como Marco no decía nada, aclaré—: Estás actuando a favor de ti mismo, igual que al final del *Quijote* Alonso Quijano actúa a favor de sí mismo cuando deja de ser don Quijote.

Marco me miró con curiosidad, quizás inquieto.

—Cuando recupera la cordura, ¿no? —preguntó.

—Exacto —contesté, y en ese momento vi a un niño idéntico a él, calvo y con mostacho y arrugado, leyéndole a su madrastra alcohólica el *Quijote*, ochenta años atrás, en una habitación mugrienta iluminada por una Petromax—. Cuando deja de ser el falso y heroico don Quijote y vuelve a ser sólo el verdadero Alonso Quijano.

Una risa sincera disipó la inquietud en la mirada de Marco.

—El Bueno —puntualizó—. Alonso Quijano el Bueno. Me pregunto cuántas veces vamos a tener que leer ese libro para entenderlo del todo.

No recuerdo una palabra más de aquella conversación, si es que hubo alguna más. Pero lo que sí recuerdo es que poco después, mientras regresaba a Barcelona por la carretera de La Rabassada, sentí por vez primera que Marco ya no quería esconderse detrás de la mentira, que al menos conmigo ya no quería hacerlo, y que ya sólo quería la verdad y nada más que la verdad, como si hubiera descubierto que la biografía prosaica y vergonzosa y auténtica que yo iba a contar podía ser mejor o más útil que la biografía brillante, poética y falseada que él siempre había contado, y sobre todo recuerdo que, cuando sobrepasé la cima del cerro de El Tibidabo y empecé a bajar La Rabassada y apareció al fondo Barcelona y más allá el mar rojizo y reluciente bajo el sol del crepúsculo, me acordé de aquel extraño pasaje en que, al final del *Quijote*, Cervantes hace hablar a su pluma («Para mí sola nació don Quijote, y yo para él: él supo obrar y yo escribir, solos los dos somos para en uno») y por un segundo me pareció entender lo que Cervantes o la pluma de Cervantes quería decir y me asaltó una evidencia de vértigo: Marco nunca había querido engañarme, Marco había estado tanteándome durante todo aquel tiempo para saber si era digno o no de que él me contara la verdad, yo no había averiguado la verdad sino que Marco me había guiado hasta ella, Marco había construido a lo largo de casi un siglo la mentira monumental de su vida no para embaucar a nadie, o no sólo para eso, sino para que un escritor futuro la descifrase con su ayuda y luego la contase y la diese a conocer por el mundo y al final pudiese hacer hablar a su ordenador como Cervantes hace hablar a su pluma («Para mí solo nació Enric Marco, y yo para él: él supo obrar y yo escribir, solos los dos somos para en uno»), igual que Alonso Quijano había construido a don Quijote y le había hecho perpetrar todas sus locuras para que Cervantes las descifrase y las contase y las diese a conocer por el mundo como si don Quijote y su pluma fuesen uno solo; en definitiva: yo no estaba usando a Marco como Capote había usado a Dick Hickock y Perry Smith, sino que Marco me estaba usando a mí como Alonso Quijano usó a Cervantes.

Eso pensé por un segundo, mientras bajaba en coche La Rabassada. Al segundo siguiente intenté olvidarlo.

7

Fue quizás el momento de máxima gloria pública de Enric Marco. Fue el jueves 27 de enero de 2005. Aquella mañana, justo sesenta años después de la liberación de Auschwitz por las tropas soviéticas, el Congreso español celebró por vez primera el día del Holocausto y rindió homenaje a los casi nueve mil republicanos españoles deportados en los campos nazis.

Era el acto solemne de desagravio que Marco y los deportados venían reclamando desde hacía mucho tiempo. Incluyó una ceremonia religiosa en la que el rabino principal de Madrid rezó, ante todos los presentes puestos en pie, el kaddish, la oración fúnebre judía; también se encendieron seis velas en honor a los seis millones de judíos exterminados por los nazis, del medio millón de niños que se contaba entre ellos, de los gitanos y los españoles muertos, de quienes arriesgaron sus vidas para evitar la matanza y de quienes consiguieron sobrevivir a ella. «Hemos tardado demasiado tiempo en honrarles –dijo el presidente del Congreso, Manuel Marín–. Lo lamento.» Se refería al conjunto de las víctimas del nazismo, pero quizás en especial a los deportados españoles.

Marco habló en nombre de todos ellos. Lo hizo de pie, sin papeles, porque lo que dijo lo había dicho mil veces y se lo sabía de memoria. Dijo, por ejemplo: «Cuando llegábamos a los campos de concentración en esos trenes infectos, para ganado, nos desnudaban completamente, nos quitaban todas nuestras pertenencias; no únicamente por razones de rapiña, sino por dejarnos completamente desnudos, desprotegidos: la alianza, la pulsera, la cadena, las fotos. Solos, desasistidos, sin nada». Dijo también: «Nosotros éramos personas normales, como ustedes, pero ellos nos desnudaban y luego nos mordían sus perros, nos deslumbraban sus focos, nos gritaban en alemán "linke-recht!" ["¡izquierda-derecha!"]. Nosotros no entendíamos nada, y no entender una orden te podía costar la vida». Y también: «Cuando llegaba la primera selección, y nos ponían a los hombres a un lado y a los niños y a las mujeres a otro, las mujeres formaban un círculo y defendían a sus hijos con sus cuerpos y con los codos, lo único que tenían». Y también: «Hay que recordar esa cosa tan turbia. Aquellas noches en la barraca, en las cuales se oía de repente un alarido, un grito de animal herido. Aquel hombre que durante el día todavía tenía cierto orgullo y dignidad para esconder sus debilidades, pero que en el momento de la noche se desataba».Y también: «No podemos repetirlo. No debemos ver más a esas madres con los críos en brazos muertos de hambre y las ubres vacías para darles leche». Y también: «La Amical de Mauthausen se creó para tutelar a aquellos españoles sin patria. No fuimos a parar a los campos de concentración por azar, sino defendiendo cosas que creíamos que valían la pena. Defendíamos la igualdad de derechos y una España que nos parecía que en aquel momento se abría al progreso».Y por fin: «Todos los años, cuando desfilamos en Mauthausen, desde la tribuna se dice: ahora pasan los republicanos españoles, los primeros defensores de la libertad y la democracia en Europa. No tuvimos suerte en la guerra. Tampoco tuvimos suerte al salir de los campos. No tuvimos un gobierno que nos auxiliara, que nos quitara esos harapos y nos diera asistencia médica. Ni un país al que volver. El pueblo judío, que sufrió tanto, pudo crear su propia patria. Nosotros no. Va siendo hora de hacer justicia».

El discurso de Marco provocó una conmoción total. Lo

reprodujeron en parte periódicos, televisiones y radios; a algunos de los que lo escucharon en directo –familiares de deportados, periodistas, políticos de primer nivel– los emocionó hasta las lágrimas; a otros, como el embajador de Israel, los indignó, aunque sólo esta alusión a su país, un hito obligado en los discursos de Marco: «Hay que proceder a una educación para enseñar la historia. Hay nuevos campos de concentración en Ruanda, Sierra Leona, Etiopía, donde los chiquillos se mueren por millones. Los hubo en Kosovo. Y hay que decirlo en voz muy alta: desgraciadamente los hay en Guantánamo y en Palestina, qué duda cabe, y en Irak. ¿Cuántas veces tendremos que seguir recordando?». Nadie en resumen fue indiferente al discurso de Marco, que salió del Congreso a hombros, más campeón o héroe o rock star de la llamada memoria histórica que nunca.

A pesar de aquel éxito resonante (o más bien gracias a él), los meses siguientes fueron para Marco de una gran tensión. De entrada, aparte de proseguir con su ritmo insensato de charlas y conferencias, tuvo que dedicarse a organizar la presencia de la Amical en los actos del sesenta aniversario de la liberación de Mauthausen, que iba a celebrarse, como siempre, a principios de mayo, pero donde la Amical debía desempeñar un papel más importante que nunca: la entidad quería montar en Mauthausen, con la ayuda de la Amical francesa, una exposición titulada «Imágenes y memorias», proyectaba llevar durante varios días a Mauthausen a una gran cantidad de personas de toda España y negociaba para hacer posibles dos acontecimientos en la historia de la Deportación: que en la ceremonia principal hablase un deportado español en nombre de todos los deportados y que acudiese a Mauthausen un miembro o representante del gobierno español. Todo esto estaba quizá por encima de las capacidades organizativas de la Amical, una entidad en plena expansión aunque todavía modesta; pero su presidente se consagró sin reservas a ello, dispuesto como siempre a suplir la falta de recursos con horas de trabajo. No obstante, la tensión más fuerte de esos meses terminales no se la produjo a Marco aquel futuro que iba a pasar, sino el pasado, que no pasa nunca.

Una tarde de principios de febrero, poco después de que Marco triunfara con su discurso en el Parlamento español, uno de sus colaboradores más estrechos en la Amical, llamado Enrique Urraca, le dijo al entrar él en la sede de la calle Sils que le habían llegado rumores de que Benito Bermejo estaba poniendo en duda su biografía de deportado. Marco ni siquiera se detuvo a hablar con Urraca: quitó toda importancia al rumor, le aseguró a Urraca que era pura maledicencia y que había un enfrentamiento personal entre Bermejo y él, le pidió que se olvidase del asunto. Aquella misma noche, Marco llamó a Bermejo. El historiador le contó lo que había descubierto; Marco le contestó que no era lo que parecía, que podía explicárselo todo y que en las próximas semanas él viajaría a Madrid y los dos dispondrían de una buena oportunidad para verse y aclarar el equívoco. Bermejo quedó a la espera de la llamada de Marco, pero en las semanas siguientes nuestro hombre no viajó a Madrid o viajó a Madrid pero no llamó a Bermejo y no le dio ninguna explicación, así que, a mediados de abril, Marco recibió por fax un mensaje de Bermejo en el que le instaba a explicarle lo que había prometido explicarle. Marco volvió a llamar por teléfono a Bermejo. Le dijo que no había podido ir a Madrid, le dijo que estaba saturado de trabajo preparando la gran celebración de Mauthausen, le dijo que no podría verle ni hablar con él hasta que saliera de la vorágine en que la Amical y él se hallaban envueltos, le dijo que esperase hasta entonces porque entonces se lo explicaría todo; Bermejo no discutió con él, no intentó persuadirle: sólo le contestó que creía que se equivocaba.

Faltaban apenas tres semanas para la gran celebración de Mauthausen y apenas unos días para que la suerte de Marco estuviera echada.

Enrique Urraca no era sólo uno de los colaboradores más estrechos de Marco en la Amical, sino casi su secretario particular. No era deportado sino sobrino de deportado. Su tío, Juan de Diego, había sido prisionero en Mauthausen, y Urraca lo consideraba un héroe, igual que a sus compañeros de cautiverio. A la muerte de su tío, en mayo de 2003, Urraca se incorporó a la Amical de Mauthausen con el propósito de mantener viva la memoria de su tío y la de sus compañeros. Marco, que por entonces llevaba apenas un mes en la presidencia de la Amical, le sedujo de inmediato y de tal forma que Urraca casi depositó en él la admiración y el afecto que hasta aquel momento había depositado en su tío. Así se explica que, a principios de febrero de 2005, poco después del homenaje a los deportados en el Parlamento español, Urraca se atreviera a hablarle sin rodeos a Marco de los rumores que circulaban sobre él, y así se explica que Marco le convenciera de un plumazo de que no tenían el menor fundamento y de que se olvidase de ellos.

Urraca conocía a Bermejo gracias a la relación que éste había mantenido con su tío, pero los rumores sobre Marco no le habían llegado a través de él. No obstante, a finales de abril, cuando ya se echaba encima la gran celebración de Mauthausen y el historiador decidió por fin desenmascarar a Marco, eligió a Urraca como el miembro más adecuado de la Amical para hacerle saber la verdad. No sé por qué optó Bermejo por Urraca: tal vez porque tenía una buena relación con él y le consideraba una persona idealista y buena; tal vez por ese motivo y porque pensaba que Urraca era el miembro de la Amical más próximo a Marco. Lo cierto es que el viernes 30 de abril por la noche Bermejo llamó por teléfono a Urraca; faltaban sólo nueve días para los actos de Mauthausen, y apenas dos para la asamblea que cada año celebraba la Amical.

Bermejo le contó a Urraca lo que había averiguado. Urraca le contestó a Bermejo que lo que le contaba era imposible. Bermejo le habló del documento que había encontrado en el archivo del Ministerio de Asuntos Exteriores y a continuación le mandó el informe que había mandado al presidente del gobierno. Urraca leyó el informe y no tuvo más remedio que aceptar que lo que Bermejo decía era verdad. Entonces Bermejo le recordó que, al cabo de unos días, Marco iba a hablar en nombre de todos los deportados en el acto principal de la gran celebración de Mauthausen y le hizo una pregunta: ¿Vas a permitir que un impostor hable delante del presidente del gobierno y ensucie la memoria de tu tío y de todos los deportados?

Cuando colgó el teléfono, Urraca estaba roto. No podía creer lo que había oído y leído, no podía creer que Marco hubiera hecho lo que había hecho; y, sin embargo, tenía que creerlo. De un momento a otro su mundo se había hundido, o eso era lo que sentía. No sabía qué hacer. Las dudas le torturaban. Así llegó el domingo, día de la asamblea de la Amical.

La asamblea de la Amical se celebró aquel año el domingo 1 de mayo en Vilafranca del Penedès, una localidad situada a sesenta kilómetros de Barcelona. Al principio todo auguraba que sería una asamblea más: como cada año, los socios eligieron una nueva junta directiva (Marco fue elegido presidente y encargado de relaciones internacionales, Torán fue elegida vicepresidenta, Urraca fue elegido vocal); como cada año, se levantó un pequeño monumento a los deportados del lugar. Fue durante la inauguración del monumento cuando algunos miembros de la Amical comprendieron que aquélla no iba a ser una asamblea como las otras. Mientras todavía estaba desarrollándose la ceremonia se acercó a Torán el delegado de la Amical en Valencia, un historiador llamado Blas Mínguez, y le contó que acababa de hablar con Urraca y que éste le había dicho que tenía en su poder un informe en el que se ponía en duda que Marco fuera un deportado. Perpleja, Torán fue a hablar con Urraca; otros miembros de la junta, de la que Mínguez también acababa de ser elegido vocal, se unieron a ellos. Urraca dijo que lo que había dicho Mínguez era cierto y que guardaba el informe acusatorio en su casa, aunque al principio atribuyó su autoría a la Amical francesa y no a Bermejo, quizá porque intuyó que la mala relación del historiador con la Amical o con algunos miembros de la Amical podía restar crédito a sus afirmaciones. Una vez terminada la comida, al tiempo que los demás socios disfrutaban de la sobremesa, los integrantes de la junta se reunieron de urgencia para discutir el asunto. Como no querían despertar sospechas, la reunión fue muy breve; a ella también asistió Marco, quien se limitó a decir que Bermejo le estaba acosando y que los rumores que difundía sobre su pasado eran sólo un testimonio de su animadversión por la Amical y por él mismo como presidente de la Amical. Los demás miembros de la junta le escucharon consternados, probablemente sin saber qué pensar salvo que, tanto si la acusación de Bermejo era cierta como si era falsa, resultaba imprescindible aclararla, motivo por el cual Torán le pidió a Urraca que le enviara el informe en cuanto llegara a su casa.

Urraca tardó en enviar el informe más de lo esperado, como si todavía albergara alguna duda sobre su forma de proceder, pero al final lo envió y aquella misma noche Torán pudo leerlo. Del informe de Bermejo no se deducía, según entendió Torán, que Marco no hubiera estado en Flossenbürg o en algún campo nazi, pero sí que había mentido y que en 1941 había viajado a Alemania como trabajador voluntario y no como deportado; en cualquier caso, el asunto era lo bastante grave como para que Marco diera una explicación cuanto antes. Así que a primera hora del día siguiente, lunes, Torán convocó a los miembros de la junta de la Amical en la sede de la calle Sils. La reunión tuvo lugar a las siete de aquella misma tarde, y los asistentes la recuerdan como una reunión dramática; dramática por el asunto que abordaron y dramática por el dramatismo con que Marco lo abordó. Aunque quizá la palabra exacta no es drama sino melodrama. Marco se desmoronó al tomar la palabra, pareció hundido y desesperado, capaz de cometer una barbaridad; de hecho, algunos tuvieron la impresión de que estaba sugiriendo que podía cometer una barbaridad o que iba a cometerla, y de que aquella sugerencia era una especie de chantaje emocional, una forma de pedirles amparo.

Marco habló bastante, pero no dio una explicación clara ni reconoció su impostura. Lo único que dijo fue que era verdad que en 1941 no había salido de España de forma clandestina sino como trabajador voluntario, y que aquél había sido el único recurso que había encontrado para escapar al asedio de la policía franquista; también dijo que sí era verdad que había estado en Flossenbürg, aunque por poco tiempo, apenas unos días. Por lo demás, varias veces se preguntó entre sollozos cómo iba a explicarle todo aquello a su familia, a su mujer y a sus dos hijas, cómo les contaría que les había mentido sobre su deportación y que, además, les había ocultado que tenía otra familia, otra mujer y otra hija de las que nunca les había dicho una palabra. Aquella confesión añadida no tenía mucho que ver con el asunto del cónclave, por no decir que no tenía nada que ver, pero Marco también la puso sobre la mesa, tal vez para que la compasión de los asistentes fuera completa.

El chantaje de Marco sólo funcionó en parte. Como primera providencia la junta le obligó a dimitir, y Torán, que había sido elegida vicepresidenta en la asamblea de la víspera, pasó a ser presidenta en funciones. Después acordaron que, llegado el momento, redactarían una declaración dando cuenta de lo ocurrido, pero que de momento había que guardar el secreto a toda costa, porque no hacerlo podía equivaler a desatar un escándalo que diera al traste con la gran celebración de Mauthausen y con el éxito que significaba que por vez primera un presidente del gobierno español asistiese a los actos conmemorativos y que, igualmente por vez primera, un deportado español se dirigiese a toda la comunidad internacional. Algunos asistentes dieron por hecho que Marco ya no iba a ser el deportado que leyera en Mauthausen el discurso en nombre de todos los deportados, pero el caso es que esa decisión no se tomó, al menos de forma explícita, quizás en parte porque aún no tenían la seguridad de que Marco no hubiera estado en un campo nazi; de hecho, ni siquiera se le prohibió que viajara al cabo de dos días a Austria para asistir a la reunión del Comité Internacional de Mauthausen, del que era miembro.

Marco aceptó sin protestas todas las condiciones que le impusieron sus compañeros y abandonó la reunión. Ésta, sin embargo, no se disolvió, y aquella misma noche y el día siguiente Torán y otros miembros de la Amical se movieron, en medio de gran desasosiego y grandes prisas, para dar a conocer lo ocurrido a los demás implicados en la gran celebración de Mauthausen y para acordar con ellos una estrategia común. Hablaron por teléfono con deportados y familias de deportados, con Presidencia del Gobierno español y quizá con la embajada española en Viena, y al día siguiente improvisaron una reunión con representantes del gobierno catalán, y todos decidieron que lo esencial era salvar los actos de Mauthausen y apartar a Marco de cuanto guardara relación con ellos, pretextando una brusca enfermedad. Luego, una vez pasado todo, ya verían qué hacer.

El martes 3 de mayo, cuatro días antes de la gran celebración de Mauthausen, Marco y el tesorero de la Amical, Jesús Ruiz, tomaron un avión hacia Viena para luego ir a Linz, a veinticinco minutos de Mauthausen, donde al día siguiente se reunía el Comité Internacional de Mauthausen, del que ambos formaban parte. El miércoles por la mañana se sumó a ellos otro miembro de la junta, Blas Mínguez, delegado de la Amical en Valencia, que viajó hasta Linz en coche, y entre todos decidieron que, dadas las circunstancias, lo mejor era que Ruiz acudiese solo a la reunión del Comité Internacional y que Marco y Mínguez se quedasen esperándolo en el hotel. Cuando volvió por la tarde, Ruiz le dijo a Marco que las noticias sobre él ya habían llegado hasta el comité –en realidad, había sido Bermejo quien las había hecho llegar hasta allí–, y aquella noche, durante la cena, Mínguez le exigió que les dijese de una vez por todas si había estado recluido en el campo de Flossenbürg o no. Marco reconoció que no: ni en Flossenbürg ni en ningún otro campo. Entonces Ruiz llamó por teléfono a la sede de la Amical y se optó por que Marco volviera al día siguiente a Barcelona.

El jueves 5 de mayo por la mañana nuestro hombre aterrizó en el aeropuerto de Barcelona en el primer avión procedente de Viena. Debió de hacerlo sobre las diez y media, en la terminal B, porque a esa hora y en ese lugar, delante de un negro, ciclópeo y musculado caballo de Botero, habían sido convocadas las más de doscientas personas que viajaban con la Amical hacia Viena para tomar parte en la gran celebración de Mauthausen. Inevitablemente, Marco se topó con ellas. La sorpresa de la expedición fue mayúscula. Los miembros de la junta que acompañaban a los expedicionarios sabían lo que había ocurrido en Linz, pero no sabían que Marco había tomado precisamente aquel avión de regreso a Barcelona, y les habían dicho a sus acompañantes que el presidente de la entidad no viajaba a Mauthausen porque había caído enfermo. La aparición de Marco provocó un alboroto de revuelta: la gente se abalanzó sobre él preguntándole qué hacía allí, de dónde venía, qué había pasado, por qué no iba con ellos a Mauthausen. Marco se los quitaba de encima como podía, mientras Torán y otros miembros de la junta le ayudaban a zafarse de la curiosidad general. Cuando por fin lo consiguió, se marchó a toda prisa y de mala manera y sin querer cuentas con nadie.

El viaje a Viena de los expedicionarios discurrió en una atmósfera enrarecida, saturada de rumores, algunos de los cuales aseguraban que los miembros de la junta de la Amical, celosos del protagonismo de Marco, impacientes por arrebatárselo, habían dado un golpe de mano y, justo antes del gran momento de la gran celebración de Mauthausen, habían destituido a su presidente.

El sábado 7 de mayo por la mañana, Benito Bermejo tomó un avión hacia Viena desde Madrid. Se dirigía a Mauthausen, como cada año o casi cada año por las mismas fechas; sólo que en aquella ocasión todo era distinto. Debía de estar inquieto, porque nadie le había contado lo que estaba pasando en la Amical y creía que su informe sobre Marco no había surtido efecto y que, el domingo, el gran impostor pronunciaría su discurso en nombre de todos los deportados delante del presidente del gobierno y de los numerosos asistentes al acto principal. Justo antes de tomar el avión, sin embargo, compró *El País*, y en una nota sobre las celebraciones del día siguiente en Mauthausen leyó que Marco había vuelto a Barcelona desde Austria porque se encontraba indispuesto; entonces sintió alivio: comprendió que su informe había servido para algo y que las cosas se estaban enderezando. Al llegar a Mauthausen Bermejo se encontró con miembros de la expedición de la Amical que llevaban allí un par de días, y en seguida notó que por lo menos algunos de ellos no ignoraban la verdad sobre Marco, aunque ninguno hablara abiertamente del asunto; Bermejo quizá no lo supo entonces, pero, en aquellos días de actividades previas a la gran celebración de Mauthausen, la junta de la Amical había convocado una reunión para explicarles a algunos de sus socios lo ocurrido con Marco. La noche del sábado Bermejo cenó con un grupo de personas entre las que se hallaba Anna Maria Garcia, mi compañera en la Universidad de Gerona, la historiadora que, poco después del estallido del caso Marco, iba a aconsejarme que no escribiese sobre Marco («Lo que hay que hacer con Marco es no hablar de él —me diría—. Es el peor castigo para ese monstruo de vanidad»), y el domingo asistió por fin a la gran celebración de Mauthausen.

El festejo transcurrió con normalidad. Primero se celebró un pequeño acto ante el monumento en memoria de los deportados españoles, en el que participaron dos o tres centenares de personas, incluido el presidente del gobierno, y luego tuvo lugar el gran acto, un evento conjunto al que asistieron varios miles de personas y en el que hablaron, entre otros, el presidente del gobierno y el deportado español elegido para sustituir a Marco, que se llamaba Eusebi Pérez; éste leyó el discurso que iba a leer Marco y que, contra lo que se dijo luego en la prensa, no escribió el propio Marco: era un discurso consensuado por la junta de la Amical para que fuera leído en nombre de todos los supervivientes españoles. Eso fue lo que ocurrió aquel día en Mauthausen. Nada más. Aunque algunos de los presentes sabían que el presidente de la Amical había sido desenmascarado y el rumor circuló a media voz por los corrillos, nadie desenmascaró oficialmente a Marco.

Aquella noche Bermejo durmió en el Weindlhof, un hotel situado en la parte alta del mismo Mauthausen. Al menos de momento, se daba por satisfecho: su objetivo no había sido destruir a Marco, sino evitar que hablase en la gran celebración de Mauthausen y de ese modo impedir la consagración de la superchería y el escarnio de los deportados. El lunes Bermejo se fue a Viena; tenía trabajo allí, en el archivo del Memorial de Mauthausen, y durante los dos días siguientes procuró olvidarse de Marco. No sé si lo consiguió. El miércoles por la mañana, mientras desayunaba, recibió en su móvil un mensaje de texto donde un amigo le decía que comprase *El País*, porque había una noticia que le interesaba. Camino del archivo, Bermejo compró *El País* en un quiosco de Graben, casi en la esquina de Bräunergasse. Fue así como descubrió que el caso Marco había estallado. Un par de horas después empezaron a llamarle periodistas.

Desde el jueves 5 de mayo, día en que regresó a toda prisa de Austria y se encontró en el aeropuerto con la expedición de la Amical, hasta el lunes 9 de mayo, día en que la expedición de la Amical regresó de Austria y la junta de la entidad le convocó a una reunión de urgencia en la sede de la calle Sils, Marco no habló con nadie de lo que había pasado: ni con su mujer, ni con sus hijas, ni con ningún amigo o compañero o conocido. Debieron de ser cuatro días espeluznantes. No sé qué es lo que hizo Marco en ellos, porque él no lo recuerda o dice que no lo recuerda; tampoco recuerda lo que pensó. Lo que sigue, por tanto, son meras hipótesis.

No me cabe ninguna duda de que, durante aquellos cuatro días, Marco puso su cerebro a trabajar a pleno rendimiento con el fin de identificar y valorar las diversas posibilidades que la revelación de su engaño abría ante él. De hecho, debía de estar trabajando ya en ese asunto desde que, el domingo anterior, durante la asamblea de la Amical en Vilafranca del Penedès, supo que la noticia había corrido entre sus compañeros de junta, o quizá desde que a principios de febrero Bermejo le había contado sus averiguaciones; es muy posible incluso que estuviera trabajando desde el principio o casi desde el principio: desde el momento mismo en que empezó a hacerse pasar por deportado y cupo la posibilidad, por remota que fuese o que le pareciese entonces, de que alguien lo desenmascarase. Por supuesto, lo primero que debió de ocurrírsele durante aquellos días de espera angustiosa es que podía negarlo todo, o que al menos podía negar la mayor. No le quedaba más remedio que reconocer que en los años cuarenta había viajado a Alemania como trabajador voluntario, claro está, y que por lo tanto había mentido en una parte de su biografía, o que la había deformado; pero, aunque en Linz había admitido ante sus acompañantes de la Amical, Mínguez y Ruiz, que nunca había estado internado en Flossenbürg, podía decir que no había dicho lo que había dicho o que lo había dicho pero era falso, y podía seguir diciendo que había estado internado en Flossenbürg. A juzgar por lo que le había dicho Bermejo y por lo que había escrito en su informe, el historiador no podía demostrar que él no había estado internado en Flossenbürg; y, a juzgar por lo que sabía, no era fácil que consiguiese demostrarlo: los responsables del archivo del Memorial de Flossenbürg aseguraban que no todos los prisioneros del campo figuraban en sus libros de registro, y él siempre podría aducir que era uno de esos prisioneros espectrales.

No era fácil demostrar que no había estado internado en Flossenbürg, pero tampoco era imposible. De entrada, Marco no sabía qué era lo que sabía Bermejo: podía saber mucho más de lo que había dicho que sabía, podía haber contado sólo una parte de lo que sabía; en cualquier caso, Marco sí sabía o creía saber una cosa: que Bermejo era un perro de presa, que le había clavado los dientes en el cuello y que no le iba a soltar. Así que, del mismo modo que había encontrado la documentación que probaba que había sido un trabajador voluntario en Kiel, Bermejo podía encontrar la documentación que probaba que su aventura alemana había empezado y terminado en Kiel, y que por lo tanto no había estado internado en Flossenbürg. Marco ignoraba si esa documentación existía, pero no ignoraba que podía existir y que Bermejo o alguien que no fuera Bermejo podía encontrarla. Además, aunque Bermejo no hubiera podido demostrar que su paso por Flossenbürg era falso, sí había descubierto que no era un deportado, que había mentido y que una pieza muy importante de su historial era falsa, había sacado a la luz un trozo de sí mismo que hasta entonces estaba oculto y de repente todo su personaje se resquebrajaba, el héroe del antifascismo y la rock star o el campeón de la llamada memoria histórica se tambaleaba, amenazaba con venirse abajo sin remedio, porque, tomara la decisión que tomara, sus compañeros de la junta de la Amical le obligarían a redactar un comunicado en el que tendría que reconocer su embuste. Por supuesto, podía hacer otra cosa: desaparecer, no volver por la Amical, esperar que todo el mundo allí se olvidase de él; cabía incluso la posibilidad de que, de ese modo, nadie le desenmascarase, nadie contase que llevaba años mintiendo, porque nadie tenía por qué tener mucho interés en airear una historia que iba a perjudicarlos a todos, empezando por la propia Amical. En cuanto a Bermejo, quizá podía hablar a solas con él, sondear sus intenciones e intentar llegar a algún tipo de acuerdo.

Era una posibilidad. Pero no era una posibilidad acorde con su carácter, o más bien con el alto concepto que para entonces tenía de sí mismo, con la soberbia de Ícaro o Icaro que, como unas alas de cera, sus triunfos de héroe y campeón o rock star de la llamada memoria histórica habían construido para él. No era una posibilidad acorde con su carácter porque equivalía a rendirse, y lo que cuadraba con su carácter no era rendirse sino defenderse; o mejor dicho: atacar.

Increíblemente, es lo que hizo. Marco debió de decirse con razón que lo que se le avecinaba era un combate, que un combate lo gana quien lleva la iniciativa y que, si esperaba hasta que Bermejo acabase de descubrir toda la verdad sobre su estancia en Alemania (por no hablar de toda la verdad a secas), no tendría defensa posible. Lo mejor era adelantarse al historiador, dar él mismo y a su modo la noticia, reconocer su mentira, urdir los mejores argumentos para justificarla y blindar así el resto de su biografía, salvaguardando a su personaje para impedir que la sustracción de una sola pieza de su historial, por importante que fuese —y suponiendo que fuera necesario sustraerla—, provocase el desmoronamiento del personaje completo, como provoca el desmoronamiento de un castillo de naipes la sustracción de un solo naipe. Debió de pensar que tenía un prestigio ganado a pulso, que él no era un cualquiera, que había sido de verdad un líder sindical en la CNT y un líder cívico en FAPAC y un difusor único de la llamada memoria histórica con la Amical, que tenía la Creu de Sant Jordi y conocía a los principales líderes de la sociedad catalana, y que una pequeña falta no podía acabar de un día para otro con su reputación. Debió de pensar que a lo largo de sus ochenta y cuatro años siempre había salido adelante, que había escapado indemne de situaciones mucho más comprometidas que aquélla, que era un pícaro genial, un charlatán desaforado y un liante único que había conseguido enredar a los militares de Franco, a los jueces nazis, a innumerables periodistas, historiadores y políticos, que él era Enric Marco y también sabría salir indemne de aquélla. Le sobraba energía y oratoria para hacerlo, le sobraban argumentos para volver a seducir y enredar a todo el mundo.

Le sobraban. Él no había mentido, él solamente había cambiado un poco la verdad, tal vez la había adornado un poco, pero nada más. Y, aunque hubiera dicho alguna mentira, aunque hubiera cometido ese error, ¿quién no había dicho alguna mentira? ¿Quién no había cometido alguna vez un error? ¿Quién podía tirar la primera piedra? Tanto más cuanto que, si había mentido o había cambiado o adornado un poco la verdad, lo había hecho por una buena causa, para dar a conocer la llamada memoria histórica, los horrores que habían destruido España y Europa a lo largo del siglo: él había llevado todo eso hasta los jóvenes y hasta los no tan jóvenes, hasta el país entero, cuando los auténticos supervivientes de los campos nazis ya estaban demasiado mayores y demasiado acabados para hacerlo, él había mentido sólo para dar voz a los que no tenían voz, para difundir un mensaje de justicia y solidaridad y memoria. ¿Quién podía culparle por eso? ¿Quién podía reprocharle haberse colocado a sí mismo en el lugar de la devastación para dar mayor veracidad y mayor fuerza y dramatismo a su mensaje? Además, él también era una víctima y un superviviente, él también había padecido cárcel y persecución en Alemania, todo lo que había contado era absolutamente cierto, no sólo respecto a los campos nazis, puesto que él era historiador y se había documentado a fondo, sino también respecto a su propia historia, puesto que no había hecho sino cambiar las cosas de escenario, contar como si hubiera ocurrido en Flossenbürg lo que había ocurrido en Kiel, lo que le había ocurrido en una cárcel nazi como si le hubiera ocurrido en un campo nazi. ¿Es que aquel error, si es que en verdad era un error, bastaba para eliminar todos sus aciertos? ¿No contaban su lucha en la guerra, su antifranquismo militante, sus años de clandestinidad incansable, su liderazgo sindical, su pelea por una escuela pública mejor y su ingente trabajo al frente de la Amical? ¿Es que aquella mentira inofensiva, suponiendo que fuese una mentira inofensiva y no una mentira noble y desinteresada, podía pesar más que todos sus méritos?

Le sobraban los argumentos; es lo que pensaba Marco: que el peso de sus razones sería abrumador, que todo el mundo le perdonaría su equivocación y que su prestigio no se resentiría o como mucho se resentiría de momento y de una forma inapreciable y su personaje seguiría intacto o casi intacto y al cabo de muy poco tiempo todo volvería a ser como antes y sus propios compañeros le pedirían que regresara a la presidencia de la Amical, desde donde seguiría su pelea en favor de la llamada memoria histórica. Eso es lo que pensaba o lo que pudo pensar Marco que ocurriría si en vez de rendirse se defendía o más bien si atacaba, en cualquier caso si tomaba la iniciativa; y por eso la tomó. Bermejo habría intentado destruirle, cierto, pero sólo habría conseguido hacerle más fuerte. Habrían intentado que volviese a ser Alonso Quijano, pero él continuaría siendo don Quijote. La realidad habría hecho lo posible por matarle, pero la ficción habría vuelto a salvarle.

No fue eso lo que al final ocurrió, o no exactamente. El lunes 9 de mayo, poco después de que a las cinco de la tarde aterrizara en Barcelona el avión que volvía de Viena con los expedicionarios de la Amical, la junta de la entidad celebró una reunión en su sede de la calle Sils. Marco asistió a ella. En la reunión se redactó un escrito que llevaba por título «Comunicado del Sr. Enric Marco Batlle» y que decía lo siguiente:

Ante las informaciones que han circulado en los últimos días sobre mi biografía, quiero reconocer los siguientes puntos:

1. Haber salido hacia Alemania en una expedición de trabajadores españoles a finales de 1941.

2. No haber estado internado en el campo de Flossenbürg, a pesar de haber sufrido prisión en régimen preventivo y bajo la acusación de conspiración contra el III Reich.

3. Haber regresado a España a inicios de 1943, después de haber sido liberado.

4. Haber hecho pública mi biografía, con aspectos que deforman la realidad, en el año 1978, mucho antes de mi vinculación a la Amical de Mauthausen, en los últimos seis años.

5. Como consecuencia renuncio a mis cargos en la Amical y dejo en suspenso mis actividades en esta asociación.

El texto no estaba escrito sin reflexionar: allí figuraban dos de los ingredientes fundamentales que Marco había preparado para su defensa. El primero es que no había dicho mentiras, sino que sólo había «deformado» la verdad; el segundo es que no había sido prisionero de los alemanes en Flossenbürg, pero sí en Kiel, así que también había luchado contra los nazis y había sido víctima de los nazis y tenía derecho a hablar como combatiente y víctima de los nazis y en nombre de los combatientes y las víctimas de los nazis (de ahí que, en ese reconocimiento de sus mentiras, Marco hubiese deslizado todavía una mentira, según la cual había sido acusado en Alemania de «conspiración contra el III Reich», no de «alta traición», que era el cargo verdadero que le imputaron). Por lo demás, el comunicado transparentaba la seguridad o la esperanza que Marco tenía en que su personaje quedara intacto y en que, más pronto que tarde, él recuperaría su lugar de privilegio en la Amical (y en la sociedad): la prueba es que no se daba de baja sino que sólo renunciaba a sus cargos en la entidad; la prueba es que sólo dejaba «en suspenso» sus actividades en la Amical. El texto estaba fechado el 9 de mayo y firmado de su puño y letra por Marco.

A la mañana siguiente, nuestro hombre hizo fotocopias de la declaración y, cargado con ellas, recorrió una por una todas las redacciones barcelonesas de los principales periódicos del país, para entregar en mano el documento a sus directores. Ninguno de ellos le recibió, de manera que tuvo que dejar el texto en la recepción, acompañado por una nota explicativa. Luego se volvió a su casa en Sant Cugat y, decidido a vender caro su pellejo aunque sin poder imaginar siquiera la dimensión que iba a adquirir el estallido de su caso, esperó acontecimientos.

8

Ayer, 28 de abril de 2014, fantaseé durante todo el día con un diálogo imaginario entre Marco y yo; tal y como lo fantaseé lo transcribo, literalmente. Por una vez, en este libro la ficción no la pone Marco: la pongo yo.

—Bueno, ya era hora.

—Ya era hora de qué.

—De que me dejara hablar.

—Lleva hablando todo el libro. Recuerde que fue usted quien me contó su historia; yo me estoy limitando a repetir lo que usted me contó.

—Mentira: está usted haciendo mucho más que eso. No me tome por tonto.

—No lo hago.

—Claro que sí. Por tonto y por peligroso. Por eso sólo me saca en su libro así. De mala manera. En un simple fantaseo. Cuando el libro se está acabando y ya casi está todo dicho… Si cree que haciéndome aparecer así va a conseguir desactivar lo que digo y que la gente no se lo tome en serio, se equivoca: una cosa es que usted sea tonto y otra que lo sean los demás. Y hablando de su libro: eso que escribió hace un rato me ha parecido interesante.

—He escrito muchas cosas. ¿A cuál de ellas se refiere?

—A eso de que escribe su libro para salvarme.

—Yo no he dicho eso.

—Claro que lo ha dicho.

—No. Lo que yo he dicho es que a veces, desde que empecé a escribir este libro, he tenido la impresión o la sospecha de que, en secreto, sin saberlo o sin querer reconocerlo, yo quería salvarlo, y de que quería salvarlo no como usted cree que tengo que salvarlo, es decir rehabilitándolo, sino enfrentándole a la verdad.

—Igual que Cervantes salvó a don Quijote, ¿no?

—Exactamente.

—Sí, ya me sé esa cantinela. Menudo cuento. De todos modos, no olvide que yo sólo le he pedido que me defienda, no que me salve ni que me rehabilite. Eso no se lo he pedido nunca. Nunca jamás.

—Tenga cuidado; ya sabe lo que opino de los énfasis: dos «nunca» y un «jamás» equivalen por lo menos a un «siempre».

—Es usted un cínico. Usted no escribe este libro para salvarme; lo escribe para forrarse, para hacerse rico y famoso, para salir en la foto, como usted dice, para que le quieran y le admiren y le consideren un gran escritor. En fin, no digo que no lo escriba también para aliviarse de sus neurosis y sus complejos de pequeñoburgués, pero sobre todo lo escribe para eso.

—Cree el ladrón que todos son de su condición. Dicho esto, no veo qué tendría de malo escribir por todas esas cosas que usted dice.

—Nada. Siempre que lo reconozca. Siempre que no cuente milongas.

—No son milongas. Al principio sólo quería comprenderle, pero ahora, a ratos, una parte de mí ya no se conforma con eso; o es la impresión que tengo. Ahora oigo a veces una vocecita que me dice: ¿y por qué no tratar de salvarlo? ¿Por qué no intentar salvar al gran impostor y el gran maldito, a ese grandísimo sinvergüenza que está más que condenado? ¿Sólo porque es imposible hacerlo? ¿No es este libro un libro imposible desde el principio? ¿Por qué no hacerlo más imposible todavía? ¿Qué tengo que perder? Además, si la literatura no sirve para salvar a la gente, ¿para qué demonios sirve?

—Se está usted volviendo loco.

—Puede ser, pero el culpable es usted. De todos modos, haga lo que haga, lo que es seguro es que aquí tengo que contar toda la verdad. Eso es seguro. Y, contándola, quizá podré hacer que recupere usted la cordura, librarle de don Quijote y devolverle a Alonso Quijano. Por lo demás, no diga bobadas: ¿cómo quiere que me forre con un libro como éste?

—Trata de mí, ¿no? ¿Conoce usted algún tema más apasionante que yo?

—No.

—Yo tampoco. El que no es apasionante, reconozcámoslo, es usted. Podría tener algún interés, pero siendo tan deshonesto es imposible.

—No le sigo.

—Claro que me sigue. Mire, lo que no puede ser es que lleve ya no sé cuántas páginas acusándome de mentir y de engañar, de ser un farsante y de no querer conocerme a mí mismo, o de no querer reconocerme, y todavía no haya dicho que hace usted exactamente igual. Cuénteles la verdad a sus lectores, y a lo mejor entonces empiezan a creerle.

—¿Qué es lo que tengo que contarles?

—Todo.

—¿Por ejemplo?

—Por ejemplo que usted se benefició tanto como yo de eso que llama la industria de la memoria. Y que usted es tan responsable de ella como yo. Tan responsable o más.

—Eso tendrá que explicármelo.

—¿Cómo se titulaba su novela?

—¿Qué novela?

—¡Qué novela ni qué novela! Lo sabe perfectamente. La que le sacó del anonimato, la que le colocó en la foto, la que le hizo rico y famoso.

—No me hizo ni rico ni famoso: sólo me permitió ganarme la vida escribiendo. Se titula *Soldados de Salamina*.

—Ésa. Dígame: ¿cuándo se publicó?

—En 2001. En febrero o marzo.

—Y dígame: ¿cuántos ejemplares se vendieron? ¿Cuánta gente la leyó? ¿Y de qué iba? Yo le diré de qué iba: iba de un periodista de su edad, un nieto de la guerra, que al principio de la novela cree que la guerra es algo tan remoto y tan ajeno a él como la batalla de Salamina y al final se da cuenta de que no es verdad, de que el pasado no pasa nunca, de que el pasado es el presente o una dimensión del presente, y de que la guerra todavía está viva y sin ella no se explica nada; también se podía contar de otra manera: iba de un periodista de su edad que cree estar buscando a un fascista a quien salvó la vida un republicano hasta que descubre que en realidad busca a un republicano que salvó la vida a un fascista, y que al final lo descubre, descubre al republicano, que resulta ser un viejo soldado de todas las guerras o de todas las guerras justas, un héroe que representa lo mejor y más noble de su país, y a quien todo el mundo ha olvidado.

—Miralles.

—Eso: Miralles. ¿Le suena lo que acabo de contar? Y ahora dígame otra cosa: ¿quién había oído hablar en España de la memoria histórica cuando se publicó su novela?

—¿No me estará diciendo que la apoteosis de la memoria histórica ocurrió por culpa de mi novela? Soy vanidoso, pero no tonto.

—Ocurrió por culpa de su novela y de otras cosas, pero por culpa de su novela también. ¿Cómo se explica si no el éxito que tuvo? ¿Por qué cree usted que tanta gente la leyó? ¿Porque era buena? No me haga reír. La gente la leyó porque la necesitaba, porque el país la necesitaba, necesitaba recordar su pasado republicano como si lo estuviese desenterrando, necesitaba revivirlo, llorar por aquel viejo republicano olvidado en un asilo de Dijon y por sus amigos muertos en la guerra, igual que necesitaba llorar por las cosas que yo contaba en mis charlas sobre Flossenbürg, sobre la guerra y sobre mis amigos de la guerra: sobre Francesc Armenguer, de Les Franqueses, sobre Jordi Jardí, de Anglès…

—No siga: me sé toda la lista. Y no se compare con Miralles, por favor.

—¿Por qué no? ¿Sabe cuántos periodistas o cuantos estudiantes venían a verme, en 2001 o 2002 o 2003 o 2004 o 2005, creyendo que habían encontrado a su Miralles, a su soldado de todas las guerras justas, a su héroe olvidado? ¿Y qué iba a hacer yo? ¿Mandarles a la mierda? ¿Decirles que los héroes no existen? Claro que no: les daba lo que habían venido a buscar, que era lo que usted les había dado en su novela.

—La diferencia es que Miralles era un héroe de verdad, y usted no. La diferencia es que Miralles no mentía, y usted sí. La diferencia es que yo tampoco mentía.

—¿Cómo que no?

—Yo mentía con la verdad, yo mentía legítimamente, como se miente en las novelas, yo me inventé a Miralles para hablar de los héroes y de los muertos, para recordar a unos hombres olvidados por la historia.

—¿Y qué hice yo? Lo mismo que usted; no: yo lo hice mucho mejor que usted. Yo me inventé a un tipo como Miralles, sólo que este Miralles estaba vivo y visitaba los colegios y les hablaba a los chicos del horror de los campos nazis y de los españoles encerrados allí y de la justicia y la libertad y la solidaridad, este hombre levantó la Amical de Mauthausen, gracias a él se empezó a hablar del Holocausto en las escuelas españolas, gracias a él se supo que existía el campo de Flossenbürg y que catorce españoles habían muerto allí.

—Sí, esa historia también me la sé de memoria, y también sé que usted operaba como un novelista; eso ya lo cuento en el libro. El problema es que usted no era un novelista, y que el novelista puede engañar, pero usted no.

—¿Por qué no?

—Porque todo el mundo sabe que el novelista engaña, pero nadie sabía que lo hacía usted. Porque el engaño del novelista es un engaño consentido y el suyo no. Porque el novelista tiene la obligación de engañar, y usted tenía la obligación de decir la verdad. Ésas son las reglas del juego, y usted se las saltó.

—Mira quién habla. ¿Es que no se las saltó usted? ¿A cuánta gente engañó con *Soldados de Salamina*? ¿A cuánta gente hizo creer que todo lo que allí contaba era verdad?

—Le repito que la obligación de un novelista es que la gente crea que todo lo que cuenta es verdad, aunque sea mentira. Por Dios, ¿tengo que repetirle lo que dijo Gorgias cuatro siglos antes de Cristo? «La poesía [o sea la ficción, y para el caso la novela] es un engaño en el que quien engaña es más honesto que quien no engaña, y quien se deja engañar más sabio que quien no se deja engañar». Ahí está todo. ¿Lo ha entendido? No tengo más que añadir.

—Pero yo sí. Porque eso vale para las novelas normales, pero ¿y los relatos reales? ¿Y las novelas sin ficción?

—*Soldados de Salamina* no era ni una novela sin ficción ni un relato real.

—El narrador bien decía que lo era.

—Pero eso no significa que lo fuese. Lo primero que hay que hacer al leer una novela es desconfiar del narrador. El narrador del *Quijote* también dice que su historia es un relato real o una novela sin ficción y que él no ha hecho más que traducirla de un original árabe escrito por un tal Cide Hamete Benengeli. Eso no es verdad: es una broma.

—Sí, pero en su caso hubo gente que se la creyó.

—También hay gente que cree que el verdadero autor del *Quijote* es Cide Hamete Benengeli. Y que don Quijote existió de verdad.

—Sí, pero en su caso no sólo hubo gente que creyó que Miralles existía; también hubo gente que escribió cartas a la residencia donde vivía, que creyó que usted le había conocido y le había entrevistado igual que me habían conocido y entrevistado todos esos chavales que imitaban al narrador de su novela. Y usted no lo desmintió, o por lo menos no siempre. Alguna vez llegó a decir que Miralles existía.

—Es que existió, aunque yo no lo conocí; lo conoció Roberto Bolaño, tal como se cuenta en el libro, sólo que cuando yo lo escribí Miralles ya estaba muerto. Además, eso de que Miralles existía también era una broma, o una forma de hablar: lo que yo quería decir es que, mientras la gente leyese el libro, Miralles estaría vivo, igual que don Quijote seguirá vivo mientras haya gente que lea el libro de Cervantes. Es una broma pero es verdad: así funciona la literatura.

—Tonterías: don Quijote nunca estuvo vivo; y Miralles está muerto. Ya lo estaba cuando escribió su libro, aunque usted no lo sabía; y su amigo Bolaño tampoco. Y yo me pregunto: si usted no sabía que Miralles estaba muerto, si podía estar vivo, ¿por qué no lo buscó de verdad? ¿Por qué no buscó al Miralles verdadero, al Miralles de carne y hueso, en vez de inventar a un falso Miralles?

—Porque, en la novela, el verdadero Miralles hubiese sido falso, mientras que el falso es el verdadero. Porque estaba escribiendo una ficción, no un relato real.

—Y una mierda: no lo buscó porque a usted la verdad le importaba un pito, lo mismo que a mí; lo que a usted le importaba era escribir un buen libro para forrarse y salir en la foto y que le quisieran y le admiraran y le consideraran un gran escritor y todo lo demás: vamos, lo que a mí me importaba, mutatis mutandis. Aunque, bien pensado, más que hablar de Miralles deberíamos hablar de la pitonisa.

—No quiero hablar de eso.

—Muy equitativo: lleva usted largando de mí no sé cuántas páginas, diciendo de mí lo que le da la gana y, en el poco rato que me deja para hablar de sus cosas, se niega a hablar de ellas. Puede acusarme todo lo que quiera de esconder mi pasado, de no querer conocerme a mí mismo o de no querer reconocerme, de ser un Narciso, pero usted es idéntico. O peor. Pues se va a joder, al menos en este capítulo; en el resto del libro haga lo que quiera: aquí mando yo. Hábleme de la pitonisa.

—Es una historia repugnante.

—A mí en cambio me parece muy graciosa. Escribe una novela donde todos los personajes son reales, menos la pitonisa de la televisión local de Gerona, y va la pitonisa de la televisión local de Gerona y le pone un pleito. ¿Ve lo que pasa cuando se mezcla la ficción con la realidad? La gente las confunde.

—Todas las novelas mezclan la ficción con la realidad, señor Marco. Salvo las novelas sin ficción o los relatos reales, todas lo hacen. En cuanto a esa mujer, créame: no confundió nada. Decía que era el personaje de *Soldados de Salamina*, pero todo era un disparate: yo no la conocía, nunca había estado con ella, sólo la había visto alguna vez por televisión, nada más. Esa mujer intentaba aprovecharse del éxito del libro, salir en la foto.

—Y lo consiguió.

—Salió en la foto, sí. Pero a mí el juez me absolvió. De todos modos, la historia fue horrible. Vivíamos en Gerona, una ciudad pequeña, y mi familia lo pasó mal... ¿Podemos cambiar de tema?

—Bueno: lo haré por su hijo. Me cae bien. Parece un chaval estupendo.

—Lo es.

—Entiendo que no quiera hablar de este asunto. ¿Entiende usted que yo no quisiera hablar de según qué cosas, y que las tuviera escondidas? Todos tenemos cosas escondidas, y todos tenemos derecho a tenerlas, ¿no? Ahora se las he contado a usted para que las cuente en su libro, y ¿sabe lo que le digo? Que no me arrepiento. Cuéntelas. No trate de salvarme con ellas; no me hace ninguna falta. Defiéndame con ellas. Aunque no era eso lo que quería decirle. Lo que quería decirle es que usted no puede tirar la piedra y esconder la mano: usted hizo exactamente lo mismo que yo, usted puso de moda la memoria histórica, o contribuyó a ponerla de moda, usted contribuyó a crear la industria de la memoria, igual que yo, mucho más que yo; pero a usted le premiaron convirtiéndole en un escritor reconocido mientras que a mí me castigaron convirtiéndome en un apestado.

—Es inútil: no le voy a dar la razón. Y no va a conseguir que me sienta culpable.

—Pues lo es. Tanto como yo, o más, porque por lo menos yo he purgado mi culpa, pero usted no. Eso es lo que no entiendo: ¿por qué, habiendo hecho lo mismo los dos, usted se lleva la gloria y yo la vergüenza? Y haga el favor de no mentirme otra vez: claro que se siente culpable; usted siempre se siente culpable. ¿Por qué, si no, se estaría psicoanalizando?

—No me estoy psicoanalizando.

—Pero se psicoanalizó.

—¿Cómo lo sabe?

—Sé muchas más cosas de lo que cree. Además, debo decirle que no me extraña en un pequeñoburgués como usted, neurótico y débil, con la conciencia remordiéndole siempre. Los hombres como yo, en cambio, no necesitamos psicoanalizarnos. Supongo que cuando más cerca estuve de psicoanalizarme fue mientras filmábamos *Ich bin Enric Marco* y andábamos buscando las verdades que había entre las mentiras de mi pasado. En eso consiste psicoanalizarse, ¿no?

—Supongo que sí.

—¿Y qué encontró usted?

—¿Entre las mentiras de mi pasado? Nada.

—Es un mentiroso.

—¿Y usted? ¿Qué encontró usted?

—Algo pequeñito pero importante, que además ya sabía que estaba allí. Una cosa gris, sucia, plana, mediocre y fantasmal: apenas lo que necesitaba para mentir. Eso es la verdad, ¿no le parece? Lo que necesitamos para mentir. La verdad es insoportable. Lo espantoso no es la mentira: lo espantoso es la verdad.

—La ficción salva, la realidad mata.

—Exacto.

—De todos modos, no se puede vivir siempre con la mentira.

—De todos modos, no se puede vivir siempre con la verdad. No se puede vivir, pero hay que vivir. Ésa es la cuestión. Yo pude vivir con la mentira. Y ahora, cuando usted termine su libro, viviré con la verdad, con la verdad completa. No lo dude. Yo puedo con todo, Javier. Con todo. Yo soy Enric Marco. No lo olvide. Cuando estalló mi caso creyeron que me acobardaría, que me hundiría, que nunca más saldría a la calle, que me suicidaría, de hecho algún hijo de puta dijo que es lo que hubiera debido hacer. ¡Y una mierda! ¡Y una puta mierda! ¡Que les den por el culo a todos! Yo no me suicido, me dije. Que se suiciden ellos, me dije. Que se suiciden los hijos de puta que quieren que me suicide, me dije. Y no me suicidé. Me defendí. Y aquí me tiene. Es verdad: cometí un error; estamos de acuerdo: quizá no debí hacer lo que hice. Pero ¿nadie más cometió un error? ¿Y los periodistas y los historiadores que se tragaron mi historia sin decir ni pío? ¿Ellos no se equivocaron? ¿Quién no se equivoca alguna vez? ¿No ha cometido usted nunca un error? ¿Y a quién hizo daño mi error?

—A millones de muertos. Usted se burló de ellos. De ellos y de millones de vivos.

—Mentira: yo no me burlé de nadie; al revés: yo di a conocer esa infamia. Y además demostré que esa infamia le daba igual a todo el mundo, que, al menos en España, nadie había querido saber nada de ella, que no le había importado a nadie y que seguía sin importarle a nadie. ¿O cree usted que, si hubieran sabido algo de ella y les hubiese importado de veras, mi mentira hubiese pasado por verdad y mi farsa hubiese colado? Mire, con su novela usted les demostró a muchas personas que se habían olvidado de la guerra y sobre todo de los perdedores de la guerra, o por lo menos les hizo creer que se habían olvidado, pero con mi impostura yo demostré que en nuestro país no existía el Holocausto, o que a nadie le importaba. No me diga que le hice daño a nadie. Yo no hice más daño que usted; y lo hice como usted, con las mismas herramientas que usted. La diferencia es que a usted lo celebraron por hacerlo y a mí me convirtieron en un apestado. Por eso está usted en deuda conmigo. Por eso tiene que limpiar mi nombre.

—Yo no estoy en deuda con usted, y ya le he explicado lo que me propongo hacer.

—Y yo le repito que no necesito que me salve. No sea tan engreído. Ni tan ingenuo: salvarse no se salva nadie; todos estamos condenados. Pero ¿a quién le importa eso? A mí no, desde luego, y a usted tampoco debería importarle. Me conformo con que me defienda. Y, por cierto, ¿puedo decirle una cosa?

—¿No lo ha dicho ya todo?

—No.

—Diga lo que quiera.

—Tenía mejor concepto de usted cuando no le conocía, cuando sólo le leía.

—Ah, eso no me extraña: le pasa a todo el mundo. Por eso cada vez hago menos vida social.

—Hablo en serio. La gente que no le conoce, que sólo le

lee, cree que es usted una persona humilde, porque siempre se quita importancia y se ríe de sí mismo, sobre todo en sus artículos. Yo no lo creo. De hecho, hasta que le conocí pensaba que sus autoironías no eran un signo de humildad, sino de soberbia: se siente tan fuerte, pensaba yo, que hasta se permite atacarse a sí mismo, burlarse de sí mismo; si no fuese tan soberbio, me decía, si fuese más humilde o más prudente y no estuviese tan seguro de sí mismo, les dejaría el trabajo de reírse de él a los demás.

—Es curioso; yo nunca me lo planteé así. Para mí la autoironía sólo es el grado cero de la decencia, la mínima honestidad que uno puede tener, sobre todo si se escribe en los periódicos: al fin y al cabo, la crítica bien entendida empieza por la autocrítica, y quien no es capaz de reírse de sí mismo no tiene derecho a reírse de nada.

—Sí, es lo que diría un soberbio. Y es lo que me gustaba de usted cuando sólo le leía: que, detrás de su apariencia de humildad, yo adivinaba a un soberbio tremendo. Pero, ahora que le conozco, ya sé que, de soberbia, nada, aunque de humildad tampoco. Lo suyo es la típica mentalidad pequeñoburguesa: una mezcla neurótica de culpa y de miedo. Su relación con la culpa me hace mucha gracia. Me recuerda una escena de un western que vi hace poco. El sheriff del pueblo acaba de cargarse a un negro, y las putas que habían contratado al negro le dicen que el negro era inocente; entonces el sheriff las mira intrigado y les pregunta: «Inocente, ¿de qué?». Usted es igual: cualquier excusa le parece buena para sentirse culpable. La suya es una moral de esclavo; la mía, en cambio, es una moral de hombre libre. Yo no me siento culpable de nada, yo he superado la culpa, y usted lo sabe y por eso me admira. No se atreve a decirlo, claro, pero me admira. Tiene miedo de decirlo, pero me admira. Me considera su héroe, y por eso de vez en cuando se le escapa en su libro un «nuestro héroe» por aquí y un «nuestro héroe» por allá.

—Tengo que darle una mala noticia: eso de nuestro héroe es irónico; en realidad significa nuestro villano. Como mucho, nuestro héroe y nuestro villano a la vez.

—¿Y está seguro de que lo van a entender los lectores?

—Igual que entienden que don Quijote es a la vez heroico y ridículo, o que está cuerdo y loco a la vez.

—Tiene usted mucha confianza en sus lectores.

—Claro, escribo para gente inteligente.

—Ya, pero este libro lo van a leer hasta los tontos. Tenga en cuenta que trata sobre mí. Pero ¿lo ve?

—¿El qué?

—Que está preocupado por lo que van a decir los lectores. Tiene miedo.

—¿Miedo? Quien debería tener miedo es usted: mi libro trata sobre usted, sí, pero voy a contar toda la verdad. Lo que usted me ha contado pero también lo que no me ha contado. Las mentiras pero también las verdades.

—No me venga con memeces: se lo he contado todo yo, y lo que no le he contado se lo he dado a entender, o le he indicado o le he insinuado cómo averiguarlo. ¿No me acaba usted de decir que se limita a repetir lo que yo le conté? ¿No ha tenido usted más de una vez la sospecha de que era yo el que quería que averiguase la verdad, el que había vivido lo que había vivido y había inventado lo que había inventado sólo para que usted lo contase, como Alonso Quijano vivió lo que vivió e inventó lo que inventó sólo para que lo contase Cervantes? ¿Por qué voy a tener miedo ahora de que lo cuente? Y, por otra parte, ¿ya se le ha olvidado que soy el gran impostor y el gran maldito y que, cuando estalló el caso Marco, me dijeron de todo y ya no les queda nada por decirme? Lo que diga usted me trae sin cuidado; mejor dicho, me beneficiará: volveré a salir en la foto, como usted dice. No hay propaganda mala. Además, pronto cumpliré noventa y cinco años, y ¿cree usted que a los noventa y cinco años se tiene miedo de algo? En cambio, usted es un chavalito, un chavalito de cincuenta años pero un chavalito, y está aterrado. Tiene miedo de sus lectores. Tiene miedo de lo que van a decir de este libro. Tiene miedo de que se note que en realidad yo le caigo simpático, que me admira, que le gustaría ser como yo, no tener sentimiento de culpa y ser un inmoral o más bien un amoral, poder reinventarse a sus cincuenta y pico de años como Alonso Quijano, cambiar de vida y de nombre y de ciudad y de mujer y de familia y ser otro, ser capaz de vivir las novelas y no tener que limitarse a escribirlas, librarse de toda esa mierda de moral pequeñoburguesa que le hace sentirse culpable de todo y le obliga a respetar sus miserables virtudes pequeñoburguesas, ser fiel a la verdad y a la decencia y a no sé qué más, cuando lo que en realidad desearía es ser como yo, un héroe nietzscheano como yo, un tipo que sabe que no hay ningún valor superior a la vida, ni la verdad ni la decencia ni nada, un tipo que a los cincuenta años, pasada ya la cumbre de la vida, cuando hay que empezar a prepararse para la muerte, le dice No a todo y se fabrica una vida a la medida de sus deseos y se lanza a vivirla sin importarle nada ni nadie, ni sus apestosos valores morales ni la apestosa opinión de los demás, como hace Alonso Quijano. Pero usted es incapaz de eso, incapaz siquiera de reconocer que me admira porque yo sí fui capaz. Siente pánico, le tiemblan las piernas ante la mera posibilidad de que digan: Ahí está otra vez Cercas; miren sus libros: primero defendió a un fascista; luego defendió a un asesino; luego defendió a otro fascista; luego defendió a un psicópata; y ahora defiende a un mentiroso, a un tipo que se burla de millones de muertos. Dígame: ¿cuántas veces le han dicho que se dedica a defender fascistas?

—Le repito que escribo para gente inteligente.

—Y yo le repito que también le leen los tontos. Los tontos y los moralistas unidimensionales, como les llamaba su maestro Ferraté. Y hasta los fariseos de los que tuvo la chulería de defender a su amiguito Vargas Llosa. Y tiene miedo de ellos. Vaya si lo tiene. Tiene miedo de que, como usted se dedica a defender mentirosos, ellos sientan que tienen derecho a mentir sobre usted. Y sobre su familia. Y que tienen derecho a sacarle las tripas a usted y a su familia, sobre todo a su familia. Al fin y al cabo, en España no hay nada que le guste tanto a la gente como ver a un tipo sacándole las tripas a otro, ¿verdad? Ya le ha pasado alguna vez, ¿verdad? Pero no sólo tiene miedo de eso. Sobre todo tiene miedo de condenarse. Tiene miedo de condenarse contando en este libro mi historia como Truman Capote se condenó contando en *A sangre fría* la historia de Dick Hickock y Perry Smith. Ah, de eso sí que tiene miedo: está cagado. Tiene miedo de acabar como Capote, destruido por la maldad, el esnobismo y el alcohol. Tiene miedo de haber pactado con el Diablo para poder escribir este libro, y le faltan agallas para pactar sin más y atenerse a las consecuencias, como hizo Capote... Y, ahora que lo pienso, ya sé por qué quiere salvarme.

—¿Por qué?

—Para salvarse usted, igual que Dickens se salvó en *David Copperfield* salvando a Miss Mowcher. Menuda puerilidad. Menuda tontería. Pero la idea de condenarse le da pánico. Un pánico terrible. Y además le da pánico otra cosa. Le da pánico que descubran que es usted un mentiroso y un farsante. Un mentiroso tan bueno como yo, o casi, y un farsante mucho mejor que yo, porque a mí me descubrieron pero a usted todavía no le han descubierto. Eso le da tanto miedo como lo otro. O casi. O quizá lo que le da miedo es que ése sea precisamente el precio que tenga que pagarle al Diablo por contar mi historia, y no el esnobismo, la maldad y el alcohol de Capote. Que se descubra que lleva usted toda la vida engañando a todo el mundo. Que descubran que es usted un impostor, como le dijo su amigo Martínez de Pisón en la casa de Vargas Llosa en Madrid. ¿Se acuerda? Ah, qué aragonés tan listo, ese

Pisón. Él sí que le tiene tomada la medida, él sí que se ha dado cuenta de lo que es usted, de que lo que a usted le da pánico es que descubran que no es lo que parece, y por eso se esfuerza de una manera sobrehumana para que todos crean que es usted lo que no es, o sea un buen escritor y un buen ciudadano y una persona decente y toda esa porquería tan prestigiosa. Dios, cómo se esfuerza usted, qué horror de vida la suya, infinitamente peor que la mía o que la que la gente creía que era la mía antes de que me descubrieran: cada mañana levantándose casi de madrugada y escribiendo durante todo el día para mantener la impostura, para que no le pillen, para que nadie se dé cuenta, leyendo lo que escribe, de que es usted una farsa de escritor, un escritor sin talento, sin inteligencia y sin nada que decir, cada día fingiendo que no es usted un fantoche, un descerebrado, un personaje lamentable, un hijo de puta completamente asocial y un auténtico sinvergüenza. ¿No le da vértigo? ¿No está cansado de fingir que es lo que no es? ¿Por qué no confiesa de una vez, como hice yo? Se quedará más tranquilo, se lo aseguro, se sentirá aliviado. Podrá conocerse o reconocerse a sí mismo, dejará de esconderse de todo el mundo detrás de lo que escribe, podrá ser por fin quien es. Yo sé que lo está deseando. Yo no lo deseaba, pero usted sí. De lo contrario, ¿por qué estaría escribiendo este libro? Entiendo que hiciera todo lo posible por no escribirlo, que durante años se negara a escribirlo y que aplazase este momento al máximo; es natural que tuviese miedo de enfrentarse a la verdad. Pero ahora ya casi lo está terminando y no le queda más remedio que afrontarla. Además, en el fondo usted ya conocía la verdad desde el principio, desde el mismo momento en que estalló mi caso; por eso precisamente no quería escribir sobre mí.

—No le entiendo.

—Dígame una cosa: ¿por qué tituló su artículo de *El País* «Yo soy Enric Marco»?

—Porque la película de Santi Fillol y Lucas Vermal se titulaba *Ich bin Enric Marco* y eso significa en alemán «Yo soy Enric Marco».

—Y una mierda: lo tituló así porque supo desde el principio que, igual que yo, usted es un farsante y un mentiroso, que tiene todos mis defectos y ninguna de mis virtudes, y que yo soy su reflejo en un sueño, o en un espejo. Y por eso le pido que me defienda, que se olvide de salvarme y me defienda: porque ni usted ni yo podemos salvarnos, pero defendiéndome se defiende. Ésa es la verdad, Javier. La verdad es que usted soy yo.

El estallido del caso Marco superó con creces las previsiones más pesimistas del propio Marco. Éste, con voluntarioso candor, había previsto quizás un escándalo discreto, reducido al ámbito de los deportados, o al ámbito de los deportados y de los historiadores, como mucho al ámbito catalán; la realidad es que fue un escándalo que resonó en los cinco continentes. Era previsible: primero porque la impostura era asombrosa, y segundo porque todo cuanto guarda relación con el Holocausto posee una dimensión universal. El titular de la noticia, además, no hubiera podido ser más atractivo ni más sencillo y, con todas las variantes de detalle que se quiera, fue unánime; también fue inevitable, veraz y demoledor: «El presidente de la asociación de deportados españoles en los campos nazis nunca estuvo en un campo nazi».

Pero, aunque la onda expansiva del terremoto mediático alcanzó hasta el último rincón del planeta, su epicentro estuvo en España, sobre todo en Cataluña, donde, como afirmaba un editorial del diario *Avui*, Marco era «un personaje entrañable». Muchos otros periódicos le dedicaron también su editorial, entre ellos algunos de los de mayor tirada: *El País*, *La Vanguardia* y *El Periódico*. Probablemente no hubo en España un solo medio de comunicación que no recogiese la noticia, que no publicase una nota, un reportaje, una entrevista, una declaración o un chiste sobre Marco, ni un solo tertuliano radiofónico o televisivo que no diera su opinión sobre el caso, ni un columnista que no escribiera un artículo sobre él o que no aludiera de una u otra forma a él, ni una sección de cartas al director de un periódico que no le dedicara una carta. La mayor parte de los comentarios eran denigratorios; además de impostor y mentiroso, a Marco se le llamó de todo: canalla, miserable, sinvergüenza, criminal, traidor, basura; al menos dos articulistas vinieron a decirle que lo más digno que podía hacer era quitarse la vida; Neus Català, ex deportada en Ravensbrück y miembro como él de la Amical, declaró en Barcelona que Marco había escarnecido la memoria de los muertos, y Ramiro Santisteban, presidente de la Federación Española de Deportados e Internados Políticos sostuvo en París que Marco merecía ser juzgado y condenado por un tribunal español. Los antiguos adversarios de Marco en la CNT, que en veinticinco años no habían olvidado las rencillas provocadas por las luchas internas en el sindicato, desenterraron las viejas acusaciones contra su antiguo secretario general, según las cuales éste había sido un colaborador del gobierno o de los aparatos estatales, tal vez un confidente de la policía, tal vez uno de los verdaderos responsables del caso Scala y de la desintegración de la CNT, y algunos periodistas tan jóvenes como sedientos de sangre, que desconocían los odios políticos que causaban aquellas injurias, se lanzaron tras esa pista sensacional, intentando desenmascarar precisamente el único o casi el único pasado de Marco en el que no había nada que desenmascarar. En resumen: durante aquellos días explosivos Marco consiguió salir en la foto mucho más de lo que nunca había imaginado, aunque no por los motivos que había imaginado. En resumen: Marco había conseguido ser un personaje entrañable, un héroe civil, un campeón o una rock star de la llamada memoria histórica, pero en aquellos días se convirtió en el gran impostor y el gran maldito.

Desde entonces no ha dejado de serlo. A pesar de ello,

Marco tuvo defensores desde el principio. No todos le defendieron por ganas de llevar la contraria o de llamar la atención o por vivir instalados en el conformismo del inconformismo; algunos parecían defenderle con honestidad. Entre ellos hubo quienes repitieron argumentos previstos y usados por el propio Marco, sobre todo el argumento de que su mentira era una mentira buena o al menos venial, pues había contribuido a difundir verdades que necesitaban difusión, o el de que lo había hecho porque los verdaderos deportados ya no podían hacerlo y alguien debía sustituirlos. Pero también hubo gente que defendió a Marco argumentando que lo que la prensa estaba haciendo con él era un auto de fe, una carnicería vergonzosa destinada a ocultar al verdadero responsable del desaguisado, que no era Marco sino la propia prensa, la cual había tolerado, utilizado y difundido las mentiras de Marco; según esta interpretación, el auténtico caso Marco era en realidad el caso de unos periodistas crédulos, aprovechados e incompetentes que ahora se sentían estafados y ridiculizados por Marco, y que se vengaban de él poniéndolo en la picota con una crueldad inédita. También hubo gente que al argumento anterior añadió el argumento de que había embusteros mucho peores que Marco, cuyas mentiras provocaban guerras, sufrimiento y muertes y cuyos desmanes no recibían ningún castigo, grandes mentirosos a quienes los medios de comunicación no osaban criticar y a quienes todo el mundo reverenciaba o trataba con guante de seda. No faltó quien intentara razonar que todos somos impostores y que todos a nuestro modo reinventamos nuestro pasado, y que nadie está libre de la culpa de Marco.

En la Amical de Mauthausen el caso Marco provocó la peor crisis de sus cuarenta y tres años de existencia. Como presidenta en funciones, Rosa Torán intentó dominar la situación y minimizar daños a base de dar ruedas de prensa, convocar reuniones y difundir comunicados donde desmentía informaciones falsas y defendía la actuación de la junta; también a base de enviar cartas a todas las autoridades posibles, solicitando comprensión y ayuda y asegurando que, a pesar del escándalo, la labor de la entidad seguiría su curso. Torán no tuvo más éxito que el que podía tener. Aunque las autoridades aparentaron indulgencia y mantuvieron de momento sus ayudas económicas, y aunque algunas personas intentaron apuntalar a la tambaleante Amical en medio de aquel seísmo, pidiendo su ingreso en ella, lo cierto es que el prestigio de la entidad se resintió de tal forma que más de uno pensó que desaparecería. Los problemas no sólo llegaron de fuera, sino también (o sobre todo) de dentro. Las reuniones de socios degeneraron en batallas campales: hubo gritos, insultos, portazos e intentos de agresión; hubo innumerables ataques a la junta, a la que se acusaba de todos los males, incluido el de haber gestionado pésimamente el escándalo o el de saber desde hacía tiempo que Marco era un impostor y haberlo ocultado o no haberlo denunciado por intereses bastardos o inconfesables; hubo gente que se dio de baja de la junta y hubo gente que se dio de baja de la asociación; hubo gente que proclamó que la Amical estaba muerta y que era imprescindible refundarla. Para intentar afianzar la entidad, el 5 de junio, casi un mes después del estallido del caso Marco, sus miembros celebraron en Barcelona la primera y única asamblea extraordinaria de toda su historia y eligieron una nueva junta, presidida por un deportado y socio fundador llamado Jaume Àlvarez. Nada dio resultado: aunque la Amical sobrevivió al caso Marco, éste la dejó tocada de muerte, y su vida ulterior ha sido una historia de progresiva decadencia, como la de todo el llamado movimiento de recuperación de la llamada memoria histórica.

Pero quien más padeció con el estallido del caso Marco fue el propio Marco. Ya he dicho que la magnitud del escándalo rebasó de largo sus peores previsiones; su respuesta, sin embargo, fue la que había planeado: vender caro su pellejo, defenderse atacando o atacar defendiéndose. En aquellos días en los que parecía derrumbarse sobre él, con un estrépito de apocalipsis, el personaje que había construido durante toda su vida, Marco aguantó a pie firme el alud de descalificaciones e improperios públicos y, a juzgar por su actuación y sus palabras, en ningún momento pensó en marcharse o esconderse, en ningún momento pensó en retirarse o darse por vencido y mucho menos en suicidarse, en ningún momento dejó de dar la cara. Se juzgue como se juzgue desde el punto de vista moral, el hecho es en sí mismo asombroso, sobre todo teniendo en cuenta que su protagonista era un anciano de ochenta y cuatro años. No puede por menos de asombrar, en efecto, que, en vez de encerrarse para siempre en su casa o exiliarse en un iglú de Laponia o simplemente pegarse un tiro, Marco concediese innumerables entrevistas de prensa, radio y televisión, entrevistas donde fue acusado en innumerables ocasiones de mentiroso e impostor y donde fue vapuleado hasta la extenuación. Todo esto tuvo un efecto multiplicador sobre el caso, que así adquiría una magnitud cada vez mayor, pero eso a Marco parecía traerle sin cuidado. Cabría conjeturar que la mediopatía de Marco experimentaba un regocijo secreto con esta hiperexposición a los medios; puede ser, pero lo que es seguro es que se le humilló y se le ultrajó hasta límites insoportables, y que su orgullo recibió un golpe al que es increíble que no sucumbiera.

Es increíble pero así fue. Marco no eludió un solo encuentro con un solo periodista. En todos ellos repitió con variantes el puñado de razonamientos que habría urdido o esbozado en las jornadas previas al escándalo y que luego, poco a poco, a medida que pasaban los días, fue enriqueciendo, puliendo y mejorando, incorporando nuevos argumentos y perfeccionando los viejos. Había entrevistas en que Marco parecía arrepentirse y otras en que parecía no arrepentirse; en la mayoría parecía arrepentirse y no arrepentirse a la vez. En algunas de las primeras que le hicieron —pienso en una realizada el mismo día del estallido del caso, en la televisión pública catalana, por Josep Cuní, uno de los periodistas más influyentes del país—, Marco se mostró por momentos nervioso e indignado, casi al borde de las lágrimas. Poco a poco, no obstante, fue asentándose y recobró el dominio de sí mismo; poco a poco, sin abandonar sus tesis habituales —no había mentido sino que sólo había alterado la verdad, suponiendo que fuera una mentira la suya era una buena mentira, una mentira noble, hubiera podido decir con Platón, una mentira oficiosa, hubiera podido alegar con Montaigne, una mentira salvadora o vital, hubiera podido disculparse con Nietzsche, gracias a ella había dado a conocer sobre todo entre los jóvenes los horrores del siglo XX y había dado voz a los que no tenían voz, él había sido un prisionero en las cárceles nazis como los deportados lo habían sido en los campos nazis y por tanto estaba legitimado para hablar en su nombre, etcétera—, empezó a presentarse, tal vez influido por algunos de sus defensores, como una víctima: una víctima de periodistas despechados y rencorosos, una víctima de la incomprensión y el olvido de sus méritos de héroe civil y campeón o rock star de la memoria histórica, una víctima de la intransigencia, la ignorancia y la ingratitud generales, una víctima de Benito Bermejo y sus luchas contra la Amical o contra sus compañeros de la Amical, una víctima de la derecha española, harta de la llamada memoria histórica, y una víctima de los judíos del Mosad, hartos de sus denuncias de la situación de los palestinos, una víctima de todo.

Esta campaña defensiva (o esta campaña ofensiva disfrazada de campaña defensiva) no fue sólo una campaña pública; también fue una campaña privada. En cuanto estalló el caso Marco, pero sobre todo a medida que se iba apagando su eco en los medios de comunicación, nuestro héroe lanzó al mundo un alud de cartas sólo comparable al alud de acusaciones e insultos que estaba recibiendo o había recibido, usando la escritura como la usa cualquier escritor: para defenderse. Marco escribió a la junta de la Amical, a los socios de la Amical, a políticos municipales, autonómicos y estatales, a periodistas de renombre y a periodistas casi anónimos y a los directores de periódico a quienes había intentado en vano entregar personalmente, justo el día antes de que estallara su caso, el comunicado en el que reconocía su impostura; escribió a representantes cívicos con los que había tenido alguna relación, a antiguos compañeros de la CNT y de FAPAC, a amigos y conocidos actuales y a amigos y conocidos con quienes llevaba muchos años sin verse, a las universidades, ateneos, hogares de ancianos, centros penitenciarios, escuelas de adultos y asociaciones de todo tipo donde había dado alguna charla; sobre todo escribió a los innumerables centros de enseñanza secundaria que había frecuentado, en algunos de los cuales, sin duda porque sus intervenciones habían tenido un efecto brutal, tuvo un efecto brutal el descubrimiento de su impostura, hasta el punto de que algunos de los profesores que habían invitado a Marco a sus clases se sintieron obligados a explicarles a sus alumnos que, aunque aquel anciano que tanto les había impresionado y a quien algunos habían visto como un héroe fuera en realidad un farsante, nada de lo que les había contado era una farsa. Las cartas de Marco eran textos torrenciales de disculpa, autodefensa y vindicación personal, a menudo confusísimos, a los que en ocasiones adjuntaba documentos que probaban o debían probar su pasado de resistente antifranquista, como las fotos de su cuerpo tachonado de hematomas tras ser agredido por la policía el 28 de septiembre de 1979, durante un acto de protesta en favor de los acusados del caso Scala, o como los papeles que parecían demostrar no sólo que había sido juzgado por un tribunal nazi (lo que era cierto), sino también que había sido un resistente antinazi (lo que era falso), para lo cual enviaba Marco el escrito de la fiscalía, en el que se le acusaba de alta traición, pero no la sentencia del juez, en la que se quitaba toda importancia a la denuncia y se le acababa absolviendo. En fin, la defensa que Marco hizo de sí mismo fue tan exhaustiva que incluyó los gestos simbólicos. Así, dos días después del estallido de su caso, Marco se presentó en el palacio del presidente del gobierno autonómico catalán y entregó un sobre que contenía la Creu de Sant Jordi, el acta de otorgamiento del galardón y una carta dirigida al primer mandatario en la cual pedía disculpas por haber mentido sobre su condición de deportado, añadiendo un resumen de las justificaciones habituales. No fue ésa la única restitución que hizo Marco. Aunque en aquellos días también se le acusó de enriquecerse con su impostura, nuestro hombre sólo había percibido como falso deportado una indemnización de siete mil euros procedente de un fondo creado en Suiza por las empresas principalmente alemanas que durante la segunda guerra mundial se habían beneficiado del trabajo de los prisioneros nazis; a raíz del escándalo, Marco devolvió ese dinero, pero al cabo de apenas unos meses se lo reintegraron explicando que, aunque no había estado preso en un campo nazi, había sido un trabajador esclavo del nazismo.

Todo fue inútil. Marco peleó como si le fuera la vida en ello, porque la verdad es que le iba la vida en ello, pero no sirvió para nada. Estaba abrumado, furioso y perplejo. No podía concebir que no atendieran a sus razones, no podía aceptar que lo condenaran sin más, no toleraba que le hubieran arrebatado su categoría de héroe cívico, de campeón o rock star de la llamada memoria histórica, de ninguna manera admitía que le despojaran de su personaje y que quisieran obligarle a ser de nuevo Alonso Quijano, y además no Alonso Quijano el Bueno sino Alonso Quijano el Malo. Y no lo admitía, entre otras razones (o sobre todo), porque él sabía que no era verdad que hubieran acabado con su personaje: podían haber acabado con su personaje de superviviente de un campo nazi, pero quedaba su personaje de defensor de la República durante la guerra, de víctima de las cárceles nazis y resistente antifranquista durante la posguerra, de líder sindical en la CNT y líder educativo en FAPAC. ¿Todo eso no significaba nada? ¿No era ésa la biografía de un héroe civil, aunque no fuera la de un deportado? ¿No bastaba toda una vida de entrega a las causas justas para redimir un pequeño error de su vejez, si es que había sido un error? Tenía la sensación de haber conseguido preservar intacto el castillo de naipes y de que, a pesar de ello, todo el mundo actuaba como si el castillo de naipes se hubiera derrumbado.

Fueron meses agónicos, de lucha despiadada, y al final quien se derrumbó fue él. O eso dice. Lo que dice es que, viéndose degradado sin remedio a la categoría de gran impostor y gran maldito, en algún momento se hundió en la depresión. Puede ser. Aunque a mí me cuesta trabajo creerlo, porque un tipo como Marco nunca se hunde en la depresión, o nunca se hunde sin más. Es cierto no obstante que en algún momento pareció dejar la pelea y se refugió en su familia, en su mujer y sus dos hijas; también, a ratos, en algún amigo, aunque Marco es un lobo solitario y nunca ha tenido muchos amigos. Este paréntesis, suponiendo que fuera un paréntesis, duró poco tiempo, y Marco se convirtió en seguida en lo que lo convirtió el estallido de su caso, en lo que era cuando yo le conocí y en lo que, bien pensado, en el fondo ha sido siempre: además de un gran impostor y un gran maldito, un paladín de sí mismo y un hombre en pie de guerra, entregado a la causa de su propia defensa. No volvió a dar charlas públicas, pero aceptaba todas las ocasiones de explicarse que se le ofrecían, empezando por entrevistas dedicadas a hablar de su propio caso o de casos semejantes al suyo (aunque Marco siempre se las arreglaba para hablar sobre todo de sí mismo y defenderse, sin importarle si sólo podía defenderse defendiendo a otro farsante). Acudía a actos públicos donde se encontraba con antiguos compañeros de su etapa en la CNT o de su etapa en FAPAC, gentes que lo habían apreciado o que no lo habían apreciado, que lo habían admirado o que lo habían detestado o a los que había sido indiferente pero que habían seguido sin excepción y con incredulidad o con indignación o con vergüenza ajena las noticias de su escándalo, y que por regla general no le hablaban de él y lo trataban como si no hubiera pasado nada, o que procuraban esquivarlo.

Marco intentó también recuperar su trato con la Amical. Así, en reiteradas ocasiones pidió por carta una reunión para explicarse, para darles a sus antiguos compañeros su versión del caso Marco, para intentar rehabilitarse ante ellos y vincularse otra vez a la entidad y, cada vez que conseguía nuevos documentos que avalaban su condición de víctima de los nazis (por ejemplo, tras viajar a Alemania para filmar *Ich bin Enric Marco*, la película de Santi Fillol y Lucas Vermal), enviaba copias por correo a la sede de la entidad en la calle Sils como prueba de que su versión de los hechos era correcta y de que no había mentido tanto como la gente pensaba. La Amical no contestó ninguna de sus cartas, a pesar de que Marco recurrió a todos los argumentos posibles para que lo readmitieran, incluidos argumentos de pícaro genial y liante único como que sus antiguos compañeros debían ayudarle a recuperar su buen nombre a fin de que nadie pudiera criticarlos por haber permitido que un impostor presidiera la Amical. En una ocasión, sin embargo, volvió a reunirse con ellos, o con un buen número de ellos. Fue en el funeral de Antonia García, una de las niñas del llamado Convoy 927 o Convoy de Angulema, un tren lleno de republicanos españoles exiliados que, en junio de 1940, partió desde aquella ciudad francesa hacia el campo de Mauthausen. Marco asistió al funeral porque había mantenido una buena relación con la fallecida y quizá también porque vio la posibilidad de reconciliarse con sus antiguos compañeros. Pero, si era esto último lo que perseguía, no lo consiguió: aunque algunos le estrecharon la mano y se alegraron o parecieron alegrarse del reencuentro, para muchos miembros de la asociación fue una vergüenza que asistiera al acto, y más de uno evitó saludarle. Probablemente nadie entendió del todo su presencia allí.

Marco ha vivido sus últimos años en estado de continua reivindicación personal. Asegura una y mil veces que no quiere ser rehabilitado, aunque lo que quiere es precisamente ser rehabilitado: quiere dejar de ser un maldito, quiere dejar de ser el impostor y el mentiroso por antonomasia, quiere recuperar, si no su papel de campeón o rock star de la llamada memoria histórica —porque Marco sabe muy bien que la llamada memoria histórica ya apenas existe, y que su caso contribuyó a acabar con ella—, sí por lo menos su papel de héroe cívico o de hombre excepcional, quiere que se admita que contribuyó a mejorar su país y a difundir sobre todo entre los jóvenes la verdad, la justicia y la solidaridad, quiere que se reconozca que él también fue una víctima de la barbarie nazi y franquista y un luchador contra ella y que su mentira fue una mentira beneficiosa y tan minúscula que apenas es una mentira o merece ser considerada una mentira, quiere que se diga que la sociedad entera se portó injustamente con él, que fue injusta, mezquina, salvajemente tratado por los medios de comunicación, quiere que todo el mundo acepte de una vez por todas y para siempre que él no es Alonso Quijano sino don Quijote.

Y no parará hasta que lo consiga. O eso dice, y yo le creo. En esta postrera empresa de su vida Marco trabaja solo, siempre que se presenta la ocasión y con los medios que tiene a su alcance, que son su oratoria y sus habilidades de pícaro, seductor y liante, cosas todas ellas que, a pesar de que sus noventa y tres años de edad hayan mermado su energía, siguen casi intactas; en ocasiones también trabaja con otros, o intenta hacerlo, porque no desdeña la ayuda de nadie y porque es consciente de que ha perdido todo su crédito y tiene que intentar aprovecharse del crédito de los demás, aunque los demás no sepan que lo está intentando (o sobre todo si no lo saben). No importa quiénes sean ellos: periodistas, cineastas, escritores. Da igual. Lo importante es que tengan audiencia y que le permitan salir en la foto y sobre todo que consiga que le defiendan, que reivindiquen su causa. La primera gran reivindicación que intentó, una vez transcurridos dos años desde el estallido de su escándalo, fue un largo reportaje titulado «Historia de una mentira» y publicado por la revista *Presència*; sus autores eran dos buenos periodistas y buenas personas que lo habían conocido de jóvenes, que lo habían apreciado y que, a pesar del desengaño que se llevaron al descubrirse su impostura, seguían considerándose sus amigos: Carme Vinyoles y Pau Lanao. La segunda reivindicación que intentó fue, en 2009, *Ich bin Enric Marco*, la película de Santi Fillol y Lucas Vermal. La última, casi sobra decirlo, es este libro.

EL PUNTO CIEGO

1

En la primavera de 2012, cuando llevaba ya muchos años negándome a escribir este libro pero faltaba poco para que dejara de hacerlo, el diario *Le Monde* nos pidió a un grupo de escritores que eligiéramos la palabra que mejor definía lo que escribíamos; también nos pidió que razonáramos en una página nuestra elección. Inmediatamente elegí mi palabra: No. Inmediatamente escribí lo que sigue:

«¿Qué es un hombre rebelde? —se preguntó Albert Camus—. Un hombre que dice No.» Si Camus tiene razón, la mayoría de mis libros trata de hombres rebeldes, porque trata de hombres que dicen No (o que lo intentan y fracasan). Esto, en algunos de mis libros, no es muy visible; en otros resulta imposible no verlo: *Soldados de Salamina* gira en torno al gesto de un soldado republicano que al final de la guerra civil española debe matar a un jerarca fascista y decide no matarlo; *Anatomía de un instante* gira en torno al gesto de un político que, al principio de la actual democracia española, se niega a tirarse al suelo cuando los últimos golpistas del franquismo se lo exigen a tiros. Las palabras de Dante (*Infierno*, III, 60) que sirven de epígrafe a *Anatomía de un instante* podrían quizá servir de epígrafe a la mayoría de mis libros: «Colui che fece […] il gran rifiuto». Aquel que dijo el gran No: Dante se refería al papa Celestino V, que renunció al papado, pero siglos más tarde Constantin Cavafis entendió que podía referirse a todos los hombres. «A cada uno le llega el día –escribe Cavafis– de pronunciar el Gran Sí o el Gran No.» De eso trata la mayoría de mis libros: del día del Gran No (o el Gran Sí); es decir, del día en que uno sabe para siempre quién es […]»

¿Y en este libro? ¿Qué pasa con este libro que durante tantos años no quise escribir y ya estoy terminando de escribir? ¿No hay en este libro nadie que diga No (o que lo intente y fracase)? ¿Es sólo la historia de un hombre que siempre dice Sí, de un hombre que siempre está con la mayoría y en medio de la muchedumbre, un hombre que no es nadie o que al menos nunca conoce el día en el que sabe para siempre quién es? En sus charlas y declaraciones públicas, Marco aseguraba con énfasis que los héroes no existen, pero ya sabemos lo que pasa con los énfasis (y sobre todo con los énfasis de Marco), y también sabemos ya que, al decir que no existen los héroes, lo que Marco quería decir es que el héroe era él. Ahora bien, ¿no hay en este libro que habla de un falso héroe ningún héroe de verdad?

Claro que lo hay. Todos sabemos que siempre hay hombres capaces de decir No. Son poquísimos, y además los olvidamos o los ocultamos en seguida, para que su No estrepitoso no delate el silencioso Sí de los demás; pero todos sabemos que los hay. Ahí están, en este libro, Fernández Vallet y sus compañeros de la UJA, ese puñado de chavales del extrarradio barcelonés que a principios de 1939, cuando los franquistas ya habían entrado en la ciudad y la guerra estaba perdida y todo el mundo dijo Sí, dijeron No, no se conformaron, no dieron su brazo a torcer, no se resignaron al oprobio, la indecencia y la humillación común de la derrota, y de esa forma supieron para siempre quiénes eran. Ahí están. Aquí están, por última vez, tras más de setenta años de ocultación y olvido. Honor a los valientes: Pedro Gómez Segado, Miquel Colás Tamborero, Julia Romera Yáñez, Joaquín Miguel Montes, Juan Ballesteros Román, Julio Meroño Martínez, Joaquim

Campeny Pueyo, Manuel Campeny Pueyo, Fernando Villanueva, Manuel Abad Lara, Vicente Abad Lara, José González Catalán, Bernabé García Valero, Jesús Cárceles Tomás, Antonio Beltrán Gómez, Enric Vilella Trepat, Ernesto Sánchez Montes, Andreu Prats Mallarín, Antonio Asensio Forza, Miquel Planas Mateo y Antonio Fernández Vallet.

¿Quién más? ¿Hay alguien más que haya dicho No en este libro? Por supuesto: Benito Bermejo. El malvado secreto de esta historia es en realidad su héroe secreto, o uno de sus héroes. Aunque la palabra «héroe» quizás es inexacta; más que un héroe, Bermejo es un justo: uno de esos hombres que hacen su trabajo en silencio, con modestia, probidad y testarudez, uno de esos tipos a quienes, llegado el momento decisivo, su sentido del deber infunde valor suficiente para decir No, si es necesario metiendo el dedo en el ojo y convirtiéndose en aguafiestas, como hizo Bermejo denunciando a Marco en plena fúnebre fiesta de la memoria, con la fúnebre industria de la memoria funcionando a pleno rendimiento.

¿Alguien más? Vuelvo a Albert Camus. La frase más citada del escritor francés no la escribió él; la pronunció el 12 de diciembre de 1957 en Suecia, poco después de recibir el premio Nobel. En su versión más difundida (y concluyente), dice así: «Creo en la justicia, pero, entre la justicia y mi madre, elijo a mi madre». Aunque fue atacado a muerte por decir eso, lo que en realidad dijo Camus no fue exactamente eso, y no tenía exactamente el sentido genérico que sus enemigos le atribuyeron. Pero me da lo mismo, como mínimo hoy. Como mínimo hoy, me atengo a esa frase; lo que es más importante: cuando estalló el caso Marco, la mujer y las dos hijas de Marco, que debieron de sufrir tanto o más que Marco, a su modo se atuvieron a ella: entre un principio abstracto y un ser de carne y hueso, eligieron a un ser de carne y hueso. En aquellos días de fin del mundo para Marco, las tres mujeres permanecieron junto a él, las tres lo arroparon, ninguna de las tres le pidió más explicaciones que las que él quiso darles. Más aún: al día siguiente del estallido del caso, Ona, que entonces tenía veintiún años, intervino por teléfono y por sorpresa en un programa matinal de la televisión catalana en el que estaban atacando a su padre, y poco después volvió a defenderlo con un artículo publicado en *El País* en respuesta a una carta abierta que le había dirigido un antiguo miembro de la junta de la Amical, reprochándole su intervención televisada en defensa de Marco. Entre la verdad y su padre, Ona Marco eligió a su padre; entre la verdad y su padre, Elizabeth Marco eligió a su padre; entre la verdad y su marido, Dani Olivera eligió a su marido. Ninguna de las tres se arrugó entonces y ninguna se ha arrugado después, durante todos estos años en los que Marco se ha convertido en el gran impostor y el gran maldito, y en los que nadie les ha oído dirigirle un reproche, ni hacerle un ademán de desafecto. A la mierda con la verdad: honor a las valientes.

¿Esto es todo? ¿No hay ningún otro héroe por ahí? Un momento: ¿y nuestro héroe? ¿Y Enric Marco? ¿Es sólo un falso héroe? ¿Nunca dijo No (o al menos lo intentó y fracasó)? ¿Nunca ha sabido para siempre quién es? ¿No se puede ser al mismo tiempo un falso héroe y un héroe verdadero, un héroe y un villano, igual que don Quijote es al mismo tiempo ridículo y heroico, o está loco y cuerdo a la vez? ¿Es posible que el gran villano visible de este libro sea al mismo tiempo su gran héroe invisible? ¿Es posible que el hombre del gran Sí sea al mismo tiempo el hombre del gran No? Y, hablando de don Quijote, que a los cincuenta años se rebeló contra su destino de hidalgo sin gloria y, para no conocerse o no reconocerse a sí mismo y no morir como Narciso ante las aguas resplandecientes de su propia imagen espantosa, se dio un heroico nombre nuevo y una nueva identidad heroica y una nueva vida heroica y se reinventó por completo para vivir las heroicas novelas que había leído, ¿no hay en Marco una grandeza de algún modo parecida? ¿No se rebeló Marco también y no es su rebelión contra la insuficiencia y la estrechez y la miseria de la vida una forma máxima de rebelarse como el rebelde de Camus, la rebelión total del hombre que dice No y que, pasada ya la cumbre de la vida, quiere seguir viviendo cuando ya no le corresponde vivir, o que más bien quiere vivir todavía, contra todo y contra todos, todo lo que no ha vivido hasta entonces? ¿No es la mentira de Marco una mentira vital nietzscheana, una mentira épica y totalmente asocial y moralmente revolucionaria porque pone la vida por encima de la verdad? ¿No tuvo que elegir Marco entre la verdad y la vida y, contraviniendo todas las reglas de nuestra moral, todas nuestras normas de convivencia, todo aquello que a nosotros nos parece sagrado y respetable, eligió la vida? ¿No es ese enorme Sí un enorme No, un No definitivo?

2

El viernes 5 de abril de 2013 mantuve una larga conversación con Marco en mi despacho del barrio de Gracia, en Barcelona. Meses atrás había dejado de resistirme a escribir este libro y desde entonces trabajaba en él a tiempo completo, la víspera había estado también en mi despacho con Joan Villarroya, uno de los historiadores que mejor conoce la guerra civil en Cataluña, tratando de aclarar qué había de verdad y qué había de mentira en el relato que Marco hacía de su peripecia de guerra, y el miércoles me había pasado el día en la sede de la Amical de Mauthausen, en la calle Sils, buceando en su archivo y hablando con Rosa Torán y con otros miembros de la entidad.

Fue allí donde concerté la cita del viernes con Marco. En determinado momento, feliz y abrumado por la cantidad de papeles sobre nuestro hombre que se conservaban en la sede de la Amical, le pregunté a Torán si podía fotocopiarlos para examinarlos con calma; Torán me contestó que sí, siempre que contase con el permiso de Marco. Inmediatamente cogí el teléfono y le llamé. Lo hice con algún temor, porque Marco y yo aún no habíamos salido del todo de la fase inicial de nuestra relación, cuando yo trataba a duras penas de ocultar la mezcla de recelo y desagrado que él me inspiraba, y Marco aún quería y no quería que yo escribiera este libro y trataba de seducirme mientras se defendía de mi asedio, enredándome en su telaraña de pícaro genial y liante único, aceptando que nos reuniéramos sólo con cuentagotas y haciendo lo posible por mantener el control sobre lo que yo averiguaba. De modo que, mientras marcaba el teléfono de Marco para pedirle que me dejara fotocopiar aquellos papeles de la Amical, temí que no me dejara hacerlo sin examinarlos él mismo con antelación.

Me equivoqué. Marco me dijo que fotocopiase lo que quisiese; luego hablamos brevemente. No sé cuánto tiempo hacía que no nos reuníamos para que él siguiera contándome su vida, pero sí sé que desde unos días atrás yo le apremiaba por teléfono para que nos viésemos y que él me esquivaba con pretextos, de modo que aproveché aquella llamada para decirle que el lunes me marchaba a Berlín, donde iba a pasar cuatro meses como profesor invitado de la Universidad Libre; me guardé muy bien de decirle, en cambio, que durante aquellos cuatro meses iba a volver de vez en cuando a Barcelona, con la esperanza de que mi falsa larga ausencia disparase otra vez su deseo ciclotímico de que yo escribiese este libro y le empujase a concederme la entrevista que venía reclamándole. La treta funcionó: Marco propuso que nos viésemos antes de mi partida y yo atrapé la ocasión al vuelo.

Quedamos el viernes por la tarde.

Si mis cuentas no me engañan, fue la quinta sesión que grabamos, la última de la tanda inicial. La grabé yo. Me había enseñado a hacerlo mi hijo, que nos había grabado en nuestras primeras sesiones pero en seguida dejó de hacerlo, demasiado ocupado como estaba con sus estudios para seguir ayudándome. La grabación dura casi tres horas. Cuando la hice, me faltaban por descubrir muchas cosas sobre Marco, y no estaba seguro de muchas otras; tampoco había empezado a rondarme aún, que yo recuerde, la idea extravagante de que debía salvarlo. Adelanto que durante la grabación no ocurren ni se dicen cosas extraordinarias, o no más que las que se dicen y ocurren en las muchas otras horas que grabé a Marco (durante las cuales ocurrieron y se dijeron muchas cosas extraordinarias), salvo por el hecho de que en los últimos minutos, cuando el relato de Marco ha llegado a su final cronológico, es decir a la actualidad o a lo que entonces era la actualidad, y yo le ayudo a recapitular e interpretar algunos episodios que me ha contado en las sesiones anteriores, hay un instante en que parece como si los dos dejáramos por vez primera de lado nuestros papeles de perseguidor y perseguido o de asediador y asediado y por vez primera estableciésemos una especie de diálogo o de comunicación real. Es un momento extraño, casi mágico, o al menos lo es para mí, una especie de cambio de rasante en mi relación con Marco, y por eso no quiero terminar este libro sin contarlo, o más bien sin transcribir el diálogo que ambos mantuvimos en él, con la esperanza de que las palabras que intercambiamos reflejen una parte de su magia.

En la imagen de la grabación, Marco está sentado en una butaca blanca, de Ikea, y sólo se ve su cuerpo de los hombros hacia arriba; a mí no se me ve, claro, pero estoy sentado frente a él, con la cámara y el trípode que la sostiene a mi lado. Marco viste camisa blanca, pañuelo azul con lunares blancos anudado a la garganta y jersey azul (prendido a la altura del pecho, fuera de foco, luce sin duda el pin con la bandera de la Segunda República); como siempre, lleva el pelo del mostacho teñido, pero no el de la cabeza, que es ceniciento y escaso. Detrás de Marco hay una estantería llena de libros y, a su izquierda y su derecha, dos ventanas por las que suele entrar la luz de la mañana o la tarde. En el momento del que hablo, sin embargo, la luz natural se ha agotado y hemos prendido las luces artificiales de la estancia; a la derecha de Marco se levanta también una lámpara de pie, encendida. Añadiré que, al revisar las imágenes, hay tres cosas que me llaman la atención. La primera es el aire de fatiga de Marco, lógico en cualquier persona que, como él, llevase tres horas hablando sin parar, pero menos lógico en Marco; ahora se me ocurre que quizás esa fatiga no sólo explica el hecho de que Marco me deje hablar más de lo normal, sino también, al menos en parte, la atmósfera de rara complicidad o acuerdo en que parece envuelta la escena, la sensación que en aquel momento tuve de que Marco por fin se quitaba la máscara y mostraba su rostro auténtico. La segunda cosa que me sorprende es que, como mínimo a lo largo de esos minutos finales de la grabación, llamo a Marco de «tú»; él me llamó así casi desde el principio, pero en mi recuerdo yo había tardado mucho más tiempo en tutearle; quizá fue aquél el primer día en que lo hice. La tercera cosa es que, en todo el diálogo, Marco no pronuncia ni una sola vez la palabra «verdaderamente».

YO: No hace mucho, alguien que te aprecia me dijo lo siguiente: «Enric es una persona que de chico debió de sufrir mucho. Muchísimo. Y que si hay algo que necesita es que lo quieran. Ferozmente, lo necesita. Y todas las cosas que se inventó, todas sus mentiras, no son más que el recurso que usó para que lo quisieran, para que lo admiraran y lo quisieran». ¿Qué te parece?

MARCO *(encogiéndose de hombros)*: No lo sé. Yo he sufrido tanto que ya ni me acuerdo. Cuando pienso que nací en un manicomio, que no tuve madre o que fue peor que si no la tuviese, porque estaba loca. Cuando pienso que casi no tuve padre y que fui rebotado de una casa a otra, de una familia a otra. ¿Te he contado alguna vez que una tía me peinaba con la raya en la derecha, otra con la raya en la izquierda y otra con la raya en el medio? No te puedes imaginar la rabia que me daba eso… ¿Tú te acuerdas del tacto de la mano de tu padre cuando eras pequeño? Yo no. No recuerdo que mi padre me cogiera de la mano, no recuerdo que me ayudase a hacer un trabajo del colegio, ni que me enseñase las cosas que sabía, a tocar el acordeón o la bandurria por ejemplo, no recuerdo ir a ninguna parte con él, ni hacer nada con él... No sé, yo creo que, sin tener conciencia de que era huérfano, Enric Marco sufrió mucho.

YO: Y por eso necesitabas con tanta urgencia que te quisiesen y que te admirasen.

MARCO: Supongo que sí, pero lo que quiero decirte es que no tengo conciencia de haber sufrido. Supongo que sufrí, pero no soy consciente de eso. Es raro, ¿no? Me acuerdo de cuando salía de casa de mi padre, huyendo de mi madrastra y gritando: «¡Esto me pasa porque no tengo madre!». Cuando yo hacía eso quería decir alguna cosa, ¿no? Quería decir que me faltaba una madre, y un padre también, quería decir que estaba sufriendo, ¿no?

YO: Y también debiste de sufrir en la guerra, y después de la guerra. Debiste de pasar mucho miedo.

MARCO: Mucho. Pero el miedo no era sólo mío: era de todos; era un miedo general. En la guerra por motivos evidentes; y después de la guerra también. Mucha gente tenía mucho miedo: era un país encarcelado, un país de delatores, de sobornados, de prostituidos. Había de todo, y nada bueno. Y de todo por miedo. Por supervivencia. Para seguir viviendo a costa de lo que fuese.

YO: Eso no se lo decías mucho a los chicos, ¿verdad? En tus charlas en los institutos, quiero decir. A lo mejor hubiese estado bien que se lo dijeses.

MARCO: ¿Para qué? ¿Para mostrarles lo sucios que podemos llegar a ser? ¿Qué iban a aprender con eso? No, lo que les decía a los chicos es que la vida puede ser muy dura, pero que un solo gesto de dignidad puede redimirte. (*Aquí, de repente, Marco vuelve a ponerse la máscara y, recobrando la energía, se lanza a contar una anécdota entresacada de su repertorio de aventuras gloriosas, como si ya no me hablase a mí sino a un gran auditorio abarrotado de gente. Cuando acaba de contar, la fatiga parece apoderarse de nuevo de él y quitarle otra vez la máscara. Después de un silencio, continúa:)* Tuve una vida mala. No me acompañó la suerte.

YO: No tuviste tan mala suerte, Enric. Me refiero a luego, a la posguerra, al franquismo y todo eso. No era una vida tan mala: tenías trabajo, familia, llevabas más o menos la vida que llevaba todo el mundo, ¿no?

MARCO: Sí. Supongo que sí.

YO: Hasta que murió Franco y llegó la libertad. Entonces debiste de pensar: «¡Joder, esto es la vida!».

MARCO *(incorporándose en la butaca y recobrando la energía pero sin recobrar la máscara, sonriendo con extraño entusiasmo, con los ojos brillantes y la boca abierta, y haciendo un gesto extraño con los brazos, rápido, furioso y festivo, mientras se vuelve a recostar en la butaca):* ¡Acabamos con todo! ¡Hasta con el agua mineral! ¡Qué enorme alegría! ¡Qué cosa tan grande!

YO: Y entonces empezaste a inventarte tu pasado.

MARCO: Y sí, yo supongo que sí. Prácticamente me sentí obligado, aquella gente que había a mi alrededor me obligaba, todos aquellos chicos de familias ricas…

YO: ¿Te refieres a Salsas y a Boada, a Ignasi de Gispert?

MARCO: Claro.

YO: Entiendo. Te obligaban. Te admiraban. Te veían como un héroe.

MARCO: Exacto. Yo no quería ser un héroe, pero sí quería que me quisiesen, como tú dices. Que me quisiesen y que me admirasen. Y me admiraban y me querían, ya lo creo. Las chicas se enamoraban de mí. Incluso últimamente, estando ya en la Amical, con más de ochenta años, había chicas de diecisiete diciéndome que me querían, medio persiguiéndome. Y sí, he tenido necesidad de que…

YO: De que te quieran y de que te admiren.

MARCO: Sí.

YO: Y crearte un pasado de héroe era la forma de que te admirasen.

MARCO: Puede ser. A lo mejor. Sí, posiblemente me colgué esa medalla. Bueno, sí, me la colgué. Y luego llegó todo esto y lo pagué bien caro.

YO: ¿Te refieres al escándalo?

MARCO: Sí. Y me da mucha pena por Dani. *(Marco cambia de expresión y de repente suelta una risa breve.)* ¿Sabías que el gobierno francés iba a darme la Legión de Honor?

YO: No.

MARCO: Estaban a punto de dármela: hasta tenían escrito el informe. ¡Menos mal que no me la dieron! Pero a Dani, tan francesa ella, seguro que le hubiese hecho ilusión, y me hubiese admirado todavía más... No pudo ser: no fui capaz de darle eso. Yo le he dado muchas cosas, todo lo que he podido, tú lo sabes, pero parece que no he hecho las paces.

YO: ¿No has hecho las paces?

MARCO: Yo creo que no.

YO: ¿Con ella?

MARCO: Eso es. No digo que ella no esté contenta; lo que digo es que todo esto mío debió de hacerle sufrir muchísimo.

YO: Tanto como a tus hijas.

MARCO: Más o menos.

YO: ¿Ves como has tenido suerte, Enric? Por lo menos en algunas cosas. Con tu mujer y con tus hijas, por ejemplo, has tenido mucha suerte.

MARCO: Sí. Aunque no he hecho las paces con ellas.

YO: ¿Y contigo?

MARCO: Tampoco. Por eso estamos aquí, hablando, ¿no? Pero, claro, supongo que he sido un personaje un poco raro, ¿no?, con una vida un poco rara. Me han pasado tantas cosas...

(Aquí hace un largo silencio. Marco no me mira a mí ni a la cámara, sino a un punto situado frente a él. Parece abstraído, como si estuviera a punto de descubrir o recordar algo fundamental, algo lo cambia todo o que puede cambiar del todo mi opinión sobre él, o

como si de repente hubiera dejado de interesarle la conversación. Al final vuelvo a hablar yo:)

YO: Enric, dime una cosa: entonces la primera vez que notaste que la gente te admiraba por tu pasado fue a finales de los sesenta, cuando conociste a Salsas y Boada y De Gispert y empezaste a frecuentar a los jóvenes más o menos antifranquistas que iban a su academia, ¿no?

MARCO: Sí, son los primeros admiradores que tuve.

YO: Y luego, cuando muere Franco y llega la libertad y el anarquismo se convierte en la moda del momento y tú eres un líder anarquista y te ves rodeado de todos aquellos chavales anarquistas... En fin, allí debían de admirarte todavía más, todos esos chicos y chicas partidarios del amor libre y de la juerga permanente debían de quererte muchísimo, ahí debiste de triunfar totalmente.

MARCO: Totalmente.

YO: Allí notas que te quieren por tu pasado, que un pasado de militante antifranquista y de luchador clandestino y de combatiente republicano y de víctima de los nazis hace que todos esos chicos se vuelvan locos por ti.

MARCO: Claro, es que yo soy el mayor de ellos, soy el viejo anarquista aunque todavía sea joven, soy el ex combatiente republicano y el soldado que hizo la guerra aunque también sea uno de ellos... Soy todas esas cosas.

YO: Y a ellos les encantan. Te quieren por ellas, por tu pasado. Hasta tu mujer te quiere por tu pasado, tu pasado le impresiona.

MARCO: Bueno, no lo sé. Ella me conoce y...

YO: No hablo de ahora, hablo de entonces. ¿No te quería Dani por tu pasado? ¿No la enamoraste con tu pasado? ¿No era parte de tu atractivo para ella? ¿No decías que te admiraba? Yo enamoré a mi mujer haciéndole creer que era escritor y al final tuve que hacerme escritor para que se quedase conmigo.

MARCO: Sí, puede ser. Puede que para Dani eso no fuera una cosa más, puede que fuera importante: ella era una chica de izquierdas, antifranquista, su madre había estado en la resistencia francesa.

YO: Para ella tú también eras un héroe. Por eso la enamoraste.

MARCO: Sí, puede ser... Ya sé por dónde vas, y a lo mejor tienes razón. Puede ser. *(Aquí vuelve a abrir otro silencio, aunque más corto que el anterior; parece simplemente buscar por dónde seguir, o cómo evitar que yo siga por donde voy.)* Mira, yo he sido, no diría una excepción, pero sí una persona diferente. Ni mejor ni peor: diferente. Y en cualquier capítulo de mi vida hay cosas de las que me siento orgulloso y cosas de las que no me siento orgulloso, o incluso de las que me avergüenzo. Eso le pasa a todo el mundo, ¿no? Sobre todo a mi edad. A veces he intentado ponerlo todo en una balanza, ya sabes, lo bueno en este platillo, lo malo en el otro. Y, cuando hago eso, la balanza cae de mi lado, del lado bueno y no del malo, porque lo bueno pesa más que lo malo. Me avergüenzo de algunas cosas: me avergüenzo de haber abandonado a mi madre en un manicomio, me avergüenzo de cómo traté a mi primera familia, me avergüenzo de mi mentira...

YO: ¿Te avergüenzas?

MARCO: Claro. Me arrepiento de lo que hice; no tenía por qué haberlo hecho, no sé por qué lo hice.

YO: Lo hiciste para que te quisieran. Para que te admiraran.

MARCO: Sí, pero no debí hacerlo. Y al pillarme Bermejo ya estaba cansado de hacerlo; por eso yo mismo me delaté: estaba harto de mentiras. Cuando Bermejo descubrió que había ido a Alemania como trabajador voluntario, yo hubiera podido decir: sí, es verdad, pero demostrad que no estuve en un campo de concentración, demostrad que no estuve en Flossenbürg. No hubiesen podido; ni Bermejo ni nadie. Pero no lo hice. Estaba cansado de tanta mentira y quería decir la verdad. Por eso me delaté. Me crees, ¿no?

YO: No lo sé.

MARCO: Pues créeme, por una vez deberías creerme. Aunque a estas alturas me da igual. Lo que te estaba diciendo es que en mi vida he hecho algunas cosas malas, pero el resto es bueno, o bastante bueno, y compensa todo lo demás.

YO: Enric.

MARCO: ¿Qué?

YO: ¿Puedo decirte una cosa?

MARCO: Claro.

YO: ¿Recuerdas la primera vez que hablamos de este libro, del libro que voy a escribir sobre ti? ¿Recuerdas lo que te dije? Te dije que yo no quería rehabilitarte, ni absolverte ni condenarte, que ése no es mi trabajo ni el trabajo de un escritor, tal y como yo lo entiendo. ¿Sabes cuál es mi trabajo? Entenderte. *(En este punto, una gran sonrisa ilumina la cara de Marco, y él murmura, aliviado, alargando mucho la «e»: «Bueno».)* No te confundas, Enric: entenderte no es justificarte; entenderte es sólo entenderte: nada más. *(Marco asiente varias veces, despacio.)* Pero ¿sabes una cosa? Me parece que empiezo a entenderte.

MARCO *(incorporándose un poco en la butaca y levantando los brazos sin dejar de asentir)*: Mira, tengo que decirte una cosa: si tu objetivo era entenderme, el mío era explicarme. Y tenemos que ir despacio, porque todavía tengo que explicarte muchas cosas. No podemos precipitarnos.

YO: No vamos a precipitarnos. No tenemos ninguna prisa. Yo por lo menos no la tengo.

MARCO: Ni yo tampoco. Mi biografía es muy complicada. A lo mejor debería escribirla yo. Mis hijas me dicen: «No vayas más con Cercas. Escribe tú mismo tus memorias».

YO: ¿Tus hijas no quieren que hables conmigo?

MARCO: No. Y Dani tampoco. Pero eso es porque no te conocen. Yo empiezo a conocerte. Antes sólo te conocía por tus libros y tus artículos. Los he leído todos, ¿eh? Y en algunas cosas estoy de acuerdo contigo y en otras no. Pero siempre leo tus artículos, incluso los tengo recortados.

(Aquí Marco se pone otra vez su máscara de liante y se lanza a hablar de mis artículos y mis libros, tratando de halagarme. Le interrumpo:)

YO: Oye, Enric.

MARCO: ¿Qué?

YO: Que tus hijas tienen razón. Yo no puedo escribir tu biografía; ni quiero escribirla. Tu biografía tienes que escribirla tú. Yo lo único que quiero, ya te lo he dicho, es escribir un libro en el que se te entienda, o como mínimo en el que te entienda yo. Además, lo que me interesa de ti no es lo que es sólo tuyo, sino lo que es de todo el mundo, mío también; lo que es sólo tuyo escríbelo tú, Enric. Tus hijas tienen razón.

MARCO *(cruzando los brazos pero sin dejar de sonreír)*: Y…

YO: Y nada más. Que ya es tarde y te tienes que marchar; tu mujer debe de estar esperándote. Sólo quería decirte eso: que te empiezo a entender. Y que me alegro.

MARCO: Bueno, bueno. Yo también me alegro.

YO: ¿Tus hijas están asustadas?

MARCO: No. Sólo que notan que cuando vuelvo a casa después de verte, después de una de estas sesiones, no estoy bien, y eso les preocupa. Pero hoy no será así; hoy será diferente, porque has dicho que empiezas a entenderme. Y me alegro mucho. Y se lo diré a Dani en cuanto llegue a casa. Le diré: «Dani, he estado con Javier y he estado muy a gusto. Ya no le tengo miedo».

Aquí Marco suelta una gran carcajada, y a continuación, sin venir a cuento, vuelve a hablar de mis libros y artículos. Apago la cámara.

3

¿Salvó de verdad Cervantes a Alonso Quijano en el *Quijote*? ¿De verdad estoy haciendo lo posible en este libro por salvar a Marco? ¿Es que yo también me he vuelto loco o qué?

Hacia el final del *Quijote* el bachiller Sansón Carrasco, disfrazado del Caballero de la Blanca Luna, derrota en combate singular a don Quijote en la playa de Barcelona y le exige que regrese a su aldea. Obligado por las leyes de la caballería, don Quijote obedece, y al cabo de unos días llega a su casa «vencido de los brazos ajenos», como dice Sancho, pero «vencedor de sí mismo». Poco después, el caballero enferma de melancolía y recupera la cordura y, sereno y reconciliado con la realidad tras tanta ficción, en presencia de los amigos y familiares que lo rodean en su lecho de muerte se conoce a sí mismo o se reconoce como quien es («Ya no soy don Quijote de la Mancha sino Alonso Quijano, a quien mis costumbres me dieron renombre de "Bueno"») y abjura de los libros de caballerías. «Verdaderamente se muere y verdaderamente está cuerdo Alonso Quijano el Bueno», dice entonces su amigo el cura, igual que si fuese el mismísimo Marco, y acto seguido, como Narciso después de reconocer su imagen verdadera en las aguas de la fuente, don Quijote expira.

¿De verdad quiero salvar a Marco? ¿De verdad es posible salvarlo? ¿De verdad pienso que, si la literatura no sirve para salvar a un hombre, por muchos errores que haya cometido, no sirve para nada? ¿Y cuándo empecé a pensar ese disparate? ¿Cuándo empecé a pensar que no bastaba con intentar entender a Marco, que no bastaba con averiguar por qué mintió, por qué se inventó y vivió una vida ficticia en vez de conformarse con vivir su vida verdadera? ¿Cuándo empecé a decirme que el propósito de todos los libros no es suficiente para este libro y que al final la realidad puede salvar a Marco después de que durante casi toda su vida le salvara la ficción? ¿Estoy intentando salvarme a mí salvando a Marco?

No lo sé. Me lo pregunto. Me pregunto si, a partir de determinado momento, a medida que me sumergía en este relato real o esta novela sin ficción saturada de ficción que durante años no quise escribir, no me habré comportado sin saberlo o sin querer reconocerlo como una especie de bachiller Sansón Carrasco, empeñado en derrotar a Marco con la verdad y en obligarle a volver a casa vencido de los brazos ajenos pero vencedor de sí mismo, si no habré buscado que recupere la salud y se reconcilie con la realidad y se conozca o se reconozca a sí mismo a fin de que, del mismo modo que Cervantes convirtió su libro en el gran difusor de la verdad definitiva de Alonso Quijano, yo pueda convertir este libro en el gran difusor de la definitiva verdad de Enric Marco («Para mí solo nació Enric Marco, y yo para él: él supo obrar y yo escribir, solos los dos somos para en uno»), en el anuncio que dé a conocer a todos que Marco ya no es ni pretende ser quien decía ser, que abjura de su heroico pasado ficticio como don Quijote abjuró de sus libros de caballerías, que ya no es Enric Marco, el héroe del antifranquismo y el antifascismo y el campeón o rock star de la llamada memoria histórica, sino sólo Enrique el mecánico, un hombre tan bueno como Alonso Quijano el Bueno que un día se volvió loco y quiso vivir más, o más de lo que le correspondía, que quiso vivir todo aquello que nunca había vivido y mintió y engañó para conseguirlo, para que lo quisieran y lo admiraran. Y me pregunto también si, a partir del momento en que concebí ese propósito insensato, no pensé o intuí que entonces, cuando Marco por fin se reconociera como quien es en las aguas resplandecientes de este libro, moriría como muere Narciso, pero moriría cuerdo y sereno y reconciliado, igual que muere Alonso Quijano. Y este libro cobraría su sentido completo.

¿Es así? ¿Es eso lo que de verdad me propuse? ¿Y no es un disparate? ¿No es una forma de intentar escribir un libro todavía más imposible que el que me propuse escribir? ¿Puede un libro reconciliar a un hombre con la realidad y consigo mismo? ¿Puede la literatura salvar a alguien o es tan impotente y tan inútil como todo lo demás y la idea de que un libro pueda salvarnos es ridícula y trasnochada? ¿Salvó Cervantes a Alonso Quijano y salvándolo se salvó él? ¿Quiero yo salvarme a mí salvando a Enric Marco? De acuerdo: todos estos interrogantes son ridículos, trasnochados e insensatos, y el solo hecho de formularlos debería avergonzarme. Y me avergüenza. Pero, para qué mentir, al mismo tiempo no me avergüenza. No me avergüenza en absoluto. Porque, aquí y ahora, no veo una forma mejor de decir No. No a todo. No a todos. No, sobre todo, a las limitaciones de la literatura, a su miserable impotencia y su inutilidad; porque sí, lo pienso: si la literatura sirve para salvar a un hombre, honor a la literatura; si la literatura sólo sirve de adorno, a la mierda con la literatura. Eso me digo: que, aunque sólo existiera una millonésima posibilidad de una millonésima posibilidad de que mis interrogantes no fueran insensatos, trasnochados y ridículos, y de que lo imposible se convirtiera en posible, merecería la pena intentarlo. También me digo que, a estas alturas, sólo hay una forma de averiguar si se salvará Marco, si me salvaré yo, y es terminando de contar la verdad sobre él, desenmascarándolo del todo como Cervantes desenmascaró del todo a don Quijote. O sea: terminando de contar su historia. O sea: terminando de escribir este libro.

4

A mediados de abril de 2013, dos semanas después de la entrevista con Marco en mi despacho del barrio de Gracia durante la cual tuve el sentimiento de que nuestro hombre se quitaba la máscara y de que la relación entre ambos cambiaba, comí con Santi Fillol en el Salambó, un restaurante cercano a mi despacho. No nos veíamos desde hacía cuatro años, cuando por segunda vez quise escribir este libro y me puse en contacto con él, que acababa de filmar su película sobre Marco, y él me acompañó hasta Sant Cugat a conocer a nuestro hombre. En aquel intervalo apenas nos habíamos escrito algún correo electrónico, pero, a finales de 2012 o principios de 2013, Santi fue una de las primeras personas que conoció mi decisión sin vuelta atrás de escribir este libro o de dejar de resistirme a hacerlo. A partir de entonces había intentado en vano verle, para hablar sobre Marco y para que me prestase la documentación o parte de la documentación que Lucas Vermal y él habían reunido con el fin de rodar *Ich bin Enric Marco*.

Según mi agenda, la cita fue el jueves 18, a las dos y cuarto de la tarde. Para entonces yo ya llevaba casi dos semanas viviendo en Berlín como profesor invitado en la Universidad Libre, y aquel día regresaba a Barcelona para promocionar *Las leyes de la frontera*, una novela con ficción publicada el año anterior. El vuelo de Berlín había aterrizado en Barcelona a la una y media, lo que me permitió llegar justo a tiempo a la cita. Venía sediento y, apenas me senté en la planta baja del Salambó, de cara a la entrada de la calle Torrijos, conseguí atraer la atención de una camarera joven, de rasgos orientales, y pedirle una cerveza. No habían transcurrido más que unos minutos desde mi llegada cuando vi aparecer a Santi por la puerta, con su aire de intelectual, sus gafas de intelectual y su barba descuidada, cargado con una bolsa de plástico. Le hice un signo, me vio, vino hasta mí, nos saludamos. La camarera me sirvió en aquel momento mi cerveza, y Santi aprovechó para pedir otra mientras dejaba en el suelo su bolsa, junto a la mesa. No recuerdo de qué hablamos al principio, porque yo estaba impaciente por hablar sobre Marco y todo lo demás me importaba poco. Vagamente recuerdo que Santi me contó que había pasado una temporada fuera de Barcelona, tal vez en Buenos Aires, tal vez rodando una película; vagamente recuerdo que le expliqué en qué parte de Berlín estaba viviendo, y que le hablé de mis clases. La camarera llegó con la cerveza de Santi y aprovechó para tomar nota de lo que queríamos comer; una vez que se hubo marchado, Santi preguntó:

—Bueno, parece que por fin te decidiste a escribir sobre Enric, ¿no es cierto?

—Sí —contesté.

—Ya sabía que acabarías cediendo —dijo—. Y apuesto a que Enric lo sabía también. ¿Te acuerdas de lo que te dijo el día que almorzamos con él en Sant Cugat?

—¿A qué te refieres?

—Claro, Javier —recitó, imitando la voz de Marco—, yo siempre he sabido que era un personaje tuyo.

Santi se rió. Yo estaba atónito.

—¿De verdad dijo eso? —pregunté.

—Tan verdad como que ahora es de día y estamos en el Salambó —contestó.

—Es increíble. No me acordaba.

—¿Cómo te vas a acordar? Con el cabreo que te agarraste, che. Parecía que el pobre Enric te hubiese hecho algo.

—Se me cruzaron los cables —me disculpé—. Supongo que no era el momento adecuado para escribir sobre él. Mi padre acababa de morir, mi madre estaba mal, yo también estaba mal. Me parece que tuve miedo.

—Me dijiste que estabas harto de realidad, que necesitabas ficción.

—Y tú me dijiste que Enric era pura ficción. Y era verdad. Por eso voy a escribir sobre él.

La camarera nos sirvió el primer plato. Sin hacerle caso, Santi se agachó, cogió la bolsa que había dejado junto a la mesa y me la alargó.

—He estado pensando qué es lo que te podía traer —dijo, mientras yo abría la bolsa—. Y he llegado a la conclusión de que lo mejor que puedo darte es eso.

Dentro de la bolsa había un disco duro de ordenador y una disquetera llena de deuvedés.

—¿Qué es? —pregunté.

—Todo el material que rodamos para la película —contestó—. Setenta, ochenta horas de Enric Marco. Quizá más, ya no me acuerdo. Toneladas de Enric Marco en bruto. Ahí está todo. Bueno, contame ahora de tu libro.

Mientras comíamos le hablé de mi libro. Me escuchó con atención, como si su película no le hubiese saturado de Marco, como si estuviese buscando una excusa para volver a filmarlo. Le expliqué que estaba intentando reconstruir la vida verdadera de Marco desde el principio hasta el final, desde su nacimiento hasta el estallido de su caso o hasta después del estallido de su caso, le hablé de las largas sesiones que habíamos grabado en mi despacho, de las pesquisas que estaba llevando a cabo y de las personas con las que estaba hablando para verificar si lo que Marco decía era cierto o no, le dije que Marco parecía querer y no querer que yo escribiera el libro, y que su mujer y sus hijas no querían que lo escribiera.

–Es lo que al principio nos decía también a nosotros –me interrumpió Santi–. Que si Dani no quiere que hagamos la película, que si las niñas tampoco… Boludeces: Enric hace lo que le da la gana; lo que digan su mujer y sus hijas le trae sin cuidado. En realidad, eso es sólo una forma de seducirte; en realidad lo que te está diciendo es: eres tan listo que me vas a calar; y, como eres tan listo, mi mujer y mis hijas te temen. Y yo también. Pero es mentira. Enric no nos tenía ningún miedo, y no creo que te lo tenga a ti. Enric es muy listo, Javier: es el perro callejero que tiene que buscarse la vida, y que te ve y que lo primero que piensa es: «A ver cómo voy a meterme en casa de éste para sacarle algo». Es así. En cuanto a lo de su pasado, la verdad es que nosotros nos centramos en su viaje a Alemania, lo demás nos interesaba poco. Ahora, si quieres que te diga cuál es mi impresión, te la digo. Mi impresión es que, en Enric, todo es mentira: lo de su infancia, lo de la guerra, lo de la posguerra, lo de la clandestinidad. Todo.

–Es posible –dije–. Pero las mentiras se fabrican con verdades; las buenas mentiras, quiero decir.

–En eso tienes razón –concedió Santi.

–Las mentiras puras no se las cree nadie –continué–. Las buenas mentiras son las mentiras mezcladas, las que contienen una parte de verdad. Y las mentiras de Marco eran buenas. Y eso es lo que estoy intentando sacar en claro: qué hay de mentira y qué hay de verdad en sus mentiras.

–Te vas a dar un buen hartón de trabajar –pronosticó Santi–. Pero seguro que merece la pena. Enric siempre merece la pena. Es un yacimiento que nunca se agota. Nosotros no nos metimos con el Enric de la guerra y la posguerra, con el Enric del franquismo, aunque durante el rodaje estuvimos tantas horas con él que al final te hacías una idea. Y te aseguro que la idea que te hacías no era que había sido un resistente, al-

guien que hubiera estado en la clandestinidad ni nada parecido, sino que había sido un vividor, un pillo que, si podía, la
pasaba en grande, con chicas y dinero y mucha vida nocturna.

En aquel momento la camarera nos retiró el primer plato;
mientras lo hacía, Santi dijo:

—¿Te fijaste en cómo le gustan las mujeres a Enric? Yo nunca estuve con él en un café sin que piropease a la moza. Si
estuviera aquí, ya le habría dicho dos o tres cosas a esta mina
tan linda.

La camarera sonrió sin ruborizarse, quizá sin entender, y se
marchó en silencio. Le pedí a Santi que me hablara del rodaje de *Ich bin Enric Marco*, de sus muchos días de convivencia
con Marco, en Barcelona pero sobre todo de viaje en coche
desde Barcelona hasta Kiel, desde Kiel hasta Flossenbürg y
luego de vuelta a Barcelona.

—¿Estuviste ya en Flossenbürg? —preguntó.

—No —contesté.

—Pues merece la pena. De toda la película, a mí la parte
que más me gusta es la que rodamos en Flossenbürg. Allá fue
donde Enric dio más juego. Nunca había vivido en el campo,
pero estaba como en su casa. Mucho más que en Kiel, donde
había vivido de verdad. ¿Cómo es lo de Pessoa? «El poeta es
un fingidor. / Finge tan completamente, / que hasta finge que
es dolor, / el dolor que de verdad siente.» Eso es Enric: un
poeta.

Santi se puso entonces a contar anécdotas del rodaje de la
película. Contó por ejemplo que en Flossenbürg habían estado con el director del Memorial, a quien Marco conocía desde su primera visita al campo, y que el director aceptó darle
la mano a Marco pero no aceptó las razones con que intentó
disculpar su impostura. Luego contó cosas que le habían contado Pau Lanao y Carme Vinyoles, los dos periodistas amigos
de Marco que, años después de que estallara su caso, publicaron un largo reportaje sobre él en la revista *Presència* y que, en

una charla con estudiantes de instituto, le habían visto convencer a un neonazi de que sus ideas eran absurdas, o conocían a alguien que le había visto hacerlo, y también contó que un amigo suyo, director de cine, le había contado que en los años setenta sus padres tuvieron problemas económicos y que Marco, entonces secretario general de la CNT, se las arregló para ayudarles a capearlos.

—Ése también es Enric —dijo Santi—. Por un lado el pícaro y el tramposo, y por otro el que se desvive por hacerle un favor a cualquiera. Enric es las dos cosas: no hay manera de separarlas. Lo tomas o lo dejas.

Fue sólo entonces cuando me animé a hablarle a Santi de la última reunión que había mantenido con Marco en mi despacho, poco antes de marcharme a Berlín, o más bien de aquel momento casi mágico en que me había ganado la impresión de que Marco se quitaba la máscara, o de que se le caía, y de que yo le contemplaba como era en realidad y empezaba por fin a entenderle. Le dije a Santi que tenía la sospecha de que el Marco que él y Lucas Vermal habían filmado ya no era el mismo de ahora, que los años transcurridos desde entonces le habían cambiado, que ahora ya no era el hombre en permanente estado de reivindicación de sí mismo que ellos habían conocido, o no del todo, o que empezaba a dejar de serlo y a reconocer sus errores y a arrepentirse de lo que había hecho en vez de seguir defendiendo lo indefendible, es decir su impostura, que había decidido aceptar su equivocación y pedir disculpas; le conté que, en el fondo, eso quizás había empezado en el momento mismo del estallido del caso, o justo antes, cuando, harto de mentiras, cansado de ser un impostor y de llevar una vida embustera, Marco había reconocido su farsa y se había delatado de manera voluntaria. Y, ahora que recuerdo estas cosas que le expliqué a Santi en el Salambó, me doy cuenta de que por aquellas fechas quizá yo ya estaba empezando a pensar algo que sólo me atreví a pensar del todo tiempo después, y es que Marco no quería seguir escondiéndose detrás de la mentira, que quería contarme toda la verdad porque quizás había llegado a la conclusión de que únicamente contando toda la verdad podría de verdad rehabilitarse. Es más, quizá durante aquella comida con Santi en el Salambó, se me ocurre también ahora, intuí también por vez primera algo que apenas intuí del todo, fugazmente y con vértigo, meses después, un atardecer de finales de verano o principios de otoño, mientras volvía a Barcelona desde Sant Cugat por la carretera de La Rabassada tras haberme pasado el día con Marco y haberle dejado a la puerta de su casa, cuando por un momento sentí que, en realidad, Marco nunca había querido engañarme, que nunca se había resistido a contarme su historia, que desde que yo había empezado a investigar en serio su vida él no había hecho otra cosa que tantearme para saber si era digno de que me contara la verdad y para guiarme hasta ella si descubría que lo era, que Marco había construido a lo largo de casi un siglo la mentira monumental de su vida no para embaucar a nadie, o no sólo para eso, sino para que un escritor futuro la descifrase con su ayuda y luego la diese a conocer por el mundo, igual que Alonso Quijano había construido a don Quijote y le había hecho perpetrar todas sus locuras para que Cervantes las descifrase y las diese a conocer por el mundo, y que en definitiva yo no estaba usando a Marco como Capote había usado a Dick Hickock y Perry Smith, sino que Marco me estaba usando como Alonso Quijano usó a Cervantes. Todo esto sentí durante un segundo aquella tarde en La Rabassada, y por una parte me alegra y por otra lamento no haberlo sentido antes de mi cita con Santi en el Salambó, porque se lo hubiese contado. No pude contárselo, y sólo le hablé, de forma cada vez más vehemente y precipitada, de mi última entrevista con Marco y de lo que había creído descubrir o entrever en ella y de lo mucho que Marco había cambiado en los últimos tiempos, hasta que tuve la impresión de que la sonrisa inicial con que me escuchaba Santi estaba a punto de derivar en una risa franca.

—¿Qué pasa? —pregunté, adivinando de golpe qué pasaba.

—Nada —dijo Santi. Ambos estábamos tomando el café; ambos habíamos prescindido del postre—. ¿De verdad crees lo que estás diciendo? Ay, Javier, qué mal te veo. ¿De verdad crees que Enric se delató porque quiso? Enric se delató porque no le quedó más remedio, porque Bermejo le había agarrado y porque es muy listo y comprendió que lo mejor que podía hacer era contar él mismo lo que había pasado, para que no lo contase otro; es decir: comprendió que lo mejor que podía hacer era tomar el control del discurso para tomar el control del escándalo. Eso es lo que intentó. Lo que pasa es que no le salió bien, porque no le podía salir bien, porque ni un genio del enredo como Enric podía enredar a todo el mundo con la pamema de que se había hecho pasar por un deportado para hacer el bien y para dar voz a los que no tienen voz y todos los demás cuentos. ¿Quitarse la máscara Enric? Ni en pedo: Enric no se quita nunca la máscara. Siempre está actuando, siempre está haciendo el discurso que en cada momento le interesa. Con nosotros construyó el discurso de la víctima. Contigo parece que está construyendo el discurso del arrepentimiento y del perdón. Pero Enric no se arrepiente de nada, ni pide perdón nunca. Simplemente, considera que ahora lo que le conviene es eso. Nada más.

—¿Tú crees? —pregunté, quizá para que siguiera hablando, de repente convencido de que lo que Santi decía era la verdad.

—No te quepa la menor duda, Javier —insistió—. Con Enric nunca se puede dejar de pensar. Si dejas de pensar, te jode. Si llegas a una conclusión sobre él, te jode. Si piensas que ya le has entendido y que se ha quitado la máscara, te jode. Enric siempre tiene otra máscara detrás de la máscara. Siempre se escurre. Nosotros creemos que le metemos en nuestras historias, en nuestras películas y en nuestras novelas, pero en realidad es él el que nos mete en su historia, el que hace con nosotros lo que quiere. Enric es un enigma, pero un enigma raro: cuando lo has descifrado, te plantea otro enigma; y cuando descifras ese segundo enigma, te plantea el tercero; y así hasta el infinito. O hasta el agotamiento.

La comida terminó casi en seguida, porque Santi tenía un compromiso, y nos despedimos a la puerta del Salambó. Desde entonces no he vuelto a verle. Por lo demás, tardé todavía muchos meses en empezar a escribir este libro, pero no he escrito una sola de las palabras que lo componen sin pensar en lo que Santi me dijo aquel día.

5

¿Qué es entonces Enric Marco? ¿Quién es Enric Marco? ¿Cuál es su enigma último?

En las charlas y entrevistas de su época de la Amical, mientras contaba su falsa vida heroica, emocionante y aventurera, Marco se presentaba a sí mismo como una encarnación de la historia de su país, como un símbolo o un compendio o, mejor, como un reflejo exacto de la historia de su país; tenía razón, aunque por razones exactamente opuestas a lo que él pensaba.

Marco fue un joven obrero anarquista en la Barcelona de la Segunda República, cuando la mayor parte de los jóvenes obreros de Barcelona eran anarquistas, y siguió siéndolo en la Barcelona del principio de la guerra, cuando triunfó en la ciudad una revolución anarquista. Marco fue un soldado cuando la mayoría de los jóvenes españoles eran soldados, durante la guerra civil. Marco fue al final de la guerra civil un perdedor que, como la inmensa mayoría de los perdedores, aceptó a la fuerza la derrota y trató de escapar a sus consecuencias disolviéndose en la multitud, escondiendo o enterrando su pasado bélico y anarquista y sus ideales juveniles. Marco escapó al servicio militar, que era lo que casi todos los jóvenes de su edad deseaban hacer, y durante la segunda guerra mundial se marchó a Alemania, que por entonces era un país de oportunidades, el país que, según decía todo el mundo en aquellos años, iba a ganar la guerra. Marco volvió de Alemania cuando ya todo el mundo estaba seguro de que Alemania iba a perder la guerra. Marco vivió el franquismo como lo vivió la inmensa mayoría de los españoles, creyendo que el pasado había pasado, sin rebelarse contra la dictadura, aceptándola implícita o explícitamente, aprovechándose en lo posible de ella para llevar una vida lo mejor posible, a ratos la vida de un marido y padre de familia común y corriente, a ratos la vida de un pícaro y un vividor, a ratos pasando apuros económicos y a ratos, sobre todo a partir de los años sesenta, disfrutando de la prosperidad burguesa de coche, casa propia y apartamento en la playa de la que entonces tanta gente empezó a disfrutar. Como casi todo el mundo, Marco comprendió en los años sesenta que el franquismo no iba a ser eterno y que el pasado no había pasado del todo, y empezó a explotar, inventándola, su olvidada o aparcada o enterrada juventud republicana, y a la muerte de Franco, cuando rondaba los cincuenta años de Alonso Quijano, celebró como la mayoría de la gente el retorno de la libertad y se dispuso a disfrutar de ella y se politizó a fondo y se reinventó por completo falsificando o maquillando o adornando su pasado, se dio un nuevo nombre y una nueva mujer y una nueva ciudad y un nuevo trabajo y una vida nueva. Y en los años ochenta, como tanta gente una vez pasada la transición de la dictadura a la democracia, Marco se despolitizó y sintió de nuevo que el pasado había pasado y que ya no podía explotar el suyo y, mientras la democracia se asentaba y se institucionalizaba, regresó como tanta gente a la vida privada y canalizó su actividad o sus inquietudes sociales y políticas no a través de un partido político sino de una organización cívica. Por fin, en la primera década del siglo, el pasado volvió con más fuerza que nunca, o al menos lo pareció, y, como mucha gente, Marco se lanzó a la llamada recuperación de la llamada memoria histórica, se sumó con entusiasmo a ese gran movimiento, usó la industria de la memoria y la fomentó y se dejó usar por ella, buscando en apariencia afrontar su propio pasado y el de su país, exigiéndolo en realidad, cuando en realidad no estaban haciendo, él y su país, más que afrontarlo sólo en parte, lo justo para poder dominarlo y no afrontarlo de verdad y poder usarlo con otros fines. Así que, en el fondo, Marco tenía razón al decir en sus charlas que la historia de su vida era un reflejo de la historia de su país, pero no la tenía porque la historia de su vida guardara la más mínima relación con la historia que él contaba –una historia poética y rutilante, llena de heroísmo, de dignidad y de grandes emociones–, sino porque era sobre todo la historia que él ocultaba –una historia prosaica y vulgar, llena de fracasos, indignidades y cobardías–. O, dicho de otro modo, si Marco hubiera contado en sus charlas su historia verdadera, en vez de contar una historia ficticia, narcisista y kitsch, hubiera podido contar con ella una historia mucho menos halagadora que la que contaba, pero también mucho más interesante: la verdadera historia de España.

Así que eso es lo que es Marco: el hombre de la mayoría, el hombre de la muchedumbre, el hombre que, aunque sea un solitario o precisamente porque lo es, se niega por principio a estar solo y siempre está donde están todos, que nunca dice No porque quiere caer bien y ser amado y respetado y aceptado, y de ahí su mediopatía y su feroz afán de salir en la foto, el hombre que miente para esconder lo que le avergüenza y le hace distinto de los demás (o lo que él piensa que le hace distinto de los demás), el hombre del profundo crimen de siempre decir Sí. De modo que el enigma final de Marco es su absoluta normalidad; también su excepcionalidad absoluta: Marco es lo que todos los hombres somos, sólo que de una forma exagerada, más grande, más intensa y más visible, o quizás es todos los hombres, o quizá no es nadie, un gran contenedor, un conjunto vacío, una cebolla a la que se le han quitado todas las capas de piel y ya no es nada, un lugar donde confluyen todos los significados, un punto ciego a través del cual se ve todo, una oscuridad que todo lo ilumina, un gran silencio elocuente, un vidrio que refleja el universo, un hueco que posee nuestra forma, un enigma cuya solución última es que no tiene solución, un misterio transparente que sin embargo es imposible descifrar, y que quizás es mejor no descifrar.

6

A mediados de octubre de 2013 viajé a Flossenbürg con mi hijo. Fui yo quien tiempo atrás le sugirió la idea, porque necesitaba un ayudante para mi visita al campo, además de un cámara que la filmase; pero habíamos discutido el proyecto varias veces y lo habíamos aplazado otras tantas, y al final fue Raül quien puso la fecha.

Las cosas habían cambiado bastante para él desde que a principios de aquel mismo año o a finales del año anterior me había animado a escribir este libro y había grabado mis primeras conversaciones con Marco. Seguía estando fuerte y saludable y seguía adorando los coches, el deporte y el cine; a su modo, seguía siendo incluso un milhombres, aunque estaba atravesando un bache. En verano había superado el examen de acceso a la universidad, pero había descartado la idea de hacer cine y había decidido estudiar otra carrera. Ahora, sin embargo, después de llevar unas semanas asistiendo a las clases, las dudas lo atenazaban: no sabía si de verdad le gustaba la carrera, no sabía si tenía aptitudes o capacidad de trabajo o interés suficiente para estudiarla. Estaba desconcertado, un poco alicaído, y, con el fin de airearse un poco y aclararse las ideas, me propuso emprender el viaje a Flossenbürg del que hablábamos desde hacía meses. En cuanto a mí, aún no había empezado a escribir este libro, pero ya había atado todos o casi todos los cabos de la historia de Marco, había trazado un esquema minucioso para contarla y, embarazadísimo de ella, a punto de romper aguas, pensé que aquél era un momento perfecto para ir a Flossenbürg: primero, porque necesitaba hacer una última comprobación documental, que sólo podía hacer en Flossenbürg; segundo, porque recordaba el consejo de Santi Fillol de que fuera a Flossenbürg y albergaba la intuición o la esperanza de que quizás en Flossenbürg podía encontrar algo o podía ocurrir algo que terminara de redondear mi libro o que lo dotase de un nuevo e inesperado sentido o incluso que hiciese que todo encajase; y tercero, porque había llegado a la conclusión de que Flossenbürg era el lugar donde debía terminar este libro: al fin y al cabo, era el lugar donde Marco había construido su gran ficción, el lugar de la ficción que durante tantos años había salvado a Marco, y no el de la realidad que tal vez le hubiera matado.

Salimos de Barcelona a primera hora del jueves y llegamos por la noche a Nürberg, a hora y media de Flossenbürg, después de recorrer de punta a punta Francia y una parte del sur de Alemania, pasando por Montpellier, Lyon, Friburgo y Stuttgart. Por supuesto, durante el viaje nos dio tiempo de hablar de todo; de todo o de casi todo: como yo también he tenido dieciocho años, sabía que un chaval de dieciocho años no acepta consejos de su padre, o por lo menos no acepta consejos explícitos, así que mi plan para aquel viaje consistía en no hablar nunca explícitamente del desconcierto de Raül, a menos que él lo sacase a colación, pero aprovechar cualquier oportunidad para hablar implícitamente de él. Recuerdo por ejemplo que conversamos sobre *La jungla de cristal 5*, la última película de Bruce Willis, que acababa de estrenarse en los cines y que, aunque no nos había gustado tanto como *La jungla de cristal 4*, nos había gustado mucho, sobre todo porque en esta nueva entrega de la serie aparecía por vez primera el hijo del agente McClane, que era casi igual de bestia que su padre y que le ayudaba a salvar de nuevo el mundo salvando a los buenos y matando a los malos; y recuerdo que, mientras hablábamos de Bruce Willis (o del agente McClane), le dije a Raül que el Marco que Marco se inventó era el Bruce Willis (o el agente McClane) del antifranquismo y el antifascismo. También recuerdo que hablamos de Rafa Nadal, para quien, en aquel tiempo, las cosas habían cambiado casi tanto como para Raül, sólo que en sentido inverso: a principios de año, cuando mi hijo estaba pletórico, Rafa Nadal parecía acabado, arrastraba una larga lesión y había caído varios puestos en la lista de la ATP, parecía que no iba a volver a ser el que había sido; ahora, sin embargo, apenas unos meses después, todo era distinto: Rafa había recuperado su mejor tenis, había ganado un montón de torneos, incluidos Roland Garros y el Open USA, y volvía a ser el número uno del mundo. Y recuerdo que, mientras hablábamos de Rafa Nadal, le dije a Raül que el Marco que Marco se inventó era el Rafa Nadal de la llamada memoria histórica, pero sobre todo recuerdo que, sin dejar de hablar de Rafa Nadal o sin que pareciera que dejábamos de hablar de Rafa Nadal, le dije a Raül que la vida daba muchas vueltas, que lo más inteligente que se había dicho sobre ella lo había dicho Montaigne, y es que es ondulante —unas veces sube y otras baja—, y que lo que había que hacer era aceptar con el mismo ánimo la victoria y la derrota, entender que el éxito y el fracaso no son más que dos fantasmas o dos impostores tan impostores como Marco, y después de decir eso cité unos versos de Arquíloco, y ya estaba a punto de citar también a Rafa Nadal, que en una entrevista reciente había recomendado no caer en grandes euforias ni en grandes dramas, cuando comprendí que me había pasado de explícito, porque Raül me cortó en seco:

—No te flipes, papi.

Llegamos a Nürberg sobre las nueve y media de la noche y nos alojamos en un hotel del centro. Al día siguiente, muy temprano, partimos hacia Flossenbürg. Hacía una mañana clara y soleada, y durante cincuenta minutos circulamos por una autopista. Luego el cielo empezó a nublarse, y al salir de la autopista ya estaba del todo encapotado. Mientras yo le dictaba a Raül descripciones del paisaje que recorríamos, con la idea de usarlas luego en mi libro, y él las apuntaba en su iPhone, avanzamos por una estrecha carretera que serpenteaba entre pueblos minúsculos, casas aisladas, prados verdísimos y árboles otoñales, hasta que por fin llegamos a Flossenbürg, un pueblecito idílico escondido entre suaves montañas y bosques frondosos. No tardamos en localizar el antiguo campo. Dejamos el coche en un aparcamiento de la entrada, junto a un gran edificio de piedra gris y tejado rojizo que, según averiguamos en seguida, era la antigua comandancia del campo. Sólo entonces empezó a filmar Raül. Las primeras imágenes de la grabación están tomadas allí, en el aparcamiento, y en ellas se me ve contándole a la cámara el viaje que acabamos de hacer. Visto unos vaqueros, una camisa blanca y un jersey grueso, encima del cual me he puesto una chaqueta marrón. Hace un día frío y gris; parece a punto de llover. Detrás de mí se distingue a un grupo de jubilados entrando en el Memorial del campo por el túnel del edificio de la antigua comandancia.

También Raül y yo nos adentramos por ese túnel. El Memorial estaba en obras y, mientras lo recorríamos en busca del archivo y Raül me seguía grabando, yo le hablaba del campo: le contaba que había empezado a funcionar en la primavera de 1938 y había sido liberado en la primavera de 1945, que habían pasado por allí alrededor de cien mil prisioneros, por lo menos treinta mil de los cuales habían muerto, que tenía varios subcampos, que no era un campo de exterminio sino un campo de concentración −y aquí tuve que explicarle la diferencia entre una cosa y la otra−, que lo que ahora quedaba en pie y estábamos viendo, el Memorial del campo, era sólo una pequeña parte de las instalaciones originales, y cosas por el estilo. Llegamos a la Appellplatz, el centro del campo y el lugar donde se contaba a los prisioneros cada mañana y cada noche, y donde tenían lugar los castigos, las torturas y las ejecuciones; a uno y otro lado de la plaza se hallaban los dos edificios más importantes que quedaban en pie del campo, la antigua cocina y la antigua lavandería, ocupados ahora por sendas exposiciones. Dejamos para luego las exposiciones y seguimos adelante, pero, al reparar en las casas que había detrás de la antigua cocina, casi pegadas a ella, Raül comentó:

—No sé cómo hay personas que pueden vivir ahí, tan cerca de donde se mató a tanta gente.

—No es que esté cerca —le contesté—. Es que eso también era el campo: ahí estaban las barracas de los prisioneros.

—Uf.

Entramos en el memorial judío y en la capilla, y luego bajamos a la Plaza de las Naciones, donde se encuentran las lápidas dedicadas a los muertos de cada país; en la de los españoles destacaba una bandera rojigualda debajo de la cual había una inscripción en español: «14 españoles asesinados en el K.Z. campo Flossenbürg».

—¿Sólo catorce? —preguntó Raül.

—Eso es lo que creía Marco —contesté—. Y seguramente por eso eligió este campo: porque imaginó que por aquí habían pasado muy pocos españoles, y que nadie podría delatarle. Y es verdad que pasaron pocos, pero no tan pocos. Ahora se sabe que aquí estuvieron ciento cuarenta y tres, y que como mínimo cincuenta y cinco murieron. Esta lápida debieron de ponerla muy pronto y no habrán querido cambiarla.

Pasamos junto a la Pirámide de las Cenizas, entramos en el crematorio y lo recorrimos sin pronunciar palabra. Al salir, mientras subíamos por unas escaleras de piedra hacia el cementerio, volví a hablar. Ya no me acordaba de haber dicho lo que dije en aquel momento, pero está registrado en la grabación de Raül y me temo que forma parte de los consejos o sermones o arengas implícitas que le solté desde que salimos de casa, aunque creo que en esta ocasión mi hijo no lo notó. Empecé contándole que durante un viaje a Polonia visité el campo de Auschwitz, y a continuación dije:

—Cuando voy a estos sitios no me deprimo; al contrario: me entra una especie de alegría.

—¿Alegría? —preguntó Raül.

—Algo así —contesté—. ¿Has leído *Si esto es un hombre*?

—No —contestó.

—Lo escribió un tipo que fue prisionero en Auschwitz, y cuenta lo que le pasó allí —expliqué—. Primo Levi, se llamaba.

—Me suena.

—Seguro que has oído hablar de él —continué—. Es un escritor muy bueno, y ese libro es uno de los mejores que he leído en mi vida. Hay una escena sobre todo que no se me olvida, al menos no se me olvida el recuerdo que tengo de ella, que a lo mejor no es muy exacto. Levi habla de las colas que los prisioneros hacían en el campo a la hora de comer para que les sirvieran la sopa. Y cuenta que era un momento fundamental, el más importante del día: si quien te servía la sopa hundía mucho el cazo y recogía algo de la sustancia que había al fondo del perol, todo iba bien; pero, si no hundía el cazo y lo que te servía era sólo líquido, catástrofe. Los prisioneros pasaban hambre a todas horas, y su supervivencia dependía de aquella chiripa total, del gesto automático del tipo que les servía la sopa, de lo hondo que metiera el cazo. ¿Te das cuenta? Desde que leí eso no puedo servirme una sopa, o ver cómo me la sirven, sin acordarme de Levi.

Ya habíamos llegado al cementerio y caminábamos entre las tumbas, de vuelta hacia la Appellplatz.

—A veces no me puedo creer la suerte que tengo —proseguí, tras una pausa—. Mi padre y mi madre conocieron una guerra. Y mi abuelo y mi abuela. Y mi bisabuelo y mi bisabuela. Y así sucesivamente. Pero yo no. Siempre se dice que el deporte europeo por excelencia es el fútbol, pero es mentira:

el deporte europeo por excelencia es la guerra. Durante mil años, en Europa, no hemos hecho más que matarnos. Y voy yo y soy el primero, la primera generación de europeos que no conoce una guerra. No me lo puedo creer. Hay quien dice que eso ya se acabó, que entre nosotros la guerra ya es imposible, pero yo no me lo creo... Ya ves este sitio, personas como tú y como yo muriendo aquí a millares, igual que perros, de la forma más asquerosa y más indigna posible. ¡Qué horror! Y Marco cogió todo esto y lo usó para ligar y para salir en la foto. ¿Y sabes una cosa? Lo peor es que no creo que lo hiciera con mala fe, en realidad estoy seguro. Era puro egoísmo. ¡Yo, yo, yo, yo y yo! Pura ignorancia, pura inconsciencia. Si Marco hubiera sabido de verdad lo que significa esto, si lo hubiera entendido de verdad, nunca hubiera hecho lo que hizo.

De regreso en la Appellplatz entramos en el edificio de la antigua cocina, donde había una exposición temporal sobre el campo después del campo, es decir, sobre la historia del campo tras su liberación y hasta el presente. En las paredes y vitrinas entre las que se movían los visitantes había de todo: objetos personales, recortes de periódicos y revistas, pantallas de televisión en las que se proyectaban una y otra vez películas, reportajes y noticias, documentos oficiales. Aunque a principios de siglo Marco había estado con alguna frecuencia en el Memorial del campo, en la exposición no quedaba, por supuesto, ni rastro de él. Al salir de la antigua cocina cruzamos la Appellplatz para ir a la antigua lavandería, donde se hallaba la exposición permanente. El edificio de la antigua lavandería albergaba dos pisos y un sótano: en el piso de arriba se pasaba revista a la historia del campo desde su fundación a su liberación; el piso de abajo y el sótano estaban sobre todo dedicados a los prisioneros. Empezamos la visita por el sótano. Allí, en medio de fotos de prisioneros de varias nacionalidades —incluida una de un español, vestido de marinero y llamado Ángel Lekuona, que había sido asesinado el 10 de abril de 1945, trece días antes de la liberación del campo—, se levantaba un facistol de metal con un grueso volumen abierto por una página, en el que constaban, por orden alfabético, todos los nombres de todos los prisioneros del campo identificados hasta aquel momento. Hojeando el volumen di con el nombre que buscaba; a su lado había una fecha, 15.08.1900, y un número: 6448. Lo señalé.

—Éste es el número de prisionero que usurpó Marco —dije.

A continuación señalé el nombre que había a su lado y añadí:

—Y éste es el nombre del tipo al que suplantó.

—Moner Castell, Enric —leyó Raül. Luego comentó—: Enric Moner se parece a Enric Marco.

—Claro —dije—. Por eso pudo suplantarlo.

Subimos al piso de arriba. Allí, encerrado en una vitrina, había un cuaderno abierto por una página en la que figuraba, escrita a mano, una lista de nombres; a la izquierda de cada nombre había un número y el nombre o la abreviatura del nombre de un país, y a la derecha una serie de anotaciones.

—Bueno —dije, deteniéndome frente a la vitrina—. Esto es lo que hemos venido a ver.

—¿El qué? —preguntó Raül.

Le indiqué el cuaderno y, mientras él lo filmaba, dije:

—Es uno de los libros de registro del campo. Ahí apuntaban los nazis, a mano como ves, los nombres y algunos datos de los prisioneros que llegaban a Flossenbürg. Aunque, en realidad, esto no debe de ser el original, sino una copia, porque los libros originales están en el Archivo Nacional de Washington. Bueno, y ahora mira esto.

Saqué del bolsillo de mi chaqueta un papel doblado, lo desdoblé y se lo mostré a la cámara, que ahora ofrece, en la grabación, un primer plano del documento.

—¿Sabes lo que es esto? Una fotocopia de una página del libro de registro. No es la misma página que está en la vitrina: la página de la vitrina va del prisionero número 13661 al número 13672, y ésta va del 6421 al 6450. Y ahora —continué, señalando con un índice lo que estaba escrito junto al número 6448 de mi fotocopia— lee aquí.

—Span —leyó, y luego apartó de golpe la cámara (la imagen de la grabación hace un movimiento sin control, rapidísimo) y, mirándome con cara de susto, pegó un grito—: ¡Joder, pone Marco!

En la sala había cuatro o cinco personas más, que se volvieron hacia nosotros. Raúl se dio cuenta; me miraba furioso y desconcertado; seguía grabando, pero enfocaba el suelo.

—A ver, qué es lo que pasa —se impacientó, bajando la voz—. ¿Al final es verdad que Marco estuvo aquí? ¿Ahora resulta que el tipo no mentía o qué?

—¿A ti qué te parece? —contesté—. Anda, grábame otra vez y te lo explico.

Raúl me enfocó de nuevo, acalorado.

—Este papel —empecé, mostrándole mi fotocopia a la cámara, que vuelve a ofrecer un primer plano del documento— estaba en el archivo de la Amical de Mauthausen, en Barcelona. Al ingresar allí, Marco lo entregó como prueba de que había sido prisionero en Flossenbürg. ¿De dónde lo sacó? De aquí, naturalmente. En uno de sus primeros viajes a Flossenbürg, Marco le pidió a la gente del archivo que le fotocopiaran las páginas de los libros de registro donde había españoles, y entre las que le dieron estaba ésta. ¿Recuerdas el número de registro que tenía Enric Moner? El 6448. O sea que, ahí donde tú y yo leemos Marco, en realidad pone Moner. La pregunta se impone: ¿eso es casualidad? Es decir: ¿el tipo que escribió el nombre de Moner lo escribió de tal manera que parece el nombre de Marco, o que nos lo parece a nosotros? ¿O en realidad fue Marco el que escribió encima del nombre de Moner hasta que pudiese confundirse con el de Marco? Eso es lo que hemos venido a averiguar aquí.

—¿Y es importante?

—En teoría no, pero en la práctica sí —contesté—. Para mí por lo menos. Una cosa es que Marco se encontrara en el libro de registro con este regalo de los dioses, que le permitía rematar su impostura, y otra cosa es que el regalo se lo hiciese él. Que yo sepa, Marco no fabricó ninguna prueba falsa; ésta sería la primera, o la única. Y yo quiero saber si una noche, después de volver de un viaje a Flossenbürg, se encerró en una habitación de su casa y, él solito, con mucho cuidado y a escondidas de su mujer, amañó la prueba que le faltaba. ¿Y sabes cómo podemos averiguar si lo hizo o no? Muy sencillo: comparando esta fotocopia con el original, que no puede andar muy lejos; ahora sólo hace falta encontrarlo.

Mientras subíamos al primer piso, Raül murmuró: «Joder, qué susto me has pegado. ¿Te imaginas que Marco hubiese estado aquí de verdad?». En el primer piso, justo a la entrada de la exposición, había una mesa detrás de la cual estaba sentado un bedel; detrás del bedel había un estante con libros y deuvedés sobre el campo. Como yo no hablo alemán, y Raül tampoco, le pregunté al bedel —un hombre de ojos saltones, nariz puntiaguda y bigote lacio— si hablaba inglés. No lo hablaba, o muy poco. A pesar de ello intenté explicarle, en inglés, lo que estaba buscando; naturalmente, no me entendió. Saqué mi fotocopia de la página del libro de registro donde figuraba el nombre de Moner, y se la enseñé mientras repetía en inglés la palabra «archivo». El bedel pareció por fin entenderme y señaló el piso de abajo mientras soltaba una parrafada en alemán. Creyendo que quizás en el piso de abajo guardaban las demás copias de los libros de registro, o que estaba allí el archivo, Raül y yo bajamos al piso de abajo. No encontramos ni el archivo ni las demás copias de los libros de registro. Volvimos a subir y volví a intentar explicarle al bedel, despacio y vocalizando, lo que quería, y a mitad de la explicación me entregó un formulario y un bolígrafo para rellenarlo. El formulario estaba escrito en inglés, pero no guardaba la menor relación con lo que yo pedía. Me quedé mirando al bedel, perplejo, y en ese preciso momento, mientras a mi lado Raül decía algo, que no entendí, me di cuenta de que el bedel era idéntico a Sig Ruman, un actor cómico alemán que se había hecho famoso en los años treinta y cuarenta actuando en comedias de Ernst Lubitsch. Ya había empezado a escribir mi nombre y mi apellido en el formulario, no sé muy bien para qué, cuando le oí pronunciar al bedel un nombre conocido.

—Sí, sí —dije, levantando de golpe la vista del formulario y asintiendo con fuerza—. Ibel. Johannes Ibel.

El bedel me indicó que esperara y, con urgente seriedad, cogió el teléfono y realizó una llamada. Mientras hablaba, Raül preguntó:

—¿Quién es ése?

—¿Ibel? El historiador que se encarga del archivo. Debí haber preguntado por él desde el principio. Es amigo de Benito Bermejo.

Cuando colgó el teléfono, el bedel señaló una ventana a través de la cual se veía el edificio de la antigua comandancia y soltó otra parrafada en alemán, de la que sólo saqué en limpio un nombre masculino, Johannes Ibel, y otro femenino, Anette Kraus.

Raül y yo caminamos a toda prisa por la Appellplatz hacia la entrada del campo mientras yo comentaba el lío que habíamos montado con el bedel.

—Lo has montado tú solo —me corrigió Raül.

—El tipo era idéntico a Sig Ruman —dije, o más bien pensé en voz alta.

—¿Quién?

Le expliqué a Raül quién era Sig Ruman, mencioné *Ninotchka* y *To be or not to be*.

—Eres un friki —dijo.

Al archivo se entraba por una puerta lateral del edificio de la antigua comandancia. Llamamos a un interfono y nos abrieron. Al fondo de un pasillo aguardaba una chica de veintitantos años, sonriente, delgada, de ojos claros y pelo castaño recogido con horquillas; un pañuelo verde casi le ocultaba la garganta. Mientras nos hacía pasar a su despacho y nos invitaba a sentarnos frente a su escritorio, la chica explicó en un inglés impecable que se llamaba Anette Kraus y que era la ayudante de Johannes Ibel, quien aquel día se encontraba en el campo de Dachau; también se ofreció a ayudarnos en lo que necesitásemos. Sentado ante nuestra anfitriona en aquella gran oficina de grandes ventanales que daban a la entrada del campo —una oficina que sin duda compartía con otras personas, aunque en aquel momento estábamos los tres solos en ella—, lo primero que le pregunté fue si le importaba que mi hijo nos grabase; Anette Kraus sonrió y dijo que no. Entonces, mientras Raül empezaba a grabarnos, le conté a la chica que era escritor y que estaba escribiendo un libro sobre Enric Marco. Ella, por supuesto, había oído hablar de Marco, pero no lo había conocido porque todavía no trabajaba en el Memorial cuando él lo visitaba, ni siquiera cuando estalló el caso. Me preguntó qué clase de libros escribía.

—Novelas —contesté—. A veces novelas con ficción y a veces novelas sin ficción. Ésta será sin ficción.

—Claro —dijo ella—. Aquí la ficción ya la puso el señor Marco, ¿no?

—Exacto —contesté.

La chica parecía encantada de atendernos, así que estuve un rato hablando con ella mientras Raül nos grababa. En respuesta a mis preguntas, Anette Kraus me informó sobre el funcionamiento del archivo, sobre la historia del campo y del Memorial, sobre la base de datos que había confeccionado

Johannes Ibel, y me dio orientaciones bibliográficas y precisó algunos datos y algunas fechas. Cuando terminó el interrogatorio, le dije que tenía una última cosa que pedirle.

—¿Qué cosa? —preguntó, sonriendo hacia la cámara de Raül.

Saqué la fotocopia de la página del libro de registro donde figuraba el nombre de Enric Moner, el nombre que, tal y como estaba escrito, tanto se parecía al de Enric Marco, le expliqué el problema que tenía y le pregunté si podía ver el original, o la copia del original, para comprobar si Marco había modificado la fotocopia o no.

—Por supuesto que puede verlo —dijo.

Se levantó y salió del despacho. Mientras estaba fuera, Raül apagó la cámara y nos miramos expectantes. Por un momento recordé a Bruce Willis y a su hijo en trance de salvar el mundo.

—Seguro que es una casualidad —aventuró Raül.

—Seguro que no —repliqué.

Anette Kraus regresó al cabo de unos minutos con un papel en la mano, que depositó en la mesa de su escritorio, entre Raül y yo, y se quedó de pie en medio de los dos. El papel era una fotocopia de la página del libro de registro que yo le había pedido; coloqué mi fotocopia junto a ella, Raül se olvidó de volver a grabar y los tres nos inclinamos sobre el escritorio para comparar ambos documentos. La verdad saltó a la vista en seguida. Marco había hecho una obra maestra: en el libro de registro no habían escrito «Moner» sino «Moné», y nuestro hombre había aprovechado aquel acento providencial para construir con él una «c»; luego, fácilmente, había convertido la «o» en «a», la «n» en «r» y había terminado la palabra con una «o», de tal manera que, después de repasar con cuidado el nombre, era como si en el libro no hubiesen escrito «Moné» ni «Moner», sino «Marco»; además, buscando que no se notase la manipulación, había repasado también la abreviatura «Span» (de «Spanier»: español) que había junto a la palabra

«Moné», para que las letras de ambas tuvieran el mismo grosor y parecieran salidas de la misma mano. Los tres nos miramos. La cámara de Raül no captó el momento, pero yo no me olvidaré de él.

—Tenía usted razón —dijo Anette Kraus, sin dejar de sonreír.

Y yo pensé, pensando en Marco: «Sabía que no me fallaría».

—¡Es el puto amo! —dijo Raül, sin poder contenerse.

Y yo pensé, pensando en Raül: «Sí, pero él también es Enric Marco».

AGRADECIMIENTOS

Leonie Achtnich, Antonio Alonso, José Álvarez Junco, Joan Amézaga, José Luis Barbería, Montserrat Beltrán, Benito Bermejo, Mercè Boada, Julián Casanova, Francisco Campo, Montse Cardona, Enric y Maria Teresa Casañas, Manoli Castillo García, Blanca Cercas, Pepita Combas, Emili Cortavitarte, Juan Cruz, Ignasi de Gispert, Santi Fillol, Juanjo Gallardo, Anna Maria Garcia, Xavier González Torán, Jordi Gracia, Gutmaro Gómez Bravo, Helena Guitart Castillo, Johannes Ibel, Anette Kraus, Pau Lanao, Philippe Lançon, Loli López, Frederic Llausachs, Teresa Macaulas, Anna Maria Marco, Bartolomé Martínez, Bettina Meyer, Adrián Blas Mínguez, Llàtzer Moix, Adolfo Morales Trueba, Javier Moreno Luzón, Marta Noguera, Jordi Oliveras, Gloria Padura, Carlos Pérez Ricart, Alejandro Pérez Vidal, Xavier Pla, Fernando Puell de la Villa, Jesús Ruiz, Margarida Salas, Antoni Segura, Guillem Terribas, Isidoro Teruel, Rosa Torán, David Trueba, Enrique Urraca, Lucas Vermal, Joan Villarroya, David Viñals, Carme Vinyoles.